BRACTWO

Tego autora w Wydawnictwie Albatros

FIRMA
KANCELARIA
ZAKLINACZ DESZCZU
KRÓL ODSZKODOWAŃ
WIĘZIENNY PRAWNIK
OSTATNI SPRAWIEDLIWY
CALICO JOE
KOMORA
DARUJMY SOBIE TE ŚWIĘTA
UŁASKAWIENIE
NIEWINNY CZŁOWIEK
RAPORT PELIKANA
GÓRA BEZPRAWIA
CHŁOPCY EDDIEGO
KLIENT
SAMOTNY WILK
ADEPT
WERDYKT
DEMASKATOR
ŁAWA PRZYSIĘGŁYCH
WEZWANIE
WSPÓLNIK
BAR POD KOGUTEM
WYSPA CAMINO
DZIEŃ ROZRACHUNKU
WICHRY CAMINO
TESTAMENT
BRACTWO

Jake Brigance

CZAS ZABIJANIA
CZAS ZAPŁATY
CZAS ŁASKI

Theodore Boone

MŁODY PRAWNIK
UPROWADZENIE
OSKARŻONY
AKTYWISTA
ZBIEG
AFERA

JOHN GRISHAM

BRACTWO

Z angielskiego przełożyła
MAŁGORZATA STEFANIUK

ALBATROS

Tytuł oryginału:
THE BRETHREN

Copyright © Belfry Holdings Inc. 2000
All rights reserved

Polish edition copyright © Wydawnictwo Albatros Sp. z o.o. 2023

Polish translation copyright © Małgorzata Stefaniuk 2023

Redakcja: Anna Walenko

Projekt graficzny okładki: Agnieszka Drabek

Zdjęcie na okładce: © Dave Wall/Arcangel Images

Skład: Laguna

ISBN 978-83-6751-349-4

Książka dostępna także jako e-book i audiobook
(czyta: Filip Kosior)

Wyłączny dystrybutor

Dressler Dublin sp. z o.o.
Poznańska 91, 05-850 Ożarów Mazowiecki
tel. (+ 48 22) 733 50 31/32
e-mail: dystrybucja@dressler.com.pl
dressler.com.pl

Wydawca

Wydawnictwo Albatros Sp. z o.o.
Hlonda 2A/25, 02-972 Warszawa
wydawnictwoalbatros.com
Facebook.com/WydawnictwoAlbatros | Instagram.com/wydawnictwoalbatros

2023. Wydanie I

Druk: Drukarnia Pozkal

Książkę wydrukowano na papierze Ecco Book Cream 70 g, vol. 2.0
z oferty Antalis Poland

Rozdział 1

Na cotygodniowym posiedzeniu sądowy błazen jak zwykle pojawił się w znoszonej, mocno wypłowiałej bordowej piżamie i jasnofioletowych klapkach frotté na bosych stopach. Nie był jedynym osadzonym, który całymi dniami chodził w piżamie, lecz poza nim nikt nie miał odwagi nosić fioletowego obuwia. Nazywał się T. Karl i kiedyś był właścicielem kilku banków w Bostonie.

Piżama i klapki nie budziły jednak nawet w przybliżeniu takiej konsternacji jak peruka. Z przedziałkiem na środku, trzema warstwami mocno skręconych loków opływała głowę po bokach i z tyłu i ciężko opadała na ramiona. Wzorowana na staroangielskich sędziowskich perukach, była jasnoszara, a nawet wręcz biała, i pochodziła ze sklepu z używanymi kostiumami w West Village na Manhattanie; wypatrzył ją tam dla T. Karla jego znajomy z czasów wolności.

T. Karl z dumą zakładał ją na każde posiedzenie sądu i mimo że była dziwaczna, z biegiem czasu stała się nieodłączną częścią przedstawienia. Zresztą czy był w peruce, czy nie, współwięźniowie i tak trzymali się od T. Karla z daleka.

Teraz stanął za rozstawionym w więziennej stołówce sfatygowanym składanym stołem, zastukał plastikowym tłuczkiem do mięsa, który służył mu za sądowy młotek, i odchrząknąwszy, zawołał skrzekliwie i z wielką powagą:

– Uwaga, uwaga! Niniejszym ogłaszam, że Sąd Obwodowy Północnej Florydy rozpoczyna posiedzenie. Proszę wstać!

Nikt się nie ruszył, a w każdym razie nikt nie wstał. Trzydziestu osadzonych siedziało w swobodnych pozach na plastikowych krzesłach stołówki – jedni patrzyli na sądowego trefnisia, inni rozmawiali, jakby go tu nie było.

– Niech wszyscy, którzy szukają sprawiedliwości – mówił dalej, niezrażony – zbliżą się i dadzą się wyrolować.

Cisza. Nikt się nie roześmiał. Dowcip śmieszył przed kilkoma miesiącami, gdy T. Karl powiedział go po raz pierwszy, ale teraz był to już tylko, tak jak peruka, stały punkt widowiska. T. Karl zasiadł dostojnie na krześle i upewniwszy się, że opadające mu na ramiona loki są dobrze widoczne, otworzył oprawioną w czerwoną skórę grubą księgę – rejestr prowadzonych spraw. Sądowy błazen traktował swoją pracę niezwykle poważnie.

Z kuchni do sali wkroczyło trzech mężczyzn. Dwóch było w butach. Jeden z nich jadł krakersa. Ten bez butów miał gołe nogi i spod togi wystawały chude łydki: mocno opalone, świecące i gładkie, lewa z dużym tatuażem. Bosy sędzia pochodził z Kalifornii.

Wszyscy trzej mieli na sobie identyczne stare togi kościelnych chórzystów, jasnozielone, ze złotymi obszyciami. Pochodziły z tego samego sklepu co peruka T. Karla i były prezentem gwiazdkowym od niego. Właśnie dzięki temu gestowi zapewnił sobie posadę sekretarza.

Kiedy sunęli przez salę, majestatycznie, powiewając połami tóg, od strony publiczności popłynęły posykiwania i okrzyki drwin. Nie bacząc na nie, sędziowie zajęli miejsca za długim stołem – blisko T. Karla, lecz nie za blisko – i przenieśli spojrzenia na uczestników zgromadzenia. Ten siedzący pośrodku był niski i krępy. Nazywał się Joe Roy Spicer i samozwańczo pełnił funkcję przewodniczącego składu. W poprzednim życiu był sędzią pokoju w Missisipi, wybranym legalnie przez mieszkańców małego hrabstwa, a następnie usuniętym, gdy federalni przyłapali go na defraudowaniu zysków wypracowanych przez klub bingo wspólnoty Shrinersów.

– Proszę usiąść – nakazał.

Sędziowie przysunęli się z krzesłami do stołu i poprawili togi, tak by nie stracić dostojeństwa. Z boku, ignorowany przez osadzonych, stał zastępca naczelnika, a tuż za nim strażnik w mundurze. Posiedzenie sądu Bracia zwoływali raz w tygodniu za zgodą władz więzienia. Rozpoznawali sprawy, rozsądzali spory, łagodzili drobne zatargi i ogólnie rzecz biorąc, okazali się czynnikiem stabilizującym więzienną społeczność.

Spicer zerknął na wokandę – kartkę pokrytą starannym pismem T. Karla.

– Sąd rozpoczyna posiedzenie – oznajmił.

Miejsce po prawej stronie Spicera zajmował sędzia Finn Yarber, Kalifornijczyk. Sześćdziesięciolatek, skazany za uchylanie się od płacenia podatków, odsiedział dwa lata i do końca wyroku zostało mu jeszcze pięć. To zemsta, powtarzał każdemu, kto chciał go słuchać. Krucjata republikańskiego gubernatora, któremu udało się podjudzić wyborców i namówić ich do odwołania go z funkcji prezesa Sądu Najwyższego. Punktem zapalnym stało się to, że Yarber, przeciwnik kary śmierci, ustawicznie odraczał wykonanie każdej egzekucji. Ludzie byli żądni krwi, a Yarber im tego nie dawał, więc republikanie rozpętali piekło i ostatecznie odnieśli spektakularny sukces, doprowadzając do jego odwołania. Yarber trafił na ulicę, gdzie błąkał się przez jakiś czas, aż zainteresowała się nim skarbówka. Wykształcony na Stanfordzie, oskarżony w Sacramento, skazany w San

Francisco, teraz odsiadywał wyrok w więzieniu federalnym na Florydzie.

I choć za kratkami tkwił już dwa lata, wciąż był rozgoryczony. Wciąż wierzył w swoją niewinność, wciąż marzył o pokonaniu wrogów. Lecz marzenia te powoli gasły. Dużo czasu spędzał na bieżni, po której chodził samotnie, smażąc się w słońcu i śniąc o lepszym życiu.

– Pierwsza sprawa: Schneiter kontra Magruder – ogłosił Spicer z taką powagą, jakby za chwilę miał się rozpocząć wielki proces antytrustowy.

– Schneitera nie ma – powiedział Beech.

– A gdzie jest?

– W izbie chorych. Znowu kamienie żółciowe. Właśnie stamtąd wracam.

Hatlee Beech był trzecim członkiem składu sędziowskiego. Większość czasu spędzał w szpitalu, a to z powodu hemoroidów, a to bólu głowy, a to zapalenia węzłów chłonnych. Najmłodszy z nich, miał pięćdziesiąt sześć lat i ponieważ zostało mu jeszcze dziewięć lat odsiadki, był przekonany, że umrze za kratkami. Kiedyś był sędzią federalnym we wschodnim Teksasie, zatwardziałym konserwatystą, doskonale znającym Pismo Święte, które lubił cytować w sali sądowej. Miał ambicje polityczne, miłą rodzinę i pieniądze z koncernu naftowego, które wniosła do małżeństwa żona. Miał też problem alkoholowy, o czym nikt nie wiedział, dopóki w Yellowstone nie potrącił dwójki turystów. Oboje zmarli. Samochód, który prowadził, należał do młodej kobiety, niebędącej jego żoną. Znaleziono ją na przednim siedzeniu nagą i tak pijaną, że nie była w stanie chodzić.

Dostał dwanaście lat.

Joe Roy Spicer, Finn Yarber, Hatlee Beech. Sąd Obwodowy Północnej Florydy, lepiej znany jako Bractwo z Trumble, więzienia federalnego o złagodzonym rygorze, gdzie nie było ani murów, ani wież strażniczych, ani drutów kolczastych. Jeśli już musisz siedzieć, siedź u federalnych, i to w takim miejscu jak Trumble.

– Skazujemy go zaocznie? – zwrócił się Spicer do Beecha.

– Nie, odraczamy do następnego tygodnia.

– Dobra. I tak nam nigdzie nie ucieknie.

– Nie zgadzam się! – zawołał Magruder z głębi sali.

– No to się nie zgadzaj... – burknął Spicer. – Sprawa odroczona do następnego tygodnia.

Magruder zerwał się z krzesła.

– To już trzeci raz. Jestem powodem. To ja wniosłem oskarżenie. A on przed każdym posiedzeniem sądu ucieka do izby chorych.

– O co się sądzicie?

– O siedemnaście dolarów i dwa świerszczyki – podpowiedział usłużnie T. Karl.

– Aż tyle, no, no... – mruknął Spicer.

Siedemnaście dolarów zapewniało w Trumble murowany pozew.

Finn Yarber sprawiał wrażenie znudzonego. Jedną ręką gładził skołtunioną siwą brodę, drugą jeździł po blacie stołu, skrobiąc po nim długimi paznokciami. Po chwili zaczął wyginać palce u stóp; żeby je rozruszać, z działającym na nerwy głośnym chrzęstem wciskał je w podłogę. W poprzednim życiu, gdy przysługiwał mu jeszcze tytuł prezesa Sądu Najwyższego Kalifornii, często przewodniczył procesom, mając na stopach jedynie skórzane klapki. Dzięki temu mógł ćwiczyć palce podczas nudnych mów wstępnych i końcowych obu stron.

– Odraczaj – rzucił.

– Sprawiedliwość odroczona to sprawiedliwość zarzucona – oświadczył uroczyście Magruder.

– A to ci oryginalne... – prychnął Beech. – Jeszcze tydzień, potem wydamy wyrok zaocznie.

– Więc postanowione – ogłosił Spicer kategorycznym tonem.

T. Karl zapisał to w rejestrze spraw. Wkurzony Magruder usiadł. Wnosząc pozew, wręczył T. Karlowi jednostronicowe streszczenie zarzutów. Tylko jedna strona, bo wiedział, że Bracia nie znoszą papierkowej roboty. Jedna strona i miało się swój dzień w sądzie. Schneiter odpowiedział sześcioma stronami inwektyw, a T. Karl sumiennie je powykreślał.

Zasady były proste. Krótkie pozwy. Żadnego ujawniania dowodów. Orzeczenia wydawano od ręki i były wiążące, jeśli tylko obie strony uznawały jurysdykcję sądu. Żadnych apelacji, bo przecież nie mieliby dokąd ich wnosić. Świadkowie nie składali przysięgi. W końcu siedzieli w więzieniu, gdzie kłamstwo uważano za coś całkowicie naturalnego.

– Co mamy dalej? – zapytał Spicer.

T. Karl zawahał się.

– Sprawa Whiza.

Sala na chwilę zamarła, po czym plastikowe krzesła zagrzechotały podczas ofensywy na stół sędziowski. Publika przesuwała się do momentu, aż T. Karl zawołał:

– Dość! Tyle wystarczy! Uszanujmy powagę sądu! – Krzesła znajdowały się teraz mniej niż sześć metrów od stołu.

Sprawa Whiza ropiała w tym sądzie od miesięcy. Whiz, młody spryciarz z Wall Street, okantował kilku bogatych klientów. Zniknęły cztery miliony dolarów, a legenda głosiła, że ukrył pieniądze w jakimś zamorskim banku i zarządzał nimi z więzienia. Do końca odsiadki zostało mu sześć lat, więc jeśli dostałby zwolnienie warunkowe, miałby około czterdziestki, gdy znalazłby się na wolności. Powszechnie zakładano, że spokojnie odsiaduje wyrok, by pewnego wspaniałego dnia, wciąż będąc dość młodym człowiekiem, polecieć prywatnym odrzutowcem na odległą wyspę, gdzie czekała na niego zakamuflowana fortuna.

Legenda z czasem się rozrastała, po części dlatego, że Whiz trzymał się na uboczu i codziennie spędzał długie godziny na analizie raportów finansowych i skomplikowanych wykresów oraz na czytaniu zrozumiałych jedynie dla ekspertów publikacji ekonomicznych. Nawet sam naczelnik próbował kiedyś wydębić od niego porady dotyczące rynku akcji.

Do Whiza w jakiś sposób zdołał się zbliżyć pewien były adwokat, znany w więzieniu pod ksywką Macher. Trudno powiedzieć jak, ale udało mu się nakłonić Whiza, by udzielił kilku drobnych porad małemu klubowi inwestycyjnemu, który zbierał się co tydzień w więziennej kaplicy. Właśnie w imieniu tego klubu Macher oskarżał teraz Whiza o oszustwo.

Zajął miejsce dla świadków i zaczął zeznawać. Zwykłe procedury zostały pominięte, żeby jak najszybciej dojść do prawdy.

– No więc idę do Whiza – zaczął Macher – i pytam go, co sądzi o ValueNow, nowej spółce internetowej, o której czytałem w „Forbesie". Miała wejść na giełdę, a mnie podobał się zamysł leżący u jej podstaw. Whiz obiecał, że ją dla mnie sprawdzi. Ale nie odezwał się. Więc do niego wróciłem i spytałem: „Hej, co z tym ValueNow?". A on na to, że jego zdaniem to solidna firma i że akcje wystrzelą pod sufit.

– Tego nie powiedziałem – wtrącił szybko Whiz.

Siedział samotnie po drugiej stronie sali, z rękami złożonymi na oparciu stojącego przed nim krzesła.

– Owszem, powiedziałeś.

– Nie, nie powiedziałem.

– Tak czy inaczej, wracam do naszego klubu i mówię, że Whiz wysoko ocenia firmę, więc decydujemy się kupić trochę tych akcji. Kłopot w tym, że drobni ciułacze nie mogą już tego zrobić, bo sprzedaż jest zamknięta. Wracam do Whiza i mówię:

„Słuchaj, myślisz, że mógłbyś pociągnąć za sznurki na Wall Street i załatwić nam kilka akcji ValueNow?". A on na to, że chyba da się to zrobić.

– To kłamstwo – burknął Whiz.

– Cisza! – zgromił go sędzia Spicer. – Jeszcze zdążysz się wypowiedzieć.

– Ale on kłamie – rzucił Whiz, jakby w Trumble kłamanie było zakazane.

Jeśli rzeczywiście miał gdzieś duże pieniądze, nie było po nim tego widać, przynajmniej sądząc po tym, w jaki sposób żył w więzieniu. Jego cela – trzy metry na cztery – była zupełnie pusta, jeśli nie liczyć stosów publikacji finansowych. Nie miał ani wieży stereo, ani wentylatora, ani książek czy papierosów, nic ze zwyczajowych dóbr, w jakie zaopatrywali się prawie wszyscy osadzeni. A to tylko potęgowało powtarzane o nim plotki. Uważano go za sknerę, dziwaka, który wszystkiego sobie odmawia, a zaoszczędzoną kasę najpewniej upycha na zagranicznym koncie.

– Tak czy inaczej – kontynuował Macher – postanowiliśmy zaryzykować i nabyć te akcje. Każdy z nas miał spieniężyć aktywa, a potem mieliśmy przeprowadzić konsolidację.

– Konsolidację? – spytał sędzia Beech.

Macher mówił jak ktoś obracający miliardami.

– Zgadza się, konsolidację. Pożyczyliśmy, ile się dało, od przyjaciół i rodziny, i ostatecznie zebraliśmy blisko tysiąc dolarów.

– Tysiąc dolarów – powtórzył Spicer. Nieźle jak na operację prowadzoną zza kratek. – I co dalej?

– Powiedziałem Whizowi, że jesteśmy gotowi, i spytałem, czy załatwi nam te akcje. To było we wtorek. Sprzedaż ruszała w piątek. Whiz zapewnił, że nie widzi problemu. Powiedział, że ma kumpla w Goldman Sux czy innym takim szajsie i że ten się nami zajmie.

– To kłamstwo! – krzyknął znowu Whiz.

– Żadne tam kłamstwo. Tak czy siak, w środę spotkałem Whiza na wschodnim spacerniaku. Zapytałem go o akcje, a on odparł, że wszystko jest pod kontrolą.

– Kłamstwo.

– Mam świadka.

– Kogo? – zapytał sędzia Spicer.

– Picassa.

Picasso siedział za Macherem, podobnie jak pozostałych sześciu członków klubu inwestycyjnego. Niechętnie pomachał ręką.

– Czy to prawda? – zwrócił się do niego Spicer.

– Tak – potwierdził Picasso. – Macher spytał o akcje, a Whiz powiedział, że je zdobędzie, że to nie problem.

Picasso zeznawał w wielu sprawach i częściej niż inni więźniowie był przyłapywany na kłamstwie.

– Kontynuuj – zwrócił się Spicer do Machera.

– A w czwartek nigdzie nie mogłem znaleźć Whiza. Ukrywał się przede mną.

– Wcale się nie ukrywałem.

– Taaa... Nadchodzi piątek, akcje trafiają na giełdę. Oferowano je po dwadzieścia za sztukę, czyli po cenie, za jaką byliśmy w stanie je kupić, gdyby tylko ten siedzący tam wilk z Wall Street zrobił to, co obiecał. Na otwarciu kurs wynosił sześćdziesiąt dolarów, przez większość dnia utrzymał się na osiemdziesięciu i potem spadł do siedemdziesięciu. Zakładaliśmy, że sprzedamy je jak najszybciej. Mogliśmy kupić pięćdziesiąt po dwadzieścia za sztukę, sprzedać po osiemdziesiąt i zamknąć transakcję z trzema tysiącami dolarów zysku.

W Trumble akty przemocy zdarzały się niezmiernie rzadko. Z powodu trzech tysięcy dolarów człowiek raczej nie kończył w kostnicy, ale ktoś mógł połamać mu kości. Whiz na razie miał szczęście, że nikt się jeszcze na niego nie zasadził.

– I uważacie, że Whiz jest wam winien te utracone zyski, tak? – spytał były prezes Sądu Najwyższego, Finn Yarber, skubiąc sobie brwi.

– No jasne, kurka, że tak – prychnął Macher. – A sprawa śmierdzi tym bardziej, że Whiz kupił akcje ValueNow dla siebie.

– Chyba cię popierdoliło... – warknął Whiz.

– Tylko bez przekleństw, proszę – zgromił go sędzia Beech.

Jeśli chciało się przegrać sprawę w sądzie Braci, wystarczyło obrazić uszy Beecha niecenzuralnym językiem.

Plotkę, że Whiz kupił akcje dla siebie, rozpuścili Macher i jego banda. Nie mieli na to żadnych dowodów, ale wyssana z palca historia przyjęła się i była powtarzana przez większość osadzonych tak często, że uznano ją za fakt. Bo to do wszystkiego pasowało...

– Skończyłeś? – zapytał Spicer Machera.

Ten miał przygotowanych jeszcze wiele argumentów, wiedział jednak, że Bracia nie cierpią rozgadanych pieniaczy. Zwłaszcza byłych prawników, którzy wciąż wspominają czasy swojej świetności. W Trumble siedziało takich co najmniej pięciu i pojawiali się niemal na każdej rozprawie.

– Tak, raczej tak – odparł Macher.

– A ty... co masz do powiedzenia? – zwrócił się Spicer do Whiza.

Whiz wstał i zrobił kilka kroków w stronę stołu sędziowskiego. Łypnął na Machera i jego bandę nieudaczników, po czym odwrócił się twarzą do sądu.

– Co w tej sprawie jest dowodem?

Spicer natychmiast spuścił wzrok i czekał na pomoc. Jako sędzia pokoju nie miał żadnego wykształcenia prawniczego. Nie skończył nawet szkoły średniej i przez dwadzieścia lat pracował w wiejskim sklepie ojca. To właśnie tam zdobył głosy, dzięki którym wybrano go na sędziego pokoju. W swoim orzecznictwie polegał na zdrowym rozsądku, który często rozmijał się z kodeksem karnym czy cywilnym. Gdy odwołanie się do nich było konieczne, zostawiał to w Trumble dwóm kolegom.

– To, co ustalimy, że nim jest – odparł sędzia Beech, bardzo rozbawiony tym, że o procedurach procesowych debatuje z maklerem giełdowym.

– Chodzi o wyraźne i przekonujące dowody? – chciał wiedzieć Whiz.

– Owszem.

– Które nie pozostawiają uzasadnionych wątpliwości?

– Te, które na razie zostały przedstawione, pozostawiają wątpliwości.

– Poważne?

– Być może – mruknął Beech.

– W takim razie wygląda na to, że powód nie dysponuje żadnymi dowodami – oznajmił Whiz, rozkładając szeroko ręce niczym marny aktor z jeszcze marniejszej telenoweli.

– Może lepiej skup się na przedstawieniu swojej wersji wydarzeń – poradził mu Beech.

– Bardzo chętnie. ValueNow to była typowa oferta internetowa. Dużo szumu, dużo reklamy. Tak, Macher zgłosił się do mnie, ale zanim zdążyłem popytać, było już za późno. Dzwoniłem do kumpla, a on powiedział mi, że te akcje są poza zasięgiem. Nawet duzi chłopcy nie mieli do nich dostępu.

– Jak to możliwe? – wtrącił zdziwiony sędzia Yarber.

W sali zaległa cisza. Whiz mówił o pieniądzach, więc wszyscy nadstawili uszu.

– W przypadku IPO to nic nadzwyczajnego. IPO to pierwsza oferta publiczna.

– Wiemy, czym jest IPO – burknął Beech.

Spicer na pewno nie wiedział. W prowincjonalnym Missisipi podobnych ofert nie mogło być zbyt wiele.

Whiz nieco się odprężył. Przypuszczał, że zaraz olśni ich wiedzą, tak że wygra tę durną sprawę, wróci do swojej jaskini i dalej będzie mógł wszystkich ignorować.

– Ofertę publiczną ValueNow obsługiwała Bakin-Kline, niewielka firma z San Francisco świadcząca usługi bankowości inwestycyjnej. W ofercie znalazło się pięć milionów akcji, ale Bakin-Kline rozprowadziła je głównie pośród preferowanych klientów i znajomych, tak że większość dużych firm inwestycyjnych praktycznie nie miała szans na ich nabycie. Jak już mówiłem, to nic wyjątkowego.

Sędziowie i osadzeni, nawet sądowy błazen, spijali mu z ust każde słowo.

A on jeszcze nie skończył.

– Trzeba być idiotą, żeby sądzić, że pozbawiony prawa wykonywania zawodu adwokat, któremu wpadło w ręce stare wydanie „Forbesa", zdoła w jakikolwiek sposób nabyć akcje ValueNow.

I teraz, kiedy Whiz o tym mówił, pomysł Machera wydawał się skrajnie naiwny. Macher kipiał z wściekłości, a jego koledzy z klubu zaczęli go w duchu obwiniać.

– A ty? – spytał Beech. – Kupiłeś jakieś dla siebie?

– Ależ skąd! Nie miałem do nich dostępu. A poza wszystkim większość firm z branży internetowej i zaawansowanych technologii, właśnie takich jak ValueNow, opiera się na trefnej kasie. Trzymam się od takich z daleka.

– To jakie wolisz? – zapytał szybko Beech, nie potrafiąc opanować ciekawości.

– Takie, które przynoszą zyski, tyle że długofalowo. Mnie się nigdzie nie spieszy. Całe to oskarżenie to jeden wielki kant. – Whiz wskazał ręką Machera, który coraz bardziej osuwał się na krześle. – Kilku facetów chce się szybko wzbogacić, ot i cała tajemnica.

Mówił sensownie i brzmiał wiarygodnie, podczas gdy oskarżenie Machera opierało się na pogłoskach, spekulacjach i słowach Picassa, notorycznego kłamcy.

– Masz jakichś świadków? – zapytał Spicer.

– A do czego mi oni? – prychnął Whiz i usiadł.

Każdy z sędziów zapisał coś na skrawku papieru. Narady trwały krótko, werdykty ogłaszano niezwłocznie. Yarber i Beech podsunęli kartki Spicerowi, a ten rzucił na nie okiem.

– Wynikiem dwa głosy do jednego sąd orzeka na korzyść pozwanego – ogłosił. – Pozew zostaje oddalony. Kto następny?

Tak naprawdę werdykt zapadł jednogłośnie, lecz zawsze ogłaszano, że któryś z sędziów miał odmienne zdanie. Dawało to każdemu z nich pewne pole manewru w razie ewentualnych pretensji którejś ze stron.

Ogólnie jednak Bracia cieszyli się w Trumble dobrą opinią. Decyzje podejmowali szybko i w miarę sprawiedliwie, a w świetle wątpliwych zeznań, jakich często byli zmuszeni wysłuchiwać, ich wyroki były zadziwiająco trafne. Spicer, który na zapleczu wiejskiego sklepiku przez lata rozsądzał drobne sprawy, potrafił wyczuć łgarza na kilometr. Beech i Yarber zjedli zęby w salach sądowych i nie tolerowali ani rozwlekłych wywodów, ani przeciągania procesów, czyli zwyczajowych praktyk.

– Na dzisiaj to już wszystko – zameldował T. Karl. – Więcej spraw nie ma.

– Świetnie. W takim razie sąd odracza posiedzenie do przyszłego tygodnia.

T. Karl poderwał się na nogi, aż loki peruki podskoczyły mu na ramionach.

– Sąd zakończył posiedzenie! – zagrzmiał. – Proszę wstać.

Naturalnie nikt nie wstał, nikt nawet się nie poruszył, gdy Bracia opuszczali salę. Macher i jego banda stłoczyli się w kącie, zapewne żeby obgadać kolejny pozew. Whiz się ulotnił.

Zastępca naczelnika i strażnik wyszli niepostrzeżenie. Cotygodniowe posiedzenie sądu było w Trumble jedną z najlepszych rozrywek.

Rozdział 2

Chociaż Aaron Lake zasiadał w Kongresie już czternasty rok, wciąż jeździł po Waszyngtonie własnym samochodem. Nie potrzebował i nie chciał szofera, asystentów ani ochroniarzy. Czasami towarzyszył mu stażysta, który robił dla niego notatki, lecz zwykle przedzierał się przez uliczne korki w błogiej samotności, słuchając koncertów muzyki klasycznej. Wielu jego przyjaciół, zwłaszcza tych, którzy dotarli do stołków przewodniczących czy wiceprzewodniczących Kongresu, miało o wiele większe samochody, z szoferami oczywiście, a niektórzy jeździli długimi limuzynami.

Ale nie on. Dla Aarona Lake'a takie luksusy były stratą czasu i pieniędzy. I odbierały prywatność. Wiedział, że jeśli kiedykolwiek objąłby wyższy urząd, na pewno nie zafunduje sobie dławiącego bagażu w postaci szofera. Poza tym lubił samotność. Tymczasem jego biuro w Kongresie przypominało dom wariatów. Uwijało się tam kilkanaście osób, które odbierały telefony, wyszukiwały dane w komputerach, obsługiwały jego wyborców z Arizony. Dwie dodatkowe zajmowały się pozyskiwaniem funduszy. Była jeszcze trójka stażystów, którzy robili jeszcze większy tłok w ciasnych korytarzach i zabierali mu więcej czasu, niż byli tego warci.

Lake był wdowcem i miał uroczy domek w Georgetown, dzielnicy, którą bardzo lubił. Żył spokojnie, tylko niekiedy wkraczał na scenę towarzyską, która we wczesnych latach ich małżeństwa tak pociągała i jego, i jego zmarłą żonę.

Jechał obwodnicą – wolno i ostrożnie, bo był korek i padał lekki śnieg – i gdy dotarł do Langley, został szybko przepuszczony przez pracowników ochrony. Wjechawszy na teren, z zadowoleniem stwierdził, że czeka na niego ulokowane dogodnie miejsce parkingowe. A także dwóch agentów w cywilnych ubraniach.

– Pan Maynard zaprasza – oznajmił poważnie jeden z nich, otwierając drzwi samochodu, podczas gdy drugi wziął od Lake'a teczkę.

Władza ma swoje zalety.

Aaron Lake nigdy dotąd nie spotykał się z dyrektorem CIA w Langley. Dwukrotnie rozmawiali na Kapitolu, ale to było przed wieloma laty, kiedy biedak mógł jeszcze chodzić. Teraz Teddy Maynard, który poruszał się na wózku, stale odczuwał ból, więc nawet senatorowie przyjeżdżali do niego, gdy chciał z nimi coś omówić. W ciągu czternastu lat urzędowania Lake'a w Kongresie Maynard kontaktował się z nim najwyżej sześć razy, ale był człowiekiem niezmiernie zajętym i załatwianie spraw mniejszej wagi zwykle zlecał współpracownikom.

W obstawie agentów Lake wszedł do siedziby CIA. Barierki ochronne otwierały się przed nim na każdym kroku, dlatego jeszcze nim dotarli do gabinetu, miał wrażenie, że jakby trochę urósł. Nic na to nie mógł poradzić. Władza działa odurzająco.

Pękał z dumy. Wezwał go do siebie sam Teddy Maynard.

⋏ ⋏ ⋏

W wielkim kwadratowym pokoju bez okien, nieoficjalnie zwanym bunkrem, dyrektor Maynard siedział samotnie i beznamiętnym wzrokiem wpatrywał się w duży ekran, na którym widniała zastygła w bezruchu twarz kongresmena Aarona Lake'a. Zdjęcie było dość świeże, zrobione przed trzema miesiącami podczas imprezy charytatywnej. Kongresmen z Arizony wypił na niej pół kieliszka wina, zjadł kawałek pieczonego kurczaka i odpuściwszy sobie deser, wrócił samotnie do domu i przed jedenastą położył się spać. Zdjęcie przykuwało uwagę, bo Lake wyglądał na nim naprawdę atrakcyjnie: lekko przetykane siwizną rudawe włosy bez śladu farbowania czy przyciemniania, żadnych oznak łysienia, ciemnoniebieskie oczy, wyrazista szczęka, ładne zęby. Miał pięćdziesiąt trzy lata i starzał się rewelacyjnie. Codziennie przez trzydzieści minut ćwiczył na wioślarzu treningowym i jego poziom cholesterolu był w normie. Naprawdę trudno było znaleźć u niego jakikolwiek zły nawyk. Lubił towarzystwo kobiet, zwłaszcza gdy sytuacja wymagała, żeby się z jakąś pokazał. Jego stałą sympatią była sześćdziesięcioletnia wdowa z Bethesdy, której zmarły mąż dorobił się fortuny jako lobbysta.

Oboje rodzice nie żyli. Jedyne dziecko studiowało w Santa Fe. Żona, z którą pozostawał w związku przez dwadzieścia dziewięć lat, zmarła w 1996 roku na raka jajnika. Rok później zdechł jego trzynastoletni spaniel i od tamtej pory kongresmen Aaron Lake z Arizony żył zupełnie sam. Był katolikiem – choć to obecnie nie miało większego znaczenia – i przynajmniej raz w tygodniu chodził do kościoła.

Teddy Maynard nacisnął guzik i twarz zniknęła.

Poza Waszyngtonem Aaron Lake był mało znany, głównie dlatego, że potrafił trzymać na wodzy swoje ego. Jeśli nawet marzył o wyższym stanowisku, nigdy się z tym nie obnosił. Kiedyś mówiono o nim jako o potencjalnym kandydacie na gubernatora Arizony, ale był za bardzo przywiązany do Waszyngtonu. Kochał Georgetown – tłumy, anonimowość, miejski styl życia. Lubił dobre restauracje, małe księgarenki i bary z espresso. A także teatr i muzykę; gdy jeszcze żyła żona, ani razu nie przegapili koncertu w Kennedy Center.

Na Kapitolu uchodził za bystrego i pracowitego, wyśmienitego mówcę, człowieka na wskroś uczciwego i lojalnego, sumiennego aż do przesady. Ponieważ w jego okręgu wyborczym miały siedziby cztery duże przedsiębiorstwa przemysłu zbrojeniowego, szybko stał się ekspertem w tej dziedzinie. Przewodniczył Komisji do spraw Służb Wojskowych w Izbie Reprezentantów i to właśnie z powodu tej funkcji poznał dyrektora CIA.

Teddy Maynard ponownie nacisnął guzik i na ekranie znów pojawiła się przystojna twarz Aarona Lake'a. Jako weteran służby w wywiadzie, w którym pracował od pięćdziesięciu lat, Teddy naprawdę rzadko odczuwał niepokój połączony z nieprzyjemnym uciskiem w żołądku. Ileż to razy uchylał się od kul, krył się pod mostami, zamarzał w górach? Otruł dwóch czeskich szpiegów, zastrzelił zdrajcę w Bonn, wyuczył się siedmiu obcych języków. Działał podczas zimnej wojny, a obecnie próbował zapobiec kolejnej. Przeżył więcej przygód niż dziesięciu agentów razem wziętych, a jednak teraz, gdy patrzył na niewinną twarz kongresmena Aarona Lake'a, żołądek zawiązywał mu się w supeł.

On – czyli CIA – miał zrobić coś, czego Agencja nigdy jeszcze nie robiła.

Zaczynali od stu senatorów, pięćdziesięciu gubernatorów i czterystu trzydziestu pięciu kongresmenów, z których wszyscy wydawali się dobrymi kandydatami, lecz na koniec został im tylko ten jeden. Członek Izby Reprezentantów Aaron Lake z Arizony.

Teddy wcisnął guzik i twarz Aarona Lake'a zniknęła. Nogi miał przykryte kocem. Codziennie ubierał się w to samo:

granatowy sweter, białą koszulę, stonowany krawat. Podjechał wózkiem do drzwi i przygotował się na spotkanie ze swoim kandydatem.

⋏ ⋏ ⋏

W ciągu ośmiu minut, gdy Aaron Lake czekał na spotkanie, poczęstowano go kawą i zaproponowano mu kawałek ciasta, za które podziękował. Miał metr osiemdziesiąt wzrostu, ważył siedemdziesiąt siedem kilogramów, dbał o wygląd i gdyby połasił się na coś słodkiego, Teddy byłby bardzo zdziwiony. Z tego, co wiedziano, Lake w ogóle nie jadał słodyczy. Nigdy.

Kawa była mocna, taką lubił. Pijąc ją, przeglądał wyniki badań, które przeprowadził. Na spotkaniu mieli omówić niepokojące zjawisko przepływu czarnorynkowego sprzętu artyleryjskiego na Bałkany. Przywiózł ze sobą dwie analizy, w sumie osiemdziesiąt stron danych, nad których opracowaniem ślęczał do drugiej nad ranem. Choć nie wiedział, dlaczego Maynard chce z nim rozmawiać akurat o tej sprawie, postanowił się przygotować.

Rozległ się cichy dźwięk brzęczyka, otworzyły się drzwi i z gabinetu wyjechał na wózku dyrektor CIA, z nogami owiniętymi kocem. Miał siedemdziesiąt cztery lata i widać było po nim każdy przeżyty dzień. Uścisk jego dłoni był jednak silny, przypuszczalnie dlatego, że ręce miał wyrobione od ciągłego popychania wózka. Lake wszedł za nim do pokoju, a dwóch wykształconych w college'u pitbulli zostało na straży pod drzwiami.

Dyrektor CIA i kongresmen usiedli naprzeciwko siebie przy stole ciągnącym się przez całą długość pomieszczenia, aż do białej ściany w głębi, służącej za ogromny ekran. Po krótkiej rozmowie wstępnej Teddy wcisnął guzik i na ekranie pojawiła się twarz. Kolejny przycisk i światło przygasło. Lake to uwielbiał – te niezliczone guziczki, te błyskawicznie wyświetlające się obrazy. Był przekonany, że wszystko tutaj jest tak naszpikowane elektroniką, że mogliby monitorować mu puls z odległości dziesięciu metrów.

– Poznaje go pan? – spytał Teddy.

– Czy ja wiem? Chyba go już gdzieś widziałem.

– To Natalij Czenkow. Były generał. Obecnie członek tego, co zostało z rosyjskiego parlamentu.

– Znany również jako Natty – wtrącił z dumą Lake.

– Tak, to właśnie on. Zatwardziały komunista, blisko powiązany z wojskiem. Genialny umysł, olbrzymie ego. Bardzo ambitny, bezwzględny i w tej chwili najniebezpieczniejszy człowiek na świecie.

– Tego nie wiedziałem.

Zmiana obrazu i na ekranie pojawiła się kolejna twarz, kamienna, osłonięta daszkiem jaskrawej czapki wojskowej.

– A to Jurij Golcyn, zastępca dowódcy tego, co ostało się z rosyjskiej armii. Czenkow i Golcyn mają wielkie plany. – Znów migotanie i tym razem na ścianie rozjarzyła się mapa obszarów Rosji na północ od Moskwy. – Tutaj gromadzą broń – wyjaśnił Teddy. – Którą właściwie kradną sami sobie, łupiąc rosyjską armię. Co jednak istotniejsze, skupują ją również na czarnym rynku.

– Skąd biorą na to pieniądze?

– Zewsząd. Za ropę naftową dostają od Izraela radary. Szmuglują narkotyki i za pośrednictwem Pakistanu kupują chińskie czołgi. Czenkow ma ścisłe powiązania z kilkoma mafiosami. Jeden z nich kupił ostatnio fabrykę w Malezji i produkuje tam wyłącznie broń szturmową. Wszystko starannie zaplanowali. Czenkow jest sprytny, to niezwykle inteligentny facet, może nawet geniusz.

Teddy Maynard sam był geniuszem, więc jeśli kogoś za takiego uznawał, to Lake bezwzględnie mu wierzył.

– Kogo chcą zaatakować?

Teddy zbył pytanie milczeniem – nie chciał jeszcze na nie odpowiadać.

– Widzi pan miasto Wołogda? Leży osiemset kilometrów na wschód od Moskwy. W zeszłym tygodniu namierzyliśmy w jednym z tamtejszych magazynów sześćdziesiąt pocisków typu Wietrow. Jak pan wie, pocisk typu Wietrow...

– ...to odpowiednik naszego Tomahawka Cruise'a, tyle że o sześćdziesiąt centymetrów dłuższy – dokończył za niego Lake.

– Właśnie. W ciągu ostatnich trzech miesięcy przerzucili ich tam już trzysta. Widzi pan Rybińsk na południowy zachód od Wołogdy?

– Znany z plutonu.

– Owszem, mnóstwa plutonu. Jest go tam tyle, że starczyłoby na wyprodukowanie dziesięciu tysięcy głowic nuklearnych. Czenkow i Golcyn cały ten teren mają pod kontrolą.

– Pod kontrolą?

– Tak. Wykorzystują do tego lokalną mafię i miejscowe wojsko. I są tam ludzie Czenkowa.

– Ale po co?

Teddy wcisnął guzik i ekran na ścianie zgasł. Światło pozostało przyciemnione, tak że kiedy odezwał się z przeciwległej strony stołu, jego głos dobiegł z niemal kompletnego mroku.

– Szykuje się przewrót, panie Lake. Zamach stanu. Spełniają się nasze najgorsze obawy. Każdy aspekt rosyjskiego społeczeństwa i jego kultury pęka i się kruszy. Demokracja to żart. Kapitalizm zamienił się w koszmar. Myśleliśmy, że uda nam się zmagdonaldyzować ten przeklęty kraj, ale wyszła z tego katastrofa. Robotnicy nie dostają pensji, choć i tak mogą uważać się za szczęściarzy, bo przynajmniej mają pracę. Dwadzieścia procent społeczeństwa jej nie ma. Z braku leków umierają dzieci. Wielu dorosłych też. Dziesięć procent populacji to bezdomni. Dwadzieścia procent cierpi głód. Z każdym dniem jest coraz gorzej. Kraj plądrują mafie. Wiemy, że z Rosji ukradziono i wywieziono co najmniej pięćset miliardów dolarów. I nic nie zapowiada, żeby miało się to zmienić. Dlatego to wręcz idealny moment, by pojawił się nowy przywódca. Nowy dyktator, który obieca ludziom powrót do stabilizacji. Rosja dramatycznie potrzebuje silnego przywództwa i pan Czenkow postanowił wyjść tej potrzebie naprzeciw.

– Tym bardziej że ma za sobą wojsko.

– Ma, i to mu całkowicie wystarczy. Przewrót będzie bezkrwawy, bo ludzie są na niego gotowi. Przyjmą Czenkowa z otwartymi ramionami. Wprowadzi armię na plac Czerwony i rzuci Stanom Zjednoczonym wyzwanie: tylko spróbujcie stanąć nam na drodze. Dla rosyjskiego narodu znów będziemy tymi złymi.

– I znów rozpocznie się zimna wojna – mruknął ze zniechęceniem Lake.

– O nie, nie będzie w niej nic zimnego. Czenkow chce ekspansji, chce odtworzyć dawny Związek Radziecki. Rozpaczliwie potrzebuje pieniędzy, więc będzie przejmował i sprzedawał grunty, fabryki, ropę, zboża. Zacznie wszczynać małe regionalne wojny i bez trudu je wygra.

Na ścianie wykwitła kolejna mapa. Przed oczami Lake'a ukazała się pierwsza faza nowego porządku świata.

– Podejrzewam – kontynuował Teddy – że najpierw zaatakuje państwa bałtyckie. Obali rządy Estonii, Łotwy, Litwy i tak dalej. Potem ruszy na państwa dawnego bloku wschodniego i pozawiera pakty z tamtejszymi komunistami.

Kongresmen w oniemieniu patrzył na plany ekspansji Rosji. Prognozy Teddy'ego były takie przekonujące, takie precyzyjne.

– A co z Chinami? – spytał.

Ale Teddy nie skończył jeszcze z Europą Wschodnią. Wcisnął guzik i mapa się zmieniła.

– Tu nas wessie.

– W Polsce?

– Tak. Jak zawsze. Z jakiegoś cholernego powodu Polska jest teraz członkiem NATO. Wyobraża pan sobie? Polska, broniąca nas i Europy? Przed Czenkowem, który chce wzmocnić dawne rosyjskie imperium i zerka tęsknym okiem na Zachód? Tak samo jak Hitler, tyle że on spoglądał na wschód.

– Ale do czego mu Polska?

– A do czego była Hitlerowi? Leżała między nim a Rosją. Hitler nienawidził Polaków i zmierzał do wojny. Czenkow ma Polskę gdzieś, chce ją tylko kontrolować. I zniszczyć NATO.

– Zaryzykuje trzecią wojnę światową?

Kolejne wciśnięcie guzika. Ekran znów stał się ścianą, zapaliło się światło. Część audiowizualna dobiegła końca, nadeszła pora na poważną rozmowę. Teddy poczuł w nogach przeszywający ból i lekko się skrzywił.

– Na to pytanie nie potrafię odpowiedzieć. Wiemy dużo, ale nie czytamy temu człowiekowi w myślach. Czenkow działa po cichu. Konfiguruje scenę, instaluje ludzi w odpowiednich miejscach. Ale wie pan… w sumie spodziewaliśmy się czegoś takiego.

– Tak, oczywiście. Od dawna braliśmy ten scenariusz pod uwagę, mieliśmy jednak zawsze nadzieję, że mimo wszystko nie wejdzie w życie.

– Już wchodzi, panie kongresmenie. Czenkow i Golcyn eliminują przeciwników właśnie teraz, w tej chwili, gdy my tu rozmawiamy.

– Jak to wygląda od strony czasowej?

Teddy lekko się przesunął, próbując usiąść inaczej, żeby stłumić ból.

– Trudno powiedzieć. Jeśli Czenkow jest inteligentny, a na pewno jest, zaczeka, aż na ulicach wybuchną zamieszki. Myślę, że za rok od teraz Natty Czenkow będzie najsławniejszym człowiekiem na świecie.

– Za rok – powtórzył Lake takim tonem, jakby usłyszał wyrok śmierci.

Zapadła długa cisza, gdy zastanawiał się nad końcem świata, a Teddy mu w tym nie przeszkadzał. Ucisk w żołądku dyrektora CIA znacznie zelżał. Lake bardzo mu się podobał: rzeczywiście był przystojny, a do tego wygadany i bystry. Dokonali właściwego wyboru.

Aaron Lake miał szansę na wygraną.

λ λ λ

Po wypiciu kawy i rozmowie telefonicznej, którą Teddy musiał przeprowadzić – dzwonił wiceprezydent – wznowili kameralną naradę. Lake był mile zaskoczony, że szef CIA przeznacza dla niego aż tyle czasu. Nadciągali Rosjanie, a on wydawał się taki spokojny.

– Chyba nie muszę panu mówić, jak bardzo nieprzygotowane jest nasze wojsko – zaczął ponuro Teddy.

– Nieprzygotowane do czego? Do wojny?

– Być może. Kiedy państwo jest nieprzygotowane, zwykle do niej dochodzi. Jeśli jest silne, daje się jej uniknąć. W tej chwili Pentagon nie mógłby przeprowadzić działań, jakie podjął podczas wojny w Zatoce Perskiej w dziewięćdziesiątym pierwszym.

– Gotowość bojowa naszych sił zbrojnych sięga siedemdziesięciu procent – przypomniał autorytatywnie Lake, bo wiedział, co mówi: w końcu to był jego sektor.

– Siedemdziesiąt procent to wojna, panie Lake. Wojna, której nie mamy szansy wygrać. Czenkow każdego ukradzionego centa inwestuje w nowy sprzęt. My obcinamy budżety i uszczuplamy stan naszej armii. Chcąc za wszelką cenę uniknąć rozlewu amerykańskiej krwi, poprzestajemy na naciskaniu guzików i odpalaniu bomb kierowanych. A Czenkow będzie miał dwa miliony wygłodniałych żołnierzy, gotowych walczyć i jeśli trzeba, ginąć.

Przez krótką chwilę Aaron Lake był z siebie dumny. Miał odwagę zagłosować przeciwko ostatniej ustawie budżetowej, ponieważ zmniejszała wydatki na zbrojenia. Wyborcom z jego okręgu bardzo się nie podobała.

– Może więc należałoby zdemaskować Czenkowa? – podsunął.

– Nie, nie. To wykluczone. Obserwujemy go, nasz wywiad depcze mu po piętach. Jeśli zareagujemy, domyśli się, że wiemy, co knuje. Mamy tu do czynienia z wysublimowaną grą szpiegowską, panie Lake. Jest za wcześnie, żeby zrobić z niego potwora.

– W takim razie jaki ma pan plan? – odważył się zapytać Lake.

Takie otwarte pytanie Maynarda o to, co zamierza zrobić, było czystą arogancją, ale Lake miał świadomość, że spotkanie może zaraz dobiec końca. Teddy wprowadził go w sytuację i zapewne lada chwila pożegna go i zaprosi do gabinetu kolejnego kongresmena lub przewodniczącego takiej czy innej komisji.

Teddy Maynard miał jednak wielkie plany i bardzo chciał się nimi podzielić.

– Za dwa tygodnie odbędą się prawybory w New Hampshire. Do wyścigu staje czterech republikanów i dwóch demokratów i każdy z nich mówi to samo. Żaden z kandydatów nie chce zwiększyć wydatków na zbrojenia. Rząd wreszcie wypracował nadwyżkę budżetową... cud nad cudy!... i wszyscy przerzucają się pomysłami, na co tę kasę przeznaczyć. Banda imbecyli. Kilka lat temu mieliśmy olbrzymi deficyt, a Kongres i tak wydawał pieniądze szybciej, niż je drukowano. Teraz mamy nadwyżkę, więc ci głupcy rzucą się na nią jak wygłodniałe psy.

Lake na moment uciekł wzrokiem w bok, lecz przemilczał tę uwagę.

– Przepraszam – mruknął Teddy, poniewczasie orientując się, jak to zabrzmiało. – Nieodpowiedzialny jest Kongres jako całość, ale oczywiście mamy tam również wielu świetnych polityków.

– Mnie nie musi pan tego mówić.

– Tak czy inaczej, pole walki roi się od bandy klonów. Liderzy zmieniają się jak w kalejdoskopie. Jeszcze dwa tygodnie temu byli inni. Trwa obrzucanie się błotem i wbijanie sobie noży w plecy, a wszystko to rzekomo dla dobra czterdziestego czwartego co do wielkości stanu w kraju. Obłęd. Naprawdę obłęd... – Teddy przerwał i krzywiąc się, spróbował zmienić ułożenie bezwładnych nóg. – Potrzebujemy kogoś nowego, panie Lake – dodał po chwili. – I uważamy, że tym kimś mógłby być pan.

Pierwszą reakcją Lake'a była próba stłumienia śmiechu – zrobił to, zanosząc się kaszlem.

– To żart, prawda? – spytał, gdy już nad sobą zapanował.

– Pan wie, że ja nie żartuję, panie Lake – odparł twardo Teddy, teraz już pewny, że Aaron Lake dał się wciągnąć w umiejętnie zastawioną pułapkę.

Lake odchrząknął, teraz już daleki od śmiechu.

– No dobrze, a zatem słucham.

– To bardzo proste. Tak proste, że aż piękne. Jest już za późno, żeby wystartował pan w New Hampshire, ale to w zasadzie bez znaczenia. Niech inni się tam okładają. Pan zaczeka, aż skończą, po czym zaskoczy wszystkich ogłoszeniem, że dołącza do wyścigu o fotel prezydencki. Wielu będzie pytało: „Kim, do diabła, jest Aaron Lake?". I dobrze. Tego właśnie chcemy. Niebawem się dowiedzą. Początkowo pańska kampania będzie dotyczyła tylko jednego: wydatków zbrojeniowych. Będzie pan zwiastunem złych nowin i przedstawi katastroficzne wizje, mówiąc o naszej słabości militarnej. I przyciągnie pan uwagę wszystkich, gdy wezwie pan do podwojenia nakładów na armię.

– Podwojenia?

– A widzi pan... to działa. Zainteresowałem pana. Tak, podwojenia nakładów w trakcie pańskiej czteroletniej kadencji.

– Ale dlaczego aż tyle? Owszem, zgadzam się, że wojsko należy wzmocnić, lecz podwojenie nakładów to chyba jednak przesada.

– Nie w obliczu kolejnej wojny, panie Lake. Wojny, w której za jednym naciśnięciem guzika będziemy wystrzeliwali tysiące tomahawków, pocisków kosztujących nas milion dolarów za sztukę. Do diabła, prawie nam ich zabrakło w zeszłym roku w tamtym bałkańskim bałaganie. Zresztą dobrze pan wie, że brakuje nam też żołnierzy, marynarzy, pilotów. A do ich zrekrutowania potrzeba tony pieniędzy. Tak naprawdę brakuje nam wszystkiego: żołnierzy, rakiet, czołgów, samolotów, lotniskowców. Czenkow się zbroi. My nie. My wciąż tylko redukujemy stan uzbrojenia i jeśli podczas kolejnej prezydentury sytuacja się nie zmieni, będzie po nas.

Teddy mówił coraz głośniej, coraz gniewniej, a gdy rzucił końcowe „będzie po nas", Lake niemal poczuł drżenie ziemi zarzucanej bombami.

– Tylko skąd weźmiemy na to wszystko fundusze? – spytał.

– Na co?

– Na armię.

Teddy prychnął z niesmakiem.

– Z tego samego źródła co zawsze. Czy muszę panu przypominać, że mamy nadwyżkę?

– Która obecnie jest już wydawana.

– Tak, oczywiście, wiadomo... Proszę posłuchać, panie Lake, niech się pan nie martwi o pieniądze. Wkrótce po tym, jak ogłosi pan, że przystępuje do wyścigu, postraszymy Amerykanów. Na początku będą mieli pana za wariata, szaleńca z Arizony, który chce produkować jeszcze więcej bomb. Ale my nimi wstrząśniemy. Wywołamy sytuację kryzysową na drugim końcu świata i nagle Aaron Lake zostanie uznany za wizjonera. Kluczowy jest wybór odpowiedniego momentu. Wygłosi pan przemówienie o tym, jak słabą pozycję militarną mamy w Azji, i mało kto będzie pana słuchał. A wtedy wykreujemy tam sytuację, przez którą cały świat wstrzyma oddech. I nagle wszyscy zechcą z panem gadać. I tak to się będzie toczyło przez całą kampanię. My będziemy się zajmować budowaniem napięcia. Będziemy wypuszczać raporty, prokurować incydenty, manipulować mediami i zawstydzać pańskich przeciwników. Szczerze mówiąc, panie Lake, nie sądzę, żeby czekały nas jakieś szczególne trudności.

– Mówi pan tak, jakby już to kiedyś przerabiał.

– Nie. Owszem, chcąc chronić kraj, robiliśmy różne dziwne rzeczy. Ale jeszcze nigdy nie próbowaliśmy wpływać na wybory prezydenckie. – W głosie dyrektora CIA wyraźnie pobrzmiewała nuta żalu.

Lake powoli odsunął się z krzesłem, wstał, wyprostował się, po czym przeszedł wzdłuż stołu na drugi koniec pokoju. W nogach czuł ociężałość, puls miał przyspieszony. Pułapka się zatrzasnęła; kongresmen Lake dał się w nią schwytać.

Wrócił na swoje miejsce.

– Nie mam tylu pieniędzy – rzucił, dobrze wiedząc, że mówi do kogoś, kto już o tym pomyślał.

Teddy uśmiechnął się, kiwnął głową i udał, że się zastanawia. Dom Aarona Lake'a był wart czterysta tysięcy dolarów. Mniej więcej połowę tej kwoty Lake trzymał w funduszach inwestycyjnych, kolejne sto tysięcy w obligacjach. Nie miał większych długów. Na przyszłą kampanię wyborczą do Kongresu zachomikował czterdzieści tysięcy.

– Bogaty kandydat nie byłby atrakcyjny – oznajmił Teddy. Wcisnął kolejny guzik i na ścianę powróciły obrazy, wyraźne i w kolorze. – Pieniądze nie stanowią problemu, panie Lake – zapewnił już o wiele pogodniejszym tonem. – Dociśniemy przedsiębiorców z branży zbrojeniowej. Proszę spojrzeć. – Wskazał na ekran, jakby jego rozmówca mógł nie wiedzieć, na co powinien patrzeć. – W zeszłym roku przemysł kosmiczno--zbrojeniowy wypracował blisko dwustumiliardowe zyski. My weźmiemy z tego tylko ułamek.

– Jak duży?

– Tyle, ile będzie trzeba. Realnie jesteśmy w stanie ściągnąć od nich około stu milionów.

– Których nie da się nigdzie ukryć.

– O to akurat bym się nie zakładał. Ale to już nie pańskie zmartwienie, panie Lake. Pieniędzmi zajmiemy się my, a pan niech wygłasza przemówienia, występuje w reklamach telewizyjnych i prowadzi kampanię. Pieniądze będą napływać, zapewniam. Do listopada amerykańscy wyborcy będą tak przerażeni wizją katastrofy, że przestanie ich obchodzić, ile i na co pan wydał. Odniesie pan spektakularne zwycięstwo.

Teddy Maynard proponował mu spektakularne zwycięstwo. Oszołomiony Lake ze zdumieniem wpatrywał się w kwoty wyświetlone na ścianie. Przemysł kosmiczno-zbrojeniowy: sto dziewięćdziesiąt cztery miliardy dolarów. Przed rokiem budżet na wojsko wynosił dwieście siedemdziesiąt miliardów. Podwoić tę kwotę do pięciuset czterdziestu w ciągu czterech lat i dostawcy ponownie obrośliby w tłuszcz. Robotnicy też! Płace poszybowałyby w górę! Powstałyby nowe miejsca pracy!

Kandydata Aarona Lake'a obstąpiliby dyrektorzy z pełnymi kiesami, związki zawodowe z głosami pracowników. Początkowy szok słabł, prostota planu Teddy'ego stawała się coraz bardziej wyrazista. Zebrać pieniądze od tych, którzy na tym skorzystają, postraszyć wyborców, tak żeby rzucili się do urn. Wygrać z dużą przewagą. I przy okazji uratować świat.

Teddy dał mu chwilę, po czym znów się odezwał.

– Większość funduszy zdobędziemy za pośrednictwem komitetów wsparcia politycznego. Związki zawodowe, inżynierowie, dyrektorzy, biznesmeni. Już jest tego dużo, a będzie jeszcze więcej.

Lake już je tworzył: setki komitetów wyborczych, wszystkie dysponujące pieniędzmi, jakich dotąd nie widziano podczas wyborów. Szok całkowicie minął, jego miejsce zajęło podekscytowanie. Po głowie krążyło mu tysiące pytań. Kto będzie wiceprezydentem? Kto poprowadzi kampanię? Kogo zrobić szefem sztabu? Gdzie ogłosić zamiar kandydowania?

– To może się udać – powiedział w końcu, starając się ukryć emocje.

– O tak, panie Lake, może i na pewno się uda. Proszę mi zaufać. Pracujemy nad tym projektem już od dłuższego czasu.

– Ilu ludzi o tym wie?

– Niewielu. Został pan wybrany po bardzo starannej weryfikacji. Braliśmy pod uwagę wiele nazwisk, pańskie jednak stale wysuwało się na czoło. Przyjrzeliśmy się też wnikliwie pańskiemu życiorysowi.

– I co? Nudy, prawda?

– Można tak powiedzieć, choć martwi mnie nieco pana związek z panią Valotti. Dwukrotnie się rozwodziła i zażywa środki przeciwbólowe.

– Nie wiedziałem, że jestem z nią w związku.

– Ostatnio często was razem widywano.

– Obserwujecie mnie?

– A oczekiwałby pan od nas czegoś innego?

– Nie, chyba nie...

– Zabrał ją pan na tę melodramatyczną galę charytatywną na rzecz uciśnionych Afganek. No naprawdę, panie kongresmenie... – Ton Teddy'ego stał się nagle ostry i ociekający sarkazmem.

– Nie chciałem tam iść, ale...

– Więc trzeba było tego nie robić. Niech się pan trzyma z daleka od tego rodzaju imprez. Lepiej zostawić to tym z Hollywood. A ta Valotti... przysporzy panu jedynie kłopotów.

– Ktoś jeszcze nie przypadł wam do gustu? – spytał nieco zaczepnie Lake. Odkąd został wdowcem, jego życie osobiste było dość nudne, teraz jednak poczuł, że jest z tego dumny.

– Raczej nie – odparł Teddy po chwili zastanowienia. – Pani Benchly wydaje się ustatkowana i chyba jest całkiem miła.

– Och, bardzo dziękuję.

– I wiadomo... zaatakują pana za stosunek do aborcji, choć z drugiej strony nie pana pierwszego.

– Tak, to stary i stale wałkowany temat – mruknął Lake.

W gruncie rzeczy miał go już po dziurki w nosie. W trakcie dotychczasowej kariery opowiadał się za aborcją i przeciwko aborcji, za prawami reprodukcyjnymi i przeciwko nim, za ochroną życia poczętego, a później za wolnością wyboru, był antyfeministą i przyjacielem feministek. W ciągu czternastu lat spędzonych na Kapitolu przegoniono go po całym aborcyjnym polu minowym i przy każdym nowym ruchu strategicznym odnosił rany.

Ale aborcja już go nie przerażała, przynajmniej nie w tej chwili. O wiele bardziej martwił się tym, że CIA prześwietla jego życie.

– A GreenTree? – spytał.

Teddy lekceważąco machnął ręką.

– Minęły dwadzieścia dwa lata. Nikt nie został skazany. Pański wspólnik zbankrutował i stanął przed sądem, ale ława go uniewinniła. Ta sprawa na pewno wyjdzie, wszystko wyjdzie. Ale my, panie Lake, skierujemy uwagę ludzi zupełnie gdzie indziej. Wkroczenie do walki w ostatniej chwili ma swoje dobre strony. Dziennikarze nie będą mieli zbyt wiele czasu na dokopywanie się do brudów.

– Nie mam żony. Nieżonatego prezydenta ten kraj wybrał tylko raz.

– Jest pan wdowcem, a pańska zmarła żona cieszyła się szacunkiem zarówno tutaj, jak i w swoich rodzinnych stronach. Proszę mi wierzyć, to nie będzie żaden problem.

– W takim razie co pana niepokoi?

– Nic, panie Lake. Absolutnie nic. Jest pan solidnym kandydatem z ogromnymi szansami na wygraną. My zajmiemy się kreowaniem problemów, wywoływaniem strachu i zbieraniem pieniędzy.

Lake znowu wstał i chodził po pokoju, przeczesując palcami włosy, drapiąc się po brodzie, usiłując oczyścić umysł.

– Mam mnóstwo pytań – rzucił w końcu.

– Na niektóre będę mógł zapewne odpowiedzieć, ale nie teraz. Spotkajmy się tutaj jutro o tej samej porze. Niech się pan z tym wszystkim prześpi. Czasu jest wprawdzie niewiele, przypuszczam jednak, że na podjęcie takiej decyzji należy się panu przynajmniej doba. – Teddy Maynard chyba po raz pierwszy się uśmiechnął.

– Świetny pomysł. Zastanowię się i jutro dam panu odpowiedź.

– Tylko proszę pamiętać, że o naszej pogawędce nikt nie może wiedzieć.

– Tak, tak, oczywiście…

Rozdział 3

Biblioteka prawnicza zajmowała jedną czwartą powierzchni całej więziennej biblioteki. Mieściła się w rogu i od reszty pomieszczenia odgradzała ją wzniesiona na koszt podatników estetyczna ścianka z czerwonej cegły i szkła. Tę oddzielną część zapełniały pełne wysłużonych książek regały, między którymi trudno się było przecisnąć, oraz stojące przy ścianach ciągi biurek z maszynami do pisania i komputerami. Tak że miejsce to niczym nie różniło się od biblioteki w każdej dużej instytucji.

Biblioteką prawniczą zarządzali Bracia. Oczywiście mogli z niej korzystać wszyscy osadzeni, obowiązywała jednak niepisana zasada, że jeśli chciało się w niej dłużej przebywać, trzeba było mieć zezwolenie. No, może nie zezwolenie, ale o chęci skorzystania z biblioteki należało przynajmniej powiadomić.

Sędzia Joe Roy Spicer z Missisipi zarabiał czterdzieści centów za godzinę. Jego praca polegała na zamiataniu podłogi, przesuwaniu stojących krzywo biurek i ustawianiu książek na półkach. Opróżniał też kosze na śmieci i generalnie mówiło się o nim, że zwyczajnie odbębnia tę pracę. Sędzia Hatlee Beech z Teksasu był bibliotekarzem, a jego wynagrodzenie w wysokości pięćdziesięciu centów za godzinę zaliczano do najwyższych. Bardzo dbał o „swoje woluminy" i często złościł się na Spicera, że ten nie obchodzi się z nimi jak należy. Finn Yarber, niegdyś sędzia Kalifornijskiego Sądu Najwyższego, zarabiał dwadzieścia centów za godzinę jako technik komputerowy. Jego płaca plasowała się na dole skali, ponieważ prawie w ogóle nie znał się na komputerach.

Zwykle Bracia spędzali w bibliotece od sześciu do ośmiu godzin dziennie. Jeśli jakiś osadzony miał problem natury prawnej, po prostu umawiał się z którymś z sędziów i składał mu wizytę w ich małej „kancelarii". Hatlee Beech specjalizował się w wyrokach i apelacjach. Finn Yarber zajmował się bankructwami, rozwodami i sprawami o alimenty. Joe Roy Spicer, bez wykształcenia prawniczego, nie miał żadnej konkretnej specjalizacji. Ani nie chciał mieć. Kierował sekcją przekrętów.

Obowiązujące przepisy surowo zabraniały Braciom pobierania opłat za świadczone usługi, tyle że w Trumble mało kogo obchodziły przepisy. Ostatecznie byli skazanymi przestępcami i jeśli tylko dorabiali sobie na boku wystarczająco dyskretnie, nikt się nie czepiał. Maszynką do robienia pieniędzy były odwołania od wyroków. W procesach mniej więcej jednej czwartej osadzonych w Trumble można było wykazać uchybienia proceduralne. Beech potrafił przez całą noc grzebać w aktach, by je znaleźć. Przed miesiącem udało mu się na przykład zmniejszyć aż o cztery lata wyrok pewnego młodzieńca skazanego na piętnaście lat. Rodzina chłopaka zgodziła się zapłacić i Bracia zainkasowali pięć tysięcy dolarów, jak dotąd ich największe honorarium. Spicer zadbał o zdeponowanie pieniędzy na tajnym koncie za pośrednictwem prawnika z Neptune Beach.

Na zapleczu biblioteki, za regałami, ledwie widoczna z głównego pomieszczenia, mieściła się mała sala konferencyjna.

W drzwiach do niej było duże przeszklone okno, nikt jednak przez nie nigdy nie zaglądał. Bracia udawali się do sali, kiedy chcieli w ciszy i spokoju zająć się własnymi sprawami. Nazywali to miejsce gabinetem sędziowskim.

Spicer wrócił właśnie ze spotkania z prawnikiem i przyniósł pocztę – kilka naprawdę ciekawych listów. Zamknął drzwi, po czym wyjął z teczki kopertę i pomachał nią przed nosami Beecha i Yarbera.

– Żółta – powiedział. – Czyż to nie słodkie? To do Ricky'ego.

– Od kogo? – spytał Yarber.

– Od Curtisa z Dallas.

– Od tego bankiera? – Beech był wyraźnie przejęty.

– Nie, Curtis jest właścicielem kilku sklepów jubilerskich. Posłuchajcie. – Spicer rozłożył list napisany na papierze tego samego koloru co koperta. Uśmiechnął się, odchrząknął i zaczął czytać: – *Drogi Ricky! Twój list z ósmego stycznia ogromnie mnie poruszył. Przeczytałem go trzy razy. Mój Ty biedaku, dlaczego oni Cię tam trzymają?*

– A gdzie on jest? – przerwał mu Yarber.

– Na odwyku w ekskluzywnej klinice, za którą płaci jego bogaty wujek. Siedzi tam od roku, już nie bierze, jest w pełni wyleczony, ale potwory, które prowadzą klinikę, zamierzają go wypuścić dopiero w kwietniu, bo co miesiąc inkasują dwadzieścia tysięcy dolarów od bogatego wujka, który chce, żeby Ricky siedział pod kluczem jak najdłużej, ale nie przysyła mu żadnej kasy na drobne wydatki. Przypominasz już sobie?

– Teraz tak.

– Ciekawe... Pomagałeś mi wymyślić tę historię. Dobra, mogę czytać dalej?

– Czytaj.

– *Kusi mnie, żeby tam polecieć i samemu wygarnąć tym podłym ludziom. A ten Twój wujek, co za łajza! Takim bogaczom jak on wydaje się, że wystarczy posyłać pieniądze i nic więcej nie muszą już robić. Jak Ci pisałem, mój ojciec też do biednych nie należał, a był najbardziej żałosnym człowiekiem, jakiego znałem. Jasne, kupował mi różne rzeczy, lecz to były tylko nietrwałe przedmioty, bez znaczenia. Ale czasu nigdy dla mnie nie miał. Chory łajdak, tak jak ten Twój wujek. Załączam czek na tysiąc dolarów, na wypadek gdybyś potrzebował kupić sobie coś w kantynie. Ricky, nie mogę się już doczekać kwietnia i naszego spotkania. Powiedziałem żonie, że w Orlando odbywa się w tym czasie międzynarodowa wystawa brylantów, a ona stwierdziła, że nie chce jechać, bo wystawa jej nie interesuje.*

– W kwietniu? – spytał Beech.

– Tak. Ricky jest pewny, że w kwietniu wyjdzie.

– Czyż to nie słodkie? – mruknął z uśmiechem Yarber. – I ten cały Curtis ma żonę i dzieciaki, tak?

– Curtis ma pięćdziesiąt osiem lat, troje dorosłych dzieci i dwoje wnuków.

– A ten czek to gdzie? – zainteresował się Beech.

Spicer odwrócił list i czytał dalej:

– *Musimy zrobić wszystko, żebyś mógł się ze mną spotkać w Orlando. Jesteś pewien, że w kwietniu Cię wypuszczą? Proszę, powiedz, że tak. Myślę o Tobie nieustannie. W szufladzie biurka mam Twoje zdjęcie i kiedy na nie patrzę, kiedy patrzę Ci w oczy, wiem, że powinniśmy być razem.*

– To chore, chore – wymamrotał Beech, wciąż jednak się uśmiechając. – I pomyśleć, że gość jest z Teksasu...

– Jestem przekonany, że w Teksasie mieszka wielu słodkich chłopców – powiedział Yarber.

– Bo niby w Kalifornii to ich nie ma, co?

– Reszta to już tylko nieistotne bzdety – rzucił Spicer, pobieżnie przeglądając list do końca.

Później zamierzał przeczytać go dokładnie. Podniósł czek na tysiąc dolarów i nim pomachał. W stosownym momencie czek miał trafić do adwokata, żeby ten mógł zdeponować pieniądze na ich tajnym koncie.

– Kiedy go dociśniemy? – spytał Yarber.

– Napiszmy jeszcze kilka listów. Ricky musi bardziej wypłakać mu się w mankiet. Musi przeżyć jakieś nieszczęście...

– Może pobije go strażnik albo coś w tym stylu – podsunął Beech.

– Tam nie ma strażników – zauważył Spicer. – To modna klinika odwykowa, zapomniałeś? W takich są tylko terapeuci i psycholodzy.

– Ale to placówka zamknięta, prawda? Czyli muszą tam być ogrodzenia i bramy, a więc i strażnicy. Któryś z nich mógłby napalić się na piękne ciało Ricky'ego i dopaść go pod prysznicem czy w szatni.

– Nie, nie – zaprotestował Yarber. – To nie może być napaść na tle seksualnym. Curtis może się przestraszyć. Pomyśli, że Ricky złapał jakąś chorobę, i się zniechęci.

Siedzieli i przez kilka minut wytężali wyobraźnię, wymyślając dla Ricky'ego coraz to gorsze nieszczęścia. Jego zdjęcie podkradli z tablicy ogłoszeń jednego ze współwięźniów, dali je do skserowania adwokatowi, po czym rozsyłali do kilkunastu mężczyzn, z którymi korespondowali. Przedstawiało uśmiechniętego – i bardzo przystojnego – absolwenta college'u w granatowej czapce i todze, z dumą ściskającego w ręce dyplom.

Postanowili, że Beech popracuje nad nową historyjką i napisze wstępny szkic kolejnego listu do Curtisa. To on wcielał się w postać Ricky'ego i jako młody, udręczony chłopak użalał się nad swoim nieszczęsnym życiem ośmiu zatroskanym duszom. Natomiast sędzia Yarber był Percym, młodym mężczyzną, również przebywającym w klinice odwykowej. Był wyleczony i wkrótce miał wyjść na wolność, w związku z czym szukał starszego partnera, z którym mógłby miło spędzać czas. Percy złapał już na haczyk pięć ofiar i powoli zwijał żyłkę.

Joe Roy Spicer, który nie miał drygu do pisania, zajmował się czymś innym. Koordynował cały przekręt, pomagał w układaniu historyjek, pilnował, żeby informacje się nie rozjeżdżały, i spotykał się z adwokatem, który dostarczał im pocztę. No i zarządzał pieniędzmi.

Teraz otworzył kolejną kopertę.

– A to, szanowni panowie sędziowie, jest list od Quince'a – oznajmił.

Na chwilę zapadła głucha cisza, a Beech i Yarber znieruchomieli. Quince, jak wynikało z sześciu listów, które wymienił z Rickym, był pięćdziesięciojednoletnim bogatym bankierem z miasteczka w stanie Iowa. Bracia znaleźli go, podobnie jak pozostałych, dzięki ogłoszeniu w czasopiśmie gejowskim, które leżało teraz ukryte w bibliotece prawniczej. Był ich drugą ofiarą. Pierwsza pewnie zaczęła coś podejrzewać, bo przestała się odzywać. Quince przysłał swoje zdjęcie zrobione nad brzegiem jeziora. Był na nim bez koszuli – wystający brzuch, chude ramiona, cofająca się linia włosów – w otoczeniu rodziny. Fotka była kiepskiej jakości, bez wątpienia wybrana dlatego, że trudno byłoby go na niej zidentyfikować, na wypadek gdyby ktoś tego kiedykolwiek próbował.

– Chcesz przeczytać, Ricky? – zapytał Spicer, podając list Beechowi.

Ten spojrzał na kopertę. Była biała, bez adresu zwrotnego. Imię i nazwisko napisane na maszynie.

- A ty już czytałeś? – rzucił.
- Nie. No dalej, słuchamy.

Beech powoli wyjął list, zwykłą białą kartkę – zbity tekst, odstępy między linijkami, wszystko wystukane na starej maszynie do pisania. Odchrząknął i zaczął czytać:

– *Drogi Ricky, stało się. Nie mogę uwierzyć, że to zrobiłem, ale zrobiłem. Dzwoniłem z budki, pieniądze wysłałem przekazem, nie podając adresu nadawcy, więc chyba nie zostawiłem po sobie żadnego śladu. Ta firma z Nowego Jorku, którą mi poleciłeś, jest naprawdę wspaniała, jej pracownicy byli bardzo dyskretni i pomocni. Przyznaję, że byłem przerażony. Nigdy nie sądziłem, że będę robił coś takiego jak rezerwowanie gejowskiego rejsu statkiem. I wiesz co? To było ekscytujące. Jestem z siebie taki dumny. Mamy kajutę apartamentową, tysiąc dolarów za dobę, i nie mogę się już doczekać.*

Beech przerwał i ponad zsuniętymi do połowy nosa okularami zerknął na kolegów. Obaj się uśmiechali, rozanieleni tym, co usłyszeli.

Powrócił do czytania.

– *Wypływamy dziesiątego marca. I wpadłem na wspaniały pomysł. Przyjadę do Miami dopiero dziewiątego, więc mielibyśmy mało czasu, żeby się lepiej poznać. Umówmy się więc, że spotkamy się od razu na statku, w naszym apartamencie. Będę tam pierwszy, zameldują się, zamówię zimnego szampana i poczekam na Ciebie. Cudownie, prawda? Będziemy mieli dla siebie całe trzy dni. Proponuję, żebyśmy w ogóle nie wychodzili z kajuty.*

Beech nie mógł się powstrzymać i uśmiechnął się. I zdołał to zrobić, jednocześnie kręcąc głową z obrzydzeniem.

– *Jestem taki podekscytowany naszą małą wyprawą* – czytał dalej. – *Nareszcie postanowiłem odkryć, kim naprawdę jestem. A wszystko dzięki Tobie. To Ty dodałeś mi odwagi, dzięki Tobie odważyłem się zrobić pierwszy krok. Naprawdę, Ricky, już teraz jestem Ci za to dozgonnie wdzięczny. Proszę, odpisz bezzwłocznie. Trzymaj się, mój kochany, i uważaj na siebie. Pozdrawiam ciepło, Quince.*

– Zaraz się porzygam – mruknął Spicer, ale nie zabrzmiało to zbyt przekonująco.

Mieli za dużo pracy.

– Dociśnijmy go – powiedział Beech.

Jego koledzy nie zaoponowali.

– Na ile? – spytał Yarber.

– Co najmniej sto tysięcy – odparł Spicer. – Jego rodzina ma banki od dwóch pokoleń. Ojciec nadal pracuje, więc gdyby synalek został zdemaskowany, staruszek wpadłby w szał. Quince nie może sobie na to pozwolić. Nie stać go na utratę ciepłej posadki i zapłaci tyle, ile zażądamy. Idealna sytuacja.

Beech robił już notatki. Yarber też. Spicer krążył po małej sali niczym niedźwiedź poszukujący ofiary. Pomysły przychodziły powoli. Debatowali nad językiem, spierali się o strategię, w końcu jednak list zaczął nabierać kształtu.

Beech odczytał jego roboczą wersję:

– *Drogi Quince! Sprawiłeś mi ogromną przyjemność swoim listem z czternastego stycznia. Cieszę się, że zarezerwowałeś rejs. Zapowiada się naprawdę wspaniale. Jest tylko jeden problem. Nie będę mógł wziąć w nim udziału, i to z kilku powodów. Po pierwsze, wypuszczą mnie stąd dopiero za kilka lat. Siedzę w więzieniu, a nie w klinice odwykowej. Po drugie, wcale nie jestem gejem. Mam żonę i dwoje dzieci, którym jest bardzo ciężko, ponieważ nie mogę wspierać ich finansowo. I tu na scenę wkraczasz Ty, mój drogi Quince. Muszę uszczknąć odrobinę z Twojego majątku. Chcę sto tysięcy dolarów. Możemy to nazwać zapłatą za milczenie. Przyślesz mi sto tysięcy, a ja zapomnę o Rickym i gejowskim rejsie i nikt z Bakers w stanie Iowa o niczym się nie dowie. Twoja żona, dzieci, ojciec i pozostali członkowie Twojej bogatej rodziny nigdy o mnie nie usłyszą. Jeśli jednak nie prześlesz tej forsy, całe Twoje małe miasteczko zasypię kopiami naszych listów. To się nazywa wymuszenie, Quince. Dałeś się podejść. To okrutne, podłe i niezgodne z prawem, wiem, ale mam to gdzieś. Potrzebuję pieniędzy, a Ty je masz.* – Beech przerwał, spojrzał na kolegów i czekał na ich aprobatę.

– Pięknie – pochwalił Spicer, który już planował, jak wyda swoją część łupu.

– Ostre i podłe – skwitował Yarber. – A jeśli on się zabije?

– Cóż, zawsze istnieje jakieś ryzyko – odparł Beech.

Przeczytali list raz jeszcze, a potem zaczęli rozważać, czy to na pewno odpowiedni moment. O nielegalności tego, co robili, ani o karze, jaka by ich czekała, gdyby zostali przyłapani, nie rozmawiali. Wszelkie tego typu wątpliwości przegadali przed wieloma miesiącami, kiedy Joe Roy Spicer opowiedział im o przekręcie i namówił ich, żeby w to weszli. W porównaniu z potencjalnymi zyskami ryzyko było niewielkie. Raczej nie groziło im, że szantażowani mężczyźni zgłoszą to na policję.

Tyle że na razie nikogo jeszcze nie docisnęli. Korespondowali z kilkunastoma potencjalnymi ofiarami, mężczyznami w średnim wieku, którzy popełnili błąd, odpowiadając na proste ogłoszenie:

Biały dwudziestolatek chętnie nawiąże znajomość korespondencyjną z miłym, dyskretnym panem w wieku czterdziestu, pięćdziesięciu lat.

I na to króciutkie ogłoszenie, zamieszczone na ostatniej stronie gejowskiego czasopisma, otrzymali aż sześćdziesiąt odpowiedzi. Przeglądaniem listów, odrzuceniem tych bezwartościowych i wyselekcjonowaniem bogatych ofiar zajął się Spicer. Początkowo to zadanie go brzydziło, potem zaczęło bawić. Teraz jednak sprawa zrobiła się poważna: zamierzali wyłudzić sto tysięcy dolarów od niewinnego człowieka.

Jedną trzecią tej kwoty miał dostać adwokat; niby typowa stawka, a jednak frustrująca. Ale nie było wyjścia. Facet odgrywał kluczową rolę w ich procederze.

Nad listem do Quince'a pracowali godzinę, aż wreszcie postanowili na razie sobie odpuścić i ostateczną wersję napisać nazajutrz. Tymczasem zajęli się drugim listem, od mężczyzny używającego pseudonimu Hoover. Ten korespondował z Percym i w najnowszym liście przez cztery bite akapity rozwodził się nad obserwowaniem ptaków. Yarber, zanim mógł odpisać, że on również jest wielbicielem ptactwa, musiał pogłębić wiedzę ornitologiczną. Było jednak oczywiste, że Hoover boi się własnego cienia. Nie wspominał nic o sobie ani o pieniądzach.

Bracia uznali, że trzeba dać mu trochę czasu. Pisać o ptakach, a potem umiejętnie nakierować na temat spotkania. Jeśli Hoover nie łyknie przynęty i nie ujawni swojej sytuacji finansowej, dadzą sobie spokój.

⁂

W Głównym Zarządzie Więziennictwa oficjalnie Trumble nazywano „obozem". Określenie to znaczyło, że nie ma tam ogrodzeń, drutów kolczastych, wieżyczek i uzbrojonych strażników czyhających na uciekinierów. Innymi słowy, było to więzienie o złagodzonym rygorze i każdy osadzony, gdyby zechciał, mógłby swobodnie wyjść. W Trumble przebywało tysiąc więźniów i niewielu uciekało.

Warunki były tu lepsze niż w niejednej szkole państwowej. Klimatyzowane cele, czysta stołówka, w której wydawano trzy posiłki dziennie, siłownia, bilard, stoliki do gry w karty, boisko do koszykówki i siatkówki, bieżnia, biblioteka, kaplica, księża na dyżurach, terapeuci i opiekunowie, nieograniczone godziny odwiedzin.

Trumble było najlepszym z możliwych zakładów karnych dla więźniów sklasyfikowanych jako osadzeni niskiego ryzyka. Osiemdziesiąt procent z nich trafiło tutaj za handel narkotykami. Około czterdziestu miało na koncie napad na bank, ale bez napaści czy choćby zastraszania. Reszta należała do grupy „białych kołnierzyków". Popełnione przez nich przestępstwa oscylowały między drobnymi oszustwami a dokonaniem doktora Floyda, chirurga, który w ciągu dwudziestu lat pracy wyłudził z ubezpieczalni blisko sześć milionów dolarów.

Przemocy w Trumble nie tolerowano. Pogróżki zdarzały się rzadko. Obowiązujących tu przepisów było mnóstwo, ale władze więzienne nie miały problemów z ich egzekwowaniem. Jeśli któryś z osadzonych narozrabiał, przenoszono go do zakładu o zaostrzonym rygorze, takiego z drutami kolczastymi i surowymi strażnikami.

Dlatego też więźniowie z Trumble, zadowoleni, że mogą odsiadywać wyroki w instytucji podlegającej nadzorowi władz federalnych, na ogół zachowywali się grzecznie.

Prowadzenie poważniejszej działalności przestępczej było tu niespotykane – aż do momentu pojawienia się Joego Roya Spicera. Przed swoim upadkiem Spicer nasłuchał się opowieści o pewnym sprytnym oszustwie, przekręcie Angola, nazwanym tak od cieszącego się złą sławą zakładu karnego w Luizjanie. Kilku osadzonych tam więźniów doprowadziło do perfekcji system wymuszania haraczy od gejów – zanim zostali złapani, zdążyli oskubać ofiary na ponad siedemset tysięcy dolarów.

Spicer pochodził z hrabstwa graniczącego z Luizjaną, dlatego o Angoli było głośno nawet w jego części stanu. Nigdy przez myśl mu nie przeszło, że mógłby ten przekręt powielić, ale któregoś dnia obudził się w więzieniu i postanowił, że będzie oskubywał każdego, kto mu się tylko nawinie.

Codziennie o pierwszej w południe ćwiczył na bieżni. Zwykle samotnie, zawsze z paczką marlboro. Zanim trafił do więzienia, nie palił od dziesięciu lat, ale teraz wypalał prawie dwie paczki dziennie. Dlatego chodził po bieżni – żeby zniwelować szkodliwy wpływ dymu na płuca. W ciągu niecałych trzech lat przeszedł prawie dwa tysiące kilometrów. Zrzucił ponad dziewięć kilogramów, choć nie dzięki wysiłkowi fizycznemu, jak twierdził. O wiele bardziej przyczynił się do tego, zgodnie z obowiązującą w Trumble prohibicją, brak dostępu do piwa.

Trzydzieści cztery miesiące spacerowania i palenia... i jeszcze dwadzieścia jeden miesięcy, zanim skończy odsiadkę.

Część pieniędzy, które nielegalnie wyprowadził z kasy klubu bingo – około dziewięćdziesięciu tysięcy dolarów – po prostu zakopał w ogródku, kilkaset metrów za domem, przy szopie z narzędziami. Zamknął je w betonowym sejfie własnej roboty, o którym nawet żona nie wiedziała. Resztę, w sumie około stu osiemdziesięciu tysięcy, przepuścili razem. Kupili cadillaki i polecieli do Las Vegas – pierwszą klasą z Nowego Orleanu – gdzie byli wożeni limuzynami kasyna i mieszkali w apartamentach.

Jeśli Joe Roy Spicer miał jeszcze jakieś marzenia, to przede wszystkim jedno: zostać zawodowym hazardzistą, rezydującym w Vegas, ale znanym i budzącym postrach w kasynach całego kraju. Jego ulubioną grą był blackjack i choć Spicer stracił na nim majątek, wciąż był przekonany, że może wygrywać.

Na Karaibach były kasyna, których jeszcze nie odwiedził. Azja się rozkręcała. Podróżowałby po świecie pierwszą klasą – z żoną czy bez żony – mieszkał w luksusowych hotelach, zamawiał posiłki do apartamentu i wprawiał w przerażenie każdego krupiera, który byłby na tyle głupi, by rozdawać mu karty.

Zabrałby te dziewięćdziesiąt tysięcy zakopane w ogródku, dodał do zysków z Angoli i przeprowadził się do Vegas. Z żoną czy bez żony. Ostatni raz odwiedziła go przed czterema miesiącami, chociaż wcześniej przyjeżdżała co trzy tygodnie. Śniły mu się koszmary – że żona przeoruje ogródek, szukając ukrytego skarbu. Był pewien, że nie wie o pieniądzach, ale i tak trochę się niepokoił. Głównie dlatego, że dwa dni przed tym, jak przewieziono go do więzienia, spił się i chyba coś chlapnął. Nie pamiętał dokładnie co. Próbował sobie przypomnieć, ale bezskutecznie.

Kiedy pokonał dwa kilometry, zapalił kolejnego papierosa. I dalej myślał o żonie. Rita Spicer była atrakcyjną kobietą, miejscami może nieco zbyt pulchną, ale nie aż tak, żeby nie dało tego rady przykryć dziewięćdziesiąt tysięcy dolarów. Może sobie kogoś przygruchała? I może znalazła pieniądze i już je wydaje z nowym przydupasem? Najgorszy i stale powracający koszmar Joego Roya Spicera przypominał scenę z kiepskiego filmu – żona i jakiś obcy facet jak szaleńcy przekopują w deszczu ogródek. Dlaczego w deszczu? – nie miał pojęcia. Ale to zawsze działo się w nocy, podczas burzy, a on w blasku błyskawic widział, jak wymachując szpadlami, żona i jej gach coraz bardziej zbliżają się do szopy.

Raz śniło mu się nawet, że kochanek żony jeździ po farmie koparką. Przerzucał zwały ziemi, a Rita stała z boku i pokazywała, gdzie powinien kopać.

Joe Roy Spicer pragnął pieniędzy. Kochał je i chciał je mieć. Czekając na koniec odsiadki, będzie kraść i wymuszać ile wlezie. A po wyjściu odkopie te dziewięćdziesiąt tysięcy i wyjedzie do Las Vegas. Nikomu z rodzinnego miasteczka nie da satysfakcji wytykania go palcami i szeptania: „Patrz, to ten stary Spicer. Widać już go wypuścili". O nie, co to, to nie.

Będzie żył w luksusach. Z żoną czy bez żony.

Rozdział 4

Teddy Maynard spojrzał na ustawiony przy brzegu stołu rząd buteleczek z lekami, wyglądających jak mali kaci gotowi uwolnić go od jego niedoli na zawsze. York siedział naprzeciwko niego i zerkając do notesu, zdawał mu raport.

– Do trzeciej nad ranem rozmawiał przez telefon z przyjaciółmi z Arizony.

– Z kim konkretnie?

– Z Bobbym Landerem, Jimem Gallisonem i Richardem Hasselem, stały zestaw. To jego ludzie od pieniędzy.

– Z Dale'em Winterem też?

– Tak, z nim też – potwierdził York, zdumiony pamięcią dyrektora.

Teddy miał zamknięte oczy i masował sobie skronie. Gdzieś między nimi, w głębi mózgu znajdowało się miejsce, w którym były zapisane wszystkie nazwiska przyjaciół Aarona Lake'a, jego współpracowników, powierników, wolontariuszy kampanijnych i starych nauczycieli ze szkoły średniej. Schludnie posegregowane, czekały na moment, gdy trzeba będzie je wykorzystać.

– Było coś... odstającego od normy? – spytał.

– Nie, raczej nie. Lake zadawał pytania, jakich można się spodziewać po kimś, kto rozważa tak nieoczekiwany krok. Przyjaciele byli zaskoczeni, nawet zaszokowani i trochę niechętni, ale im przejdzie.

– Pytali o pieniądze?

– Oczywiście. Lake odpowiadał wymijająco, choć zapewniał, że nie będzie z nimi problemu. Odnieśli się do tego sceptycznie.

– Dotrzymał tajemnicy? Mówił, że ze mną rozmawiał?

– Nie, absolutnie nie.

– Stwarzał wrażenie, jakby się obawiał, że możemy go podsłuchiwać?

– Nie, nie sądzę. Z biura wykonał jedenaście połączeń, z domu osiem. Z komórki żadnego.

– A faksy? Maile?

– Też nie. Dwie godziny spędził ze Schiarą, swoim...

– ...szefem sztabu.

– Zgadza się. Generalnie planowali kampanię. Schiara chciałby ją poprowadzić. Na miejsce wiceprezydenta widzą Nance'a z Michigan.

– Niezły wybór.

– Tak, Nance wydaje się w porządku. Już go prześwietlamy. Jako dwudziestotrzylatek wziął rozwód, ale to było trzydzieści lat temu.

– To nie problem. Lake jest gotowy w to wejść?

– O tak... Ostatecznie to polityk, prawda? Obiecano mu klucze do królestwa. Już pisze przemówienia.

Teddy wytrząsnął z fiolki tabletkę i połknął ją bez popijania. Skrzywił się, jakby była gorzka. Potem zmarszczył czoło.

– York, powiedz mi, że niczego nie przegapiliśmy. Że nie znajdziemy w szafie Lake'a żadnych trupów.

– Nie znajdziemy, szefie. Grzebiemy w jego brudach od pół roku. Nie ma tam nic, co mogłoby nam zaszkodzić.

– Nie ożeni się z jakąś idiotką?

– Nie. Spotyka się z kilkoma kobietami, ale to nic poważnego.

– Nie sypia ze stażystkami?

– Nie. Jest czysty.

Powtarzali tę rozmowę już tyle razy, że jeszcze ten jeden nie mógł im zaszkodzić.

– Żadnych podejrzanych układów finansowych? Nie prowadzi ukrytego życia?

– Jego życiem jest polityka, szefie. A od strony finansowej wszystko jest w jak najlepszym porządku.

– Alkohol, narkotyki, leki, hazard w internecie?

– Nie, nic takiego. Lake to błyskotliwy, dbający o formę heteroseksualista bez nałogów. Jest naprawdę… niezwykły.

– W takim razie dawaj go tutaj.

⁂

Aaron Lake ponownie został zaprowadzony do tego samego pomieszczenia w głębi Langley, choć tym razem strzegło go aż trzech przystojnych młodzieńców, jakby za każdym rogiem czyhało niebezpieczeństwo. Szedł jeszcze szybciej niż poprzedniego dnia, głowę trzymał wyżej, plecy miał proste jak struna. Jego pozycja rosła z godziny na godzinę.

Ponownie przywitał się z Teddym, ponownie uścisnął jego pomarszczoną dłoń, po czym wszedł za wyłożonym kocami wózkiem do bunkra i usiadł po drugiej stronie stołu. Wymienili uprzejmości. York obserwował ich z pokoju w głębi korytarza, gdzie trzy podłączone do ukrytych kamer monitory rejestrowały każdy ruch i każde słowo. Obok niego siedziało dwóch mężczyzn, specjalistów od analizowania zachowań ludzi – tego, jak mówią, jak oddychają, jak poruszają rękami, oczami, głową i stopami – i ustalania, co tak naprawdę oznaczają.

– I jak? – spytał Teddy z wymuszonym uśmiechem. – Udało się panu zmrużyć oko w nocy?

– Owszem, nawet tak – skłamał Lake.

– To dobrze. Rozumiem, że akceptuje pan warunki naszej umowy.

– Warunki? Nie wiedziałem, że w grę wchodzą jakieś warunki.

– O tak, panie Lake, wchodzą. My obiecujemy, że zostanie pan wybrany, a pan obiecuje podwoić nakłady na obronność i przygotować kraj do starcia z Rosjanami.

– A... jeśli o tym pan mówi, to oczywiście.

– Świetnie, bardzo się cieszę. Będzie pan znakomitym kandydatem i dobrym prezydentem.

Słowa te rozbrzmiewały w uszach Lake'a, ale nie mógł w nie uwierzyć. Prezydent Lake. Prezydent Aaron Lake. Do piątej nad ranem krążył po domu, próbując sam siebie przekonać, że naprawdę proponują mu Biały Dom. To wydawało się zbyt proste. Tak proste, że wręcz niemożliwe.

Poza tym nie mógł, choć bardzo by chciał, ignorować całej otoczki. Tych wszystkich atrybutów władzy. Gabinet Owalny. Odrzutowce i helikoptery. Setki asystentów na każde jego skinienie. Oficjalne kolacje z najpotężniejszymi ludźmi tego świata.

A przede wszystkim miejsce na kartach historii.

O tak, dostał ofertę, której nie mógł odrzucić.

– Porozmawiajmy o samej kampanii – odezwał się Teddy. – Myślę, że powinien pan swoją decyzję ogłosić dwa dni po prawyborach w New Hampshire. Niech najpierw opadnie tam kurz. Niech zwycięzcy dostaną swoje piętnaście minut, a przegrani obrzucą ich jeszcze większym błotem, i dopiero wtedy wkroczy pan z oświadczeniem.

– To dość szybko – zauważył Lake.

– Nie mamy zbyt dużo czasu. Zignorujemy New Hampshire i przygotujemy się na dwudziestego drugiego lutego, na wybory w Arizonie i Michigan. W tych dwóch stanach musi pan wygrać. To konieczne. Dzięki temu zyska pan status poważnego kandydata i dobrą pozycję wyjściową na marzec.

– Myślałem, żeby swój start ogłosić w rodzinnych stronach, na przykład w Phoenix.

– W Michigan będzie lepiej. To większy stan. Ma pięćdziesięciu ośmiu delegatów, a Arizona tylko dwudziestu czterech. U siebie pan na pewno wygra. Jeśli tego samego dnia wygra pan też w Michigan, będzie pan kandydatem, z którym trzeba się liczyć. Niech pan ogłosi swój start w Michigan, a kilka godzin później zrobi to w rodzinnym stanie.

– Świetny pomysł.

– We Flint jest fabryka śmigłowców, D-L Trilling. Mają tam duży hangar i cztery tysiące robotników. Znam dyrektora, mogę z nim pogadać.

– Dobrze – zgodził się Lake, pewien, że Teddy już z dyrektorem rozmawiał. – Proszę zaklepać ten hangar.

– Czy pojutrze może pan zacząć kręcić reklamy?

– Mogę. Mogę wszystko – odparł Lake, sadowiąc się wygodnie w fotelu pasażera, bo było coraz bardziej oczywiste, kto ten samochód prowadzi.

– Za pańską zgodą wynajmiemy do promocji i reklamy agencję zewnętrzną. Chociaż szczerze mówiąc, tu na miejscu mamy lepszych ludzi, którzy w dodatku nic by pana nie kosztowali. Nie to, żeby pieniądze były problemem, niemniej…

– Wydaje mi się, że sto milionów na reklamę powinno wystarczyć.

– Powinno – zgodził się Teddy. – W każdym razie już dziś zaczniemy pracować nad spotami. Myślę, że się panu spodobają. Będą mroczne i ponure. Przedstawią tragiczny stan naszej armii, opowiedzą o czyhających zagrożeniach. Jednym słowem apokalipsa. Ludzie będą przerażeni. Zamieścimy pańskie nazwisko, pokażemy pańską twarz, podamy pański krótki przekaz i zanim się obejrzymy, będzie pan najsłynniejszym politykiem w kraju.

– Sama sława nie zapewni mi wygranej.

– Nie, nie zapewni. Ale pieniądze już tak. Pieniądze kupią nam i telewizję, i głosy, a to wszystko, czego nam potrzeba.

– Chciałbym wierzyć, że ważne jest też przesłanie.

– Och, bo jest, panie Lake, oczywiście. A nasze jest o wiele ważniejsze niż obniżanie podatków, niż polityka równych szans i aborcja, niż wartości rodzinne i wszystkie te głupoty, których codziennie musimy wysłuchiwać. W naszym przesłaniu chodzi o życie i śmierć. O zmianę świata i zabezpieczenie dobrobytu obywateli. Tylko na tym nam zależy.

Lake pokiwał głową. Amerykańscy wyborcy wybiorą każdego, kto obieca chronić gospodarkę i utrzymać pokój.

– Mam dobrego człowieka do poprowadzenia kampanii – powiedział, pragnąc zaoferować coś ze swojej strony.

– Kogo?

– Mike'a Schiarę, mojego szefa sztabu. To mój najbliższy doradca i osoba, której ufam całkowicie.

– Ma jakieś doświadczenie na szczeblu krajowym? – spytał Teddy, dobrze wiedząc, że gość nie ma żadnego.

– Nie, ale jest pojętny, szybko się uczy.

– Niech będzie. W końcu to pańska kampania.

Lake uśmiechnął się, zaskoczony tym, jak dobrze mu idzie.

– A wiceprezydent? Ma pan jakąś kandydaturę?

– Mam, kilka. Senator Nance z Michigan. To mój stary przyjaciel. Jest też gubernator Guyce z Teksasu…

Teddy zastanawiał się chwilę. Niezły wybór, naprawdę niezły. Chociaż Guyce raczej odpadał. Pochodził z bogatej rodziny, przebalował college, potem do trzydziestki zbijał bąki, zapełniając czas grą w golfa, a na koniec za kasę ojca kupił sobie urząd gubernatora stanu. Poza tym o Teksas nie musieli się martwić.

– Wolałbym Nance'a – rzucił Teddy.

Czyli będzie to Nance, pomyślał Lake, o mało nie mówiąc tego na głos.

Przez godzinę rozmawiali o pieniądzach, o pierwszej fali wpływów z komitetów wyborczych i o tym, jak te spływające szybko miliony przyjąć bez wzbudzania zbyt dużych podejrzeń. Zaraz po pierwszej fali miała nastąpić druga, pieniądze od producentów sprzętu wojskowego. A po niej trzecia – gotówka i inne środki z niewykrywalnych źródeł.

Miała być też czwarta, ale o tej Lake nie wiedział. W zależności od wyników sondaży, Teddy Maynard i Agencja byli przygotowani na doniesienie choćby na własnych barkach skrzyń gotówki do hal związkowych, kościołów czarnych i klubów weteranów wojennych w Chicago, Detroit, Memphis oraz miasteczkach Głębokiego Południa. We współpracy z miejscowymi wolontariuszami, których już wyszukiwali, kupią każdy głos, jaki tylko będzie do kupienia.

Im dłużej Teddy rozważał swój plan, tym mocniej utwierdzał się w przekonaniu, że Aaron Lake wygra te wybory.

⋏ ⋏ ⋏

Skromną praktykę adwokacką Trevor prowadził w nadmorskiej mieścinie Neptune Beach, kilka ulic od równie niedużego Atlantic Beach. Przynależące do obu miasteczek plaże łączyły się i nikt nie potrafił określić, gdzie kończy się jedna, a zaczyna druga. Kilkanaście kilometrów na zachód od Neptune Beach leżało Jacksonville, z roku na rok coraz bardziej przybliżające się do wybrzeża. Mała kancelaria Trevora mieściła się w domu letniskowym, a z werandy widział pobliską plażę i słyszał krzyk mew. Wynajmował ten dom od dwunastu lat. Początkowo lubił uciekać od telefonów i klientów na werandę i godzinami wpatrywać się w łagodne wody Atlantyku, falujące leniwie dwie ulice dalej.

Pochodził ze Scranton i jak wszyscy szukający słońca przyjezdni z Północy w końcu znudził się gapieniem na morze, łażeniem na bosaka po plaży i rzucaniem okruszków ptakom. Teraz wolał zabijać czas, przesiadując w kancelarii.

Ponieważ sędziowie i sale sądowe go przerażały, był zmuszony prowadzić praktykę inaczej, niż robiła to większość jego kolegów po fachu. Fakt, że unikał sądów, był może niezwykły, a nawet godny szacunku, ale skutkowało to tym, że jego praca sprowadzała się głównie do papierkowej roboty: akty sprzedaży nieruchomości, testamenty, dzierżawy, prawa własności. Wszystkie te prozaiczne, mało efektowne drugorzędne obszary zawodu, o których podczas studiów prawniczych prawie nie wspominano. Od czasu do czasu prowadził sprawy o handel narkotykami, ale nie zdarzały się takie, które mogłyby się zakończyć procesem. To właśnie jeden z jego nieszczęsnych klientów, który wylądował w Trumble, skontaktował go z sędzią Joem Royem Spicerem. Wkrótce potem został oficjalnym pełnomocnikiem całej trójki: Spicera, Beecha i Yarbera. Czyli Braci, jak nawet on ich nazywał.

Był ich kurierem, niczym mniej, niczym więcej. Przemycał do więzienia listy pod przykrywką dokumentów prawniczych, które chroniła klauzula poufności wymiany informacji między prawnikiem a klientem. Przemycał też listy od nich. Nie udzielał im porad, zresztą o nie nie prosili. Obsługiwał ich zamorskie konto bankowe i odbierał telefony od rodzin klientów, których mieli w Trumble. Zajmował się wszystkim, czym sami nie mogli się zająć, i dzięki temu mógł unikać sal sądowych, sędziów i innych adwokatów, co akurat bardzo mu odpowiadało.

Świadczył Braciom usługi, brał udział w ich przekrętach. Gdyby kiedykolwiek zostali nakryci, mógł ponieść karę razem z nimi. Ale nie martwił się tym. Przekręt Angola był absolutnie genialnym pomysłem, bo ofiary nie mogły się poskarżyć. Uznał więc, że ten łatwy zarobek i wizja potencjalnych zysków warte są ryzyka i wejścia w układ z Braćmi.

Unikając spotkania z sekretarką, wymknął się z kancelarii i wsiadł do wyremontowanego garbusa z 1970 roku, bez klimatyzacji. Jadąc Pierwszą Ulicą w kierunku Atlantic Boulevard, spoglądał na ocean migoczący między willami i domkami letniskowymi do wynajęcia. Miał na sobie stare spodnie koloru khaki, białą bawełnianą koszulę, żółtą muszkę i niebieską marynarkę z marszczonej bawełny, wszystko mocno wygniecione. Minął bar U Pete'a, najstarszą knajpę przy plaży, swoją ulubioną, chociaż już odkrytą przez dzieciaki z college'u. Miał tam niespłacony i bardzo przeterminowany dług w wysokości trzystu sześćdziesięciu jeden dolarów – głównie za piwo Coors i cytrynowe daiquiri – i bardzo chciał go już spłacić.

Skręcił w Atlantic Boulevard i powoli przedzierał się w korku w kierunku Jacksonville. Jechał i klął na rozrost miasta, na zatory i na samochody z kanadyjskimi tablicami rejestracyjnymi. W końcu wjechał na obwodnicę, minął od północy lotnisko i wkrótce znalazł się na równinnych terenach podmiejskich Florydy.

Pięćdziesiąt minut później zaparkował przed więzieniem Trumble. I jak tu nie kochać federalnych, pomyślał po raz nie wiadomo który, obejmując wzrokiem rozległy parking, piękne trawniki, codziennie pielęgnowane przez osadzonych, i dobrze utrzymane nowoczesne budynki.

Podszedł do wejścia.

– Co słychać, Mackey? – rzucił do stojącego przy drzwiach białego strażnika i „Cześć, Vince" do drugiego, czarnego.

Rufus w recepcji prześwietlił mu teczkę, a Nadine wypisała przepustkę.

– Jak tam okonie? – spytał Trevor Rufusa.

– Nie biorą.

W krótkiej historii Trumble żaden prawnik nie odwiedzał tego miejsca tak często jak on. Ponownie zrobili mu zdjęcie, ponownie ostemplowali grzbiet dłoni niewidocznym tuszem i przez dwoje drzwi wprowadzili do krótkiego korytarza.

– Cześć, Link – przywitał stojącego tam strażnika.

– Hej, Trevor – odpowiedział Link.

Link pilnował strefy dla odwiedzających, dużej otwartej przestrzeni, gdzie było mnóstwo miękkich krzeseł, a także ustawione pod ścianą automaty z napojami i przekąskami oraz kącik zabaw dla dzieci i małe zewnętrzne patio, na którym dwie osoby mogły usiąść przy składanym stoliku i pobyć chwilę same. Sala świeciła czystością i pustkami. Był dzień powszedni, tłoczniej robiło się tu w soboty i niedziele, a przez resztę czasu Link doglądał pustego miejsca.

Zaprowadził Trevora do pokoju dla adwokatów, jednego z kilkunastu kameralnych boksów z drzwiami i oknem, przez które, jeśli tylko chciał, mógł obserwować osoby w środku. Joe Roy Spicer już tam siedział, przeglądając dział sportowy w gazecie, gdzie zamieszczano typowania bukmacherskie uniwersyteckiej ligi koszykarskiej, której rozgrywki Spicer obstawiał. Trevor i Link weszli do pokoju razem, po czym adwokat niezwłocznie wyjął z kieszeni dwa dwudziestodolarowe banknoty i wręczył je Linkowi. Zrobili to przy drzwiach, ponieważ w tym miejscu nie obejmował ich zasięg kamer monitoringu. Spicer jak zawsze udał, że niczego nie widzi.

Następnie Link otworzył teczkę Trevora i dokonał pobieżnych oględzin jej zawartości, a raczej udawał, że to robi – nie dotknął ani jednej rzeczy. Adwokat wyjął dużą szarą kopertę, zaklejoną, z napisem *Dokumenty*. Link wziął ją i w kilku miejscach nacisnął, by sprawdzić, czy oprócz papierów nie ma tam broni albo na przykład fiolki z prochami. Robili to już dziesiątki razy.

Regulamin Trumble wymagał, by podczas wyjmowania i otwierania kopert z dokumentami obecny był strażnik. Ale dwie dwudziestki wystarczały, żeby Link wychodził. Stawał przy drzwiach i ponieważ nie miał niczego innego do pilnowania, tkwił tam bezczynnie. Wiedział, że w pokoju następuje nielegalna wymiana listów, ale go to nie obchodziło. Dopóki Trevor nie przemycał do więzienia broni czy narkotyków, Link nie zamierzał interweniować. W Trumble i tak obowiązywało wiele głupich przepisów. Odwrócił się plecami do drzwi, oparł się o nie i stojąc na jednej nodze, z drugą zgiętą w kolanie, zapadł, jak mu się to często zdarzało, w „końską drzemkę".

Tymczasem w pomieszczeniu dla adwokatów raczej nie omawiano kwestii prawniczych. Spicera wciąż pochłaniały tabele z rozkładami punktów. Większość osadzonych cieszyła się z wizyty gości. Spicer swoich jedynie tolerował.

– Wczoraj wieczorem miałem telefon od brata Jeffa Daggetta – oznajmił Trevor. – Tego dzieciaka z Coral Gables.

– Wiem, o kim mowa – odpowiedział Spicer i skoro na horyzoncie zamajaczyły pieniądze, odłożył w końcu gazetę. – Dostał dwanaście lat za przemyt narkotyków.

– Zgadza się. Jego brat mówi, że w Trumble przebywa były sędzia federalny, który przejrzał akta sprawy i twierdzi, że mógłby odjąć mu od wyroku kilka lat. Ale sędzia domaga się honorarium, więc Daggett zadzwonił do brata, a ten do mnie.

Trevor ściągnął pomiętą błękitną marynarkę i rzucił ją na oparcie krzesła.

Spicer nie znosił jego muszki.

– Ile mogą zapłacić? – rzucił.

– To jeszcze nie podaliście chłopakowi kwoty? – spytał ze zdziwieniem Trevor.

– Może Beech to zrobił, nie wiem. Zwykle za wniosek o zmniejszenie wyroku bierzemy pięć tysięcy. – Spicer mówił tak, jakby od lat prowadził sprawy karne w sądach federalnych. W rzeczywistości salę sądową widział tylko raz, w dniu, w którym został skazany.

– Tak, wiem – mruknął Trevor. – Tylko nie jestem pewny, czy chłopak da radę tyle zapłacić. Miał obrońcę z urzędu.

– W takim razie wyciśnij z niego, ile się da, ale weź przynajmniej tysiąc z góry. To dobry dzieciak.

– Miękniesz, Joe Roy.

– Nie. Robię się coraz bardziej chciwy.

I tak rzeczywiście było. Joe Roy Spicer był wspólnikiem zarządzającym Bractwa. Yarber i Beech mieli talent i wykształcenie, ale upadek tak ich upokorzył, że porzucili wszelkie ambicje. Spicer, choć bez wykształcenia i z niewielką dozą talentu, miał umiejętności manipulacyjne i dzięki nim utrzymywał kolegów na właściwym kursie. Podczas gdy oni rozpamiętywali swoje porażki, on marzył o wspaniałej przyszłości.

Otworzył teczkę i wyciągnął czek.

– Masz tu tysiąc dolarów do depozytu – powiedział. – To kasa od gościa z Teksasu, o imieniu Curtis.

– Będzie z niego jakiś pożytek?

– Sądzę, że nawet duży. Aha... i postanowiliśmy przyprzeć do muru Quince'a z Iowa. – Spicer wyjął ładną liliową kopertę, szczelnie zaklejoną i zaadresowaną do Quince'a Garbe'a z Bakers w stanie Iowa.

– Na ile? – spytał Trevor, biorąc ją.

– Na sto tysięcy.

– Fiu, fiu...

– Ma tyle i zapłaci. Podałem mu wszystkie dane do przelewu. Uprzedź bank.

W ciągu dwudziestu trzech lat praktyki prawniczej Trevor jeszcze nigdy nie pobrał honorarium w wysokości choćby nieco zbliżonej do trzydziestu trzech tysięcy dolarów. A teraz nagle pojawiała się na to szansa; widział już tę kasę, prawie miał ją w rękach, i choć bardzo się starał tego nie robić, zaczął ją w duchu wydawać. Trzydzieści trzy tysiące dolarów za samo przekazywanie poczty!

– Naprawdę sądzicie, że to wypali? – zapytał. W myślach spłacał już dług w barze U Pete'a i kazał MasterCard wepchnąć sobie wypisany im czek w tyłek; ukochanego garbusa zatrzyma, ale może szarpnie się na klimatyzację.

– Oczywiście, że wypali – odparł Spicer bez cienia zawahania. Miał jeszcze dwa listy, oba napisane przez Yarbera podającego się za młodego Percy'ego na odwyku.

Odbierając je, Trevor czuł dreszcz podniecenia.

– Arkansas gra dzisiaj w Kentucky – rzucił Spicer, powracając do gazety. – Różnica punktowa czternaście. Co o tym myślisz?

– Chyba za dużo. Kentucky u siebie gra ostro.

– Będziesz obstawiał?

– A ty?

Trevor w barze U Pete'a miał znajomego bukmachera i choć grał rzadko, zdążył się już przekonać, że warto czasami posłuchać wskazówki Spicera.

– Postawię stówkę na Arkansas.

– To ja chyba też – powiedział adwokat.

Potem przez pół godziny grali w blackjacka. Link zaglądał do nich co jakiś czas i z dezaprobatą marszczył brwi. Podczas widzeń gra w karty była zakazana, tylko kogo to obchodziło? Joe Roy Spicer grał ostro, bo przygotowywał się do nowej kariery. W świetlicy więziennej największą popularnością cieszyły się poker i remik, więc często miewał problemy ze znalezieniem partnera.

Trevor nie grał najlepiej, lecz przynajmniej zawsze był gotów usiąść do stołu. Zdaniem Spicera była to jego jedyna pozytywna cecha.

Rozdział 5

Ogłoszenie startu odbyło się podczas odświętnego zwycięskiego wiecu z czerwonymi, białymi i niebieskimi flagami, z chorągiewkami pod sufitem i muzyką defiladową grzmiącą w całym hangarze. Dyrekcja zarządziła obowiązkową obecność, stawili się więc wszyscy pracownicy D-L Trilling, cztery tysiące ludzi, którym dla podniesienia nastrojów obiecano cały dzień dodatkowego urlopu. Osiem godzin płatnych, przy średniej płacy wynoszącej dwadzieścia dwa dolary i czterdzieści centów za godzinę, ale kierownictwo na to nie zważało – wreszcie znaleźli swojego człowieka. Pospiesznie zbudowaną scenę, też obwieszoną flagami, wypełnili oficjele firmy, którzy uśmiechali się szeroko i żywiołowo klaskali, podczas gdy muzyka wprawiała tłum w stan euforii. Jeszcze przed trzema dniami nikt nie słyszał o Aaronie Lake'u. Teraz był ich zbawcą.

Z nową, nieco krótszą, fryzurą, zasugerowaną przez jednego speca od wizerunku, i w ciemnobrązowym garniturze, zasugerowanym przez drugiego, rzeczywiście wyglądał jak poważny kandydat. Wcześniej tylko Reagan mógł sobie pozwolić na noszenie brązowych garniturów i... wygrał. Wygrał dwukrotnie, i to z miażdżącą przewagą.

Kiedy Aaron Lake w końcu pojawił się na scenie i przeszechodził po niej pewnym krokiem, po drodze energicznie ściskając dłonie korporacyjnych ważniaków, których widział po raz pierwszy i ostatni w życiu, robotnicy dosłownie oszaleli. Muzyka zagrała głośniej, podkręcona przez dźwiękowca, członka ekipy nagłośnieniowej wynajętej przez sztab Lake'a za całe dwadzieścia cztery tysiące dolarów. Ale pieniędzmi nikt się nie przejmował.

Z sufitu, niczym manna z nieba, spadły balony. Niektóre były przekłuwane przez robotników – tych, których o to poproszono – i przez kilka sekund w hangarze panował huk jak podczas pierwszej fali ataku naziemnego. Brzmiało to jak nawoływania: „Przygotujcie się!", „Szykujcie się do wojny!", „Wybierzcie Lake'a, zanim będzie za późno!".

Dyrektor generalny zakładów objął go i wyściskał, jakby byli starymi kumplami, chociaż w rzeczywistości poznali się dopiero dwie godziny temu. Potem wszedł na mównicę i zaczekał, aż hałas ucichnie. Korzystając z notatek przesłanych mu dzień wcześniej faksem, rozpoczął długie i hojnie okraszone komplementami przemówienie, w którym przedstawił zebranym sylwetkę Aarona Lake'a, przyszłego prezydenta Stanów Zjednoczonych. Zanim dotarł do końca, pięć razy na znak organizatorów przerywały mu oklaski.

Stając za mikrofonem, Lake pomachał ręką niczym bohaterski zdobywca, po czym, z idealnym wyczuciem chwili, zrobił krok do przodu i powiedział:

– Nazywam się Aaron Lake i ubiegam się o urząd prezydenta Stanów Zjednoczonych.

Znów zerwały się huczne oklaski. Znów zagrzmiała muzyka. Z sufitu spłynęło jeszcze więcej balonów.

Kiedy już nasycił się wiwatami, rozpoczął przemówienie. Najpierw zaznaczył, że jego jedyną motywacją, jedynym powodem, dla którego postanowił dołączyć do wyścigu, jest bezpieczeństwo narodowe. W tym miejscu przytoczył zatrważające statystyki, które dowodziły, jak bardzo obecna administracja uszczupliła zasoby armii. Żadne inne kwestie nie są tak ważne, oznajmił bez owijania w bawełnę. Wystarczy, że wdamy się w wojnę, której nie będziemy mogli wygrać, a wszyscy natychmiast zapomnimy o starych, ogranych kłótniach o aborcję, nierówności rasowe, prawo do posiadania broni, politykę równych szans czy o podatki. Zaprzątacie sobie głowy wartościami rodzinnymi? Kiedy w boju zaczną ginąć nasi synowie i córki, wtedy dopiero zobaczymy rodziny z prawdziwymi problemami.

Wypadł bardzo dobrze. Przemówienie napisał sam i po tym, jak zostało zredagowane przez konsultantów i doszlifowane przez specjalistów, odczytał je Teddy'emu Maynardowi w czeluściach Langley. Teddy je zatwierdził, wnosząc jedynie drobne poprawki.

⅄ ⅄ ⅄

Okryty kocami Teddy z dumą oglądał to wystąpienie. Towarzyszył mu York, jak zwykle prawie milczący. Często przesiadywali razem i wpatrując się w ekrany, obserwowali, jak świat staje się coraz bardziej niebezpieczny.

– Dobry jest – rzucił York cicho w pewnym momencie wystąpienia.

Teddy kiwnął głową i nawet lekko się uśmiechnął.

W połowie przemówienia Lake cudownie rozgniewał się na Chińczyków.

– Na przestrzeni dwudziestu lat pozwoliliśmy im wykraść czterdzieści procent naszych tajemnic nuklearnych! – zawołał, a robotnicy zaszemrali. – Czterdzieści procent!

W rzeczywistości było to prawie pięćdziesiąt procent, ale Teddy wolał zaniżyć dane. CIA miała swój udział w tym, że Chińczykom udało się wykraść aż tyle.

Przez pięć minut Lake objeżdżał Chińczyków za szabrownictwo i bezprecedensową rozbudowę potencjału militarnego. Tę strategię podsunął mu Maynard, który uważał, że amerykańskiego wyborcę należy postraszyć Chińczykami, a nie Rosjanami. Rosjanie mieli się niczego nie domyślać. O prawdziwym zagrożeniu ich kandydat zacznie mówić dopiero na późniejszym etapie kampanii.

Lake miał niemal idealne wyczucie chwili. Jego motto przewodnie dosłownie powaliło słuchaczy na kolana. Gdy obiecał podwojenie wydatków na zbrojenia, cztery tysiące pracowników D-L Trilling, fabryki śmigłowców bojowych, wpadło w amok.

Teddy przyglądał się temu ze spokojem, dumny ze swojego dzieła. Udało im się przebić spektakl w New Hampshire, po prostu go pomijając. Nazwisko Lake'a nie widniało na karcie wyborczej, mimo to jako pierwszy kandydat od dziesięcioleci wręcz się tym szczycił. „Komu potrzebne prawybory w New Hampshire? – cytowano jego słowa. – Wygram we wszystkich pozostałych stanach".

Skończył mówić pośród gromkich braw, po czym jeszcze raz uścisnął dłonie wszystkich ważniaków na scenie. CNN powróciło z relacją do studia, gdzie gadające głowy przez kwadrans tłumaczyły widzom, czego właśnie byli świadkami.

Teddy nacisnął guzik na konsoli przed sobą i obraz na ekranie się zmienił.

– A oto i gotowy produkt – powiedział. – Pierwsza odsłona.

Była to reklama telewizyjna Lake'a, która zaczynała się od krótkiej migawki przedstawiającej rząd ponurych chińskich generałów stojących sztywno na paradzie wojskowej i patrzących, jak przetacza się przed nimi masywny sprzęt. „Myślisz, że świat jest bezpiecznym miejscem?", dobiegł zza kamery głęboki, złowieszczy głos. Potem nastąpiły ujęcia największych szaleńców współczesnego świata, również oglądających parady swoich armii: Saddam Husajn, Kaddafi, Milošević, Kim z Korei Północnej. Nawet biedny Castro z resztkami swej nędznej armii maszerującej przez Hawanę otrzymał ułamek sekundy czasu antenowego. „Dzisiaj nasza armia nie byłaby w stanie dokonać tego, czego dokonała podczas wojny w Zatoce Perskiej w tysiąc dziewięćset dziewięćdziesiątym pierwszym", znów rozbrzmiał głos, tak poważny, jakby kolejna wojna została już Stanom Zjednoczonym wypowiedziana. Potem rozległ się wybuch, na ekranie rozkwitł grzyb atomowy, a po nim obraz z tysiącem Hindusów tańczących na ulicach. Kolejny wybuch i tym razem na ulicach tańczyli sąsiedzi Hindusów, Pakistańczycy.

„Chiny chcą zająć Tajwan – informowano, podczas gdy na ekranie idealnie równym krokiem maszerowało milion chińskich żołnierzy. – Korea Północna chce zająć Koreę Południową. – Kamera pokazała czołgi przetaczające się przez strefę zdemilitaryzowaną. – A Stany Zjednoczone zawsze są łatwym celem".

Wcześniejszy złowieszczy głos szybko został zastąpiony innym, wyższym, i w kadrze pojawiła się postać obwieszonego medalami generała przemawiającego do członków jakiejś podkomisji.

„Wy tu w Kongresie – zagrzmiał generał – z roku na rok przeznaczacie na zbrojenia coraz mniej. Tegoroczny budżet na obronę jest mniejszy niż ten sprzed piętnastu lat. Chcecie, żebyśmy byli gotowi do wojny w Korei, na Środkowym Wschodzie, a teraz także w Europie Wschodniej, a jednak stale dajecie nam coraz mniej pieniędzy. Sytuacja jest krytyczna".

Obraz zniknął, na ekranie zapanowała czerń.

„Dwanaście lat temu na świecie były dwa supermocarstwa – rozległ się znów pierwszy głos. – Teraz nie ma żadnego".

Ekran rozbłysnął i pojawiła się przystojna twarz Aarona Lake'a; spot zakończył się wezwaniem: „Wybierzcie Lake'a, zanim będzie za późno".

– Nie wiem, czy mi się podoba – rzucił York po chwili zastanowienia.

– Dlaczego?

– To takie... pesymistyczne.

– I dobrze. Budzi niepokój, prawda?

– Ogromny.

– I tak ma właśnie być. Będziemy tym spotem bombardować telewidzów przez tydzień i podejrzewam, że niskie notowania Lake'a jeszcze się obniżą. Ludzie będą się krzywić na te reklamy, nie przypadną im do gustu.

York wiedział, co się szykuje. Amerykanie rzeczywiście będą się krzywić z odrazą i znienawidzą te reklamy, ale potem zaczną się bać i nagle Aaron Lake objawi się jako wizjoner. Teddy już pracował nad tym, by wywołać w ludziach przerażenie.

⋏ ⋏ ⋏

W Trumble były dwie sale telewizyjne, po jednej w każdym skrzydle – dwa małe puste pomieszczenia, w których więźniowie mogli palić i oglądać to, na co pozwolili im strażnicy. Pilotów nie było; na początku były, ale wynikały z tego same problemy. Chłopcy nie potrafili się dogadać, co chcą oglądać, i wybuchały straszne kłótnie. Dlatego teraz programy wybierali strażnicy.

Przepisy zabraniały osadzonym mieć własne telewizory.

Tak się złożyło, że strażnik, który tego dnia miał służbę, lubił koszykówkę. Na ESPN leciał mecz ligi uniwersyteckiej i sala była wypełniona po brzegi. Hatlee Beech nie znosił sportu, więc siedział samotnie w drugim pokoju telewizyjnym i oglądał jeden głupi serial komediowy za drugim. Kiedy był sędzią i pracował dwanaście godzin na dobę, nigdy nie oglądał telewizji. Kto by miał na to czas? Gdy w gabinecie w domu redagował do późna opinie i orzeczenia, wszyscy inni tkwili przed ekranami. Teraz, oglądając te bezmyślne pierdoły, uświadamiał sobie, jakie miał szczęście. Pod wieloma względami.

Zapalił papierosa. Nie palił od czasu studiów i przez pierwsze dwa miesiące w Trumble udawało mu się oprzeć pokusie. W końcu, żeby zabić czymś nudę, wrócił jednak do nałogu, ale pozwalał sobie tylko na paczkę dziennie. Ciśnienie stale mu skakało, a w jego rodzinie zdarzały się choroby serca. Miał pięćdziesiąt sześć lat i dziewięć do odsiedzenia, więc był pewien, że opuści Trumble nie inaczej niż wyniesiony w drewnianej skrzyni.

Trzy lata, jeden miesiąc i jeden tydzień – tyle minęło, odkąd trafił do więzienia, a on wciąż liczył dni, które już odsiedział, zamiast tych, które pozostały mu do końca. A przecież jeszcze cztery lata temu cieszył się opinią twardego młodego sędziego federalnego z perspektywami na przyszłość. Cztery przeklęte lata. Sądy wschodniego Teksasu objeżdżał z szoferem, sekretarką, referentem i szeryfem. Gdy wchodził do sali sądowej, ludzie z szacunkiem wstawali. Adwokaci dawali mu wysokie noty za sprawiedliwe orzeczenia i pracowitość. Żona nie należała do najprzyjemniejszych kobiet, ale mając na względzie jej rodzinną fortunę naftową, starał się żyć z nią w jako takim spokoju. Ich małżeństwo, nawet jeśli brakowało w nim ciepła, było stabilne i przy trójce dzieci, z których wszystkie posłali na studia, mieli powody do dumy. Mimo trudniejszych momentów zdołali ze sobą przetrwać i byli zdecydowani razem się zestarzeć. Żona miała pieniądze, on status. Stworzyli rodzinę. Czego więcej można było chcieć?

Na pewno nie więzienia.

Cztery nieszczęsne lata...

Picie wzięło się znikąd. Może chodziło o stres w pracy, może o ucieczkę od gderania żony. Po studiach przez wiele lat pił wyłącznie towarzysko. Nic poważnego. A już z pewnością nie nałóg. Pewnego razu, kiedy dzieci były jeszcze małe, żona zabrała je na dwa tygodnie do Włoch. Beech został sam i bardzo mu to odpowiadało. Z jakiegoś powodu, którego jak dotąd nie potrafił ustalić, sięgnął po bourbon i tak już zostało. Alkohol stał się nagle ważną częścią jego życia. Beech trzymał go w gabinecie i przemykał się tam nocą, a że mieli osobne sypialnie, żona rzadko go na tym przyłapywała.

Do Yellowstone pojechał na trzydniową konferencję sędziowską i w barze w Jackson Hole poznał młodą kobietę. Po wielogodzinnej libacji podjęli nieszczęsną decyzję, że wybiorą się na przejażdżkę. On prowadził, a ona się rozebrała, chociaż bez żadnego innego powodu, jak tylko po to, żeby to zrobić. Temat seksu nie był wcześniej poruszany, zresztą na tym etapie upojenia alkoholowego Beech do niczego się już nie nadawał.

Turyści pochodzili z Waszyngtonu, ot, dzieciaki z college'u wracające ze szlaku. Oboje zginęli na miejscu, zabici na poboczu wąskiej drogi przez pijanego kierowcę, który nawet ich nie zauważył. Samochód znaleziono w rowie. Beech nie był w stanie się z niego wydostać, więc tkwił za kierownicą; jego towarzyszka była naga i nieprzytomna.

Nie pamiętał nic. Kiedy wiele godzin później się ocknął, zobaczył, że leży w celi. Po raz pierwszy w życiu widział ją od środka.

– Lepiej się przyzwyczajaj – powiedział do niego szeryf z drwiącym uśmieszkiem.

Beech obdzwonił wszystkich, którzy byli mu winni przysługę, pociągnął za wszelkie możliwe sznurki, ale na próżno.

Zginęło dwoje młodych ludzi. Przyłapano go z nagą kobietą. Jego żona miała pieniądze, więc znajomi uciekali od niego jak wystraszone psy. Ostatecznie za czcigodnym sędzią Hatleem Beechem nie wstawił się nikt.

Miał szczęście, że skazali go tylko na dwanaście lat. Podczas pierwszego procesu przed sądem trwały protesty członkiń Stowarzyszenia Matek Ofiar Pijanych Kierowców i studentów z organizacji Studenci Przeciwko Destrukcyjnym Decyzjom. Domagali się wyroku dożywotniego więzienia. Dożywotniego!

Postawiono mu dwa zarzuty nieumyślnego zabójstwa, przed którymi nie miał się jak bronić. W jego krwi wykryto tyle alkoholu, że w zasadzie sam powinien być martwy. Świadek zeznał, że Beech jechał z nadmierną prędkością niewłaściwą stroną drogi.

Z perspektywy czasu Beech musiał przyznać, że miał szczęście w nieszczęściu, że do wypadku doszło na terenie podlegającym władzom federalnym. W przeciwnym razie wysłano by go do któregoś z więzień stanowych, o wiele mniej przyjemnych. Mówcie, co chcecie, ale federalni znają się na prowadzeniu więzień.

Palił samotnie w półmroku, oglądając durne komedie, których scenariusze mogli pisać co najwyżej dwunastolatkowie, i nagle w przerwie pojawiła się reklama – polityczna – jedna z wielu, jakie puszczano w tym czasie. Tej akurat jeszcze nie widział: złowieszczy krótki klip, w którym ktoś ponurym głosem przepowiadał zagładę, jeśli kraj się nie pospieszy i nie wyprodukuje więcej bomb. Klip był bardzo dobrze zrobiony, trwał półtorej minuty, musiał kosztować krocie i niósł przesłanie, którego nikt nie chciał słyszeć. Wybierzcie Lake'a, zanim będzie za późno.

Lake? A kto to taki, do diabła?

Beech znał się na polityce. Jeszcze przed więzieniem była jego pasją, a w Trumble słynął jako facet, który ogląda obrady

Kongresu. Należał do tych niewielu, których obchodziło, co się tam dzieje.

Aaron Lake? Tego gościa przegapił. I co za dziwna strategia: dołączać do wyścigu jako nieznany kandydat, i to po prawyborach w New Hampshire. Ale cóż... w kraju nie brakowało klaunów, którzy chcieli zostać prezydentem.

Zanim jeszcze Beech przyznał się do zarzucanych mu czynów, żona zdążyła wykopać go z domu. Oczywiście bardziej była zła z powodu nagiej kobiety niż martwych turystów. Dzieci stanęły po jej stronie, bo to ona miała pieniądze, a on tak straszliwie wszystko spieprzył. Wybór nie sprawił im trudności. Rozwód uprawomocnił się tydzień po osadzeniu Beecha w Trumble.

W ciągu trzech lat, jednego miesiąca i jednego tygodnia odwiedziło go tylko najmłodsze dziecko. Syn był u niego dwukrotnie, za każdym razem w tajemnicy przed matką, która zabroniła dzieciom jeździć do Trumble.

A potem rodziny zabitych turystów wytoczyły mu dwa procesy cywilne o nieumyślne spowodowanie śmierci. Ponieważ nikt ze znajomych nie chciał wystąpić w jego imieniu, próbował sam bronić się z więzienia. Nie było jednak pola do obrony. Sąd zasądził odszkodowanie dla rodzin w wysokości pięciu milionów dolarów. Z Trumble Beech odwołał się od tego wyroku, przegrał i odwołał się ponownie.

Na krześle obok niego, koło paczki papierosów, leżała koperta, którą wcześniej przyniósł mu Trevor. Sąd odrzucił apelację, a więcej Beech nie mógł się już odwoływać. Wyrok był już wyryty w kamieniu.

Co i tak nie miało większego znaczenia, ponieważ Beech złożył wniosek o ogłoszenie upadłości. W bibliotece prawniczej własnoręcznie wystukał na maszynie wszystkie wymagane podania, dołączył oświadczenie o swojej sytuacji materialnej i wysłał do tego samego sądu w Teksasie, w którym kiedyś był bogiem.

Skazany, rozwiedziony, pozbawiony prawa do wykonywania zawodu, osadzony w więzieniu, a na koniec bankrut.

Większość nieszczęśników przebywających w Trumble znosiła swój pobyt tutaj zupełnie nieźle, tyle że oni nie spadli aż z tak wysoka. Przeważnie należeli do recydywistów, którzy zaprzepaścili trzecią lub czwartą szansę. Większość lubiła to przeklęte miejsce, bo było lepsze od wszystkich innych więzień, w których wcześniej siedzieli.

Ale Beech stracił tak wiele, spadł z tak wysokiego konia. Jeszcze przed czterema laty miał bogatą żonę, trójkę kochających dzieci i duży dom w małym mieście. Był sędzią federalnym, mianowanym dożywotnio przez samego prezydenta, i zarabiał sto czterdzieści tysięcy dolarów rocznie. Nie równało się to dochodom żony z ropy, ale i tak była to niezła pensja. Dwa razy w roku wzywano go do Waszyngtonu na spotkania w Sądzie Najwyższym. Był kimś ważnym.

Dwukrotnie odwiedził go w więzieniu stary przyjaciel prawnik, który akurat jechał do dzieci w Miami i został na tyle długo, by przekazać mu najświeższe plotki. Większość była bezwartościowa, poza tą, że jego eksmałżonka podobno się z kimś spotyka. Beecha to nie zdziwiło. Była żona miała kilka milionów dolarów i szczupłe biodra, więc wydawało się to tylko kwestią czasu.

Kolejna reklama. Znowu z wezwaniem: Lake, zanim będzie za późno. Ta zaczynała się od ziarnistego, niewyraźnego filmiku, chyba z jakichś ćwiczeń. Grupa strzelających i uchylających się od kul mężczyzn, biegających z bronią po pustyni. Potem złowroga twarz terrorysty – czarne oczy, czarne włosy, zawzięte rysy – bez wątpienia islamski ekstremista. Mówił po arabsku, tłumaczenie na angielski wyświetlało się na pasku:

Będziemy zabijać Amerykanów, gdziekolwiek się na nich natkniemy. Jesteśmy gotowi oddać życie w świętej wojnie przeciwko Wielkiemu Szatanowi. Następnie kilka krótkich kadrów: płonące budynki, zamach na ambasadę, ostrzelany autokar z turystami, szczątki samolotu pasażerskiego rozrzucone na polu.

I na koniec przystojna twarz – pan Aaron Lake we własnej osobie. Spojrzał prosto na Beecha i powiedział:

„Nazywam się Aaron Lake i pewnie mnie nie znacie. Kandyduję na urząd prezydenta, ponieważ się boję. Boję się Chin, Europy Wschodniej i Bliskiego Wschodu. Boję się niebezpiecznego świata. I boję się tego, co stało się z naszą armią. W zeszłym roku mieliśmy ogromną nadwyżkę budżetową, a mimo to na obronę przeznaczyliśmy mniej niż przed piętnastu laty. Jesteśmy zadowoleni z siebie, czujemy się pewnie, bo nasza gospodarka jest silna, nie zdajemy sobie jednak sprawy z tego, jak bardzo dzisiejszy świat jest niebezpieczny. Mamy wielu potencjalnych wrogów, lecz jesteśmy wobec nich bezbronni. Jeśli mnie wybierzecie, podczas swojej kadencji podwoję budżet na obronę".

Żadnych uśmiechów, żadnego mizdrzenia się. Po prostu szczere słowa człowieka, który mówi to, co myśli. I na koniec głos lektora: „Wybierzcie Lake'a, zanim będzie za późno".

Nieźle, pomyślał Beech.

Zapalił kolejnego papierosa, ostatniego tego wieczoru, i zapatrzył się w leżącą na pustym krześle kopertę. Pięć milionów dolarów odszkodowania dla dwóch rodzin. Zapłaciłby, gdyby mógł. Nie znał tych dzieciaków, nigdy wcześniej ich nie widział. Następnego dnia po wypadku gazety zamieściły ich zdjęcia – chłopaka i dziewczyny. Ot, młodzi ludzie, korzystający z uroków lata.

Zatęsknił za bourbonem.

Upadłość obejmowała tylko połowę zasądzonej kwoty. Reszta – odszkodowanie za straty moralne – nie wchodziła w skład postępowania upadłościowego. Tak więc będzie się to za nim wlokło, gdziekolwiek się uda, czyli jak przypuszczał, zapewne nigdzie. Kiedy skończy mu się wyrok, będzie miał sześćdziesiąt pięć lat, czuł jednak, że tego nie dożyje. Wyniosą go z Trumble w trumnie, wyślą do Teksasu i tam pochowają za małym wiejskim kościółkiem, w którym go ochrzczono. Może któreś z dzieci szarpnie się na nagrobek.

Wyszedł z sali, nie wyłączywszy telewizora. Dochodziła dziesiąta, czas na gaszenie świateł. Celę dzielił z Robbiem, dzieciakiem z Kentucky, który włamał się do dwustu czterdziestu domów, zanim go schwytano. Skradzione rzeczy – broń, mikrofalówki, sprzęt stereo – wymieniał na kokainę. W Trumble siedział czwarty rok i z racji stażu miał pierwszeństwo w wyborze pryczy. Oczywiście wybrał dolną. Beech wdrapał się na swoją.

– Dobranoc, Robbie – rzucił i zgasił światło.
– Dobranoc, Hatlee – przypłynęła cicha odpowiedź.

Czasami rozmawiali jeszcze w ciemności. Ściany ich małej celi były z cegły, drzwi z metalu, więc żadne słowo nie mogło wydostać się na zewnątrz. Robbie, dwudziestopięciolatek, miał opuścić Trumble, gdy skończy czterdzieści pięć. Dwadzieścia cztery lata odsiadki: rok za każdą dziesiątkę okradzionych domów.

Czas między pójściem do łóżka a zaśnięciem był najgorszy z całego dnia. Przeszłość powracała z pełną mocą, wszystkie błędy, nieszczęścia, to, co można było zrobić, to, co powinno się było zrobić. Jakkolwiek Hatlee się starał, po prostu nie potrafił zamknąć oczu i zasnąć. Najpierw musiał się trochę pobiczować. Miał wnuczkę, której nigdy nie widział, i zawsze zaczynał od niej. Potem myślał o dzieciach. O żonie nigdy, chociaż nie zapominał o jej pieniądzach. I jeszcze przyjaciele. Och, przyjaciele... Gdzie teraz byli?

Po trzech latach spędzonych w Trumble, bez żadnych perspektyw na przyszłość, Beechowi pozostawała jedynie przeszłość. A przecież nawet biedny Robbie na dole śnił o nowym początku w wieku czterdziestu pięciu lat. Ale nie Beech. Jemu chwilami zdarzało się wręcz tęsknić za cichym miejscem spoczynku w ciepłej teksańskiej ziemi, w grobie za wiejskim kościółkiem.

Na pewno ktoś ostatecznie postawi mu tam nagrobek.

Rozdział 6

Dla Quince'a Garbe'a trzeci lutego miał się okazać najgorszym dniem w życiu. I zapewne byłby również ostatnim, gdyby jego lekarz był w mieście. Ale ponieważ wyjechał, Quince nie mógł zdobyć środków nasennych, a na to, żeby się zastrzelić, zabrakło mu odwagi.

Dzień zaczął całkiem przyjemnie, od późnego śniadania, miseczki płatków owsianych, które zjadł samotnie przed kominkiem w salonie. Żona – byli ze sobą dwudziesty szósty rok – pojechała już do miasta na kolejny dzień herbatek charytatywnych i zbiórek pieniędzy. Gorączkowa małomiasteczkowa działalność wolontariacka zapewniała jej zajęcie i trzymała ją z dala od niego, co mu odpowiadało.

Kiedy wychodził z wielkiego i pretensjonalnego domu na skraju Bakers w stanie Iowa, padał śnieg. Wsiadł do długiego czarnego jedenastoletniego mercedesa i ruszył w dziesięciominutową drogę do pracy. W Bakers był kimś ważnym, Garbe'em, członkiem rodziny bankierów. Zaparkował na swoim miejscu przed bankiem, na Main Street, i poszedł na pocztę. Wpadał tam dwa razy w tygodniu, z powodu prywatnej skrytki, o której istnieniu nie wiedziały ani żona, ani też, zwłaszcza, jego sekretarka.

Ponieważ był bogaty, a w Bakers takich jak on mieszkało niewielu, rzadko rozmawiał z kimś na ulicy. Mało go obchodziło, co myślą o nim ludzie. Czcili jego ojca i to wystarczało, żeby interes się kręcił.

Martwiło go jedynie, jak to będzie, gdy ojciec umrze. Czy będzie musiał się zmienić, uśmiechać do przechodniów i wstąpić do Klubu Rotariańskiego, który założył jeszcze jego dziadek?

Quince naprawdę miał już szczerze dość tego, że jego poczucie bezpieczeństwa tak bardzo zależało od kaprysów klientów. Tego, że ojciec nieustannie zmuszał go do ich uszczęśliwiania. Był zmęczony ojcem, bankiem, Iowa, śniegiem i żoną i w ten lutowy poranek bardziej niż czegokolwiek pragnął otrzymać list od swojego ukochanego Ricky'ego. Krótki miły liścik z potwierdzeniem ich randki.

Pragnął tylko spędzić trzy ciepłe dni z Rickym na statku miłości. I może nawet już by z tej wyprawy nie wrócił...

Bakers liczyło osiemnaście tysięcy mieszkańców i w głównym oddziale pocztowym przy Main Street zwykle bywało tłoczno. I za kontuarem siedziała ciągle inna osoba. Tak właśnie wynajął skrytkę – wybrał moment, gdy w okienku pojawił się nowy pracownik. Jako oficjalnego najemcę podał fikcyjną firmę o nazwie CMT Investments. Teraz skręcił za róg i poszedł prosto do ściany z co najmniej setką małych boksów.

W swoim znalazł trzy listy i kiedy je wyjął, by schować do kieszeni płaszcza, serce zabiło mu mocniej, bo zobaczył, że jeden jest od Ricky'ego. Wybiegł pospiesznie na ulicę i kilka minut później, dokładnie o dziesiątej, wkroczył do banku. Ojciec przychodził o wiele wcześniej, dawno już jednak przestał drzeć koty z synem o godziny jego pracy. Quince przystanął przy biurku sekretarki i energicznym gestem ściągnął rękawiczki, jakby czekały na niego jakieś niezwykle pilne sprawy. Sekretarka wręczyła mu pocztę oraz dwie zapisane na karteczce wiadomości telefoniczne i przypomniała, że za dwie godziny ma lunch z miejscowym agentem nieruchomości.

Podziękował, poszedł do siebie, zamknął drzwi na klucz i rzuciwszy rękawiczki w jedną stronę, a płaszcz w drugą, otworzył list od Ricky'ego. Usiadł na kanapie i ciężko dysząc – nie po szybkim spacerze, lecz z ekscytacji – włożył okulary. Zaczynając czytać, czuł, że robi się podniecony.

Słowa przebijały mu ciało niczym kule. Po drugim akapicie boleśnie jęknął. Potem wyrwało mu się kilka „O mój Boże", a na koniec syknął przez zęby: „Sukinsyn".

Cicho! – nakazał sobie w myślach, bo sekretarka lubiła podsłuchiwać. Pierwsze odczytanie listu wywołało w nim szok, po drugim czuł niedowierzanie. Prawda zaczęła docierać do niego po trzecim razie i wtedy zadrżała mu dolna warga. Nie płacz. Nie płacz, do jasnej cholery!

Cisnął list na podłogę i krążył wokół biurka, próbując ignorować wesołe twarze żony i dzieci, spoglądających na niego z fotografii. Na komodzie pod oknem stał ich cały rządek – zdjęcia szkolne, portrety rodzinne... sentymentalna kolekcja z okresu co najmniej dwudziestu lat. Wyjrzał przez okno i chwilę patrzył na ulicę. Śnieg padał teraz mocniej, zasypywał chodniki. Boże, jak on nienawidził tego miasta. A już myślał, że z niego wyjedzie, że ucieknie na ciepłą plażę, gdzie będzie baraszkował z młodym przystojnym chłopakiem. I że może już nigdy tu nie wróci.

Teraz będzie zmuszony wyjechać, tyle że z zupełnie innych powodów, w zupełnie innych okolicznościach.

To na pewno jakiś żart, jakiś głupi kawał, powtarzał sobie, wiedział jednak, że tylko się oszukuje. Treść listu dowodziła, że padł ofiarą starannie obmyślonego przekrętu. Wszystko zostało ściśle zaplanowane. Miał do czynienia z zawodowcem.

Całe życie walczył ze swoimi skłonnościami, a kiedy w końcu znalazł w sobie odwagę, żeby uchylić drzwi szafy, już na samym wstępie dostał obuchem między oczy od oszusta. Idiota, idiota, idiota. Dlaczego to takie potwornie trudne?

Gdy patrzył na padający śnieg, w głowie kłębiły mu się myśli. Najprostszym rozwiązaniem wydawało się samobójstwo, ale jego lekarz wyjechał, poza tym Quince wcale nie chciał umierać. Przynajmniej jeszcze nie teraz. Nie miał pomysłu, skąd wziąć sto tysięcy dolarów, które mógłby wysłać, nie wzbudzając podejrzeń. Stary drań urzędujący w gabinecie obok płacił mu marne centy i każdego bacznie pilnował. Żona drobiazgowo śledziła ich wydatki i sprawdzała stan konta. Mieli trochę kasy zamrożonej w lokatach, ale nie mógł jej ruszyć bez wiedzy żony. Tak, życie bogatego bankiera w Bakers to w rzeczywistości był tylko mercedes, duży dom obciążony hipoteką i bawiąca się w działalność dobroczynną żona. Boże, jak chciał od tego uciec!

A na Florydę i tak pojedzie. Wytropi nadawcę listu, skonfrontuje się z tym oszustem, oskarży go o szantaż, naśle na niego gliny. On, Quince Garbe, nie zrobił nic złego. To ten szubrawiec popełnił przestępstwo. Może wynajmie prywatnego detektywa i adwokata. Oni go obronią, rozgryzą ten szwindel.

Będą musieli, bo przecież nawet jeśli zdobyłby pieniądze i przelał je zgodnie z instrukcją, brama zostałaby otwarta i cały ten Ricky, kimkolwiek, do cholery, był, mógłby zażądać kolejnych przelewów. Bo niby co by go powstrzymało?

Gdyby miał odwagę, uciekłby na Key West czy w inne ciepłe miejsce, gdzie nigdy nie pada śnieg. Żyłby tam, jak by chciał, a żałośni małostkowi mieszkańcy Bakers mogliby sobie plotkować o nim nawet przez następne pół wieku. Ale tej odwagi nie miał i właśnie dlatego był taki przybity.

Dzieci wpatrywały się w niego ze zdjęć – piegowate uśmiechy z białymi zębami w srebrnych drutach aparatów ortodontycznych. Serce mu się ścisnęło i zrozumiał, że znajdzie te przeklęte pieniądze i przeleje dokładnie tak, jak życzył sobie tego szantażysta. Musiał chronić dzieci. One nie zrobiły nic złego.

Aktywa banku były warte dziesięć milionów dolarów, wszystko to nadal ściśle kontrolowane przez tego starego drania, który właśnie warczał na kogoś w korytarzu. Stary drań miał osiemdziesiąt jeden lat i wciąż był całkiem żwawy, ale osiemdziesiąt jeden lat to jednak poważny wiek. Gdyby ojciec zmarł, Quince musiałby jeszcze stoczyć walkę z siostrą mieszkającą w Chicago, niemniej bank i tak przeszedłby na niego. Sprzedałby wtedy to cholerstwo jak najszybciej i wyjechał z Bakers z kilkoma milionami w kieszeni. Do tego czasu jednak zmuszony był robić to, co robił zawsze, czyli dbać o zadowolenie starego drania.

Gdyby oszust go wydał, ojciec byłby zdruzgotany. Zapewne cały majątek przepisałby wtedy na córkę. Dostałaby wszystko.

Kiedy na korytarzu wreszcie zaległa cisza, Quince poszedł nalać sobie kawy z ekspresu. Ignorując sekretarkę, wrócił z kawą do siebie, zamknął drzwi na klucz, przeczytał list po raz czwarty i spróbował zebrać myśli. Zdobędzie pieniądze i je wyśle, a potem będzie się żarliwie modlił, żeby Ricky się od niego odczepił. Jeśli tak się nie stanie, jeśli znów zażąda pieniędzy, Quince uda się do lekarza po tabletki.

Agent nieruchomości, z którym miał zjeść lunch, obracał się w bogatych kręgach, był chodzącym na skróty ryzykantem, przypuszczalnie oszustem. Quince zaczął obmyślać plan. Mógłby wraz z agentem wziąć kilka kredytów na fikcyjne cele, zawyżyliby cenę jakiegoś gruntu, udzielili komuś pożyczki, sprzedali ziemię podstawionej osobie i tak dalej. Pośrednik na pewno wiedział, jak się to robi.

A Quince wiedział już, że zdobędzie te pieniądze.

⋏ ⋏ ⋏

Wieszczące koniec świata spoty kampanijne Aarona Lake'a wywarły potężne wrażenie. Masowe sondaże prowadzane przez cały pierwszy tydzień wykazywały gwałtowny wzrost rozpoznawalności nazwiska – z dwóch do dwudziestu procent – reklamy jednak się nie podobały. Były przerażające, a ludzie nie chcieli myśleć o wojnach, terrorystach i przestarzałych rakietach z głowicami nuklearnymi, transportowanych nocami przez góry. Wszyscy oglądali te spoty (trudno było je przeoczyć), do wszystkich docierał zawarty w nich przekaz, lecz większość po prostu go odrzucała. Ludzie byli zbyt zajęci zarabianiem i wydawaniem pieniędzy. W czasach kwitnącej gospodarki, którą mieli obecnie, jeśli już w ogóle mierzono się z jakimiś problemami, ograniczało się to do odwiecznych tematów zastępczych, takich jak wartości rodzinne i obniżanie podatków.

Dziennikarze traktowali Lake'a jak jeszcze jednego nieliczącego się oryginała, dopóki podczas któregoś z wywiadów na żywo nie ogłosił, że w ciągu niespełna tygodnia zebrał na kampanię ponad jedenaście milionów dolarów.

„Za dwa tygodnie spodziewamy się mieć dwadzieścia", oświadczył, nie w formie przechwałki, i dopiero wtedy media zainteresowały się nim na serio. Teddy Maynard zapewnił go, że pieniądze się znajdą.

Nigdy wcześniej nikomu nie udało się zebrać dwudziestu milionów dolarów w ciągu dwóch tygodni, więc pod koniec tamtego dnia Waszyngton nie mówił o niczym innym. Emocje sięgnęły zenitu, gdy Aaron Lake udzielił kolejnych wywiadów, także na żywo, w wiadomościach wieczornych dwóch z trzech największych stacji telewizyjnych. Wyglądał świetnie: szeroki uśmiech, płynne wypowiedzi, ładny garnitur i fryzura. Pasował na prezydenta.

Ostateczne potwierdzenie tego, że Aaron Lake jest poważnym kandydatem, pojawiło się pod koniec dnia, gdy jeden z przeciwników wypuścił w jego kierunku strzałę. Senator Britt z Marylandu prowadził kampanię od roku i w prawyborach w New Hampshire wywalczył mocne drugie miejsce. Na kampanię zebrał dziewięć milionów dolarów, lecz wydał o wiele więcej i dlatego zamiast ją prowadzić, połowę czasu musiał marnować na zbieranie pieniędzy. Był zmęczony żebraniem, zmęczony redukcjami personelu, zmęczony zamartwianiem się o reklamy telewizyjne, więc kiedy reporter zapytał go o Lake'a i jego dwadzieścia milionów, w odpowiedzi wypalił: „To brudne pieniądze. Żaden uczciwy kandydat nie jest w stanie zebrać aż tyle w tak krótkim czasie". Britt powiedział to, stojąc w deszczu przed wejściem do zakładów chemicznych, które w ramach kampanii akurat odwiedzał.

Komentarz o brudnych pieniądzach został z wielkim zapałem podchwycony przez prasę i wkrótce powtarzano go wszędzie.

Aaron Lake wkroczył na scenę.

⋏ ⋏ ⋏

Senator Britt z Marylandu miał, poza brakiem funduszy, jeszcze inne problemy, takie, o których wolałby zapomnieć.

Przed dziewięciu laty odwiedzał Azję Południowo-Wschodnią. Poleciał tam z kolegami z Kongresu, jak zwykle pierwszą klasą. Zatrzymywali się w najlepszych hotelach i jedli homary, a wszystko to w celu zbadania panującego w tamtym regionie ubóstwa oraz dotarcia do sedna kontrowersji wywołanych przez firmę Nike, która wykorzystywała w swoich fabrykach tanią siłę roboczą. Już na samym początku wyprawy Britt poznał w Bangkoku dziewczynę i postanowił zostać tam dłużej; symulował chorobę, podczas gdy jego koledzy kontynuowali podróż i w poszukiwaniu dalszych informacji udali się do Laosu i Wietnamu.

Dziewczyna, dwudziestolatka, miała na imię Payka i w żadnym wypadku nie była prostytutką. Pracowała jako sekretarka w ambasadzie Stanów Zjednoczonych, a ponieważ znajdowała się na liście płac jego kraju, Brittowi wydawało się, że ma prawo traktować ją trochę jak swoją własność. Był daleko od domu, daleko od żony i pięciorga dzieci, daleko od wyborców, a Payka, olśniewająco piękna i zgrabna, chciała studiować w Stanach.

Coś, co zaczęło się jako niewinny flirt, szybko przerodziło się w romans i senator Britt z trudem zmusił się, żeby wrócić do Waszyngtonu. Dwa miesiące później znowu poleciał do Bangkoku, z bardzo pilną i tajną misją, jak wyjaśnił żonie.

W ciągu dziewięciu miesięcy odwiedził Tajlandię czterokrotnie i zawsze leciał pierwszą klasą, zawsze na koszt podatnika, aż w końcu nawet najwięksi globtroterzy w Senacie zaczęli o tym szeptać. Britt pociągnął za sznurki w Departamencie Stanu i wiele wskazywało na to, że Payka wkrótce przeniesie się do Stanów.

Nigdy do tego nie doszło. Podczas czwartego i ostatniego spotkania dziewczyna powiedziała mu, że jest w ciąży. Była katoliczką i aborcja nie wchodziła w grę. Britt potraktował ją chłodno, oznajmił, że potrzebuje czasu do namysłu, po czym w środku nocy uciekł z Bangkoku. Tajna misja w Azji Południowo-Wschodniej dobiegła końca.

Na początku kariery w Senacie Britt, zatwardziały fiskalista, trafił parę razy na pierwsze strony gazet po tym, jak skrytykował CIA za rozrzutność i marnotrawienie pieniędzy podatników. Teddy Maynard nie komentował zarzutów, choć na pewno nie pochwalał populistycznej gry senatora. Z archiwum Agencji wydobyto jego zakurzoną i dość cienką teczkę i gdy Britt poleciał do Bangkoku po raz drugi, CIA udała się tam również. Oczywiście senator nic o tym nie wiedział, lecz agenci siedzieli obok niego w pierwszej klasie, a inni czekali w Bangkoku. Obserwowali hotel, w którym para spędziła trzy dni. Robili im zdjęcia w drogich restauracjach. Widzieli wszystko, a Britt, zakochany i głupi, nie był tego świadomy.

Później, kiedy urodziło się dziecko, CIA zdobyła dokumenty ze szpitala, a następnie kartę medyczną, by połączyć grupę krwi z testem DNA. Payka nadal pracowała w ambasadzie, więc łatwo było ją namierzyć.

Kiedy dziecko, synek, miało rok, sfotografowano je, siedzące na kolanach matki w parku w centrum miasta. Później fotografowali je jeszcze wiele razy i gdy chłopiec skończył cztery lata, w jego rysach zaczęło się pojawiać odległe podobieństwo do Dana Britta, senatora Kongresu Stanów Zjednoczonych z Marylandu.

W tym czasie tatusia chłopca dawno już w Bangkoku nie było. Zapał Britta do zbierania faktów na temat Azji Południowo-Wschodniej drastycznie osłabł i senator przeniósł uwagę na inne kluczowe regiony świata. W pewnym momencie zawładnęły nim ambicje prezydenckie, stała przypadłość, która wcześniej czy później dopada każdego senatora. Payka nigdy nie próbowała nawiązać z nim kontaktu, więc łatwo zapomniał o tym koszmarze.

Miał piątkę ślubnych dzieci i wygadaną żonę. Tworzyli zespół – senator i jego małżonka, pani Britt – oboje piewcy wartości rodzinnych, oboje propagatorzy szumnego hasła „Ratujmy nasze dzieci!". Napisali razem poradnik, jak wychowywać dzieci w chorej amerykańskiej kulturze, choć ich najstarszy syn był wtedy ledwie trzynastolatkiem. Gdy prezydent zaczął kompromitować się seksualnymi ekscesami, senator Britt wypowiadał się niczym największy świętoszek w Waszyngtonie.

W ten sposób on i jego żona trącili czułą strunę i od konserwatystów popłynęła kasa. Britt wypadł dobrze w prawyborach w Iowa, a w New Hampshire zajął mocne drugie miejsce. Potem jednak skończyły mu się pieniądze i zaczął tracić w sondażach.

I zapowiadało się, że może dalej tracić. Po kolejnym dniu brutalnej kampanii zatrzymał się z ekipą na krótki nocleg w motelu w Dearborn w stanie Michigan. To właśnie tam senator poznał w końcu, choć nie osobiście, swoje szóste dziecko.

Agent nazywał się McCord i podszywając się pod dziennikarza, od tygodnia jeździł za Brittem. Twierdził, że pracuje dla gazety z Tallahassee, choć w rzeczywistości od jedenastu lat był pracownikiem CIA. Ale ponieważ wokół Britta kręciło się tylu reporterów, nikt nie pomyślał, żeby to sprawdzić.

McCord zaprzyjaźnił się z jednym z wyższych rangą doradców i przy wieczornym drinku w barze Holiday Inn wyznał, że ma coś, co mogłoby zniszczyć kandydata Britta, i że dostał to od konkurencyjnego obozu – obozu gubernatora Tarry'ego. Był to notes, w którym na każdej stronie tykała prawdziwa bomba: zeznania Payki ze szczegółami romansu; dwa zdjęcia syna, w tym najnowsze, sprzed miesiąca, na którym chłopiec, obecnie siedmiolatek, już niezaprzeczalnie przypominał tatusia; wyniki badań krwi i DNA jednoznacznie wskazujące na to, kto jest ojcem; oraz wykaz kosztów podróży, który czarno na białym dowodził, że senator Britt na utrzymywanie swojego romansu na drugim końcu świata przepuścił całe trzydzieści osiem tysięcy sześćset dolarów z pieniędzy podatników.

Propozycja była prosta: Britt niezwłocznie wycofa się z wyścigu, a ta historia nigdy nie ujrzy światła dziennego. McCord był dziennikarzem etycznym i brzydził się wyciąganiem czyichś brudów. Gubernator Tarry również będzie milczał, jeśli tylko Britt zniknie ze sceny. Niech zrezygnuje z kandydowania, a nawet pani Britt o niczym się nie dowie.

Krótko po pierwszej w nocy Teddy Maynard odebrał w Waszyngtonie telefon od McCorda. Przesyłka została doręczona. W południe następnego dnia Britt zamierzał zwołać konferencję prasową.

Teddy miał w archiwum teczki z brudami setek polityków, zarówno byłych, jak i tych nadal czynnych. Generalnie politycy byli łatwym celem. Wystarczyło na drodze któregoś postawić piękną młodą kobietę i na ogół zbierało się jakiś materiał do teczki. Jeśli kobiety nie załatwiały sprawy, zawsze pozostawały pieniądze. Trzeba było tylko bacznie ich obserwować: jak podróżują, jak pakują się do łóżek z lobbystami, jak sprzedają się obcym rządom, sprytnym na tyle, by słać do Waszyngtonu góry mamony, jak prowadzą kampanie wyborcze i zbierają fundusze. Po prostu obserwować, a teczki zawsze puchły. Szkoda, że z Rosjanami nie było tak łatwo.

Ale choć Teddy gardził politykami jako zbiorowością, garstkę z nich jednak szanował. Należał do niej Aaron Lake. Nigdy nie uganiał się za spódniczkami, nie popadał w nałogi, pieniądze traktował z dystansem i nie grał pod publiczkę. Im dłużej Teddy obserwował Lake'a, tym bardziej mu się podobał.

Wziął ostatnią tej nocy pigułkę i podjechał na wózku do łóżka. A więc Britt przepadł. I dobrze, krzyżyk mu na drogę, choć trochę szkoda, że nie można tej historii puścić dalej. Ten świętoszkowaty hipokryta zasługiwał na porządne lanie. Ech, cóż… trzeba to zostawić. I ewentualnie wykorzystać w przyszłości. Pewnego dnia prezydent Lake może potrzebować Britta, a wtedy ten mały chłopiec z Tajlandii będzie jak znalazł.

Rozdział 7

Picasso wniósł pozew przeciwko Sherlockowi i innym niewymienionym z nazwiska. Chciał uzyskać nakaz, który zabroniłby im oddawania moczu na jego róże. Odrobina źle skierowanego moczu nie mogła zachwiać równowagą życia w Trumble, lecz Picasso domagał się również odszkodowania w wysokości pięciuset dolarów. A pięćset dolarów to już poważna sprawa.

Konflikt trwał od lata minionego roku, kiedy to Picasso przyłapał Sherlocka na gorącym uczynku. W końcu naczelnik uznał, że trzeba interweniować. Poprosił Bractwo o rozstrzygnięcie sporu. Pozew został złożony, po czym Sherlock wynajął obrońcę – byłego prawnika, niejakiego Ratliffa, jeszcze jednego uchylającego się od płacenia podatków cwaniaka. Ratliff miał grać na zwłokę, opóźniać sprawę, odraczać, składać niepoważne pisma procesowe, czyli stosować wszystkie typowe sztuczki jak adwokaci na wolności. Taka taktyka nie przypadła jednak do gustu Bractwu i ani Sherlock, ani jego prawnik nie cieszyli się ich szacunkiem.

Starannie pielęgnowany ogródek Picassa zajmował skrawek ziemi przy sali gimnastycznej. Picasso aż trzy lata toczył biurokratyczne boje, zanim zdołał przekonać jakiegoś urzędniczynę średniego szczebla z Waszyngtonu, że uprawianie ogródka to hobby, które ma i zawsze miało właściwości terapeutyczne. Co w jego przypadku było istotne, ponieważ cierpiał na liczne zaburzenia psychiczne. Gdy Waszyngton wydał pozytywną opinię, naczelnik szybko podpisał zgodę i Picasso wziął się do roboty. Róże zamówił u dostawcy z Jacksonville, na co zresztą musiał uzyskać furę kolejnych pozwoleń.

Oficjalnie pracował na zmywaku w stołówce, za co otrzymywał wynagrodzenie w wysokości trzydziestu centów za godzinę. Naczelnik odrzucił jego prośbę o zakwalifikowanie go jako ogrodnika, więc Picasso musiał potraktować uprawianie róż jako hobby. W sezonie pojawiał się zawsze rano i wieczorem na swoim skromnym poletku, pielił je, klęcząc, a także przekopywał i podlewał. Czasami nawet gadał z kwiatami.

Róże, o które toczył się spór, były z odmiany Belinda's Dream, były bladoróżowe i nieszczególnie piękne, ale Picasso i tak się nimi zachwycał. Kiedy przyjechały od dostawcy, wszyscy w Trumble wiedzieli, że już są, bo Picasso natychmiast obsadził nimi front i cały środek ogródka.

Sherlock zaczął na nie sikać ot tak sobie, dla zabawy. Poza tym nie przepadał za Picassem, w jego mniemaniu notorycznym kłamcą, i z jakiegoś powodu sikanie na jego róże uważał za rzecz ze wszech miar słuszną. Szybko dołączyli do niego inni, a Sherlock tylko ich zachęcał, twierdząc, że mocz pomaga różom, bo jest dla nich dobrym nawozem.

Kwiaty straciły kolor, zaczęły blaknąć. Picasso był przerażony. Jakiś usłużny donosiciel zostawił pod drzwiami jego celi liścik i tajemnica wyszła na jaw. Jego ukochany ogródek różany stał się w Trumble ulubionym miejscem oddawania moczu. Dwa dni później Picasso zaczaił się na Sherlocka, przyłapał go na gorącym uczynku i dwóch utytych białasów w średnim wieku stoczyło na chodniku brzydki pojedynek zapaśniczy.

Róże pożółkły i Picasso wniósł pozew.

Kiedy w końcu doszło do procesu, po miesiącach jego odwlekania przez Ratliffa, Bractwo było już tą sprawą zmęczone. Po cichu przydzielili ją sędziemu Finnowi Yarberowi – jego matka uprawiała kiedyś róże – i ten po kilku godzinach badania przedmiotu sprawy poinformował ich, że mocz nie mógł wpłynąć na zmianę koloru kwiatów. Tak więc decyzję Bractwo podjęło już dwa dni wcześniej: zakażą Sherlockowi i innym świniom sikać na róże, ale odszkodowania nie zasądzą.

Przez trzy godziny wysłuchiwali, jak dorośli mężczyźni wykłócają się o to, kto, gdzie, kiedy i jak często sikał. Picasso, który występował jako własny adwokat, niemal ze łzami w oczach błagał świadków, żeby donieśli na kumpli. Ratliff, obrońca pozwanego, był bezwzględny, obcesowy i zupełnie niepotrzebny. Po godzinie stało się oczywiste, że niezależnie od tego, jakie przestępstwa miał na sumieniu, w pełni zasługiwał na to, by pozbawić go prawa do wykonywania zawodu.

Sędzia Spicer umilał sobie czas analizowaniem rozkładu punktów w rozgrywkach uniwersyteckiej ligi koszykarskiej. Kiedy nie mógł skontaktować się z Trevorem, zawierał zakłady w wyobraźni i w ciągu dwóch miesięcy zarobił na papierze aż trzy tysiące sześćset dolarów. Szczęście mu dopisywało, miał dobrą passę: wygrywał w karty, wygrywał zakłady sportowe. I miał problemy z zasypianiem, ponieważ nawet w nocy marzył o nowym życiu – w Vegas lub na Bahamach – w którym hazardem będzie parać się zawodowo. Z żoną lub bez żony.

Sędzia Beech, marszcząc czoło w głębokiej zadumie, wydawał się sporządzać skrzętnie notatki, podczas gdy w rzeczywistości tworzył szkic następnego listu do Curtisa z Dallas. Bractwo postanowiło zarzucić na niego kolejną przynętę.

Pisząc jako Ricky, Beech wyjaśniał, że jeden z okrutnych strażników z kliniki odwykowej zalewa go wszelkiego rodzaju plugawymi groźbami. Straszy, że go pobije, jeśli on nie zdobędzie kasy „za ochronę". Żeby zapewnić sobie bezpieczeństwo przed tą wstrętną bestią, Ricky potrzebował pięciu tysięcy dolarów – czy Curtis jest w stanie mu tyle pożyczyć?

– Moglibyśmy przejść dalej? – huknął Beech, po raz kolejny przerywając Ratliffowi.

Kiedy był jeszcze prawdziwym sędzią, do mistrzostwa opanował sztukę czytania czasopism i zarazem słuchania jednym uchem adwokatów, którzy wyłuszczali swoje racje przed ławą przysięgłych. Rzucane w odpowiednim momencie głośne upomnienie skutkowało tym, że musieli stale mieć się na baczności.

Powrócił do pisania.

Oni prowadzą jakąś koszmarną grę. Przyjeżdżamy tu rozbici. Powoli doprowadzają nas do porządku, składają do kupy, stawiają na nogi. Układają nam w głowach, uczą dyscypliny i wiary w siebie, przygotowują nas, byśmy mogli wrócić do społeczeństwa. To naprawdę kawał dobrej roboty, ale zarazem pozwalają, żeby te tłuki, te łobuzy, które pilnują terenu, nam groziły. My wciąż jesteśmy wrażliwi i słabi, a oni niszczą wszystko, co z takim trudem wypracowaliśmy. Boję się tego człowieka. Zamiast się opalać i ćwiczyć na siłowni, ukrywam się w swoim pokoju. Nie mogę spać. Znów zaczynam tęsknić za ucieczką w alkohol i w narkotyki. Proszę, Curtis, pożycz mi te pięć tysięcy, żebym mógł uwolnić się od tego zbira, dokończyć leczenie i wyjść stąd w jednym kawałku. Chcę być zdrowy i w dobrej formie, kiedy się spotkamy.

Co by pomyśleli jego przyjaciele? Wielce szanowny Hatlee Beech, sędzia federalny, pisze łzawe gejowskie listy, wyłudza pieniądze od niewinnych ludzi…

Tyle że on nie miał już przyjaciół. I nie miał zasad. Prawo, któremu niegdyś tak hołdował, umieściło go tu, gdzie był, czyli w tym akurat momencie w więziennej stołówce, ubranego w wyblakłą zieloną togę chóru czarnych i słuchającego, jak banda rozeźlonych skazańców wykłóca się o sikanie na róże.

– Zadawałeś to pytanie już osiem razy – warknął na Ratliffa, który musiał się naoglądać zbyt wielu kiepskich seriali o prawnikach.

Ponieważ sprawę prowadził sędzia Yarber, oczekiwano, że będzie przynajmniej udawał, że słucha, co się mówi. Lecz Yarber ani nie słuchał, ani nawet nie starał się stwarzać takich pozorów. Jak zwykle pod togą nie miał na sobie niczego. Założył nogę na nogę i czyścił długie paznokcie plastikowym widelcem.

– A gdybym na nie nasrał?! – wrzasnął Sherlock do Picassa. – Myślisz, że zmieniłyby kolor na brązowe?

Cała stołówka ryknęła śmiechem.

– Tylko bez przekleństw, proszę – upomniał ich ostro sędzia Beech.

– Spokój w sądzie – dodał T. Karl, sądowy błazen, spod jasnoszarej peruki. Przywoływanie publiczności do porządku nie należało do niego, ale ponieważ był w tym skuteczny, Bracia przymykali na to oko. Zastukawszy młotkiem, powtórzył: – Spokój, panowie!

Beech pisał dalej.

Błagam, pomóż mi, Curtis. Nie mam nikogo innego, do kogo mógłbym się zwrócić. Jestem w rozsypce. Boję się, że znów się załamię, że będę miał kolejny nawrót. Boję się, że wtedy już nigdy stąd nie wyjdę. Pospiesz się, proszę.

Spicer postawił sto dolarów na zwycięstwo Indiana Hoosiers nad Purdue, na Duke'ów w meczu z Clemson, na Alabamę w potyczce z Vandy i na Wisconsin, którzy grali z Illinois. Co ja wiem o koszykarzach z Wisconsin? – zadał sobie pytanie i szybko doszedł do wniosku, że nie ma to najmniejszego znaczenia. Był zawodowym hazardzistą, i to cholernie dobrym. Jeśli tylko te dziewięćdziesiąt tysięcy dolarów wciąż leżało zakopane za szopą, w ciągu roku pomnoży je do miliona.

– Dość, tyle wystarczy – oświadczył Beech, podnosząc ręce.

– Ja też usłyszałem już dosyć – włączył się Yarber, zapominając o paznokciach i opierając się o stół.

Bracia nachylili się do siebie i zaczęli się naradzać z taką powagą, jakby wynik debaty mógł ustanowić poważny precedens lub przynajmniej mieć fundamentalny wpływ na przyszłość amerykańskiego porządku prawnego. Marszczyli czoła, drapali się po głowach, a nawet spierali się o meritum sprawy. Tymczasem biedny Picasso, bliski płaczu, siedział samotnie, doszczętnie wyczerpany podstępną taktyką Ratliffa.

W końcu sędzia Yarber odchrząknął i oświadczył:

– Głosami dwa do jednego podjęliśmy decyzję. Ogłaszamy zakaz oddawania moczu na te przeklęte róże. Każdy, kto zostanie na tym przyłapany, będzie ukarany grzywną w wysokości pięćdziesięciu dolarów. Tym razem nie zasądzamy żadnego odszkodowania.

Po tych słowach, świetnie wpasowując się w moment, T. Karl walnął w stół młotkiem i wrzasnął:

– Sąd zamyka obrady do następnego posiedzenia! Proszę wstać!

Rzecz jasna nikt się nie ruszył.

– Chcę się odwołać! – krzyknął Picasso.

– Ja też! – zawtórował mu Sherlock.

– Najwyraźniej wydaliśmy dobry wyrok – mruknął Yarber, zbierając poły togi i wstając. – Obie strony są niezadowolone.

Beech i Spicer też się podnieśli i Bracia wymaszerowali dumnie ze stołówki. Między strony sporu oraz świadków wkroczył strażnik.

– Koniec sprawy, chłopaki. Wracać do pracy.

⋏ ⋏ ⋏

Dyrektor fabryki Hummand w Seattle, produkującej pociski rakietowe i aparaturę elektroniczną do zagłuszania radarów, był kiedyś kongresmenem blisko związanym z CIA. Teddy Maynard znał go dobrze. Kiedy dyrektor ogłosił na konferencji prasowej, że jego zakład zebrał pięć milionów dolarów na kampanię wyborczą Aarona Lake'a, w CNN przerwano program o odsysaniu tłuszczu i zaczęto nadawać na żywo relację z konferencji! Każdy z pięciu tysięcy pracowników Hummanda wypisał czek na tysiąc dolarów, czyli na maksymalną kwotę dozwoloną przez prawo federalne. Dyrektor miał te czeki zebrane w pudle i zaprezentował je przed kamerami, po czym poleciał odrzutowcem firmy do Waszyngtonu, by przekazać je sztabowi Lake'a.

Idź za pieniędzmi, a poznasz zwycięzcę. Odkąd Aaron Lake ogłosił, że startuje, ponad jedenaście tysięcy pracowników przemysłu kosmiczno-zbrojeniowego z trzydziestu stanów Ameryki przekazało na jego kampanię ponad osiem milionów dolarów. Poczta musiała dostarczać czeki w kartonach. Związki zawodowe przesłały drugie tyle i obiecywały kolejne dwa miliony. Ludzie Lake'a wynajęli w Waszyngtonie firmę rachunkową tylko do samego księgowania i liczenia pieniędzy.

Dyrektor Hummanda przybył do Waszyngtonu pośród tylu fanfar, ile tylko można było zorganizować. Kandydat Lake siedział wtedy w prywatnym odrzutowcu Challenger, wydzierżawionym za czterysta tysięcy dolarów miesięcznie. Gdy wylądował w Detroit, czekały tam już na niego dwie czarne limuzyny, obie zupełnie nowe, obie dopiero co wzięte w leasing za tysiąc dolarów miesięcznie każda. Lake miał teraz eskortę, grupę ludzi podążających za nim wszędzie, gdziekolwiek się udawał, i choć był pewien, że wkrótce się do tego przyzwyczai, początkowo ich obecność mocno go irytowała. Przez cały czas otaczały go nieznane mu osoby. Młodzi mężczyźni o grobowych minach, w ciemnych garniturach, z małymi słuchawkami w uszach i bronią w każdym zakamarku odzieży. Dwóch takich przyleciało z nim samolotem, trzech kolejnych czekało przy limuzynach.

No i miał jeszcze Floyda, pomocnika ze swojego biura w Kongresie. Floyd był niezbyt rozgarniętym młodym chłopakiem ze znanej arizońskiej rodziny, który nie nadawał się do niczego innego poza załatwianiem drobnych spraw. Teraz był jego szoferem. Usiadł za kierownicą jednej z limuzyn, Lake zajął miejsce z przodu, a dwóch z piątki agentów oraz sekretarz z tyłu. Dwaj asystenci i trzech pozostałych agentów wcisnęło się do drugiej limuzyny, po czym obie ruszyły, kierując się do centrum Detroit, gdzie już czekali ważni dziennikarze z miejscowej telewizji.

Lake nie miał czasu na wygłaszanie przemówień, zwiedzanie okolicy, raczenie się lokalnymi przysmakami czy na wystawanie w deszczu przed fabrykami. Nie mógł pokazać się przed kamerami w trakcie aranżowanych spacerów po mieście, nie mógł organizować spotkań z mieszkańcami, stać pośród ruin w czarnym getcie, piętnując nieudolną politykę dotychczasowych władz. Nie starczało mu czasu na robienie tego wszystkiego, co robili inni kandydaci. Wchodził do gry późno, bez przygotowanego gruntu, bez zaplecza, bez jakiegokolwiek lokalnego wsparcia. Jedyne, czym dysponował, były przyjemna twarz, miły głos, ładne garnitury, palące przesłanie i mnóstwo kasy.

Jeśli kupując telewizję, można kupić zwycięstwo w wyborach, to Aaron Lake był o krok od załatwienia sobie nowej posady.

Zadzwonił do Waszyngtonu, pogadał ze swoim człowiekiem od pieniędzy i dowiedział się o pięciu milionach dolarów od pracowników Hummanda. Nigdy o tej fabryce nie słyszał.

– To państwowa firma? – spytał.

W odpowiedzi usłyszał, że nie, firma jest prywatna, a jej roczne obroty sięgają miliarda dolarów. Specjalizuje się w produkcji innowacyjnego sprzętu do zagłuszania radarów i mogłaby zwielokrotnić zyski, gdyby tylko kontrolę nad siłami zbrojnymi przejęła odpowiednia osoba – ktoś, kto zacząłby w nie inwestować.

Sztab wyborczy Lake'a miał więc w tej chwili do dyspozycji kwotę rekordową – całe dziewiętnaście milionów dolarów. I rewidowali dotychczasowe prognozy. Wszystko wskazywało na to, że w ciągu pierwszych dwóch tygodni Lake zbierze na kampanię nie dwadzieścia, ale trzydzieści milionów.

Pieniądze spływały tak szybko, że nie byli w stanie sensownie ich pożytkować.

Zamknął klapkę telefonu komórkowego i oddał go Floydowi, który wydawał się gubić w korkach.

– Od tej pory będziemy korzystali ze śmigłowców – rzucił Lake przez ramię do sekretarza, a ten od razu zanotował: *znaleźć śmigłowce*.

Lake ukrył twarz za ciemnymi okularami i zaczął analizować sytuację. Nie czuł się dobrze z tą przemianą z zachowawczego fiskalnie konserwatysty w niezależnego kandydata dysponującego trzydziestoma milionami dolarów, ale te pieniądze trzeba było jakoś wydać. Żeby uspokoić sumienie, tłumaczył sobie, że przecież nie wydusił ich z podatników – dawano mu je dobrowolnie. Poza tym, gdy zostanie wybrany, będzie kontynuował walkę o ludzi pracy.

Znowu pomyślał o Teddym Maynardzie siedzącym w ciemnym bunkrze w czeluściach Langley. Z nogami owiniętymi kocem, z twarzą wykrzywioną bólem, pociągał za sznurki, za które tylko on mógł pociągać, i pieniądze spadały z drzew. Lake miał się nigdy nie dowiedzieć, co Maynard robił na jego rzecz, ale też wcale nie chciał mieć tej wiedzy.

⋏ ⋏ ⋏

Dyrektorem Wydziału do spraw Operacji Bliskowschodnich był Lufkin, pracownik z dwudziestoletnim stażem, któremu Teddy Maynard ufał bezgranicznie. Czternaście godzin temu Lufkin był jeszcze w Tel Awiwie, teraz siedział w gabinecie Teddy'ego i jakimś cudem wyglądał świeżo i przytomnie. Wiadomość musiał przekazać osobiście, ustnie, bez żadnych telegramów, sygnałów czy satelitów. A tego, co usłyszy, miał nigdy nikomu nie powtarzać. Tak było między nimi od wielu lat.

– Zamach na naszą ambasadę w Kairze wydaje się teraz nieuchronny – powiedział.

Teddy nie zareagował; nie okazał ani zaniepokojenia, ani zdumienia, nie spojrzał nawet na Lufkina. Takie wiadomości przekazywano mu nie pierwszy raz.

– Jidal?

– Tak. W zeszłym tygodniu w Kairze widziano jego głównego pomocnika.

– Kto go widział?

– Izraelczycy. Śledzili też dwie jadące z Trypolisu ciężarówki z materiałami wybuchowymi. Wygląda na to, że wszystko jest już przygotowane.

– Kiedy?

– Niebawem.

– Czyli dokładnie?

– Prawdopodobnie w tym tygodniu.

Teddy pociągnął się za koniuszek ucha i zamknął oczy. Lufkin starał się na niego nie patrzeć; wiedział, że lepiej o nic teraz nie pytać. Zaraz wyjeżdżał. Miał wrócić na Bliski Wschód i czekać. Bardzo możliwe, że o ataku na ambasadę nikt nie zostanie ostrzeżony. Zginą wtedy dziesiątki osób, będzie wielu rannych. Krater w centrum miasta będzie dymił przez kilka dni, w Waszyngtonie zacznie się wytykanie palcami i popłyną oskarżenia. CIA znowu stanie pod pręgierzem.

Ale Maynarda takie rzeczy nigdy nie powstrzymywały. Jak Lufkin zdążył się przekonać, szef Agencji czasami stosował terror, by osiągnąć to, czego chciał.

Choć mogło być i tak, że ambasada zostanie oszczędzona, zamach udaremnią egipscy komandosi współpracujący ze Stanami, a CIA zbierze pochwały za doskonały wywiad. Ale to też nigdy nie robiło na Teddym wrażenia.

– Jesteś pewien? – spytał.

– Tak, na tyle, na ile można być w takiej sytuacji.

Oczywiście Lufkin nie miał pojęcia, że dyrektor uknuł spisek, żeby wprowadzić swojego kandydata na fotel prezydenta. Lufkin chyba nawet nie słyszał o Aaronie Lake'u, zresztą mało go obchodziło, kto wygra wybory. Przebywał na Bliskim Wschodzie na tyle długo, by wiedzieć, że tam nie ma najmniejszego znaczenia, kto rządzi amerykańską polityką.

Za trzy godziny miał lecieć concorde'em do Paryża, a stamtąd, po jednym dniu, do Jerozolimy.

– Leć do Kairu – powiedział Teddy, nie otwierając oczu.

– Jasne. I co mam tam robić?

– Czekać.

– Na co?

– Na trzęsienie ziemi. I trzymaj się z daleka od ambasady.

⋏ ⋏ ⋏

Pierwszą reakcją Yorka było przerażenie.

– Nie możesz tego puścić – powiedział. – To się nadaje tylko dla dorosłej publiczności. Nigdy w życiu nie widziałem tyle krwi.

– A mnie się podoba – odparł Teddy, wciskając guzik na pilocie. – Spot wyborczy tylko dla dorosłych. Nikt jeszcze czegoś takiego nie robił.

Obejrzeli materiał ponownie. Zaczynało się od huku bomby, potem była migawka z koszar piechoty morskiej w Bejrucie; dym, gruzy, chaos, żołnierze wyciągani z ruin, zmasakrowane ciała, zwłoki leżące w równym rzędzie. Prezydent Reagan przemawiający do dziennikarzy, poprzysięgający zemstę, choć mało wiarygodnie. Potem zdjęcie amerykańskiego żołnierza stojącego między dwoma zamaskowanymi zbirami. I głęboki, złowieszczy głos mówiący: „Od roku tysiąc dziewięćset osiemdziesiątego terroryści zamordowali setki Amerykanów". Kolejna scena z wybuchem bomby, zakrwawieni i oszołomieni ludzie, chmury dymu, chaos. „Zawsze przysięgamy, że się zemścimy. Zawsze grozimy, że dopadniemy i ukarzemy winnych". Szybkie ujęcia prezydenta Busha z dwóch różnych okazji, gniewnie obiecującego odwet. Nowy zamach, jeszcze więcej ciał. Następnie urywek filmu z terrorystą, który wchodzi do samolotu pasażerskiego, wlokąc za sobą zwłoki amerykańskiego żołnierza. Prezydent Clinton, bliski łez, mówi łamiącym się głosem: „Nie spoczniemy, dopóki nie ukarzemy sprawców". A potem przystojna i poważna twarz Aarona Lake'a patrzącego ze szczerym wyrazem oczu w obiektyw kamery. „Prawda jest taka, że nigdy do żadnego odwetu nie dochodzi. Odpowiadamy słowami, nadymamy się i odgrażamy, ale koniec końców tylko grzebiemy naszych zmarłych, a później o nich zapominamy. Terroryści wygrywają, ponieważ nie mamy odwagi się im przeciwstawić. Kiedy zostanę prezydentem, wykorzystamy nasze zrekonstruowane wojska do walki z terroryzmem wszędzie tam, gdzie się na niego natkniemy. Pomścimy każdego zamordowanego obywatela naszego kraju. Obiecuję wam to. Nie damy się więcej poniżać tym szmatławym bandziorom ukrywającym się w górach. Zniszczymy ich raz na zawsze".

Reklama trwała dokładnie sześćdziesiąt sekund, jej wyprodukowanie prawie nic nie kosztowało, bo Teddy miał już w swoich zasobach zawarte w niej materiały filmowe. I za czterdzieści osiem godzin miała trafić na anteny w porze największej oglądalności.

– No nie wiem, Teddy. – York nadal nie był przekonany. – Spot jest makabryczny.

– Tak jak i świat, w którym żyjemy.

Teddy'emu reklama się podobała i tylko to się liczyło. Aaron Lake miał zastrzeżenia co do jej brutalności, szybko jednak odpuścił. Rozpoznawalność jego nazwiska wśród elektoratu wzrosła do trzydziestu procent, ale jego reklamy nadal były nielubiane.

Poczekajcie, powtarzał sobie Teddy. Zaczekajcie, aż pojawi się więcej trupów.

Rozdział 8

Kiedy zadzwonił telefon, Trevor pił podwójne latte kupione na wynos w Beach Java i zastanawiał się, czy porannej mgły w głowie nie przepędzić dolewką amaretto. W kancelarii nie było interkomu; nie był potrzebny. Jan mogła po prostu krzyknąć do niego przez korytarz, a on mógł odkrzyknąć, jeśli chciał. Z tą konkretną sekretarką darli się tak do siebie już od ośmiu lat.

– Ktoś z jakiegoś banku na Bahamach! – zawołała Jan, a on, rzucając się do telefonu, o mały włos nie zalałby się kawą.

Dzwonił jakiś Angol mówiący z akcentem zmiękczonym pobytem na wyspach. Z banku w Iowa wpłynął spory przelew.

Trevor przysłonił słuchawkę dłonią, żeby Jan nie słyszała, i zapytał o sumę.

Sto tysięcy dolarów.

Rozłączył się, ochrzcił kawę amaretto – potrójną porcją – i popijając ten cudowny napój, uśmiechał się głupkowato do ściany. W całej karierze nigdy nawet nie zbliżył się do honorarium w wysokości trzydziestu trzech tysięcy. Kiedyś prowadził sprawę o odszkodowanie powypadkowe i z zasądzonych dwudziestu pięciu tysięcy dostał siedem i pół, które w ciągu zaledwie dwóch miesięcy przepuścił w całości.

Jan nie wiedziała o zagranicznym koncie ani o wpływających na nie pieniądzach z przekrętu, więc musiał odczekać godzinę, wykonać kilka bezsensownych telefonów i udawać zajętego, zanim oznajmił, że ma do załatwienia ważną sprawę w centrum Jacksonville, a potem musi jechać do Trumble. Jan się tym nie przejęła. Trevor ciągle dokądś jeździł, a ona mogła sobie wtedy poczytać.

Popędził na lotnisko i omal nie spóźnił się na samolot. W trakcie trzydziestominutowego lotu do Fort Lauderdale wypił dwa piwa, a potem jeszcze dwa w drodze do Nassau. Na miejscu wsiadł do taksówki, złotego cadillaca z 1974 roku, w której nie było klimy, a kierowca, tak jak on, był lekko wstawiony. Było gorąco i wilgotno, a z powodu korków jechali wolno, tak że zanim dotarli do centrum i zatrzymali się przed gmachem Geneva Trust Bank, Trevorowi cała koszula przykleiła się do pleców.

W banku wyszedł do niego w końcu pan Brayshears i zaprosił go do małego gabinetu. Tam pokazał mu skrawek papieru z samymi danymi: sto tysięcy dolarów z First Iowa Bank w Des Moines. Pieniądze wpłynęły z konta firmy o niewiele mówiącej nazwie CMT Investments, a odbiorca był równie enigmatyczny: Boomer Realty, Ltd. Boomer – tak się wabił pies myśliwski Joego Roya Spicera, jego ulubieniec.

Trevor podpisał zlecenie przelewu dwudziestu pięciu tysięcy na swoje osobiste konto w Geneva Trust – konto, o którym nie wiedzieli ani jego sekretarka, ani urząd skarbowy – a pozostałe osiem tysięcy odebrał w gotówce. Wręczono mu je w kopercie, którą szybko schował do kieszeni, po czym uścisnął małą pulchną dłoń pana Brayshearsa i pospiesznie opuścił gmach banku. Kusiło go, żeby zostać w Nassau kilka dni, wynająć pokój w jakimś hotelu przy plaży, rozsiąść się na leżaku nad basenem i pić rum, dopóki nie przestaliby mu go donosić. Pokusa była tak silna, że jeszcze na lotnisku miał ochotę się cofnąć, wsiąść do taksówki i wrócić do miasta. Powstrzymał się jednak, zdecydowany tym razem nie roztrwonić pieniędzy.

Dwie godziny później był już na lotnisku w Jacksonville i pijąc mocną kawę, bez likieru, snuł plany. Wreszcie pojechał do Trumble. Dotarł tam o wpół do piątej i prawie pół godziny czekał na Spicera.

– Cóż za miła niespodzianka – rzucił oschle sędzia, gdy w końcu pojawił się w pokoju dla adwokatów.

Trevor nie miał ze sobą teczki, którą należałoby skontrolować, więc strażnik tylko oklepał mu kieszenie i wyszedł. Gotówka leżała ukryta pod dywanikiem podłogowym w garbusie.

– Dostaliśmy sto tysięcy z Iowa – powiedział Trevor, zerkając na drzwi.

Spicer nagle spojrzał na niego przychylnym okiem. Nie podobała mu się tylko ta liczba mnoga: „dostaliśmy". Wkurzało go, że Trevor tyle zgarniał, lecz przekręt nie miał szans powodzenia bez pomocy z zewnątrz i ktoś taki jak on był jak zwykle złem koniecznym. Dotąd nie zawiódł ich zaufania.

– Są już na Bahamach?

– Tak, właśnie stamtąd wracam. Leżą bezpiecznie na koncie. Całe sześćdziesiąt siedem tysięcy.

Spicer głęboko odetchnął, delektując się zwycięstwem. Jedna trzecia łupu to dwadzieścia dwa tysiące dolarów z groszami. Trzeba się zabrać do pisania kolejnych listów!

Sięgnął do kieszeni oliwkowej więziennej koszuli i wyjął złożony wycinek z gazety. Odsunął go od siebie na odległość ręki i przez chwilę się w niego wpatrywał.

– Dziś wieczorem Duke gra z Georgia Tech – powiedział. – Postaw pięć tysięcy na Tech.

– Pięć tysięcy?

– Tak.

– Jeszcze nigdy tyle na nic nie stawiałem.

– Jakiego masz bukmachera?

– Raczej średniego.

– Posłuchaj, jeśli jest bukmacherem, taka kwota go nie powali. Skontaktuj się z nim jak najszybciej. Może będzie musiał wykonać kilka telefonów, ale jakoś sobie poradzi.

– No dobra, dobra.

– Możesz przyjechać jutro?

– Pewnie tak, ale...

– Ilu klientów zapłaciło ci kiedykolwiek trzydzieści trzy tysiące dolarów?

– Żaden.

– No właśnie, więc bądź tu jutro o czwartej. Będę miał dla ciebie kilka listów.

Spicer zostawił Trevora i skinąwszy głową strażnikowi przy drzwiach, wyszedł z budynku administracyjnego. W blasku florydzkiego słońca, które grzało mocno nawet w lutym, zdecydowanym krokiem przemierzył starannie wypielęgnowany trawnik. Jego koledzy, pogrążeni w niespiesznej pracy, siedzieli w bibliotece. Byli jak zawsze sami, dlatego Spicer nie zawahał się ogłosić:

– Nasz kumpel z Iowa przesłał nam sto tysięcy dolarów!

Dłonie Beecha zamarły na klawiaturze. Spojrzał na Spicera znad okularów do czytania.

– Żartujesz? – wykrztusił ze zdumieniem.

– Nie. Właśnie rozmawiałem z Trevorem. Pieniądze zostały przelane dokładnie według instrukcji, dotarły na Bahamy dziś rano. Mały Quince się spisał.

– Dociśnijmy go znowu – zaproponował Yarber, zanim pozostali zdążyli o tym pomyśleć.

– Quince'a?

– Jasne. Z pierwszą stówką poszło łatwo, wyciśnijmy z niego więcej. Co mamy do stracenia?

– Nic, do diabła, absolutnie nic – mruknął Spicer i uśmiechnął się, żałując tylko, że pierwszy na to nie wpadł.

– Ile? – spytał Beech.

– Spróbujmy... pięćdziesiąt – podrzucił Yarber, podając pierwszą kwotę, jaka przyszła mu na myśl.

Jego koledzy pokiwali głowami, chwilę się zastanawiali, po czym Spicer przejął inicjatywę.

– Słuchajcie – odezwał się – podsumujmy sytuację. Myślę, że Curtis z Dallas też już dojrzał. No i jeszcze raz uderzymy w Quince'a. Ten przekręt się sprawdza, dlatego sądzę, że powinniśmy wrzucić wyższy bieg, działać agresywniej. Rozumiecie, o co chodzi? Weźmy pod lupę wszystkich naszych korespondentów, przeanalizujmy każdego po kolei i zwiększmy nacisk.

Beech wyłączył komputer i sięgnął po teczkę. Yarber zrobił miejsce na biurku. Ich mały szwindel zaowocował właśnie świeżym zastrzykiem gotówki i zapach nielegalnie zdobytej kasy działał na nich odurzająco.

Zaczęli czytać stare listy i obmyślać nowe. Szybko doszli do wniosku, że potrzebują więcej ofiar. Na ostatnie strony wiadomych czasopism musiało trafić więcej ogłoszeń.

⋏ ⋏ ⋏

Zamiast wrócić do domu, Trevor pojechał do baru U Pete'a i dotarł tam akurat w porze popołudniowej promocji, która zaczynała się tu o siedemnastej i trwała do pierwszej bójki. Od razu poszedł szukać Prepa, trzydziestodwuletniego studenta drugiego roku Uniwersytetu Północnej Florydy. Znalazł go przy stole bilardowym, gdzie grał w dziewiątkę, ze stawką dwadzieścia dolarów za wygraną. Prep żył z coraz bardziej kurczącego się funduszu powierniczego. Dopóki był pełnoprawnym studentem, adwokat rodziny miał obowiązek wypłacać mu dwa tysiące dolarów miesięcznie, dlatego Prep studiował już jedenaście lat, ciągle na drugim roku.

Prep był najbardziej obleganym bukmacherem w barze U Pete'a i kiedy Trevor szepnął mu do ucha, że chce postawić poważne pieniądze na mecz Duke'ów z Tech, Prep przeszedł od razu do konkretów.

– Ile?

– Piętnaście tysięcy – odparł Trevor i pociągnął z butelki łyk piwa.

– Mówisz serio? – spytał Prep i pocierając koniec kija kredą, rozejrzał się szybko po zadymionej sali.

Trevor nigdy na żaden zakład nie stawiał więcej niż sto dolarów.

– Taaa... – Kolejne długie pociągnięcie z butelki.

Trevor czuł, że dopisze mu szczęście, chciał zaryzykować. Jeśli Spicer miał odwagę postawić pięć tysięcy, on tę stawkę podwoi. Zresztą zarobił właśnie trzydzieści trzy tysiące nieopodatkowanej kasy. Jeśli nawet straci dziesięć, co z tego? Tyle i tak należało się skarbówce.

– W takim razie muszę podzwonić – oznajmił Prep, wyciągając telefon.

– Tylko się pospiesz. Mecz zaczyna się za pół godziny.

Barmanem był miejscowy koleś, który nigdy nie wytknął nosa poza granice stanu Floryda, a jednak z jakiegoś powodu rozwinął w sobie żarliwą pasję do futbolu australijskiego. W telewizji leciał akurat mecz i Trevor musiał dać chłopakowi dwadzieścia dolarów, żeby ten zgodził się zmienić kanał na ACC z koszykówką.

Postawił aż piętnaście kawałków na Georgia Tech, więc nie było mowy, żeby choć raz mieli spudłować, przynajmniej nie w pierwszej połowie. Trevor jadł frytki, pił jedno piwo za drugim i starał się ignorować Prepa, który stojąc przy stole bilardowym w ciemnym kącie, uważnie go obserwował.

W drugiej połowie Trevor był bliski tego, by ponownie dać w łapę barmanowi, żeby tylko przełączył telewizor z powrotem na mecz kangurów. Był coraz bardziej pijany i na dziesięć minut przed końcem spotkania już głośno przeklinał Spicera. Co ten durny wieśniak wiedział o koszykówce? Duke prowadziło dwudziestoma punktami, Tech przegrywało. Ale dziewięć minut przed końcem jeden z obrońców Tech nagle dostał wiatru w żagle i oddał cztery rzuty po trzy punkty każdy. Wyglądało na to, że drużyna Tech może jeszcze wygrać, a Trevor oprócz kasy za obstawienie zwycięskiej drużyny zgarnie też wygraną za jedenastkę, czyli obstawienie zwycięstwa jednej lub drugiej drużyny różnicą mniejszą niż jedenaście punktów.

Na minutę przed końcem był remis, ale jego to już nie obchodziło. Jedenastkę miał w kieszeni. Uregulował rachunek, dał barmanowi stówkę napiwku i wychodząc, zasalutował Prepowi. Ten pokazał mu środkowy palec.

W wieczornym chłodzie Trevor szybko przemierzył Atlantic Boulevard, oddalając się od świateł ulicznych, po czym minął rząd ciasno upakowanych tanich domków letniskowych oraz kilka schludnych małych domów spokojnej starości, świeżo odmalowanych, z zadbanymi trawnikami, i po starych drewnianych schodkach zszedł na plażę. Tam zdjął buty i ruszył przed siebie brzegiem oceanu. Było najwyżej siedem stopni, nic niezwykłego w Jacksonville w lutym, i zanim się obejrzał, stopy miał zdrętwiałe z zimna.

Ale prawie tego nie czuł. Czterdzieści trzy tysiące dolarów w jeden dzień, bez podatku, niewidoczne dla skarbówki. W zeszłym roku, po odliczeniu kosztów, wyciągnął marne dwadzieścia osiem tysięcy, a pracował właściwie non stop – targując się z klientami zbyt biednymi lub zbyt skąpymi, żeby zapłacić, unikając sądów, szamocząc się z drobnymi pośrednikami nieruchomości i bankierami, wykłócając się z sekretarką, kantując na podatkach.

Ach, ta radość z szybko i łatwo zarobionych pieniędzy. Dotąd miał do przekrętu Braci stosunek podejrzliwy, teraz uważał jednak, że pomysł jest genialny. Wyłudzanie forsy od tych, którzy nie mogą się poskarżyć. Jakież to cwane.

A ponieważ tak dobrze szło, domyślał się, że Spicer postanowi zwiększyć obroty. Będzie więcej listów i więcej wizyt w Trumble. Ale co tam... jeśli trzeba, może nawet codziennie tam jeździć, wozić i odbierać listy, przekupywać strażników.

Rozchlapując wodę, szedł dalej, choć wiatr przybrał na sile, a huk fal stał się ogłuszający.

Przyszło mu na myśl, że jeszcze sprytniejszym posunięciem byłoby obrobienie samych wyłudzaczy, oszustów z sędziowskimi certyfikatami. Ci to już na pewno nie mogliby się nikomu poskarżyć. Podły pomysł, którego niemal się wstydził, ale mimo wszystko cenny. Musi mieć głowę otwartą na wszelkie ewentualności. Zresztą od kiedy to złodzieje znani są z lojalności?

Potrzebował miliona dolarów, ani mniej, ani więcej. Liczył to wielokrotnie – jeżdżąc do Trumble, pijąc u Pete'a, siedząc za biurkiem w swoim ciasnym gabinecie. Jeden nędzny milion i mógłby zamknąć tę żałosną kancelarię, podrzeć licencję prawniczą, kupić jacht i przez całą resztę życia dryfować z wiatrem po Karaibach.

Było to teraz bardziej możliwe niż kiedykolwiek.

⅄ ⅄ ⅄

Sędzia Spicer, leżąc na dolnej pryczy, przekręcił się na drugi bok. Sen był rzadkim darem w małej celi z wąskim łóżkiem i z zalatującym potem współlokatorem o imieniu Alvin, który chrapał nad nim. Alvin przez dziesiątki lat włóczył się po Ameryce Północnej. Potem jednak zestarzał się i zaczął tracić siły; był zmęczony i głodny. Napadł więc w Oklahomie na wiejskiego listonosza, okradł go, po czym sam udał się do biura FBI w Tulsie i oświadczył: „Ja to zrobiłem". Agenci przez sześć godzin biedzili się, by wykryć, jakiego to przestępstwa się dopuścił. Nawet sędzia wiedział, że Alvin miał to wszystko zaplanowane. Chciał zapewnić sobie wikt i opierunek w więzieniu federalnym, a nie w stanowym.

A co do Spicera, to tego wieczoru trudniej mu było zasnąć także dlatego, że nie mógł przestać myśleć o Trevorze. Teraz, gdy interes nabrał rozpędu, w grę zaczęły wchodzić poważniejsze pieniądze. I jeszcze poważniejsze majaczyły na horyzoncie. Im więcej Boomer Realty zgromadzi na koncie banku na Bahamach, tym bardziej te pieniądze będą kusiły Trevora. On i tylko on mógł je świsnąć i z nimi zwiać.

Ale przekręt mógł funkcjonować tylko z pomocą kogoś z zewnątrz. Ktoś musiał przemycać pocztę. Ktoś musiał inkasować forsę.

Joe Roy Spicer nie mógł się z tym pogodzić. Wiedział, że musi istnieć jakiś sposób na obejście adwokata, i był zdecydowany go znaleźć. Nawet gdyby oznaczało to brak snu przez miesiąc... Żaden oślizły adwokacina nie będzie zgarniał jednej trzeciej jego pieniędzy, żeby potem ukraść całą resztę.

Rozdział 9

Komitet wyborczy zawiązany na rzecz popierania rozwoju obronności kraju, znany pod nazwą DEFENSEPAC lub w skrócie D-PAC, wkroczył na grząskie i mętne pole finansów politycznych z głośnym przytupem. W najnowszej historii Stanów Zjednoczonych żaden inny komitet wsparcia politycznego nie mógł się poszczycić aż tak potężnymi sponsorami.

Jego kapitał założycielski pochodził od chicagowskiego finansisty Mitzgera, Amerykanina, posiadającego również obywatelstwo izraelskie. To on wyłożył pierwszy milion, choć ten starczył ledwie na tydzień. Do komitetu szybko jednak dołączali inni żydowscy milionerzy, najczęściej ukrywający swoją tożsamość za szyldami wielkich korporacji i zagranicznych banków. Teddy Maynard miał świadomość zagrożeń wynikających z tego, że grupa bogatych Żydów będzie otwarcie i w zorganizowanej formie wspierała kampanię Lake'a, niemniej bardzo liczył na to, że starzy przyjaciele z Tel Awiwu dopilnują zbiórki pieniędzy w Nowym Jorku.

Jeśli chodzi o politykę, Mitzger był liberałem, ale najbardziej zależało mu na bezpieczeństwie Izraela. Aaron Lake był zbyt umiarkowany w sprawach socjalnych, lecz temat odrodzenia sił zbrojnych traktował śmiertelnie poważnie. A stabilna sytuacja na Bliskim Wschodzie zależała od potęgi militarnej Ameryki, przynajmniej zdaniem Mitzgera.

Któregoś dnia wynajął apartament w waszyngtońskim Willardzie, a przed południem następnego całe piętro biurowca niedaleko lotniska Dulles. Jego ludzie, których wezwał z Chicago, ślęczeli tam dwadzieścia cztery godziny na dobę, przedzierając się przez miliony szczegółów związanych z błyskawicznym wyposażeniem ponad trzech tysięcy siedmiuset metrów kwadratowych powierzchni w osprzęt najnowszej generacji. O szóstej rano zjadł śniadanie z Elaine Tyner, prawniczką z wielkiej waszyngtońskiej kancelarii prawnej, którą sama stworzyła dzięki żelaznej woli i wsparciu klientów z branży naftowej. Tyner miała sześćdziesiąt lat i uważano ją za najpotężniejszą lobbystkę w stolicy. Przy bajglach i soku zgodziła się reprezentować D-PAC za wstępne honorarium w wysokości pół miliona dolarów. Ustalili, że jej kancelaria niezwłocznie wyśle dwudziestu współpracowników i tyluż asystentów do nowych biur D-PAC-u i że kierownictwo nad nimi obejmie jeden z jej kolegów wspólników. Zespół miał zostać podzielony na sekcje. Jedna zajmie się wyłącznie zbieraniem pieniędzy. Druga analizą poparcia, na jakie Lake mógł liczyć w Kongresie, a następnie, początkowo dyskretnie, procesem przekonywania do niego senatorów, członków Izby Reprezentantów, a nawet gubernatorów. Niełatwe zadanie, bo większość była już zaangażowana w kampanie innych kandydatów. Trzecia sekcja będzie tylko zbierać dane: na temat sprzętu wojskowego, jego cen, nowych gadżetów, broni przyszłości oraz rosyjskich i chińskich innowacji – czyli wszelkie informacje, jakich kandydat Lake może potrzebować.

Sama Tyner miała się zająć pozyskiwaniem funduszy od rządów innych państw, co było jedną z jej specjalności. Łączyły ją bliskie związki z Koreą Południową, bo przez ostatnie dziesięć lat reprezentowała ją w Waszyngtonie. Znała tamtejszych dyplomatów, biznesmenów, najważniejszych polityków. Gdyby Stany Zjednoczone wzmocniły potęgę swojej armii, chyba żaden inny kraj nie spałby spokojniej niż właśnie Korea Południowa.

– Myślę, że zgodzą się wyłożyć co najmniej pięć milionów – oświadczyła z pełnym przekonaniem. – I mówię tu tylko o początkach.

Z pamięci wymieniła nazwy dwudziestu francuskich i brytyjskich firm, których co najmniej jedna czwarta rocznych obrotów zależała od współpracy z Pentagonem. Zapewniła, że niezwłocznie zacznie nad nimi pracować.

Elaine Tyner była typową waszyngtońską prawniczką. Od piętnastu lat nie oglądała sali sądowej, za to wiązało ją coś z każdym znaczącym wydarzeniem światowym, które miało swój początek w stolicy Stanów Zjednoczonych.

Mimo to stojące przed nią wyzwanie należało do bezprecedensowych: doprowadzić do wygranej kandydata, który do wyścigu dołączył w ostatniej chwili i który cieszył się trzydziestoprocentową rozpoznawalnością nazwiska i zaledwie dwunastoprocentowym poparciem. Kandydat ten miał jednak coś, czego nie mieli inni przypadkowi kandydaci, którzy dołączali do gry i wypadali z niej: pozornie nieograniczone zasoby pieniężne. Tyner za sowitą opłatą pomagała wywindować lub pogrążyć dziesiątki polityków i głęboko wierzyła, że mając pieniądze, nie można przegrać. Z nimi była w stanie pokonać każdego.

♦ ♦ ♦

W pierwszym tygodniu swojego istnienia siedziba D-PAC-u kipiała nieokiełznaną energią. Ludzie Tyner, pracując pełną parą, rozkręcali interes, biura były otwarte dwadzieścia cztery godziny na dobę. Dział zajmujący się zbiórką pieniędzy sporządził listę trzystu dziesięciu tysięcy robotników zatrudnionych w przemyśle obronnym i gałęziach pokrewnych, po czym do wszystkich rozesłano zgrabnie sformułowane listowne prośby o wsparcie finansowe. Inna lista zawierała nazwiska dwudziestu ośmiu tysięcy pracowników umysłowych tego samego przemysłu, zarabiających powyżej pięćdziesięciu tysięcy rocznie. Do nich rozesłano innego rodzaju prośby.

Konsultanci poszukujący głosów poparcia znaleźli pięćdziesięciu kongresmenów z okręgów z największą liczbą miejsc pracy w sektorze obronnym. Trzydziestu siedmiu z nich ubiegało się o reelekcje, co znacznie ułatwiało wykręcanie im rąk. Komitet chciał dotrzeć do zwykłych ludzi, do pracowników przemysłu zbrojeniowego i ich szefów, dlatego zorganizował masową kampanię telefoniczną promującą zarówno samego Aarona Lake'a, jak i jego plan zwiększenia wydatków na wojsko. Sześciu senatorów ze stanów o dużym znaczeniu dla obronności miało się w listopadzie zmierzyć z trudnymi przeciwnikami. Elaine Tyner planowała umówić się z każdym z nich na lunch.

Nieograniczona ilość pieniędzy to coś, co w Waszyngtonie nie mogło długo pozostać niezauważone. Świeżo upieczony kongresmen z Kentucky, jeden z najmniej ważnych spośród czterystu trzydziestu pięciu, desperacko potrzebował gotówki, ponieważ przegrywał kampanię wyborczą w rodzinnym okręgu. Nikt o tym biednym chłopaku nie słyszał. Przez pierwsze dwa lata swojego urzędowania nie zabrał głosu w żadnej sprawie, a jego lokalni przeciwnicy znaleźli mocnego rywala, który poważnie mu zagrażał. Facet wiedział, że nikt go finansowo nie wesprze, więc usłyszawszy plotki, wytropił Elaine Tyner i ich rozmowa przebiegła mniej więcej tak:

– Ile pan potrzebuje? – spytała Tyner.

– Sto tysięcy. – Kongresmen aż się wzdrygnął, ale ona nie.
– Poprze pan Aarona Lake'a?
– Za odpowiednią sumę poprę każdego.
– Świetnie. Damy panu dwieście tysięcy i poprowadzimy pańską kampanię.
– Cała jest do waszej dyspozycji.

Z innymi nie było już tak łatwo, jednak w ciągu pierwszych dziesięciu dni swojego istnienia D-PAC-owi udało się kupić aż osiem głosów poparcia. Wszystkie pochodziły od mało znaczących kongresmenów, którzy kiedyś pracowali z Lakiem i raczej go lubili. Plan był taki, żeby na tydzień lub dwa przed superwtorkiem siódmego marca ustawić ich wszystkich przed kamerami. Im więcej się ich zbierze, tym będzie weselej.

Większość pozostałych kongresmenów opowiedziała się jednak już po stronie innych kandydatów.

Tyner biegała ze spotkania na spotkanie, czasami jedząc trzy solidne posiłki dziennie, które szczęśliwie finansował D-PAC. Chciała, żeby miasto dowiedziało się, że jej nowy klient pojawił się na scenie, że dysponuje mnóstwem pieniędzy i że jest czarnym koniem, który już wkrótce wysforuje się na pierwszą pozycję. W tym mieście plotkowanie stanowiło przemysł sam w sobie, tak więc z rozpowszechnianiem swojego przekazu nie miała najmniejszych trudności.

⋏ ⋏ ⋏

Żona Finna Yarbera zawitała w Trumble bez zapowiedzi; była to jej pierwsza wizyta od dziesięciu miesięcy. Przyszła w rozpadających się skórzanych sandałach, brudnej dżinsowej spódnicy, luźnej bluzce najeżonej koralikami i piórkami oraz w całym mnóstwie hippisowskiego badziewia na szyi, rękach i głowie. Miała krótką fryzurę, nieogolone pachy i wyglądała jak wyniszczona uciekinierka z lat sześćdziesiątych, którą zresztą była. Kiedy go powiadomiono, że żona czeka na niego przed wejściem, Finn był mniej niż zachwycony.

Nazywała się Carmen Topolski-Yocoby, trudny do wymówienia łamaniec, dlatego przez całe dorosłe życie używała swojego nazwiska jako broni. Pochodziła z Oakland, była prawniczką oraz radykalną feministką i specjalizowała się w reprezentowaniu lesbijek procesujących się o molestowanie seksualne w miejscu pracy. Każda jej klientka była więc wściekłą kobietą walczącą ze wściekłym chlebodawcą. Parszywa robota.

Żoną Finna była od trzydziestu lat, ale nie zawsze mieszkali razem. Zdarzało się, że on żył z inną kobietą, a ona z innym mężczyzną. A tuż po ślubie żyli wspólnie z całą rzeszą innych kobiet i mężczyzn i co tydzień zmieniali partnerów. Odchodzili od siebie i do siebie wracali. Mieli nawet taki okres, że przez sześć lat żyli w chaotycznej monogamii, i to właśnie wtedy spłodzili dwójkę dzieci, z których żadne nie osiągnęło zbyt wiele.

Poznali się na demonstracjach studenckich w Berkeley w 1965 roku. Oboje protestowali przeciwko wojnie i wszelkiemu innemu złu, oboje studiowali prawo, oboje opowiadali się za wysokimi standardami moralnymi i za wprowadzeniem zgodnych z nimi zmian w życiu społecznym. Gorliwie zbierali podpisy pod najróżniejszymi petycjami, walczyli o godność napływowej siły roboczej, a podczas ofensywy Tet w Wietnamie oboje zostali aresztowani. Oboje przykuwali się do drzew w sprzeciwie wobec wycinki lasów. Domagali się utrzymania świeckości szkół i wytaczali procesy w obronie wielorybów. Maszerowali ulicami San Francisco, biorąc udział w każdej możliwej demonstracji, protestując w każdej możliwej sprawie.

I pili – dużo. Imprezowali na całego, bez zahamowań korzystając z uroków kultury narkotykowej. Mieszkali gdzie popadnie, sypiali z kim popadnie, ale nie widzieli w tym nic złego, bo to oni ustalali, co jest moralne, a co nie. Walczyli o Meksykanów i o sekwoje, do ciężkiej cholery! Musieli być dobrymi ludźmi!

Teraz byli już tylko zmęczeni.

Carmen wstydziła się, że mąż, błyskotliwy facet, który jakimś cudem dobrnął aż do kalifornijskiego Sądu Najwyższego, siedzi za kratkami w więzieniu federalnym. Finn też był tym skrępowany, cieszyło go jednak, że siedzi na Florydzie, a nie w Kalifornii, bo wówczas żona zapewne częściej by go odwiedzała; początkowo ulokowali go w zakładzie karnym pod Bakersfield, zdołał jednak załatwić sobie przeniesienie.

I nie pisali do siebie ani nie dzwonili. Teraz żona wpadła odwiedzić go tylko dlatego, że przejeżdżała tędy w drodze do siostry w Miami.

– Ładna opalenizna – zauważyła. – Dobrze wyglądasz.

A ty nie, pomyślał. Jesteś pomarszczona jak stara zasuszona śliwka. Stara i zmęczona.

– Jak tam życie? – spytał, choć mało go to obchodziło.

– Jestem bardzo zajęta. Za dużo pracuję.

– To świetnie.

Dobrze, że pracowała i zarabiała na życie, co zresztą robiła z przerwami od wielu lat. Jemu zostało pięć, zanim będzie mógł strząsnąć kurz Trumble ze swoich guzowatych bosych stóp. Nie zamierzał wtedy wracać ani do żony, ani do Kalifornii. Gdyby przeżył, w co wątpił każdego dnia, wyszedłby stąd, mając sześćdziesiąt pięć lat. Marzyło mu się, że znajdzie sobie wówczas takie miejsce na ziemi, które nie będzie podlegało jurysdykcji amerykańskiej skarbówki, nie będzie tam FBI ani całej reszty tych oznaczanych literowymi skrótami rządowych zbirów. Finn tak bardzo nienawidził własnego rządu, że zamierzał zrzec się obywatelstwa i przyjąć inne.

– Wciąż pijesz? – zapytał.

On oczywiście nie pił, choć od czasu do czasu udawało mu się wydębić trochę trawki od jednego ze strażników.

– Nie, utrzymuję trzeźwość, miło, że pytasz.

Każde pytanie było zaczepką, każda odpowiedź zgryźliwą ripostą. Finn szczerze się zastanawiał, po co żona do niego przyjechała. Po chwili się dowiedział.

– Postanowiłam wystąpić o rozwód – oznajmiła.

Wzruszył ramionami, jakby chciał spytać: „Po co zawracać sobie tym głowę?". Ale zamiast tego rzucił:

– Pewnie nie jest to zły pomysł.

– Znalazłam kogoś – dodała.

– Faceta czy babkę? – zapytał, bardziej z ciekawości niż z jakiegoś innego powodu, bo chyba nic już nie mogło go zdziwić.

– Mężczyznę. Młodszego.

Znowu wzruszył ramionami, bliski powiedzenia: „Brawo, staruszko".

– To nie pierwszy w twojej karierze – zauważył tylko.

– Lepiej w to nie wchodźmy – skwitowała.

Jak tam sobie woli. Nie musiał o tym rozmawiać. Zawsze podziwiał rozbuchaną seksualność żony, jej wigor, choć trudno mu było wyobrazić sobie, że ta podstarzała już przecież kobieta robi to często.

– Daj papiery – powiedział. – Podpiszę je.

– Dostaniesz w ciągu tygodnia. To będzie prosty rozwód, bo prawie nic nie mamy.

Kiedy był u szczytu swojej drogi do władzy, sędzia Yarber i pani Topolski-Yocoby złożyli wspólnie wniosek o wpis do hipoteki domu w dzielnicy portowej San Francisco. Wniosek – starannie oczyszczony z wszelkich elementów szowinizmu, seksizmu, rasizmu czy ageizmu, mdło sformułowany przez przezornych kalifornijskich prawników obawiających się ewentualnego pozwu o obrazę – wykazywał rozbieżność między aktywami a pasywami na poziomie prawie miliona dolarów.

Tyle że wtedy oboje mało się tym przejmowali. Co tam jakiś milion! Byli zbyt zajęci walką z firmami handlującymi drewnem czy z bezwzględnymi farmerami. Właściwie nawet szczycili się tym, że ich majątek jest taki skromny.

Kalifornia była stanem, w którym obowiązywała wspólność majątkowa małżonków, co z grubsza oznaczało równy podział. Finn nie obawiał się podpisania papierów rozwodowych. Z wielu powodów.

A o jednym z nich na pewno nie miał zamiaru wspominać. Przekręt Angola przynosił zyski – tajne, nielegalne i przede wszystkim pozostające poza zasięgiem wszelkich chciwych instytucji państwowych. Carmen nie mogła się o nich dowiedzieć. Nigdy.

Nie był pewien, czy macki wspólności majątkowej mogłyby sięgnąć do tajnego konta Bractwa na Bahamach, lecz ani myślał się o tym przekonywać. Niech żona przyśle mu papiery, a on je z radością podpisze.

Pogawędzili jeszcze chwilę o starych przyjaciołach – niedługo, bo większość już nie żyła – i kiedy się żegnali, żadne nie odczuwało ani smutku, ani wyrzutów sumienia. To małżeństwo było martwe od dawna. Ulżyło im, że wreszcie dobiegało końca.

Finn życzył żonie wszystkiego dobrego, bez żadnego uścisku, po czym odwrócił się i poszedł na bieżnię. Rozebrał się do szortów i przez godzinę ćwiczył w słońcu.

Rozdział 10

Drugi dzień pobytu w Kairze Lufkin kończył kolacją w ulicznej knajpce przy Shari' el-Corniche w dzielnicy Garden City. Pił mocną czarną kawę i przyglądał się, jak handlarze zamykają sklepiki z dywanami, z mosiężnymi garnkami, ze skórzanymi torbami i pościelą z Pakistanu – wszystko to dla turystów. Niecałe sześć metrów dalej sędziwy straganiarz starannie złożył namiot i zniknął, nie pozostawiając po sobie śladu.

Lufkin wyglądem przypominał współczesnego Araba: białe spodnie, lekka kurtka w kolorze khaki, biała przewiewna fedora z rondem nasuniętym na oczy. Patrzył na świat zza niego i zza pary przyciemnianych okularów. Twarz i ramiona miał opalone, ciemne włosy przycięte krótko. Mówił płynnie po arabsku i ze swobodą poruszał się między Bejrutem, Damaszkiem a Kairem.

Miał pokój w hotelu El-Nil, położonym nad brzegiem Nilu, sześć zatłoczonych ulic stąd, i gdy podążał przez miasto, nagle dołączył do niego wysoki szczupły obcokrajowiec posługujący się ledwie zrozumiałym angielskim. Znali się na tyle dobrze, że mogli sobie ufać, więc szli dalej razem.

– Myślimy, że to już dzisiaj, w nocy – powiedział obcokrajowiec, którego oczy również kryły się za ciemnymi szkłami okularów.

– Mów.

– W ambasadzie jest przyjęcie.

– Wiem.

– Tak, dobre miejsce. Duży ruch. Bomba będzie w furgonetce.

– W jakiej?

– Nie wiemy.

– Coś jeszcze?

– Nie – rzucił obcokrajowiec i zniknął, rozpływając się w tłumie przechodniów.

Lufkin wypił pepsi w hotelowym barze, zastanawiając się, czy nie powinien zadzwonić do Teddy'ego. Tylko że od ich spotkania w Langley minęły już cztery dni, a dyrektor CIA wciąż się nie odzywał. Już to kiedyś przerabiali. Teddy nie miał zamiaru interweniować. W tych czasach Kair był niebezpiecznym miejscem dla ludzi Zachodu, więc nikt nie będzie się czepiał CIA, że nie zapobiegła zamachowi. Oczywiście nie obejdzie się bez populistycznych krzyków oburzenia i wytykania palcami, lecz horror szybko zostanie wepchnięty do zakamarków narodowej pamięci, a potem równie szybko zapomniany. Zresztą mieli teraz czas kampanii wyborczej, a świat nie stał w miejscu. Przy takiej liczbie zamachów, napadów i bezsensownej przemocy w kraju i za granicą Amerykanie byli już zahartowani. Wiadomości dwadzieścia cztery godziny na dobę trąbiły o nowych punktach zapalnych, kryzysach w tej czy innej części świata. Sensacyjne informacje z ostatniej chwili, wstrząs tu, wstrząs tam i po pewnym czasie człowiek nie był już w stanie nadążyć za rozwojem wydarzeń.

Lufkin opuścił bar i poszedł do swojego pokoju na trzecim piętrze. Za oknem kipiące życiem i od wieków chaotycznie rozbudowywane miasto ciągnęło się aż po horyzont. Dokładnie naprzeciwko, niecałe dwa kilometry dalej, był dach amerykańskiej ambasady.

Lufkin otworzył kieszonkowe wydanie powieści Louisa L'Amoura, usiadł i czekał na fajerwerki.

⋏ ⋏ ⋏

Dwutonową furgonetkę dostawczą marki Volvo od podłogi po sufit wypełniały ważące łącznie tysiąc trzysta sześćdziesiąt dwa kilogramy plastyczne materiały wybuchowe wyprodukowane w Rumunii. Logo na drzwiach radośnie reklamowało usługi znanej w mieście firmy cateringowej, składającej częste wizyty w większości zachodnich ambasad. Furgonetka była zaparkowana w podziemiach, blisko wejścia dla obsługi.

Jej kierowcą był rosły wesoły Egipcjanin, przez żołnierzy piechoty morskiej pilnujących ambasady nazywany Szejkiem. Znali go, bo często dostarczał jedzenie i inne produkty na różne wydarzenia towarzyskie. Teraz leżał martwy na podłodze dostawczaka, z kulą w głowie.

Dwadzieścia minut po dziesiątej wieczorem bomba została zdetonowana zdalnym urządzeniem, obsługiwanym przez terrorystę stojącego po drugiej stronie ulicy. Zaraz po naciśnięciu guzika, bojąc się patrzeć, zamachowiec pospiesznie ukrył się za samochodem.

Eksplozja rozerwała piwniczne słupy nośne i budynek ambasady przewrócił się na bok. Na okoliczne ulice spadł deszcz gruzu i szkła. Większość pobliskich domów doznała uszkodzeń strukturalnych. W promieniu czterystu metrów od ambasady popękały szyby w oknach.

W chwili wybuchu Lufkin drzemał na krześle. Gdy usłyszał huk, natychmiast zerwał się na równe nogi, wyszedł na wąski balkon i spojrzał tam, gdzie w powietrzu wisiała chmura pyłu. Dachu ambasady nie było już widać. Wkrótce pojawiły się płomienie, z oddali przypłynęło wycie syren. Lufkin wystawił krzesło na balkon i rozsiadł się wygodnie, wiedząc, że trochę sobie tam posiedzi. O śnie mógł zapomnieć. Sześć minut po eksplozji w Garden City wysiadł prąd i Kair pogrążył się w ciemności. Rozświetlała ją jedynie pomarańczowa łuna nad płonącymi zgliszczami ambasady.

Lufkin zadzwonił do Teddy'ego.

Kiedy technik zapewnił, że połączenie jest bezpieczne, głos szefa CIA zabrzmiał w słuchawce tak wyraźnie, jakby to była rozmowa między Nowym Jorkiem a Bostonem.

– Maynard, słucham.

– Jestem w Kairze, Teddy. Przyglądam się, jak nasza ambasada idzie z dymem.

– Kiedy to się stało?

– Niecałe dziesięć minut temu.

– Jak duże są…?

– Trudno powiedzieć. Jestem w hotelu, jakieś dwa kilometry od ambasady. Ale chyba… olbrzymie.

– Zadzwoń do mnie za godzinę. Zostanę na noc w biurze.

– Dobrze.

⋏ ⋏ ⋏

Teddy podjechał wózkiem do komputera, wcisnął kilka klawiszy i już po kilku sekundach zlokalizował Aarona Lake'a. Na pokładzie nowego lśniącego samolotu kandydat na prezydenta leciał z Filadelfii do Atlanty. Miał w kieszeni telefon, zabezpieczone elektroniczne urządzenie, nie większe od zapalniczki.

Teddy wklepał rząd cyferek i po chwili powiedział do monitora:

– Panie Lake, tu Teddy Maynard.

A któż by inny? – pomyślał Lake. Nikt poza szefem CIA nie mógł korzystać z tego telefonu.

– Jest pan sam? – spytał Teddy.

– Chwileczkę.

Teddy czekał. Po chwili głos Lake'a powrócił.

– Jestem w kuchni – poinformował.

– Ma pan w samolocie kuchnię?

– Małą, ale tak. To bardzo dobrze wyposażony samolot, panie Maynard.

– Cieszę się. Proszę posłuchać, przykro mi, że przeszkadzam, ale mam pilną wiadomość. Kwadrans temu w Kairze doszło do zamachu na naszą ambasadę.

– Kto?

– Proszę o to nie pytać.

– Przepraszam.

– Obsiądą pana dziennikarze. Niech pan poświęci chwilę i przygotuje krótki komentarz. Dobrze byłoby wyrazić troskę o los ofiar i ich rodzin. O polityce niech pan mówi jak najmniej, ale proszę zachować twardą linię. Pańskie spoty reklamowe okazały się prorocze, więc wszystko, co pan powie, będzie teraz wielokrotnie cytowane.

– Zabiorę się do tego od razu.

– Gdy doleci pan do Atlanty, proszę do mnie zadzwonić.

– Oczywiście, zadzwonię.

λ λ λ

Czterdzieści minut później Aaron Lake i jego ekipa wylądowali w Atlancie. Prasa była oczywiście uprzedzona o ich przylocie, a ponieważ kurz w Kairze ledwie co opadł, czekały na nich tłumy. Wprawdzie nie pojawiły się jeszcze żadne zdjęcia ani przekazy na żywo, ale kilka agencji już donosiło, że zginęły „setki".

W niewielkim terminalu dla prywatnych samolotów Lake stanął przed grupą rozgorączkowanych reporterów; jedni mieli kamery i mikrofony, inni smukłe dyktafony, jeszcze inni tradycyjne notesy. Nie korzystając z notatek, przemówił do nich poważnym głosem:

– W obecnej chwili wszyscy pogrążamy się w modlitwie za tych, którzy zginęli lub zostali ranni w tym straszliwym akcie wojny. Nasze myśli i modlitwy są z nimi oraz ich rodzinami, a także z ekipami ratunkowymi. Nie zamierzam upolityczniać tego wydarzenia, powiem tylko, że to absurd, że nasz kraj musi kolejny raz cierpieć na skutek działań terrorystów. Kiedy zostanę prezydentem, każda ofiara terroryzmu będzie pomszczona. Wykorzystam nasze odnowione siły zbrojne do wytropienia i unicestwienia każdej grupy terrorystycznej, która będzie zagrażała życiu i bezpieczeństwu niewinnych Amerykanów. To wszystko, co mam do powiedzenia.

Odszedł, ignorując okrzyki protestu i pytania rzucane przez sforę niezaspokojonych reporterów.

Genialne! – pomyślał Teddy, oglądający w swoim bunkrze relację. Zwięźle, z empatią, lecz jednocześnie twardo jak cholera. Doskonale! Po raz kolejny pogratulował sobie wyboru tak idealnego kandydata.

Kiedy Lufkin zadzwonił ponownie, w Kairze minęła już północ. Płonące pogorzeliska ugaszono, ekipy ratunkowe wydobywały z nich ciała tak szybko, jak to tylko było możliwe. Wiele z nich znajdowało się głęboko pod gruzami. Lufkin, stojąc ulicę dalej, za wojskową barykadą, obserwował rozwój wydarzeń wraz z tysiącami osób. Sąsiedztwo ambasady przedstawiało sobą chaos, w powietrzu unosił się dym połączony z gęstym pyłem.

– Widziałem w swojej karierze kilka miejsc, w których doszło do wybuchu – raportował Lufkin Teddy'emu – ale z czymś takim chyba się jeszcze nie spotkałem.

Teddy przetoczył się wózkiem przez pokój i nalał sobie kolejną filiżankę bezkofeinowej kawy. Nowe spoty Lake'a miały wejść na anteny jeszcze tego wieczoru, w porze najlepszej oglądalności. Zalanie kraju wizjami grozy i zagłady tylko tej jednej nocy miało kosztować jego sztab wyborczy trzy miliony dolarów.

Jutrzejsze reklamy wycofają, postanowił Teddy. Najpierw je zapowiedzą, a potem wycofają. Z szacunku dla ofiar i ich rodzin Lake chwilowo powstrzyma się od wygłaszania swoich przepowiedni. A już w południe przeprowadzą zmasowane badania opinii publicznej.

Najwyższa pora, żeby notowania kandydata Lake'a wystrzeliły w górę. Do prawyborów w Arizonie i Michigan został niecały tydzień.

Pierwsze zdjęcia z Kairu przedstawiały zdyszanego reportera stojącego plecami do utworzonej ze szpaleru żołnierzy barykady. Żołnierze obserwowali go czujnie, jakby byli gotowi go zastrzelić, gdyby jeszcze raz spróbował wedrzeć się za blokadę. Ale reporter wiedział niewiele.

„O dziesiątej dwadzieścia – relacjonował – gdy w ambasadzie kończyło się przyjęcie, doszło do potężnej eksplozji. Nie wiadomo, ile jest ofiar, ale na pewno bardzo dużo. Okolicę otoczyło wojsko i zamknięto też przestrzeń powietrzną nad miastem, więc, do cholery, nie będzie żadnych zdjęć ze śmigłowca. Jak dotąd nikt nie przyznał się do zamachu".

I jeszcze dla porządku reporter wymienił nazwy trzech radykalnych grup terrorystycznych jako przypuszczalnych podejrzanych.

„Możliwe, że to dzieło którejś z nich, możliwe, że żadnej", dodał pomocnie.

Nie mając żadnych krwawych scen do sfilmowania, kamerzysta był zmuszony filmować reportera, a ponieważ reporter nie miał już nic więcej do powiedzenia na temat wybuchu, zaczął rozwodzić się nad tym, jak niebezpieczny stał się Bliski Wschód, zupełnie jakby to była wiadomość dnia, a on przyjechał do Kairu, żeby to zaprezentować.

Około dwudziestej czasu waszyngtońskiego Lufkin zadzwonił do Teddy'ego z informacją, że na razie nigdzie nie znaleziono amerykańskiego ambasadora i że istnieją poważne obawy, że mógł zginąć pod gruzami, przynajmniej takie krążą plotki.

Teddy słuchał Lufkina i jednocześnie oglądał w telewizorze wyciszoną relację reportera. Nagle na ekranie obok pojawiła się reklama grozy Lake'a. Zgliszcza, sceny rzezi, zwłoki, terroryści z jakiegoś innego zamachu, a potem łagodny, ale przepełniony żarem głos Aarona Lake'a obiecującego zemstę.

Jakież doskonałe wyczucie czasu, pomyślał Teddy.

⅄ ⅄ ⅄

Asystent obudził go o północy herbatą z cytryną i kanapką z warzywami. Teddy jak zwykle drzemał w wózku – ściana z monitorami mieniła się obrazami, ale fonia była wyciszona. Kiedy asystent wyszedł, Teddy włączył dźwięk.

W Kairze słońce już dawno wstało. Ambasadora nie odnaleziono i teraz już oficjalnie zakładano, że zginął pod gruzami.

Teddy nigdy nie miał okazji go poznać, zresztą ambasador nie był znany prawie nikomu, również reporterom, którzy go teraz z takim zapałem wychwalali i przedstawiali jako wielkiego Amerykanina. Jego śmierć niespecjalnie Teddy'ego obeszła, choć miał świadomość, że może się ona przyczynić do jeszcze większej krytyki CIA. Ale dodała wagi samemu zamachowi, co w ogólnym rozrachunku mogło się okazać korzystne dla Aarona Lake'a.

Jak dotąd spod gruzów wydobyto sześćdziesiąt jeden ciał. Egipskie władze obwiniały Jidala, który był najbardziej prawdopodobnym podejrzanym, ponieważ w ciągu ostatnich szesnastu miesięcy jego mała armia dokonała trzech innych zamachów na zachodnie ambasady i ponieważ Jidal otwarcie nawoływał do wojny przeciwko Stanom Zjednoczonym. Z jego aktualnego dossier CIA wynikało, że dysponuje trzydziestoma bojownikami i rocznym budżetem w wysokości około pięciu milionów dolarów, prawie w całości pochodzącym z Libii oraz Arabii Saudyjskiej. Ale do prasy doszły przecieki sugerujące, że armia Jidala liczy tysiąc żołnierzy i że ugrupowanie ma do dyspozycji nieograniczone fundusze, które pozwalają Jidalowi terroryzować niewinnych Amerykanów.

Izraelczycy wiedzieli, co jadł na śniadanie i gdzie je jadł. Mogli go usunąć kilkanaście razy, ale jak dotąd Jidal prowadził swoją małą wojenkę z dala od nich. Dopóki zabijał tylko Amerykanów i Europejczyków, mieli to gdzieś. Dla nich było korzystne, że Zachód nienawidził islamskich ekstremistów.

Teddy wolno zjadł kanapkę, po czym znów się zdrzemnął. Lufkin zadzwonił przed południem czasu kairskiego z wiadomością, że odnaleziono zwłoki ambasadora i jego żony. Liczba ofiar wzrosła do osiemdziesięciu czterech; oprócz jedenastu wszyscy byli obywatelami amerykańskimi.

Kamery dopadły Aarona Lake'a przed fabryką w Marietcie w Georgii, gdzie w zapadającym zmierzchu ściskał ręce robotnikom, którzy wychodzili z pracy po swojej zmianie. Spytany o wydarzenia w Kairze, odpowiedział:

– Szesnaście miesięcy temu ci sami kryminaliści wysadzili w powietrze dwie inne ambasady, zabijając przy tym trzydziestu naszych rodaków, a my nie zrobiliśmy nic, żeby tych bandziorów powstrzymać. Mogą działać bezkarnie, bo brakuje nam woli walki. Kiedy zostanę prezydentem, wypowiem wojnę terrorystom i powstrzymam to zabijanie.

Taka twarda i bojowa postawa była zaraźliwa. Kiedy Ameryka obudziła się rano, by usłyszeć straszne wieści z Kairu, usłyszała również chór zuchwałych gróźb i ultimatów, wysuwanych przez siedmiu pozostałych kandydatów. Nawet ci najłagodniejsi wypowiadali się teraz jak żądni krwi rewolwerowcy.

Rozdział 11

W Bakers znów wiało i padał śnieg, który na jezdniach i chodnikach szybko zamieniał się w breję. Quince Garbe ponownie zatęsknił za ciepłą plażą. Szedł Main Street, osłaniając twarz niby to przed chłodem, ale tak naprawdę nie chciał z nikim rozmawiać. Nie chciał, żeby ktokolwiek zobaczył, jak kolejny raz przemyka się na pocztę.

W skrytce był list. Jeden z tych. Gdy go zobaczył, leżący pośród ulotek niczym niewinny list od starego przyjaciela, szczęka mu opadła, ręce zdrętwiały. Obejrzał się przez jedno, potem przez drugie ramię – jak złodziej targany poczuciem winy – po czym wyciągnął list i wsunął go do kieszeni płaszcza.

Jego żona szykowała w szpitalu bal dla dzieci z niepełnosprawnością, więc w domu nie było nikogo, nie licząc służącej, która podrzemując, całe dnie przesiadywała w pralni. Nie dał jej podwyżki od ośmiu lat. Jechał z powrotem bez pośpiechu, przedzierając się przez śnieg i zaspy, i przeklinał oszusta, który wkroczył do jego życia pod pozorem miłości. I z niepokojem myślał o liście w kieszeni na sercu, który z każdą minutą stawał się coraz cięższy.

Wszedł do domu, robiąc jak najwięcej hałasu, ale służąca się nie pojawiła. Ruszył więc na górę do sypialni i zamknął się w niej na klucz. Pod materacem miał pistolet. Ściągnął płaszcz i razem z rękawiczkami rzucił go na fotel, za nimi pofrunęła marynarka. Przysiadł na brzegu łóżka i zaczął oglądać kopertę. Taki sam liliowy papier, taki sam charakter pisma, wszystko takie samo, łącznie ze stemplem z Jacksonville sprzed dwóch dni. Otworzył kopertę i wyjął z niej kartkę.

Drogi Quince!
  Bardzo Ci dziękuję za pieniądze. Żebyś nie myślał, że ze mnie skończony drań, chcę, byś wiedział, że całą sumę przesłałem żonie i dzieciom. Jest im tak ciężko. Przez to, że siedzę, są pozbawieni środków do życia. Żona cierpi na depresję i nie może pracować. Dzieci, a jest ich aż czworo, mają co jeść tylko dzięki opiece społecznej i kartkom na żywność.

(Ze stoma tysiącami z pewnością nie umrą z głodu, pomyślał z goryczą Quince).

  Mieszkają w lokalu kwaterunkowym, a ponieważ nie mamy samochodu, są praktycznie unieruchomieni. Dlatego jeszcze raz dziękuję Ci za pomoc. Dodatkowe pięćdziesiąt tysięcy dolarów powinno pozwolić mi wyciągnąć rodzinę z długów i może jeszcze założyć niewielki fundusz na studia dla dzieciaków.
  Takie same zasady co poprzednio; te same dane do przelewu; ta sama obietnica, że jeśli pieniądze do mnie nie dotrą, ujawnię Twój sekret. Wyślij je jak najszybciej, Quince, a przysięgam, że to będzie mój ostatni list do Ciebie.
  Jeszcze raz dziękuję.
    Z pozdrowieniami, Ricky

Poszedł do łazienki i znalazł w apteczce diazepam żony. Wziął dwie tabletki, choć początkowo chciał połknąć wszystkie.

Musiał się położyć, ale nie na łóżku, bo pogniótłby pościel, co wzbudziłoby niepotrzebne pytania. Wyciągnął się więc na podłodze, na wytartym, lecz czystym dywanie, i czekał, aż tabletki zaczną działać.

Żeby zdobyć pieniądze na pierwszy haracz dla Ricky'ego, musiał chodzić po prośbie, wyskrobywać ostatnie centy, a nawet kłamać. Nie było mowy, żeby z osobistego konta podjął kolejne pięćdziesiąt tysięcy. Na koncie miał debet i właściwie balansował na skraju bankructwa. Jego piękny wielki dom obciążała opasła hipoteka, której wierzycielem był ojciec. I to również on podpisywał czeki Quince'a z wypłatą. Zostawały jeszcze samochody – eleganckie i zagraniczne, ale z dużym przebiegiem, więc o znikomej wartości. Kto w Bakers połasiłby się na kupno jedenastoletniego mercedesa?

Istniała jeszcze inna możliwość. Mógłby te pieniądze… ukraść. Tylko co wtedy? Oszust występujący pod imieniem Ricky po prostu by mu za nie podziękował, a po chwili zażądał więcej.

Nie, to koniec.

Pora na tabletki. Pora na pistolet.

Dzwonek telefonu go przeraził. Bez zastanowienia podźwignął się na nogi i chwycił słuchawkę.

– Halo? – wychrypiał.

– Gdzie ty się, do cholery, podziewasz? – To był ojciec i ton, który Quince tak dobrze znał.

– Jestem… hm… nie czuję się najlepiej – wydusił, spoglądając na zegarek i dopiero teraz przypominając sobie o umówionym na wpół do jedenastej spotkaniu z bardzo ważnym inspektorem z Komisji Nadzoru Finansowego.

– Nie obchodzi mnie, jak się czujesz. Pan Colthurst z Komisji Nadzoru czeka w moim gabinecie od piętnastu minut.

– Ja wymiotuję, tato – powiedział Quince i skrzywił się.

Ma pięćdziesiąt jeden lat, a wciąż zwraca się do ojca „tato".

– Kłamiesz. Jeśli jesteś chory, to dlaczego nie zadzwoniłeś? Gladys mówiła mi, że widziała cię tuż przed dziesiątą, jak szedłeś na pocztę. Co ty kombinujesz, do jasnej cholery?

– Przepraszam, ale muszę do toalety. Zadzwonię później. – Quince rozłączył się.

Diazepam wreszcie zaczynał działać, w głowie Quince miał przyjemną mgłę. Usiadł na brzegu łóżka i wbił wzrok we fioletowe kwadraty na dywanie. Pomysły napływały powoli, hamowane przez otępiające działanie tabletek.

Mógłby ukryć listy, a potem się zabić. W liście pożegnalnym całą winą obarczyłby ojca. Perspektywa śmierci jawiła mu się jako coś wręcz przyjemnego: miałby z głowy żonę, bank, ojca, całe to miasteczko i przede wszystkim nie musiałby już ukrywać swoich skłonności.

Tyle że brakowałoby mu dzieci i wnuków.

A jeśli ten potwór Ricky nie dowiedziałby się o jego samobójstwie i wysłał kolejny list? Gdyby ktoś go znalazł, jego preferencje, mimo że już by nie żył, i tak wyszłyby na jaw.

Drugi, równie marny, pomysł zakładał wejście w układ z sekretarką, kobietą, której właściwie nie ufał. Mógłby powiedzieć jej prawdę i poprosić ją, żeby napisała do Ricky'ego i zawiadomiła go, że Quince Garbe popełnił samobójstwo. Wymyśliliby, jak do niego doszło, a jednocześnie próbowaliby zemścić się na Rickym.

Tyle że wolałby się już raczej zabić, niż powiedzieć prawdę sekretarce.

Trzeci pomysł wpadł mu do głowy, gdy diazepam już na dobre rozgościł się w jego organizmie. Quince aż się uśmiechnął. A może po prostu pokusić się o szczerość? Napisać do Ricky'ego i wyznać, że jest biedny jak mysz kościelna. Zaproponować dziesięć tysięcy i zaznaczyć, że więcej nie ma. Jeśli

Ricky będzie wolał go zniszczyć, to jemu nie pozostanie nic innego, jak zniszczyć jego. Zawiadomi FBI, udostępni listy i przekazy, agenci go wytropią i na dno pójdą obaj.

Przespał się na podłodze trzydzieści minut, potem zgarnął marynarkę, rękawiczki i płaszcz. Wyszedł z domu, nie widząc służącej. I gdy już siedział w samochodzie i jechał do miasta, pod wpływem nagłej potrzeby stawienia czoła prawdzie przyznał się sam przed sobą, że liczą się tylko pieniądze. Ojciec miał osiemdziesiąt jeden lat. Bank był wart dziesięć milionów dolarów, które pewnego dnia będą jego. Nie wyjdzie z szafy, dopóki tak się nie stanie, a wtedy zacznie żyć tak, jak mu się żywnie podoba.

Żeby tylko tego nie spieprzyć. Najważniejsze były pieniądze.

⅄ ⅄ ⅄

Coleman Lee był właścicielem małego baru taco w pasażu handlowym na przedmieściach Gary w stanie Indiana, w części miasta zamieszkanej głównie przez Meksykanów. Miał czterdzieści osiem lat, przeżył dwa przykre rozwody i dzięki Bogu nie miał dzieci. Przez knajpiane żarcie był gruby i ociężały, z wylewającym się ze spodni wielkim bebechem i policzkami jak chomik. Nie był przystojny i na pewno był samotny.

Zatrudniał głównie młodych meksykańskich chłopców, nielegalnych imigrantów, których wcześniej czy później próbował molestować, uwodzić czy jakkolwiek nazwać te jego niezdarne wysiłki. Rzadko kończyły się sukcesem, więc rotacja pracowników była duża. Interes też nie kręcił się najlepiej, bo ludzie gadali i Coleman nie cieszył się najlepszą opinią. Kto chciałby kupować tacos od zboczeńca?

Na poczcie w drugim końcu pasażu wynajął dwie skrytki: jedną na potrzeby firmy, drugą dla przyjemności. Kolekcjonował pisemka porno i odbierał je ze skrytki prawie codziennie. Listonosz, który dostarczał pocztę do jego mieszkania, był wścibskim typkiem, więc niektóre rzeczy lepiej było przed nim ukrywać.

Coleman szedł brudnym chodnikiem wzdłuż parkingu, mijając dyskonty z obuwiem i kosmetykami, wypożyczalnię pornosów, do której miał zakaz wstępu, i oddział opieki społecznej, powstały w tym miejscu za sprawą wysiłków jakiegoś zdesperowanego polityka poszukującego głosów. Na poczcie roiło się od Meksykanów, którzy się nie spieszyli, bo na zewnątrz było zimno.

W skrytce znalazł dwa pisemka porno w zwykłych brązowych kopertach i list, który wyglądał mgliście znajomo. Kwadratowa żółta koperta, bez adresu zwrotnego, ze stemplem pocztowym z Atlantic Beach na Florydzie. A, tak, oczywiście, przypomniał sobie, kiedy obracał ją w ręce. Młody Percy z odwyku.

Wrócił do swojego ciasnego biura, upchniętego między kuchnią a pomieszczeniem gospodarczym, i szybko przejrzał czasopisma, a nie znalazłszy w nich nic nowego, odłożył je na stertę, gdzie piętrzyła się setka innych. Otworzył list od Percy'ego. Podobnie jak dwa poprzednie, ten także był napisany ręcznie i zaadresowany do Walta – imię, którego używał do odbioru poczty porno. Walt Lee.

Drogi Walcie!

Twój ostatni list sprawił mi ogromną przyjemność. Czytałem go wiele razy. Masz prawdziwy dar pisania. Jak Ci wspominałem, siedzę tu od prawie półtora roku i jestem bardzo samotny. Listy od Ciebie trzymam pod materacem i kiedy jest mi naprawdę źle, czytam je raz za razem. Nie mogę się już doczekać kolejnego, więc napisz do mnie znowu jak najszybciej.

Przy odrobinie szczęścia wypuszczą mnie w kwietniu. Nie wiem, dokąd wtedy pójdę i co będę robił. Trochę przeraża mnie myśl, że gdy stąd wyjdę, na zewnątrz nie będzie czekał na mnie nikt bliski. Mam nadzieję, że nasza znajomość utrzyma się do tego czasu.

Chciałbym Cię o coś poprosić. Jestem zły na siebie, że zwracam się z tym do Ciebie, ale naprawdę nie mam nikogo innego. Tylko proszę, nie krępuj się odmówić, to w żadnym wypadku nie wpłynie na naszą przyjaźń. Czy mógłbyś pożyczyć mi tysiąc dolarów? Mają tu taką małą księgarnię i sklepik muzyczny i pozwalają nam kupować na kredyt książki i płyty, a ja... no cóż... jestem tu już tak długo, że uzbierał mi się spory rachunek.

Jeśli możesz mi tej pożyczki udzielić, będę Ci bardzo wdzięczny. Jeśli nie, zrozumiem.

Dzięki, że jesteś, Walt. Proszę, napisz do mnie szybko. Twoje listy są dla mnie bardzo cenne.

Z ciepłymi pozdrowieniami, Percy

Tysiąc dolców? Co za palant! Coleman wyczuwał szwindel. Podarł list i wyrzucił go do kosza.

– Tysiąc dolarów... – mamrotał do siebie z oburzeniem, ponownie sięgając po czasopisma.

⅄ ⅄ ⅄

Jubiler z Dallas nie miał na imię Curtis. Tym imieniem posługiwał się tylko w korespondencji z Rickym z kliniki odwykowej, a w rzeczywistości nazywał się Vann Gates.

Miał pięćdziesiąt osiem lat, był pozornie szczęśliwym mężem, ojcem trójki dzieci i dziadkiem dwójki wnuków oraz właścicielem sześciu sklepów jubilerskich; wszystkie były zlokalizowane w centrach handlowych na przedmieściach Dallas. Na papierze on i żona byli warci dwa miliony, miliony, których dorobili się wyłącznie własną pracą. Mieli bardzo ładny dom w Highland Park, z osobnymi sypialniami na przeciwległych krańcach. Spotykali się w kuchni na kawie oraz w salonie, żeby oglądać telewizję lub bawić się z wnukami, kiedy ich odwiedzały.

Od czasu do czasu Gates wychodził z szafy, zawsze jednak z najwyższą ostrożnością. Nikt o niczym nie miał pojęcia. Wymiana listów z Rickym była jego pierwszą próbą znalezienia miłości przez ogłoszenie i jak dotąd wszystko układało się fantastycznie. Wynajął małą skrytkę na poczcie niedaleko jednego z centrów handlowych i używał pseudonimu Curtis V. Cates.

Liliowa koperta była zaadresowana właśnie na to nazwisko. Gdy siedząc w samochodzie, ostrożnie ją otwierał, z początku nie podejrzewał, że coś może być nie tak. Ot, kolejny słodki liścik od ukochanego Ricky'ego. Ale już pierwsze słowa poraziły go niczym grom z jasnego nieba.

Szanowny Panie Vann Gates!

Zabawa się skończyła. Nie mam na imię Ricky, a Ty, kolego, nie jesteś żaden Curtis. Nie jestem gejem szukającym miłości, za to ty masz paskudny sekrecik, który, jak się domyślam, pragniesz nadal utrzymać w tajemnicy. Chcę Ci w tym pomóc.

Oto moja propozycja: przelej mi sto tysięcy dolarów do banku Geneva Trust w Nassau na Bahamach. Numer konta: 144-DXN-9593, nazwa: Boomer Realty, Ltd. Numer rozliczeniowy banku to 392844-22.

Zrób to natychmiast! To nie żart, tylko najprawdziwszy szantaż. Jeśli te sto tysięcy nie wpłynie w ciągu dziesięciu dni, prześlę Twojej żonie, pani Glendzie Gates, małą zgrabną paczuszkę z kopiami wszystkich Twoich listów i zdjęć, które mi przysłałeś.

Wyślij tę kasę, a obiecuję, że więcej o mnie nie usłyszysz.

Z pozdrowieniami, Ricky

Dopiero po dłuższej chwili Gates uruchomił silnik i odjechał spod poczty. Pojechał na obwodnicę, dotarł nią do autostrady obiegającej Fort Worth i tam zawrócił do Dallas. Cały czas jechał prawym pasem z przepisową prędkością dziewięćdziesięciu kilometrów na godzinę, zupełnie nieświadomy tworzącego się za nim korka. Gdyby płacz mógł pomóc, z pewnością by się rozpłakał. Nie miał przed tym żadnych oporów, zwłaszcza w zaciszu swojego jaguara.

Ale był zbyt wściekły, żeby płakać, zbyt rozgoryczony, żeby czuć ból. I zbyt przerażony, by tracić czas na rozpaczanie z powodu straty kogoś, kto nie istniał. Potrzebne było działanie – szybkie, zdecydowane, dyskretne.

Rozpacz jednak w końcu w nim zwyciężyła. Zjechał na pobocze i zatrzymał się, nie wyłączając silnika. Te wszystkie cudowne marzenia o Rickym, te niezliczone godziny wpatrywania się w jego przystojną twarz z zadziornym uśmieszkiem, czytanie jego listów – smutnych, zabawnych, pełnych desperacji, ale i nadziei... Jak można tyle emocji przekazać samymi słowami? Znał te listy właściwie na pamięć.

Ricky był tylko chłopcem. Młodym, przystojnym, męskim, a jednak samotnym, potrzebującym dojrzałego partnera. Ricky, którego pokochał, potrzebował czułej opieki starszego mężczyzny i dlatego on, Gates, od miesięcy snuł plany. Choćby ten o wyjeździe na wystawę brylantów w Orlando, kiedy to jego żona będzie u siostry w El Paso. Dopracował wszystko w najdrobniejszych szczegółach, nie zostawił za sobą żadnych śladów.

W końcu się rozpłakał. Biedny Gates ronił łzy bez wstydu, bez zażenowania. Nikt go przecież nie widział; samochody przemykały obok z prędkością stu dwudziestu kilometrów na godzinę.

Jak każdy wzgardzony kochanek, poprzysiągł sobie, że się zemści. Wytropi tę bestię, tego potwora, który podając się za Ricky'ego, złamał mu serce.

Kiedy szloch już nieco osłabł, Gates pomyślał o żonie i o rodzinie, co bardzo pomogło mu osuszyć łzy. Żona dostanie sześć sklepów, dwa miliony dolarów i nowy dom z osobnymi sypialniami, a on... Jemu nie zostanie nic poza drwinami, pogardą i plotkami w miasteczku, które tak kochał. Dzieci pójdą za pieniędzmi, a wnuki do końca życia będą musiały słuchać cichych plotek o dziadku.

Wrócił na prawy pas i nadal jadąc dziewięćdziesiąt kilometrów na godzinę, pokonywał obwodnicę. I znów, nie zważając na mijające go z rykiem osiemnastokołowce, czytał list.

Nie miał do kogo zadzwonić, nie znał żadnego bankiera, któremu mógłby zaufać na tyle, by poprosić go o sprawdzenie konta na Bahamach. Nie miał prawnika, do którego mógłby się zwrócić po poradę, przyjaciela, który wysłuchałby jego smutnej opowieści.

Ponieważ podwójne życie prowadził już od dawna, taka kwota jak sto tysięcy dolarów nie była dla niego nie do pokonania. Żona liczyła każdego centa, zarówno w domu, jak i w sklepach, dlatego już jakiś czas temu obmyślił idealny sposób na ukrywanie pieniędzy. Wykorzystywał do tego rubiny i perły, a czasami nawet mniejsze brylanty. Odkładał je na bok, a następnie odsprzedawał innym jubilerom za gotówkę. W tej branży była to powszechnie stosowana praktyka. Miał dużo tej gotówki. Trzymał ją w pudełkach po butach, starannie ułożonych w ognioodpornym sejfie, który znajdował się w wynajmowanym minimagazynie w Plano. Pieniądze na czas po rozwodzie. Kasa na nowe życie, w którym on i Ricky mieli żeglować po świecie, niczego sobie nie odmawiając.

– Sukinsyn! – wymamrotał, zgrzytając zębami. – Sukinsyn! Sukinsyn!

A może napisać do tego oszusta? Napisać, że nie ma forsy? Albo zagrozić, że ujawni ten jego paskudny plan? Dlaczego miałby nie podjąć walki? Dlaczego miałby się nie bronić?

Ano dlatego, że ten sukinsyn doskonale wiedział, co robi. Prześwietlił go na tyle dokładnie, że znał jego prawdziwe imię i nazwisko, znał imię jego żony. Wiedział, że Gates ma pieniądze.

Wjechał na podjazd przed domem. Glenda zamiatała chodnik.

– Gdzie byłeś, kochanie? – zapytała uprzejmie.

– Załatwiałem sprawy firmowe – odparł z uśmiechem.

– Jakoś długo ci to zajęło – mruknęła, nie przerywając zamiatania.

Jak on miał tego dosyć. Żona pilnowała go na każdym kroku! Od trzydziestu lat trzymała go pod pantoflem i wyliczała czas ze stoperem w dłoni.

Z przyzwyczajenia cmoknął ją w policzek, po czym zszedł do sutereny, zamknął drzwi i znów się rozpłakał. Ten dom był jego więzieniem (z miesięcznymi ratami hipotecznymi w wysokości siedmiu tysięcy ośmiuset dolarów z pewnością mógł mieć takie odczucia). A żona była jego strażnikiem, to ona trzymała klucze. Jego jedyny pomysł na ucieczkę właśnie rozpadł się w pył, a on miał teraz na karku bezwzględnego szantażystę.

Rozdział 12

Osiemdziesiąt trumien wymagało dużo miejsca. Stały na betonowej posadzce hangaru w idealnie równych rzędach, wszystkie tej samej długości i szerokości, wszystkie spowite czerwono-biało-niebieskimi flagami. Przed półgodziną przyleciały na pokładzie transportowca Amerykańskich Sił Powietrznych, z którego wyniesiono je z wielką pompą i ceremoniałem. Na rozstawionych w hangarze składanych krzesłach siedziało niemal tysiąc przyjaciół i krewnych, którzy patrzyli wstrząśnięci na morze flag przed nimi. Liczebnie przewyższali ich tylko pismacy, trzymani za barykadami wojska i żandarmerii.

Nawet jak na kraj przywykły do niedorzecznych błędów w polityce zagranicznej, liczba ofiar robiła wrażenie. Osiemdziesięciu Amerykanów, ośmiu Brytyjczyków, ośmiu Niemców, lecz ani jednego Francuza – Francja bojkotowała działalność dyplomatyczną w Kairze. Dlaczego aż osiemdziesięciu Amerykanów przebywało w ambasadzie po godzinie dwudziestej drugiej? Tak brzmiało pytanie dnia, na które jak dotąd nikt nie znalazł dobrej odpowiedzi. Tak wielu z tych, którzy podejmowali w tej sprawie decyzje, leżało teraz w trumnach. Po Waszyngtonie krążyły różne teorie i chyba najbardziej wiarygodna była ta, że firma cateringowa spóźniła się z dowozem jedzenia, a jeszcze bardziej spóźniła się orkiestra.

Terroryści jednak udowodnili aż nazbyt dobrze, że potrafią uderzyć o każdej porze, więc jakie to miało znaczenie, jak długo ambasador, jego żona, personel, współpracownicy i goście chcieli się bawić?

Drugie gorące pytanie dnia dotyczyło tego, dlaczego w ogóle amerykańska ambasada w Kairze zatrudniała aż osiemdziesiąt osób. Na razie jeszcze Departament Stanu nie wypowiedział się w tej sprawie.

Po odegraniu przez orkiestrę wojskową utworu żałobnego przemówił prezydent. Uronił kilka łez i głos mu się łamał, lecz po ośmiu latach tego rodzaju teatrzyków na nikim nie robiło to już większego wrażenia. Zemstę poprzysięgał wielokrotnie, tym razem więc tylko pocieszał rodziny i rozwodził się na temat poświęcenia tych ludzi i obietnicy lepszego życia na tamtym świecie.

Sekretarz stanu odczytał nazwiska ofiar – makabryczna wyliczanka, w zamyśle mająca oddać powagę chwili. Szlochy się nasiliły. Ponownie zagrała orkiestra. Najdłuższe przemówienie wygłosił wiceprezydent, który przybył prosto z trasy kampanijnej i pałał nowym żarliwym pragnieniem, by wyplenić terroryzm z powierzchni ziemi. Chociaż nigdy w życiu nie nosił żołnierskiego munduru, mówił jak ktoś, kto jest gotów zacząć ciskać granatami.

Aaron Lake poderwał ich wszystkich do biegu.

⋏ ⋏ ⋏

Spóźniony na kolejną rundę wywiadów, Lake oglądał tę ponurą ceremonię w samolocie, którym leciał z Tucson do Detroit. Na pokładzie był też jego spec od sondaży, nowo pozyskany magik, ostatnio towarzyszący mu w każdej podróży. Gdy Lake i członkowie jego ekipy oglądali wiadomości, spec pracował gorączkowo przy małym stole konferencyjnym, na którym stały dwa laptopy oraz trzy telefony i leżało więcej wydruków, niż mogłoby przetrawić dziesięciu ludzi.

Do prawyborów w Arizonie i Michigan zostały już tylko trzy dni, notowania Aarona Lake'a leciały w górę, zwłaszcza w jego rodzinnym stanie, gdzie szedł łeb w łeb z długoletnim liderem, gubernatorem Indiany, Tarrym. W Michigan przegrywał dziesięcioma punktami, ale ludzie go słuchali. A tragedia w Kairze pięknie działała na jego korzyść.

Ponadto gubernatorowi Tarry'emu kończyły się fundusze, a Lake je miał. Pieniądze napływały szybciej, niż mógł je wydać.

Kiedy wiceprezydent skończył wreszcie przemawiać, Lake odszedł od telewizora. Wrócił do swojego skórzanego fotela obrotowego i wziął gazetę. Jeden z jego ludzi przyniósł mu kawę. Lake wypił ją, podziwiając równiny Kansas rozciągające się trzynaście kilometrów niżej. Inny pracownik wręczył mu karteczkę z wiadomością: czyjaś prośba o szybki kontakt telefoniczny. Lake rozejrzał się po pokładzie. Nie licząc pilotów, w samolocie wraz z nim leciało trzynaście osób.

Jako człowiek ceniący samotność i wciąż tęskniący za żoną, nie najlepiej znosił ten zupełny brak prywatności. Gdziekolwiek się udawał, wszędzie towarzyszyła mu grupa ludzi, każdą godzinę dnia wypełniały mu spotkania i rozmowy, każde posunięcie musiał omawiać z doradcami, przed każdym wywiadem dawano mu listę ze spodziewanymi pytaniami i propozycjami odpowiedzi. Na chwilę samotności mógł liczyć tylko w nocy, w pokoju hotelowym, choć założyłby się o wszystko, że gdyby tylko na to pozwolił, agenci z Secret Service chętnie spaliby na podłodze przy jego łóżku. Ponieważ był zmęczony, sypiał jak niemowlę, więc jedyne chwile spokojnej refleksji zdarzały mu się w łazience, pod prysznicem albo w toalecie.

Ale się nie oszukiwał. On, Aaron Lake, spokojny kongresmen z Arizony, z dnia na dzień stał się prawdziwą sensacją. Piął się coraz wyżej, podczas gdy cała reszta słabła. Wspierały go duże pieniądze. Dziennikarze uganiali się za nim jak psy gończe. Cytowano jego wypowiedzi. Miał potężnych przyjaciół i w miarę jak kolejne elementy układanki trafiały na miejsce, wizja nominacji wydawała się coraz realniejsza. O czymś podobnym jeszcze miesiąc temu nie mógłby nawet marzyć.

Dlatego delektował się tą chwilą. I choć kampania toczyła się w szaleńczym tempie, mógł przecież kontrolować rytm pracy. Reagan pracował tylko od dziewiątej do siedemnastej, a mimo to był o wiele skuteczniejszy niż zajadły pracoholik Carter. Lake ciągle sobie powtarzał, że najważniejsze to dostać się do Białego Domu. Musi przecierpieć obecność tych wszystkich głupców, z uśmiechem i humorem przebrnąć przez prawybory, a potem, już naprawdę niedługo, zasiądzie nareszcie w Gabinecie Owalnym, mając u stóp cały świat.

A także wymarzoną prywatność.

⋏ ⋏ ⋏

Teddy siedział z Yorkiem w bunkrze i razem oglądali transmisję na żywo z wydarzeń w bazie lotniczej Andrews. Kiedy robiło się gorąco, lubił mieć Yorka przy sobie. Nagonka na Agencję przybierała monstrualne rozmiary. Poszukiwano kozłów ofiarnych i wielu uganiających się za kamerami idiotów obwiniało CIA. Jak zresztą zawsze.

Gdyby tylko znali prawdę…

Powiedział w końcu Yorkowi o ostrzeżeniach Lufkina i York go zrozumiał. Niestety, mieli już za sobą podobne sytuacje. Kiedy jest się stróżem porządku na świecie, traci się wielu swoich ludzi. Teddy i York przeżyli sporo smutnych chwil, przyglądając się, jak okryte flagami trumny, świadectwo kolejnej klęski polityki zagranicznej, zjeżdżały po pochylni wojskowego transportowca C-130. Kampania wyborcza Aarona Lake'a miała być ostatnim wysiłkiem Teddy'ego na rzecz ratowania amerykańskich istnień.

I wydawało się, że tym razem ten wysiłek nie pójdzie na marne. W ciągu zaledwie dwóch tygodni D-PAC zebrał ponad dwadzieścia milionów dolarów i zbierał dalej, w Waszyngtonie i okolicach. Za kwotę prawie sześciu milionów kupiono poparcie dwudziestu jeden kongresmenów, lecz największą zdobyczą jak dotąd był senator Britt, ekskandydat, ojciec małego tajskiego chłopca. W chwili gdy rezygnował z ubiegania się o Biały Dom, był zadłużony na blisko cztery miliony dolarów i nie miał żadnego realnego planu na ich spłacenie. Pieniądze zwykle nie podążają za tymi, którzy pakują się i wracają do domu. Spotkała się z nim prawniczka Elaine Tyner. Dobicie targu zajęło jej mniej niż godzinę: w ciągu trzech lat D-PAC spłaci wszystkie długi kampanijne Britta, a on w zamian za to udzieli głośnego poparcia Aaronowi Lake'owi.

– Wiedzieliśmy, ile może być ofiar? – spytał York.

Teddy odpowiedział dopiero po chwili.

– Nie.

Ich rozmowy nigdy nie przebiegały w pośpiechu.

– Dlaczego jest ich aż tyle?

– Alkohol. W krajach arabskich to normalne zjawisko. Inna kultura, nudne życie, więc kiedy nasi dyplomaci wydają przyjęcie, to się nie ograniczają. Wielu z zabitych było mocno pijanych.

Mijały minuty.

– A Jidal? – spytał York. – Gdzie on jest?

– Teraz w Iraku. Wczoraj był w Tunezji.

– Naprawdę powinniśmy go przyhamować.

– I zrobimy to, w przyszłym roku. To będzie wielka chwila dla prezydenta Lake'a.

٨ ٨ ٨

Dwunastu z szesnastu kongresmenów popierających Aarona Lake'a miało na sobie niebieskie koszule, co nie umknęło uwadze Elaine Tyner. Zawsze takie rzeczy liczyła. Kiedy któryś z waszyngtońskich polityków miał się pojawić przed kamerami, istniało duże prawdopodobieństwo, że będzie w niebieskiej bawełnianej koszuli. Pozostali czterej mieli białe.

Ustawiła ich przed reporterami w sali balowej hotelu Willard i spotkanie się rozpoczęło. Otworzył je starszy członek Izby Reprezentantów, Thurman; powitał przybyłych na konferencję dziennikarzy, a następnie, korzystając z notatek, przedstawił swoje zdanie o aktualnej sytuacji na świecie, skomentował stan rzeczy w Kairze, Chinach i Rosji i stwierdził, że świat jest obecnie dużo bardziej niebezpieczny, niż się wydaje. Przytoczył znane wszystkim statystyki świadczące o coraz większych cięciach wydatków na amerykańską armię, po czym przystąpił do wygłaszania mowy pochwalnej na cześć swojego przyjaciela Aarona Lake'a, człowieka, z którym służy ojczyźnie od dziesięciu lat i którego zna lepiej niż inni kongresmeni. Lake ma przesłanie. Przesłanie, którego Amerykanie woleliby nie słyszeć, lecz jest ono ogromnie ważne.

Thurman oświadczył, że zrywa współpracę z gubernatorem Tarrym i choć czyni to z wielką niechęcią i nie mniejszym poczuciem zdrady, to jednak, po bolesnych przemyśleniach, doszedł do wniosku, że bardziej od Tarry'ego naród i jego bezpieczeństwo potrzebują kogoś takiego jak Aaron Lake. Nie powiedział tylko, że ostatnie wyniki sondaży wykazały, że Lake zdobywa coraz większą popularność w Tampa–St. Pete.

Następnie mikrofon został przekazany kongresmenowi z Kalifornii, który choć nie miał do powiedzenia niczego nowego, głędził przez dziesięć minut. Jego okręg wyborczy na północ od San Diego skupiał czterdzieści pięć tysięcy pracowników przemysłu obronnego i lotniczego i wszyscy oni rzekomo pisali do niego lub dzwonili. Nietrudno było go nawrócić – presja z rodzinnego okręgu plus dwieście pięćdziesiąt tysięcy dolarów od Tyner i już wiedział, co ma robić.

Kiedy zaczęła się część z pytaniami od dziennikarzy, cała szesnastka zbiła się w ciasne stadko, bo wszyscy chcieli coś powiedzieć, wszyscy bali się, że ich twarze mogą nie zmieścić się w kadrze.

Choć nie było wśród nich przewodniczących komisji, ich wystąpienie miało ogromną wagę. Zdołali przekazać obraz Aarona Lake'a jako pełnoprawnego kandydata, człowieka, którego znali i któremu ufali. Człowieka, którego naród potrzebował. Człowieka, który powinien zostać następnym prezydentem.

Konferencja była świetnie zorganizowana, dobrze nagłośniona i natychmiast stała się wydarzeniem dnia. Nazajutrz Elaine Tyner zamierzała zaprezentować światu pięciu kolejnych kongresmenów, zachowując senatora Britta na dzień przed superwtorkiem.

⅄ ⅄ ⅄

List leżący w schowku w tablicy rozdzielczej w samochodzie Neda pochodził od Percy'ego, młodego Percy'ego z kliniki odwykowej, do którego pocztę wysyłało się na adres: Laurel Ridge, skrytka pocztowa 4585, Atlantic Beach, Floryda 32233.

Ned był w Atlantic Beach. Przyjechał tu przed dwoma dniami, z listem oraz z postanowieniem, że wytropi młodego Percy'ego, bo cała ta sprawa zalatywała mu oszustwem. Zresztą nie miał nic lepszego do roboty. Był na emeryturze, z mnóstwem kasy, bez żadnej wartej wspomnienia rodziny, a poza tym w Cincinnati padał śnieg. Zatrzymał się w hotelu Sea Turtle przy plaży i wieczorami szwendał się po knajpach przy Atlantic Boulevard. Znalazł tam dwie niezłe restauracje, zatłoczone małe knajpki pełne młodych ładnych dziewcząt i chłopców. Ulicę dalej odkrył bar U Pete'a i ostatnie dwa wieczory spędził właśnie tam, zalewając się na umór schłodzonym browarem. Sea Turtle był tuż za rogiem.

W ciągu dnia obserwował pocztę, nowoczesny rządowy budynek z cegły i szkła przy Pierwszej Ulicy, biegnącej równolegle do plaży. Mała skrytka z numerem 4585 znajdowała się w strefie poczty o niewielkim natężeniu ruchu i wisiała mniej więcej w połowie ściany z osiemdziesięcioma innymi skrytkami. Ned dobrze ją sobie obejrzał, próbował otworzyć przypadkowymi kluczami i kawałkiem drutu, a nawet podszedł do okienka, by zapytać o skrytki, ale urzędujący tam pracownik był wyjątkowo niepomocny. Przed odejściem Ned wcisnął pod drzwiczki kawałek cienkiej czarnej nici. Była niezauważalna dla innych, ale gdyby zniknęła, oznaczałoby to, że ktoś sprawdzał pocztę.

W skrytce musiał już leżeć jego list. List w jaskrawoczerwonej kopercie, który przed trzema dniami wysłał z Cincinnati, po czym natychmiast pognał na południe. Wraz z listem wysłał Percy'emu czek na tysiąc dolarów, pieniądze, których chłopak potrzebował na zakup zestawu przyborów dla artystów. W jednym z wcześniejszych listów Ned wyjawił Percy'emu, że był kiedyś właścicielem galerii sztuki współczesnej w Greenwich Village. Nie miało to nic wspólnego z prawdą, żadnej galerii nigdy nie miał, skłamał, bo nie ufał Percy'emu, nie wierzył w ani jedno jego słowo.

Zaczął podejrzewać, że coś jest nie tak, już na samym początku. Zanim po raz pierwszy odpisał Percy'emu, próbował namierzyć Laurel Ridge, luksusową klinikę odwykową, w której ten rzekomo przebywał. Mieli tam telefon, ale ponieważ numer był prywatny, w informacji nie chciano mu go podać. Adresu nie znał. W pierwszym liście Percy wyjaśniał, że klinika jest objęta ścisłą tajemnicą, ponieważ wielu pacjentów to wysoko postawieni dyrektorzy i urzędnicy państwowi najwyższego szczebla, którzy w taki czy inny sposób uzależnili się od różnych substancji. Brzmiało to całkiem sensownie. Chłopak świetnie żonglował słowami.

A także miał bardzo przyjemną buzię, dlatego Ned nadal z nim korespondował. I codziennie z zachwytem wpatrywał się w jego zdjęcie.

Prośba o pieniądze go zaskoczyła, a ponieważ się nudził, postanowił przejechać się do Jacksonville.

Z miejsca, w którym zaparkował, mógł swobodnie, siedząc nisko zsunięty w fotelu kierowcy, obserwować budynek poczty, ścianę ze skrytkami w środku oraz wchodzących i wychodzących klientów. Szanse były niewielkie, ale co tam. W obserwacji wspomagał się małą składaną lornetką i od czasu do czasu przechwytywał rzucane ku niemu lekko zdziwione spojrzenia przechodniów. Po dwóch dniach to monotonne zajęcie zaczęło go nużyć, jednak im dłużej tam siedział, tym większe zyskiwał przekonanie, że jego list wcześniej czy później zostanie odebrany. Przecież musieli tę skrytkę opróżniać przynajmniej raz na trzy dni. Do pacjentów kliniki na pewno przychodziło sporo korespondencji. Chyba że była to tylko przykrywka dla oszusta, który wpadał tu raz w tygodniu, żeby sprawdzić, czy jakaś ofiara złapała się już w zastawione przez niego sidła.

Oszust pojawił się późnym popołudniem trzeciego dnia. Zaparkował garbusa obok samochodu Neda, po czym wolnym krokiem ruszył na pocztę. Był w pogniecionych spodniach koloru khaki, białej koszuli, słomkowym kapeluszu i muszce i wyglądał jak niechlujny pretendent do miana plażowej cyganerii.

Trevor spędził długą przerwę obiadową u Pete'a, potem odespał płynny lunch przy biurku w kancelarii i po godzinnej drzemce dopiero teraz się na dobre budził. Otworzył skrytkę numer 4585, wyjął z niej plik korespondencji, przejrzał i ponieważ większość to były śmieci, wychodząc z poczty, wyrzucił je do kosza.

Ned uważnie go obserwował. Po trzech dniach nudy był zachwycony, że jego wysiłki jednak się opłaciły. Podążył za garbusem, a kiedy ten zaparkował przed małą odrapaną kancelarią prawną, Ned pojechał dalej i drapiąc się po głowie, wymamrotał do siebie:

– Prawnik?

Oddalając się od zgiełku Jacksonville, wjechał na biegnącą wzdłuż wybrzeża autostradę A1A, minął Vilano Beach, Crescent Beach, Beverly Beach i Flagler Beach i w końcu dotarł do swojego hotelu na przedmieściach Port Orange. Zanim poszedł do pokoju, zajrzał do baru.

To nie było pierwsze oszustwo, z którym flirtował; tak naprawdę było drugie. Poprzednie też zdążył wyniuchać zawczasu, zanim wynikła z tego jakaś szkoda. Przy trzecim martini poprzysiągł sobie, że to oszustwo będzie w jego życiu ostatnie.

Rozdział 13

Na dzień przed prawyborami w Arizonie i Michigan sztab Aarona Lake'a przypuścił na media atak, jakiego w historii kampanii prezydenckich nie oglądano jeszcze nigdy. Przez osiemnaście godzin oba stany były bombardowane jedną reklamą za drugą. Niektóre trwały tylko piętnaście sekund i były bardzo stonowane, zawierały niewiele więcej niż obrazki z przystojną twarzą Lake'a oraz obietnice zdecydowanego przywództwa i bezpieczniejszego świata. Inne były minutowymi filmami dokumentalnymi na temat zagrożeń czasów po zimnej wojnie. Jeszcze inne zawierały zuchwałe, butne deklaracje skierowane do wszystkich terrorystów świata: zabijajcie ludzi tylko dlatego, że są Amerykanami, a zapłacicie za to bardzo wysoką cenę. Kair wciąż pozostawał świeżą sprawą, więc te groźby trafiały do celu.

Reklamy były odważne, przygotowane przez najlepszych konsultantów, a ich jedynym minusem mógł być tylko przesyt. Lake był jednak zbyt nową postacią na scenie, żeby zdążył się komukolwiek znudzić, w każdym razie teraz na pewno mu to jeszcze nie groziło. Na reklamy telewizyjne w obu stanach jego sztab wydał oszałamiającą kwotę dziesięciu milionów dolarów.

Podczas głosowania we wtorek dwudziestego drugiego lutego zwolnili tempo i kiedy zamknięto lokale wyborcze, analitycy przewidywali, że Lake wygra w rodzimym stanie i zajmie drugie miejsce w Michigan. Ale przecież Tarry pochodził z Indiany, innego stanu ze Środkowego Zachodu, więc w ciągu ostatnich trzech miesięcy bywał w Michigan co chwila.

Najwyraźniej jednak to nie wystarczyło. Wyborcy z Arizony zagłosowali na człowieka ze swoich stron, a tym z Michigan „ten nowy gość" również się spodobał. Lake zdobył sześćdziesiąt procent głosów u siebie i aż pięćdziesiąt pięć w Michigan, podczas gdy gubernator Tarry uzbierał zaledwie trzydzieści jeden. Resztą podzielili się między sobą nieliczący się kandydaci.

Na dwa tygodnie przed superwtorkiem i na trzy przed miniwtorkiem taka porażka była dla gubernatora Tarry'ego druzgocząca.

⋏ ⋏ ⋏

Aaron Lake obserwował proces zliczania głosów z pokładu swojego samolotu, w drodze powrotnej z Phoenix, gdzie oddał głos na samego siebie. Godzinę przed lądowaniem w Waszyngtonie CNN ogłosiło go niespodziewanym zwycięzcą prawyborów w Michigan i członkowie jego ekipy otworzyli szampana. Rozkoszując się chwilą, Lake pozwolił sobie na dwa kieliszki.

Doceniał wagę momentu. Wiedział, że nikt przed nim nie wystartował tak późno i nie zaszedł tak wysoko w tak szybkim tempie. W zaciemnionej kabinie razem z ekipą oglądał na ekranach czterech telewizorów wypowiedzi analityków i ekspertów, z których wszyscy zachwycali się nim i tym, czego dokonał. Gubernator Tarry również nie szczędził mu słów uznania, choć wyraził niepokój o ogromne sumy wydawane na kampanię przez jego nikomu dotychczas nieznanego przeciwnika.

Na lotnisku Reagana czekała na niego grupka reporterów. Pogawędził z nimi uprzejmie, po czym kolejną czarną limuzyną udał się do siedziby sztabu. Tam podziękował swojemu wysoko opłacanemu personelowi i kazał wszystkim wrócić do domu i trochę się przespać.

Dochodziła północ, gdy dotarł do Georgetown, do swojego uroczego małego domku przy Trzydziestej Czwartej nieopodal Wisconsin Avenue. Z samochodu, który przyjechał za nim, wysiadło dwóch agentów Secret Service, dwóch innych czekało na schodach. Ale nie w samym domu, bo mimo oficjalnych próśb o wpuszczenie ich również tam Lake stanowczo się temu sprzeciwił.

– Nie chcę was tu widzieć – rzucił twardo do tajniaków przy drzwiach. – Macie mi się tu nie kręcić.

Obecność tych ludzi go mierziła; nie znał ich i miał w nosie, że go nie polubią. Byli jedynie „ochroniarzami", jak mówił o nich z najwyższym lekceważeniem.

Kiedy już zamknął się w środku, poszedł do sypialni na piętrze i przebrał się. Zgasił światło, żeby stworzyć wrażenie, że się położył, odczekał kwadrans, po czym ruszył na dół do salonu i sprawdził, czy nikt nie zagląda do okien. Kolejną kondygnacją schodów zszedł szybko do małej piwnicy i przez zainstalowane tam okienko wydostał się na zewnątrz. Przez chwilę stał nieruchomo w chłodzie i nasłuchiwał, lecz nie usłyszał niczego podejrzanego, więc cicho otworzył drewnianą furtkę i pomknął przed siebie zaułkiem między dwoma domami. Wynurzył się z niego na Trzydziestej Piątej, bez agentów, sam pośród ciemności, ubrany w dres do biegania i naciągniętą na oczy czapkę. Trzy minuty później był już na M Street, w tłumie. Złapał taksówkę i zniknął w mrokach nocy.

⋏ ⋏ ⋏

Teddy Maynard kładł się spać z poczuciem względnego zadowolenia z dwóch pierwszych zwycięstw swojego kandydata, ale poranek przywitał go niepokojącą wiadomością. Kiedy dziesięć minut po szóstej rano wjechał na wózku do bunkra, był bardziej przerażony niż wściekły, chociaż w ciągu ostatniej godziny zdążył doświadczyć całej gamy wszelkich emocji. York już na niego czekał, w towarzystwie starszego agenta o nazwisku Deville, drobnego nerwowego człowieka, po którym widać było, że od wielu godzin chodzi podminowany.

– No to słucham – warknął Teddy, wciąż tocząc się na wózku i rozglądając za kawą.

Deville zaczął mówić:

– Dwie minuty po północy Lake pożegnał się z agentami i wszedł do domu. O dwunastej siedemnaście wyszedł przez małe okienko w piwnicy. Oczywiście na wszystkie drzwi i okna założyliśmy czujki. Wynajęliśmy szeregowiec po drugiej stronie ulicy i czekaliśmy, aż po sześciu dniach nieobecności Lake wróci do domu. – Deville pomachał krążkiem wielkości tabletki aspiryny. – To małe urządzonko nazywa się T-DEC. Takie same są doczepione do podeszew wszystkich butów Lake'a, w tym butów do biegania, więc jeśli tylko nie jest na bosaka, wiemy, gdzie się znajduje. Pod naciskiem stopy pluskwa emituje sygnał o zasięgu dwustu metrów. Gdy nacisk ustaje, sygnał jest nadawany jeszcze przez kwadrans. Kiedy usłyszeliśmy, że nadajnik zaczął pracować, ruszyliśmy za Lakiem i znaleźliśmy go na M Street. Był w dresie i czapce naciągniętej na oczy. Kiedy wskakiwał do taksówki, na miejsce dotarły już dwa nasze wozy, więc pojechaliśmy za nim. Taksówka zatrzymała się w pasażu handlowym w Chevy Chase, gdzie Lake wysiadł i wbiegł do budynku Mailbox America. To jedna z tych ajencyjnych placówek pocztowych. Niektóre z nich są czynne całą dobę. Lake był w środku niespełna minutę, na tyle długo, żeby otworzyć skrytkę, wyjąć kilka listów, wyrzucić wszystkie do kosza, a potem wrócić do taksówki. Jeden z naszych wozów pojechał za nim z powrotem na M Street, gdzie Lake wysiadł i chyłkiem przemknął się do domu. Drugi wóz został przed Mailbox America. Przejrzeliśmy zawartość kosza i znaleźliśmy w nim sześć przesyłek, same ulotki reklamowe, ewidentnie te, które wyrzucił. Były zaadresowane do Ala Konyersa, Mailbox America, trzydzieści dziewięć trzysta osiemdziesiąt Western Avenue, Chevy Chase, skrytka pocztowa numer czterysta pięćdziesiąt pięć.

– A więc nie znalazł tego, czego szukał – mruknął Teddy.

– Wygląda na to, że wyrzucił wszystko, co wyjął ze skrytki. Nagraliśmy to.

Z sufitu zsunął się ekran, światła przygasły. Ujęcie z kamery pokazało najpierw zbliżenie terenu parkingu, potem taksówki, a następnie postaci Aarona Lake'a w workowatych dresach, gdy skręcał za róg i wbiegał do Mailbox America. Kilkanaście sekund później pojawił się znowu, przejrzał trzymane w ręce listy, po czym przystanął na moment przy drzwiach i wyrzucił wszystkie do wysokiego kosza na śmieci.

– Czego on, do cholery, szuka? – wymamrotał do siebie Teddy.

Lake wyszedł z budynku i szybko zanurkował do taksówki. W tym momencie nagranie się skończyło. Przyciemnione światła rozbłysły.

Deville wznowił relację.

– Jesteśmy pewni, że listy, które były w koszu, należą do niego. Przeszukaliśmy kosz zaraz po jego odjeździe, a w czasie, kiedy czekaliśmy, aż odjedzie, nikt z budynku nie wychodził ani do niego nie wchodził. Była wtedy już za dwie minuty pierwsza. Godzinę później weszliśmy tam ponownie i dorobiliśmy klucz do skrytki, żeby mieć do niej stały dostęp.

– Sprawdzajcie ją codziennie – nakazał Teddy. – I rejestrujcie każdą przesyłkę. Bez tych reklamowych oczywiście, ale poza tym, kiedy coś przyjdzie, chcę o tym wiedzieć.

– Ma się rozumieć – odparł Deville. – Lake wrócił tą samą drogą, którą wyszedł, czyli przez okno w piwnicy, i potem już nie ruszał się z domu. Jest tam teraz.

– To wszystko – rzucił Teddy i Deville opuścił pokój.

Przez minutę dyrektor mieszał kawę.

– Ile on ma adresów? – spytał w końcu.

York wiedział, że to pytanie się pojawi. Zajrzał do notatek.

– Prywatna korespondencja przychodzi do domu w Georgetown. Ma co najmniej dwa adresy na Kapitolu, jeden do biura, drugi do Komisji Sił Zbrojnych. W Arizonie ma trzy biura. To razem sześć, o których wiemy.

– Dlaczego miałby potrzebować siódmego?

– Nie wiem, ale nie wygląda to dobrze. Ktoś, kto nie ma nic do ukrycia, nie posługuje się pseudonimem ani nie potrzebuje tajnego adresu.

– Kiedy wynajął tę skrytkę?

– Jeszcze nie wiemy. Pracujemy nad tym.

– Może po decyzji o wystartowaniu w wyścigu? Uznał, że skoro wszedł w układ z CIA, to CIA na pewno go śledzi. Chciał sobie zapewnić trochę prywatności i wynajął skrytkę. Może ma dziewczynę, którą jakimś cudem przegapiliśmy. A może lubi sprośne pisemka, pornosy, coś, co można przesłać pocztą.

– Możliwe – przyznał York, a po chwili zastanowienia dodał: – Ale możliwe też, że wynajął ją dawno temu, wiele miesięcy przed startem.

– Jeśli tak, to nie przed nami się ukrywa. Ma jakąś straszną tajemnicę i ukrywa się przed światem.

Zamilkli i w ciszy, bojąc się nawet zgadywać, co to może być, obaj rozważali przypuszczenie, że Lake ma jakąś tajemnicę. Ostatecznie postanowili wzmóc obserwację i zaglądać do skrytki dwa razy dziennie. Za kilkanaście godzin Lake miał wyjechać z miasta, żeby zawalczyć w kolejnych prawyborach. Wtedy skrytka będzie tylko dla nich.

Chyba że pocztę z niej odbierał dla niego ktoś inny.

⋏ ⋏ ⋏

Aaron Lake był człowiekiem dnia w Waszyngtonie. Z samego rana udzielił w swoim biurze na Kapitolu kilku wywiadów reporterom porannych programów informacyjnych. Potem przyjął paru senatorów, członków Izby Reprezentantów, przyjaciół i dawnych przeciwników, którzy przyszli mu pogratulować. Zjadł lunch z ludźmi ze swojego sztabu, a później odbył kilka długich narad strategicznych. Po szybkiej kolacji z Elaine Tyner, która przyniosła mu wspaniałe wieści o tonach nowej gotówki spływającej do D-PAC-u, poleciał do Syracuse dopracowywać szczegóły prawyborów w Nowym Jorku.

Na miejscu przywitały go tłumy. Ostatecznie był teraz liderem, kandydatem numer jeden.

Rozdział 14

Kaca Trevor miewał coraz częściej, dlatego kiedy otworzył oczy przed kolejnym dniem, powiedział sobie, że po prostu musi wziąć się w garść. Nie może co wieczór gnić w barze U Pete'a, nie może dzień w dzień zalewać się tanim browarem, nie może w nieskończoność oglądać głupich rozgrywek tylko dlatego, że postawił tysiąc dolarów na jakiś mecz. Wczoraj grało Logan State z drużyną, której nazwy nie pamiętał. Z taką w zielonych koszulkach... Jezu, kogo w ogóle obchodzi zasrane Logan State?

Joego Roya Spicera, oto kogo. Spicer postawił na nich pięćset dolarów, Trevor dorzucił od siebie tysiąc i Logan State wygrało, a oni zarobili. W ciągu ostatniego tygodnia Spicer wytypował dziesięciu z dwunastu zwycięzców. Zgarnął trzy tysiące czystej gotówki, a Trevor, radośnie podążający jego śladem, pięć i pół. Okazało się, że na hazardzie wychodził lepiej niż na prowadzeniu kancelarii. I w dodatku ktoś inny typował zwycięzców!

Poszedł do łazienki i nie patrząc w lustro, spryskał twarz wodą. Sedes wciąż był zapchany, począłapał więc szukać przepychacza i gdy krążył po małym brudnym domu, rozległ się dzwonek telefonu. Dzwoniła jego była żona, kobieta, której nienawidził i która nienawidziła jego; kiedy tylko usłyszał jej głos, od razu domyślił się, że chodzi o pieniądze. Powiedział ze złością, że nie ma mowy, i poszedł wziąć prysznic.

W kancelarii sprawy wyglądały jeszcze gorzej. Osobnymi samochodami przyjechali do niego rozwodzący się małżonkowie, którzy chcieli dokończyć negocjacje w sprawie podziału majątku. Toczyli bój o rzeczy, które dla nikogo innego nie miałyby żadnego znaczenia – o garnki, patelnie i toster – ale o coś musieli walczyć, a poza garnkami nie mieli nic. Walki zawsze są najostrzejsze, gdy stawka jest najmniejsza.

Prawie godzinne spóźnienie Trevora wykorzystali na prowadzenie zażartej kłótni, aż w końcu zrobiło się tak gorąco, że Jan musiała ich rozdzielić. Kiedy Trevor chwiejnym krokiem wszedł tylnymi drzwiami, żona siedziała w jego gabinecie.

– Gdzie pan się, do diabła, podziewał? – spytała na tyle głośno, że usłyszał ją mąż siedzący w drugim końcu kancelarii.

Natychmiast wybiegł na korytarz, minął sekretarkę – która nie ruszyła się, żeby go zatrzymać – i z impetem wparował do gabinetu.

– Czekamy na pana już całą godzinę! – wypalił.

– Zamknijcie się! – ryknął Trevor – Oboje!

Sekretarka wyszła z kancelarii, a klienci, zszokowani, zamilkli.

– Siadać! – wrzasnął Trevor i małżonkowie bez słowa opadli na krzesła. – Płacicie pięćset dolarów za marny rozwód i co? Myślicie, że kupiliście mnie sobie na własność?

Popatrzyli na jego czerwone oczy i nalaną krwią twarz i doszli do wniosku, że nie jest kimś, z kim warto zadzierać. Rozdzwonił się telefon, ale nikt go nie odbierał. Trevora znowu dopadły mdłości. Wybiegł z gabinetu, pognał do łazienki i zwymiotował najciszej, jak się dało. Toaleta się nie spłukała – metalowy łańcuszek brzęknął bezproduktywnie wewnątrz zbiornika.

Telefon wciąż dzwonił. Zataczając się, Trevor ruszył do sekretariatu, żeby wylać Jan z pracy, ale ponieważ nigdzie jej nie było, on też opuścił kancelarię. Poszedł na plażę, zdjął buty i skarpetki i zanurzył stopy w chłodnej słonej wodzie.

⋏ ⋏ ⋏

Dwie godziny później siedział bez ruchu przy biurku – drzwi zamknięte na klucz przed klientami, zapiaszczone stopy oparte na blacie. Musiał się zdrzemnąć i napić, dlatego gapił się tępo w sufit i próbował ustalić priorytety. Znowu rozdzwonił się telefon, tym razem karnie odebrany przez Jan, która – choć Trevor jej nie wyrzucił – ukradkiem przeglądała w gazecie oferty pracy.

Dzwonił Brayshears z Bahamów.

– Przyszedł przekaz, panie Carson – powiedział.

Trevor w jednej sekundzie był na nogach.

– Na ile?

– Na sto tysięcy.

Trevor zerknął na zegarek. Miał około godziny, żeby złapać najbliższy samolot.

– Przyjmie mnie pan o wpół do czwartej?

– Oczywiście.

Rozłączył się i krzyknął w stronę sekretariatu:

– Odwołaj wszystkie spotkania! Dzisiaj i jutro! Wyjeżdżam!

– Nie masz żadnych spotkań! – odkrzyknęła Jan. – Jedyne, co masz, to długi.

Nie zamierzał wdawać się w kłótnie. Trzasnął tylnymi drzwiami, wsiadł do samochodu i odjechał.

Samolot do Nassau lądował najpierw w Fort Lauderdale, ale Trevor prawie tego nie zauważył. Po dwóch szybko wychylonych piwach zasnął jak zabity. Kolejne dwa wlał w siebie nad

Atlantykiem i ostatecznie skończyło się na tym, że kiedy wylądowali, stewardesa musiała go budzić.

Jak się spodziewał, przekaz był od Curtisa z Dallas, nadany z teksańskiego banku. Trevor potrącił sobie przysługującą mu jedną trzecią całej kwoty, z czego dwadzieścia pięć tysięcy znów przelał na swoje tajne konto, a osiem pobrał w gotówce. Podziękował Brayshearsowi, wyraził nadzieję, że wkrótce zobaczą się ponownie, po czym dość chwiejnym krokiem wyszedł z banku.

Myśl o powrocie do domu nie postała mu w głowie nawet przez sekundę. Udał się prosto do centrum handlowego, gdzie chodniki tarasowały grupy otyłych amerykańskich turystów. Musiał kupić szorty, słomkowy kapelusz i olejek do opalania.

W końcu dotarł do plaży i wynajął pokój w ładnym hotelu. Kosztowało go to dwieście dolarów za noc, ale co tam... Nasmarował się olejkiem i wyciągnął na leżaku przy basenie, odpowiednio blisko baru. Drinki donosiła mu kelnerka w obcisłych króciutkich szortach.

Obudził się po zmroku, lekko podpieczony, ale nie poparzony. Ochroniarz odprowadził go do pokoju. Trevor runął na łóżko i znów zapadł w stan śpiączki. Gdy się ocknął, był już nowy dzień.

Nie mógł się nadziwić, jak bardzo po tym długim odpoczynku przejaśniało mu w głowie i jak bardzo jest głodny. Zjadł trochę owoców i poszedł obejrzeć jachty – nie żeby któryś kupić, tylko żeby dokładniej poznać ich wyposażenie i parametry. Wystarczyłby mu dziesięciometrowy, taki, na którym mógłby mieszkać, ale bez potrzeby zatrudniania pomocnika. I nie będzie tam żadnych pasażerów. Miał być tylko on, kapitan Trevor, pływający samotnie od wyspy do wyspy. Najtańszy, jaki znalazł, kosztował dziewięćdziesiąt tysięcy dolarów i wymagał pewnych prac naprawczych.

Południe zastało go nad basenem. Z telefonem w ręce próbował udobruchać kilku zirytowanych jego nieobecnością klientów, ale nie miał do tego serca. Kiedy więc ta sama kelnerka przyniosła mu kolejnego drinka, odłożył telefon, schował się za ciemnymi okularami i mimo lekkiego szumu w głowie spróbował pobawić się trochę liczbami.

W ciągu ostatniego miesiąca z nieopodatkowanych haraczy wyciągnął około osiemdziesięciu tysięcy dolarów. Czy takie tempo mogło się utrzymać? Gdyby się utrzymało, to za rok miałby milion, mógłby porzucić kancelarię i to, co zostało z jego kariery zawodowej, mógłby kupić wymarzoną łódkę i wypłynąć na morze.

Po raz pierwszy w życiu czuł, że jego marzenie ma szansę się ziścić. Widział się już nawet za sterem. Bez koszuli, bez butów, z zimnym piwem w ręce, żeglowałby od St. Barts do St. Kitts, od Nevis do St. Lucia, od jednej wyspy do tysiąca innych. Żagle łopotałyby na wietrze, a on sunąłby po falach i wreszcie o nic się nie martwił. Zamknął oczy i jeszcze mocniej zatęsknił za ucieczką od dotychczasowego życia.

Obudziło go własne chrapanie. Obcisłe szorty były w pobliżu. Zamówił drinka z rumem i spojrzał na zegarek.

⁂

Dwa dni później dotarł w końcu do Trumble. Pojawił się tam z mieszanymi uczuciami. Z jednej strony chciał jak najszybciej odebrać nowe listy, żeby przekręt mógł funkcjonować, żeby wymuszanie toczyło się dalej, a pieniądze napływały. Z drugiej strony dość długo zwlekał z przyjazdem i domyślał się, że sędzia Spicer nie przywita go z otwartymi ramionami.

– Gdzieś ty, do cholery, był? – warknął na niego, gdy tylko strażnik zniknął z pokoju. Trevorowi przemknęło przez głowę, że ostatnio zadziwiająco często słyszy to pytanie. – Przez ciebie przegapiłem trzy kolejne tury rozgrywek, a wytypowałem samych zwycięzców!

– Na Bahamach – odrzekł. – Dostaliśmy sto tysięcy dolarów od Curtisa z Dallas.

Nastrój Spicera uległ diametralnej zmianie.

– I sprawdzenie, czy przelew doszedł, zajęło ci aż trzy dni?

– Musiałem trochę odpocząć. Nie wiedziałem, że mam tu bywać codziennie.

Spicer miękł z każdą sekundą. Właśnie zainkasował kolejne dwadzieścia dwa tysiące dolarów. Pieniądze leżały na bezpiecznym koncie wraz z poprzednimi wpłatami, były w miejscu, którego nikt nie mógł znaleźć, i wręczając prawnikowi plik pięknych kopert, myślał już, jak je wyda.

– Ależ petarda – mruknął Trevor.

– Coś się nie podoba? Zarabiasz więcej od nas.

– Bo mam więcej do stracenia.

Spicer podał mu świstek papieru.

– Wytypowałem dziesięć meczów. Postaw pięćset na każdy.

Cudownie, pomyślał Trevor. Następny długi weekend u Pete'a, oglądanie kolejnych nudnych meczów. No trudno, bywają gorsze rzeczy.

Potem grali w blackjacka po dolarze od partii, dopóki nie przerwał im strażnik.

Częstsze wizyty Trevora u klientów nie umknęły uwagi naczelnika więzienia; poinformował o tym przełożonych w Zarządzie Więziennictwa. Powstał na ten temat raport, rozważano nawet wprowadzenie ograniczeń, ostatecznie jednak pomysł upadł. Wizyty prawnika nikomu nie szkodziły, a poza tym naczelnik nie chciał zrazić do siebie Braci. Po co wywoływać niepotrzebne niesnaski?

Tym bardziej że ten cały Trevor Carson był zupełnie nieszkodliwy. Podzwonili po Jacksonsville i ustalili, że prawie nikt go tam nie znał. Przesiadywał w Trumble, bo przypuszczalnie nie miał nic lepszego do roboty.

⋏ ⋏ ⋏

Pieniądze tchnęły nowe życie i w Beecha, i w Yarbera. Żeby móc z nich korzystać, musieli się najpierw do nich dostać, a to z kolei wymagało tego, by pewnego dnia wyszli z więzienia jako wolni ludzie, którzy będą mogli robić ze swoją rosnącą fortuną, co tylko zechcą.

Yarber, mając teraz około pięćdziesięciu tysięcy dolarów, zaczął już obmyślać, jak tę kasę zainwestuje. Nawet jeśli były to pieniądze nieopodatkowane, nie widział sensu zostawiać ich na koncie, które w skali roku przynosiło tylko pięć procent zysku. Postanowił więc, że pewnego dnia, i to już bardzo niedługo, przerzuci je do funduszu agresywnego inwestowania z ukierunkowaniem na Daleki Wschód. Wiedział, że Azja wkrótce znów rozkwitnie i jego mała kupka brudnych pieniędzy już tam na ten boom będzie czekała. Do końca odsiadki zostało mu pięć lat i gdyby założyć dwunasto-, piętnastoprocentowy zysk, to w momencie wyjścia powinien mieć na koncie około stu tysięcy dolarów. Nieźle jak na nowy początek dla faceta w wieku sześćdziesięciu pięciu lat, który – jak miał nadzieję – wciąż będzie się cieszył dobrym zdrowiem.

A jeśli nadal dodawałby do kapitału kolejne pieniądze, to mógłby wyjść z Trumble naprawdę bogaty. Pięć lat – tyle miesięcy i tygodni, które dotąd go przerażały, a tu proszę... Teraz nagle zaczął się niepokoić, czy starczy mu czasu, żeby wyłudzić tyle, ile potrzebuje. Jako Percy korespondował z dwudziestoma mężczyznami; pochodzili z obszaru całej Ameryki Północnej i każdy był z innego miasta. Tego pilnował Spicer, a poza tym, by mieć jeszcze większą pewność, że ich ofiary nie mieszkają blisko siebie, korzystali z bibliotecznych map.

Zadaniem Yarbera było pisanie listów i poświęcał temu większość czasu, kiedy jednak nie zajmował się korespondencją, myślał o pieniądzach. Na szczęście otrzymał już papiery rozwodowe, podpisał je i szybko odesłał. Za kilka miesięcy będzie oficjalnie wolny, a do czasu, gdy wyjdzie z więzienia, żona zdąży o nim zapomnieć. Niczym nie będzie się musiał z nią dzielić. Opuści Trumble i ruszy w świat nieobciążony żadnymi zobowiązaniami.

Tylko pięć lat, a on miał tyle do zrobienia... Postanowił, że ograniczy spożycie cukru i codziennie będzie pokonywał dodatkowe dwa kilometry na bieżni.

W ciemności spowijającej jego dolną pryczę, podczas bezsennych nocy, Hatlee Beech prowadził podobne obliczenia jak jego koledzy. Pięćdziesiąt tysięcy dolarów w ręce, gdzieś tam na horyzoncie solidna stopa zysku, plus to, co da się wycisnąć z tylu ofiar, ile tylko zdołają dopaść, i pewnego dnia zbierze się fortuna. Beech miał przed sobą dziewięć lat, maraton, który kiedyś zdawał się nie mieć linii mety. Ale teraz pojawiała się iskierka nadziei. Wyrok śmierci, który na niego wydano, powoli stawał się czasem żniw. Licząc ostrożnie, jeśli przez następne dziewięć lat przekręt będzie przynosić mu sto tysięcy dolarów rocznie, a do tego odsetki, to opuści mury więzienia jako multimilioner, i to zaledwie sześćdziesięciopięcioletni.

Niewykluczone, że mogą to być dwa, trzy, a nawet cztery miliony.

Doskonale wiedział, co zrobi. Ponieważ kochał Teksas, zamierzał pojechać do Galveston i kupić jeden z tych starych wiktoriańskich domów nad brzegiem morza. Będzie tam zapraszał starych przyjaciół, żeby zobaczyli, jaki jest bogaty. Zapomni o prawie, poza pieniędzmi nic się nie będzie liczyło. Będzie tyrał po dwanaście godzin na dobę, tak żeby w wieku siedemdziesięciu lat mieć więcej niż jego była żona.

Po raz pierwszy od naprawdę wielu lat Beech zaczął myśleć, że może jednak dożyje sześćdziesięciu pięciu lat, a może nawet siedemdziesiątki.

On też zrezygnował z cukru i masła i zmniejszył liczbę wypalanych papierosów do połowy, z zamiarem rzucenia nałogu zupełnie, i to już naprawdę wkrótce. Przyrzekł sobie, że będzie się trzymał z daleka od izby chorych i przestanie faszerować się prochami. Tak jak jego kolega z Kalifornii zaczął codziennie spacerować w słońcu, zawsze pokonując co najmniej półtora kilometra, a poza tym pisał. Pisał listy. On i Ricky.

Sędzia Spicer, chociaż miał wystarczającą motywację do działania, również nie sypiał najlepiej. Nie dręczyły go ani wyrzuty sumienia, ani samotność. Nie czuł się przygnębiony z powodu upodlającego pobytu za kratkami. Po prostu liczył pieniądze, żonglował stopami wzrostu i analizował stawki oprocentowania. Miał przed sobą dwadzieścia jeden miesięcy odsiadki i już widział jej koniec.

Przed tygodniem odwiedziła go jego urocza żona Rita i w ciągu dwóch dni spędzili ze sobą cztery godziny. Rita obcięła włosy, przestała pić, schudła i obiecała, że będzie jeszcze szczuplejsza, gdy za niecałe dwa lata odbierze go spod bramy więzienia. Kiedy to usłyszał, zyskał stuprocentową pewność, że jego dziewięćdziesiąt tysięcy dolarów nadal bezpiecznie spoczywa w ziemi za szopą.

Tak, przeprowadzą się do Vegas, kupią nowe mieszkanie i poślą resztę świata do diabła.

Spicer był zadowolony, wszystko układało się tak dobrze, przekręt się sprawdzał. I może właśnie dlatego, że było tak dobrze, znalazł sobie nowe zmartwienie. Z Trumble miał wyjść jako pierwszy, co oczywiście zrobi z radością, nie oglądając się za siebie. Ale co z kasą, którą tamci dwaj zarobią po jego odejściu? Jeśli przekręt nadal będzie przynosił zyski, co stanie się z jego przyszłymi udziałami, do których miał oczywiste prawo? W końcu ten cały szwindel to był jego pomysł, nawet jeśli podkradziony z więzienia w Luizjanie. Beech i Yarber wcale się do niego początkowo nie palili.

Cóż, miał jeszcze czas, żeby opracować jakiś plan, tak jak miał czas na obmyślenie sposobu pozbycia się prawnika. Tyle tylko, że będzie go to kosztowało kilka nieprzespanych nocy.

⋏ ⋏ ⋏

List od Quince'a Garbe'a z Iowa odczytał Beech.

– *Drogi Ricky (czy jak się tam, do cholery, nazywasz)! Nie mam więcej pieniędzy. Sto tysięcy pożyczyłem z wykorzystaniem fałszywego oświadczenia finansowego. Nie wiem, jak tę pożyczkę spłacę. Właścicielem banku i wszystkich pieniędzy jest mój ojciec. Może zamiast do mnie, napisałbyś do niego, ty draniu! Być może dam radę wyskrobać jeszcze jakieś dziesięć tysięcy, ale tylko pod warunkiem, że ten szantaż się skończy. Nie przeciągaj struny, bo jestem bliski odebrania sobie życia. A co do ciebie, to uważam cię za skończoną szumowinę i mam nadzieję, że cię złapią. Z poważaniem, Quince Garbe.*

– Brzmi dość desperacko – zauważył Yarber, podnosząc wzrok znad pliku listów.

– Odpisz mu, że weźmiemy dwadzieścia pięć tysięcy – powiedział Spicer, z wykałaczką w ustach.

– Już, za chwilę – rzucił Beech, otwierając następny list do Ricky'ego.

Rozdział 15

Podczas przerwy na lunch, kiedy ruch w Mailbox America nieco się zwiększał, jeden z agentów wszedł nonszalancko do placówki za dwójką innych klientów i po raz drugi tego dnia włożył kluczyk do zamka skrytki numer 455. Między ulotkami reklamowymi – z pizzerii, myjni samochodowej i z Państwowego Urzędu Pocztowego – zauważył coś nowego: jasnopomarańczową kopertę. Chwycił ją pęsetą, którą miał doczepioną do breloczka z kluczami, szybko wyjął ze skrytki i wrzucił do małej skórzanej teczki. Ulotki zostawił.

W Langley kopertę ostrożnie otworzyli fachowcy, a wyjęte z niej dwie odręcznie zapisane strony skopiowano.

Godzinę później do bunkra Teddy'ego wszedł Deville z teczką na dokumenty. Deville kierował pracami komórki zajmującej się czymś, co w samym jądrze Langley nazywano „bałaganem Lake'a". Wręczył kopie listu Teddy'emu i Yorkowi, po czym wyświetlił list na wielkim ekranie. Teddy i York początkowo tylko się w niego wpatrywali. Tekst był napisany wyraźnymi drukowanymi literami, jakby autorowi bardzo zależało, żeby każde słowo było jak najbardziej czytelne. Brzmiał:

Drogi Alu!

Co się z Tobą dzieje? Czy dostałeś mój ostatni list? Wysłałem go trzy tygodnie temu i do tej pory nie mam odpowiedzi. Pewnie jesteś zajęty, ale proszę, nie zapominaj o mnie. Czuję się tu bardzo osamotniony, a Twoje listy podtrzymują mnie na duchu. Dodają mi siły i napełniają nadzieją, bo wiem, że komuś na zewnątrz na mnie zależy. Nie porzucaj mnie, Al, proszę.

Mój terapeuta mówi, że może za dwa miesiące już mnie stąd wypuszczą. W Baltimore, niedaleko miejsca, gdzie się wychowałem, jest taki specjalny dom przejściowy i tutejsi ludzie próbują załatwić mi tam miejsce. Wprawdzie będę mógł tam przebywać tylko przez trzy miesiące, ale tyle wystarczy, żebym znalazł pracę, przyjaciół, no wiesz, żebym znowu przystosował się do życia w społeczeństwie. Na noc dom jest zamykany, ale w ciągu dnia byłbym wolny.

Nie mam zbyt wielu dobrych wspomnień z przeszłości. Wszyscy, którzy mnie kiedyś kochali, już nie żyją, a mój wujek, który płaci za ten odwyk, jest bogaty, ale okrutny.

Tak bardzo potrzebuję przyjaciół, Al.

A przy okazji, znowu zrzuciłem kilka kilogramów i mam teraz osiemdziesiąt centymetrów w pasie, więc zdjęcie, które Ci wysłałem, powoli staje się nieaktualne. I dobrze, bo nigdy nie podobało mi się, jak na nim wyglądam. Zwłaszcza twarz – była za bardzo pucołowata.

Teraz jestem dużo szczuplejszy, a poza tym opalony. Jeśli tylko warunki są odpowiednie, pozwalają nam się tu opalać dwie godziny dziennie. To Floryda, ale niektóre dni są jednak za chłodne. Przyślę Ci nowe zdjęcie, może takie, na którym będzie widać tors. Dźwigam ciężary jak szalony. Myślę, że to następne zdjęcie Ci się spodoba.

A tak w ogóle to obiecałeś, że przyślesz mi swoje. Wciąż na nie czekam. Proszę, nie zapominaj o mnie, Al. Potrzebuję Twoich listów.

Ściskam mocno, Ricky

Ponieważ to York odpowiadał za zgłębienie każdego aspektu życia Lake'a, czuł się w obowiązku skomentować sytuację jako pierwszy, nic jednak nie przychodziło mu do głowy. W milczeniu przeczytali list jeszcze raz, a potem znowu i znowu.

W końcu Deville przerwał ciszę.

– A to koperta – powiedział i wyświetlił ją na ekranie.

Była zaadresowana do Ala Konyersa, Mailbox America. Adres zwrotny: Ricky, Aladdin North, skrytka pocztowa 44683, Neptune Beach, Floryda 32233.

– To przykrywka – dodał. – Żadne Aladdin North nie istnieje. Pod podanym numerem zgłasza się poczta głosowa. Sprawdzaliśmy to, ale operatorzy z centrali telefonicznej nic nie wiedzą. Obdzwoniliśmy też wszystkie kliniki odwykowe i lecznice na terenie całej północnej Florydy i nikt o tym miejscu nie słyszał.

Teddy milczał, wciąż wpatrując się w ekran.

– A to Neptune Beach gdzie jest? – spytał ochrypłym głosem York.

– W Jacksonville.

Odesłali Deville'a, ale kazali mu się nie oddalać. Teddy sięgnął po notes z zielonymi kartkami i zaczął w nim coś pisać.

– Czyli wiemy, że są jeszcze inne listy i co najmniej jeszcze jedno zdjęcie – podsumował, jakby cały ten problem był tylko zwykłą, rutynową sprawą. Teddy Maynard nie znał takiego stanu emocjonalnego jak panika. – Musimy je znaleźć.

– Przeszukiwaliśmy dom już dwa razy – odparł York.

– W takim razie przeszukajcie go jeszcze raz. Wątpię, żeby takie rzeczy trzymał w biurze.

– Kiedy?

– Teraz. Lake jest w Kalifornii i szuka głosów. Musimy się spieszyć, York, bo on może mieć jeszcze inne skrytki, mogą być jeszcze inni faceci, którzy piszą do niego i chwalą się swoją opalenizną i szczupłą talią.

– Porozmawiasz z nim o tym?

– Jeszcze nie teraz.

⋏ ⋏ ⋏

Ponieważ nie mieli próbki pisma Konyersa, szukali sposobu, jak to obejść. W końcu Deville wpadł na pomysł, który Maynard uznał za trafiony. Napiszą list na laptopie z wbudowaną drukarką. Deville i York zabrali się do układania treści i po godzinie czwarta już wersja listu brzmiała następująco:

Drogi Ricky!

Dziękuję za list z dwudziestego drugiego i przepraszam, że tak długo nie odpisywałem, ale ostatnio sporo podróżuję i z niczym się nie wyrabiam. Teraz też jestem w podróży, lecę do Tampy i piszę do Ciebie z wysokości jedenastu kilometrów na swoim nowym laptopie, tak małym, że prawie mieści się w kieszeni. Niesamowita jest ta współczesna technologia. Chociaż drukarka pozostawia trochę do życzenia. Ale mam nadzieję, że dasz radę to odczytać.

Cudownie słyszeć, że mają Cię wypuścić i że przeniesiesz się do domu przejściowego w Baltimore. Prowadzę tam interesy i myślę, że będę mógł pomóc Ci znaleźć pracę.

Głowa do góry, to już tylko dwa miesiące. Jesteś teraz dużo silniejszy i przygotowany do rozpoczęcia nowego życia, a ja Ci w tym pomogę, jak tylko będę mógł.

Kiedy przyjedziesz do Baltimore, z wielką chęcią się z Tobą spotkam, oprowadzę Cię po mieście, pokażę ciekawe miejsca. Obiecuję, że następnym razem odpiszę szybciej. Z niecierpliwością czekam na Twoją odpowiedź.

Z uściskami, Al

Podpisu odręcznego nie zamieścili, lecz uznali, że nie będzie to wyglądało podejrzanie: Al mógł się spieszyć i po prostu zapomnieć się podpisać. List został oceniony, lekko przeredagowany i powtórnie przeanalizowany, z większą uwagą niż niejeden traktat. Ostateczną wersję wydrukowano na papeterii z hotelu Royal Sonesta w Nowym Orleanie i włożono do zwykłej brązowej koperty, na której spodzie umieszczono światłowód. W prawym dolnym rogu, w miejscu, które wyglądało, jakby zostało lekko uszkodzone podczas transportu, zainstalowano nadajnik wielkości łebka od szpilki. Po aktywacji mógł aż przez trzy dni nadawać sygnał o zasięgu stu metrów.

Ponieważ Al leciał do Tampy, na kopercie przybito tamtejszy stempel z aktualną datą. Sztuczkę tę w niecałe pół godziny wykonał zespół bardzo dziwnych ludzi z działu dokumentów na pierwszym piętrze.

⋏ ⋏ ⋏

O czwartej po południu przed domem Aarona Lake'a na Trzydziestej Czwartej, przy jednym z wielu cienistych drzew, zatrzymała się zielona furgonetka, najwyraźniej mocno już wysłużona. Napis na drzwiach głosił, że jest własnością miejskiego przedsiębiorstwa wodno-kanalizacyjnego, i rzeczywiście wysiadło z niej czterech hydraulików, którzy z miejsca zabrali się do wyładowywania z paki narzędzi i sprzętu.

Przyjazd furgonetki zauważyła tylko jedna sąsiadka, ale już po kilku minutach znudziło jej się podglądanie i wróciła przed telewizor. Lake był w Kalifornii, razem z pilnującymi go agentami Secret Service, a jego domu nie objęto jeszcze całodobową ochroną, choć pewnie wkrótce się to zmieni.

Pretekstem do wizyty hydraulików była zatkana rura biegnąca przez mały trawnik na froncie, rzecz, którą dawało się naprawić bez konieczności wchodzenia do domu. Robota na zewnątrz, nic takiego, żeby agenci Secret Service, gdyby się pojawili, mogli nabrać podejrzeń.

Dwóch hydraulików weszło jednak do domu, otworzywszy sobie drzwi podrobionym kluczem. W tym czasie do pierwszej furgonetki dojechała druga, żeby sprawdzić postęp prac i podrzucić jakieś narzędzia. Wysiadło z niej kolejnych dwóch hydraulików i ci również zniknęli we wnętrzu domu. Zaczęła się tam tworzyć regularna jednostka.

Czterej agenci bezzwłocznie zabrali się do żmudnego poszukiwania ukrytych listów. Chodzili po pokojach, zaglądając we wszystkie oczywiste i mniej oczywiste miejsca.

Tymczasem na zewnątrz druga furgonetka odjechała, a z przeciwnej strony nadjechała trzecia i jak wszystkie samochody serwisowe zaparkowała na chodniku. Do ekipy dołączyło czterech nowych hydraulików, z których dwóch po krótkiej chwili wślizgnęło się do domu. Kiedy zapadł zmrok, nad studzienką rozstawiono reflektor i skierowano go na dom, tak żeby nikt z zewnątrz nie mógł zauważyć, że w środku pali się światło. Hydraulicy, którzy zostali na dworze, opowiadali sobie kawały i żeby nie zmarznąć, popijali gorącą kawę. Obok przechodzili spieszący do domów sąsiedzi.

Sześć godzin później rurę kanalizacyjną odetkano, a dom gruntownie przetrząśnięto. Nie natrafiono na nic niezwykłego, w każdym razie na pewno nie znaleziono ukrytej teczki z korespondencją od niejakiego Ricky'ego z odwyku. Hydraulicy zgasili reflektor, spakowali narzędzia i zniknęli bez śladu.

⋏ ⋏ ⋏

Następnego dnia, o wpół do dziewiątej rano, gdy poczta w Neptune Beach rozpoczęła urzędowanie, do środka pospiesznym krokiem, jakby już był spóźniony, wszedł agent o nazwisku Barr. Był specem od zamków i kluczy i poprzedniego dnia przez pięć godzin zapoznawał się w Langley z rodzajami zamków, jakie montowano w skrytkach wykorzystywanych przez urzędy pocztowe. Miał przy sobie cztery klucze uniwersalne i był pewien, że jednym z nich otworzy skrytkę z numerem 44683. Gdyby mu się nie udało, musiałby otworzyć zamek wytrychem, co mogłoby potrwać około sześćdziesięciu sekund i zwrócić czyjąś uwagę. Trzeci klucz pasował i Barr umieścił w skrytce brązową kopertę ze stemplem pocztowym z Tampy, zaadresowaną do Ricky'ego z Aladdin North. W środku leżały już dwa inne listy. Dla zachowania pozorów Barr wyjął ze skrytki plik ulotek, zamknął drzwiczki, przejrzał ulotki, zgniótł je i wyrzucił do kosza na śmieci.

Wraz z dwoma innymi agentami usiadł potem w zaparkowanej przed budynkiem poczty furgonetce i popijając kawę, filmował cierpliwie każdego, kto tam wchodził lub stamtąd wychodził. Od skrytki dzieliła ich odległość siedemdziesięciu metrów. Mały kieszonkowy odbiornik pikał cicho sygnałem z nadajnika w kopercie. Grupka agentów udających zwykłych przechodniów – ciemnoskóra kobieta w krótkiej brązowej sukience, biały brodaty mężczyzna w skórzanej kurtce, biała kobieta w dresach do biegania, ciemnoskóry mężczyzna w dżinsach – chodziła przed wejściem tam i z powrotem. Wszyscy byli pracownikami CIA, wszyscy obserwowali skrytkę, żadne z nich nie wiedziało, kto napisał list i do kogo był adresowany. Nie musieli tego wiedzieć – ich zadaniem było jedynie znalezienie osoby wynajmującej skrytkę.

Znaleźli ją po południu.

↟ ↟ ↟

Trevor wypił lunch w barze U Pete'a, ale tylko dwa piwa. Zimny browar z solonymi orzeszkami ziemnymi ze wspólnej miseczki, pochłonięte w trakcie przegrywania pięćdziesięciu dolców postawionych na wyścigi psich zaprzęgów w Calgary. Po powrocie do biura zdrzemnął się godzinkę; chrapał tak donośnie, że jego anielsko cierpliwa sekretarka nie wytrzymała i w końcu musiała zamknąć drzwi. Właściwie je zatrzasnęła, lecz nie na tyle głośno, żeby go obudzić.

W końcu się ocknął i marząc o jachtach, udał się na pocztę, tym razem piechotą, bo dzień był piękny, nic go nie goniło, a poza tym musiał oczyścić sobie głowę. Był zachwycony, gdy w skrytce Aladdin North znalazł ułożone na skos cztery małe skarby. Wsunął je troskliwie do kieszeni wysłużonej marynarki z gofrowanej bawełny, poprawił krawat i ruszył w drogę powrotną, pewien, że dzień kolejnej wypłaty zbliża się wielkimi krokami.

Do listów nie zajrzał. Nigdy go nie kusiło, żeby któryś przeczytać. Po co? To Bracia mieli odwalać brudną robotę, a on, zachowując czyste ręce, musiał tylko przerzucać listy i zgarniać za to swoją jedną trzecią. Zresztą Spicer by go zabił, gdyby dostarczył pocztę w jakikolwiek sposób naruszoną.

Jego powrót do kancelarii obserwowało siedmiu agentów.

↟ ↟ ↟

Kiedy Deville wszedł do bunkra, Teddy drzemał w wózku. York pojechał już do domu; było po dwudziestej drugiej – York miał żonę, Teddy nie.

Zerkając do notatek spisanych na kilku stronach, Deville zaczął zdawać relację.

– O trzynastej pięćdziesiąt list wyjął ze skrytki miejscowy adwokat, niejaki Trevor Carson. Pojechaliśmy za nim do jego kancelarii w Neptune Beach. Przebywał tam godzinę i dwadzieścia minut. Kancelaria należy do tych najmniejszych. Oprócz Carsona pracuje tam tylko sekretarka. Klientów mają niewielu. Carson to drobny ciułacz działający przy plaży. Zajmuje się rozwodami, nieruchomościami, generalnie drobnicą. Ma czterdzieści osiem lat, rozwodził się co najmniej dwa razy, pochodzi z Pensylwanii, licencjat robił na Uniwersytecie Furmana, prawo skończył na stanowym na Florydzie. Jedenaście lat temu zawieszono mu licencję za sprzeniewierzanie funduszy klientów, ale po jakimś czasie ją odzyskał.

– Dobra, dobra, dalej – ponaglił Teddy.

– O wpół do czwartej wyszedł z kancelarii i udał się do więzienia federalnego Trumble, godzina jazdy samochodem. Zabrał ze sobą listy. Śledziliśmy go, ale kiedy wszedł do więzienia, straciliśmy sygnał. Zebraliśmy trochę informacji o Trumble. To więzienie o złagodzonym rygorze, powszechnie nazywane „obozem". Nie ma tam murów ani ogrodzeń, osadzeni to więźniowie niskiego ryzyka. Jest ich tam około tysiąca. Jak się dowiedzieliśmy od naszego człowieka w Zarządzie Więziennictwa, Carson stale tam przesiaduje. Żaden inny prawnik, żadna inna osoba nie składa tam tak częstych wizyt jak on. Jeszcze miesiąc temu pojawiał się raz w tygodniu, teraz co najmniej trzy razy. Wszystkie odwiedziny to oficjalnie konsultacje adwokata z klientem.

– A kto jest klientem?

– Nie Ricky. Carson jest adwokatem i pełnomocnikiem trzech sędziów.

– Trzech sędziów?
– Tak.
– Trzech sędziów w więzieniu?
– Właśnie tak. Nazywają siebie Bractwem.

Teddy zamknął oczy i potarł skronie.

Deville dał mu chwilę na przyswojenie dotychczasowej porcji danych, po czym referował dalej:

– Carson był w więzieniu pięćdziesiąt cztery minuty, a kiedy wyszedł, nie mogliśmy wychwycić sygnału z nadajnika w kopercie. W tym czasie zaparkowaliśmy już obok jego samochodu. Przeszedł w odległości półtora metra od odbiornika, dlatego jesteśmy pewni, że nie miał przy sobie listu. Pojechaliśmy za nim do Jacksonville, z powrotem na plażę. Zaparkował w pobliżu baru U Pete'a. Siedział tam trzy godziny. Przeszukaliśmy jego samochód i znaleźliśmy teczkę. W środku było osiem listów zaadresowanych do mężczyzn zamieszkałych na terenie całego kraju. Wygląda na to, że Carson przerzuca pocztę tam i z powrotem dla swoich klientów. Stan sprzed pół godziny wygląda tak, że nadal siedzi w barze, jest już mocno podchmielony i obstawia mecze uniwersyteckiej ligi koszykarskiej.

– Nieudacznik.
– Stuprocentowy.

˄ ˄ ˄

Nieudacznik wytoczył się z baru U Pete'a po drugiej dogrywce meczu rozegranego na Zachodnim Wybrzeżu. Spicer wytypował trzech spośród czterech zwycięzców i Trevor, który sumiennie naśladował sędziego, był tego wieczoru tysiąc dolarów do przodu.

Choć pijany, miał jeszcze tyle przytomności umysłu, żeby nie siadać za kółkiem. Wciąż boleśnie wspominał jazdę pod wpływem sprzed trzech lat, a poza tym przeklęte gliny były wszędzie. Restauracje i bary wokół hotelu Sea Turtle przyciągały młodych i gniewnych, a tym samym i policję.

Przemieszczanie się na nogach okazało się jednak nie lada wyzwaniem, lecz idąc na południe, wzdłuż rzędu małych cichych domków letniskowych i pogrążonych w mroku domów spokojnej starości, Trevor dotarł jakoś do kancelarii. Miał ze sobą teczkę z listami z Trumble.

Poszukując swojego domu, minął kancelarię i po kilku krokach bez powodu przeszedł na drugą stronę ulicy, po czym w jej połowie zmienił stronę. Na szczęście o tej porze nic tam nie jeździło. Gdy nagle zawrócił, znalazł się dwadzieścia metrów od agenta, który szybko ukrył się za samochodem. Milcząca armia tajniaków obserwowała go uważnie, zdjęta strachem, że pijany głupiec wpadnie na któregoś z nich.

W pewnej chwili poddał się i ruszył z powrotem do kancelarii. Zagrzechotał na schodach kluczami, upuścił teczkę, zapomniał o niej i już niecałą minutę później, nie domknąwszy frontowych drzwi, spał jak zabity w fotelu obrotowym za biurkiem.

Drzwi z tyłu były otwarte przez cały wieczór. Wypełniając rozkazy z Langley, Barr i jego ludzie weszli do kancelarii i okablowali tam wszystko, co się dało. W domku nie było alarmu, zamków w oknach ani, co najważniejsze, niczego wartościowego, co mogłoby przyciągnąć złodziei. Założenie podsłuchu w telefonach i zainstalowanie pluskiew na ścianach poszło im jak z płatka, co znacznie ułatwił oczywisty fakt, że nikogo w okolicy nie interesowało, co dzieje się w kancelarii niejakiego L. Trevora Carsona.

Teczka została opróżniona, jej zawartość – zgodnie z instrukcjami z Langley – skatalogowana. Centrala chciała mieć dokładny spis listów, które adwokat wyniósł z Trumble. Kiedy już wszystko było przejrzane i sfotografowane, teczkę umieszczono w korytarzu pod drzwiami gabinetu Carsona. Dobiegało stamtąd rytmiczne i niesamowicie głośne chrapanie.

Na krótko przed drugą Barr uruchomił garbusa stojącego przed barem U Pete'a. Przejechał nim pustą ulicą i zaparkował niewinnie przed kancelarią, tak żeby właściciel auta, kiedy za kilka godzin przetrze oczy, mógł sobie pogratulować tak eleganckiego parkowania. Chyba że raczej skuli się z przerażenia na myśl, że znów prowadził po pijaku. Cokolwiek zrobi, Barr i jego ludzie zamierzali to obserwować.

Rozdział 16

Trzydzieści siedem godzin przed otwarciem lokali wyborczych w Wirginii i Waszyngtonie prezydent wystąpił na żywo przed kamerami telewizji, by ogłosić, że wydał rozkaz ataku lotniczego na tunezyjskie miasteczko Talah. Przypuszczano, że w uzbrojonym po zęby obozie na obrzeżach miasta ma bazę jednostka terrorystyczna Jidala.

I tak oto cały kraj, wlepiając wzrok w telewizory, zaczął śledzić kolejną miniwojnę, wojnę naciskanych guzików, samonaprowadzających się bomb i emerytowanych generałów, którzy w CNN godzinami ględzili o tej czy innej strategii. W Tunezji było jeszcze ciemno, więc brakowało materiałów filmowych. Emerytowanym generałom i niemającym o niczym pojęcia dziennikarzom pozostawało tylko snuć domysły. I czekać. Czekać na wschód słońca, by znużonemu narodowi można było pokazać dymy i zgliszcza.

Jidal miał jednak informatorów, najprawdopodobniej Izraelczyków, więc w obozie nie było żywej duszy, gdy znikąd posypały się na niego inteligentne bomby. Trafiły w wytyczony cel, wstrząsnęły pustynią, rozniosły obozowisko w pył, lecz nie zabiły ani jednego terrorysty. Lecz kilka zbłądziło; jedna zapuściła się do centrum Talah i trafiła w budynek szpitala, inna spadła na mały dom, w którym spała siedmioosobowa rodzina. Na szczęście ofiary nie zdążyły się nawet zorientować, co się dzieje.

Tunezyjska telewizja natychmiast przekazała relację z obrazami płonącego szpitala i kiedy na Wschodnim Wybrzeżu wstał świt, kraj dowiedział się, że inteligentne bomby nie są wcale takie inteligentne. Z ruin wydobyto co najmniej pięćdziesiąt ciał niewinnych cywilów.

W którymś momencie wczesnego ranka prezydent nabrał nagle nietypowej dla niego awersji do dziennikarzy i stał się dla nich nieosiągalny. Wiceprezydent, który miał bardzo dużo do powiedzenia, gdy atak się rozpoczynał, zaszył się ze swoim sztabem gdzieś w Waszyngtonie.

Zwłok przybywało, kamery nie przestawały filmować i już w południe świat zareagował brutalnie i jednogłośnie. Chińczycy grozili wojną. Francuzi wydawali się skłonni do nich przyłączyć. Nawet Brytyjczycy mówili, że Stany Zjednoczone wykazały nieprzemyślaną impulsywność.

Ponieważ ofiarami byli tylko tunezyjscy prości ludzie, z pewnością nie pochodzenia amerykańskiego, politycy szybko upolitycznili tragedię. Jeszcze przed południem rozpoczęło się zwyczajowe wskazywanie palcem winnych, wygłaszano pełne oburzenia górnolotne przemowy i wzywano do wszczęcia śledztwa. Ci z kandydatów, którzy wciąż brali udział w wyścigu wyborczym, znajdowali chwilę, by wyrazić swoje zdanie o nieudanej misji. Każdy deklarował, że nigdy nie zdecydowałby się na tak desperacki odwet bez dokładniejszego rozpoznania wywiadowczego. Każdy oprócz wiceprezydenta, który nadal się ukrywał. Ponieważ wciąż liczono zwłoki, żaden z kandydatów nie miał odwagi stwierdzić, że nalot wart był ryzyka. Wszyscy potępiali prezydenta.

Największą uwagę wciąż przyciągał Aaron Lake. Kamery chodziły za nim krok w krok, dlatego w końcu wydał starannie przemyślane oświadczenie, które wygłosił z pamięci.

– Jesteśmy nieudolni. Jesteśmy bezradni. Jesteśmy słabi. Powinniśmy się wstydzić, że nie potrafimy zmieść z powierzchni ziemi grupki pięćdziesięciu szmatławych tchórzy. Nie wystarczy tylko nacisnąć guziki i uciec do schronu. Trzeba mieć odwagę prowadzić wojnę na lądzie. Ja ją mam. Kiedy zostanę prezydentem, żaden terrorysta z amerykańską krwią na rękach nie będzie mógł się czuć bezpieczny. To moja solenna obietnica.

W furii i chaosie tego poranka słowa Lake'a trafiały ludziom do przekonania, były strzałem w dziesiątkę. Oto człowiek, który wiedział, co mówi, który dokładnie wiedział, co zrobi. Amerykanie nie będą musieli zabijać niewinnych cywilów, jeśli tylko decyzje podejmować będzie ktoś odważny. Kimś takim był właśnie on, kandydat Aaron Lake.

⋏ ⋏ ⋏

Dyrektor CIA mierzył się w bunkrze z kolejną burzą. Za każdą klęskę zawsze obwiniano zły wywiad. Kiedy naloty kończyły się sukcesem, zasługi przypisywano pilotom, dzielnym chłopcom z oddziałów naziemnych, dowódcom oraz politykom, którzy wysyłali ich do walki. Ale gdy doszło do porażki, jak zwykle winą za to obarczono CIA.

Teddy Maynard odradzał przeprowadzenie ataku. Izraelczycy mieli zawarte z Jidalem kruche i ściśle tajne porozumienie: nie zabijajcie nas, a my nie będziemy zabijać was. Dopóki celem byli Amerykanie i sporadycznie Europejczycy, Izraelczycy się nie wtrącali. Teddy wiedział o tym, lecz była to informacja, którą z nikim się nie dzielił. Dwadzieścia cztery godziny przed atakiem przekazał prezydentowi na piśmie, że jego zdaniem terrorystów nie będzie w obozie, gdy nadlecą bomby. A ze względu na bliskie położenie celu od Talah istnieje duże ryzyko strat wśród ludności cywilnej.

⋏ ⋏ ⋏

Hatlee Beech otworzył brązową kopertę, nie zauważając, że jej prawy dolny róg jest nieco pomięty i lekko uszkodzony. Ostatnio otwierał tyle kopert, że patrzył już tylko na adres zwrotny, by wiedzieć, od kogo pochodzi dany list. Stempla z Tampy też nie zauważył.

Od Ala Konyersa nie miał żadnego odzewu od kilku tygodni. Przeczytał list jednym tchem, w ogóle nie skupiając się na tym, że list jest napisany na komputerze. Wydawało mu się to całkowicie wiarygodne, że korespondencyjny przyjaciel Ricky'ego zgarnął z hotelu kilka sztuk papieru firmowego i wystukał list na wysokości jedenastu kilometrów nad ziemią.

Ciekawe, czy leciał pierwszą klasą? – przemknęło mu przez myśl. Pewnie tak. W klasie ekonomicznej nie mają gniazdek, nie podłączyłby laptopa. A więc tak, Al udał się do Nowego Orleanu w interesach, zatrzymał się w eleganckim hotelu, a następnie pierwszą klasą poleciał w kolejne miejsce. Braci interesowała wyłącznie kondycja finansowa ich ofiar. Reszta nie miała znaczenia.

Przeczytawszy list, Hatlee przekazał go Finnowi Yarberowi, który właśnie komponował inny, jako udręczony Percy. Pracowali w małej sali konferencyjnej, przy stole zawalonym teczkami na dokumenty, kopertami i arkuszami pastelowego papieru listowego. Spicer siedział na zewnątrz, pilnował drzwi i studiował rozkłady punktów w zbliżających się rozgrywkach ligi koszykarskiej.

– Kto to jest ten Konyers? – spytał Finn.

Beech przewertował akta. Dla każdego z korespondentów mieli osobną teczkę, a w niej komplet otrzymanych listów i kopie tych, które wysłali sami.

– Niewiele o nim wiemy – odparł. – Mieszka gdzieś pod Waszyngtonem, a nazwisko to na pewno fałszywka. Korzysta ze skrytki pocztowej w Mailbox America. Zdaje się, że to już jego trzeci list.

Z teczki Konyersa wyciągnął dwa pierwsze listy. Ten z jedenastego grudnia brzmiał:

Drogi Ricky!
    Witaj. Nazywam się Al Konyers. Jestem po pięćdziesiątce. Lubię jazz, stare filmy, Humphreya Bogarta i biografie. Nie palę i unikam palaczy. Przyjemna rozrywka to dla mnie chińszczyzna na wynos, wino i czarno-biały western obejrzany w towarzystwie dobrego przyjaciela. Napisz do mnie parę słów.

Al Konyers

List był napisany na zwykłym białym papierze, tak jak większość na początku. Między każdą linijkę wciskał się strach – strach przed przyłapaniem, strach przed rozpoczęciem związku na odległość z zupełnie obcą osobą. Każda literka każdego słowa była wystukana na maszynie. I nawet się nie podpisał.

Ricky odpowiedział standardowym listem, który Beech pisał już setki razy: ma dwadzieścia osiem lat, jest na odwyku, wredna rodzina, bogaty wujek i tak dalej. I oczywiście dziesiątki tych samych entuzjastycznych pytań. Gdzie pracujesz? Co z rodziną? Czy lubisz podróżować? Skoro Ricky miał obnażać swoją duszę, to chciał czegoś w zamian. Dwie strony tych samych bzdur, które Beech wypisywał od pięciu miesięcy. Tak bardzo chciałby to pieprzone gówno po prostu skserować. Ale nie mógł. Musiał spersonalizować każdy list, napisać go na ładnym papierze. No i włożył do koperty to samo zdjęcie, które wysyłał innym. Widniejący na nim przystojny chłopak był przynętą, na którą łapali się prawie wszyscy.

Minęły trzy tygodnie. Dziewiątego stycznia Trevor dostarczył im drugi list od Konyersa. Był równie sterylny jak pierwszy, prawdopodobnie pisany w gumowych rękawiczkach.

Drogi Ricky!

Ucieszył mnie Twój list. Muszę przyznać, że w pierwszej chwili zrobiło mi się Ciebie żal, ale potem pomyślałem, że odwyk Ci służy i że teraz już wiesz, dokąd zmierzasz. Sam nie miałem nigdy problemów ani z narkotykami, ani z alkoholem, dlatego trudno mi Cię zrozumieć. Niemniej wygląda na to, że otrzymujesz najlepsze możliwe leczenie, więc głowa do góry. I może nie bądź tak surowy dla wuja. Pomyśl, gdzie byś był, gdyby nie on.

Zadajesz mi wiele pytań osobistych, ale ja na razie nie jestem gotowy na to, żeby na nie odpowiadać, chociaż rozumiem Twoją ciekawość. Przez trzydzieści lat byłem żonaty, lecz już nie jestem. Mieszkam w Waszyngtonie i pracuję na państwowej posadzie. Moja praca jest wprawdzie wymagająca, ale daje mi wiele satysfakcji.

Mieszkam sam. Mam nieduże grono przyjaciół i to mi w zupełności wystarcza. Jeśli podróżuję, zazwyczaj są to kraje azjatyckie. Uwielbiam Tokio.

Będę o Tobie myślał w nadchodzących dniach.

Konyers

Tuż nad nazwiskiem napisał cienkopisem swoje imię: *Al*.

List był mało zachęcający z trzech powodów. Po pierwsze, Konyers nie miał żony, a przynajmniej tak twierdził. W przypadku wymuszeń żona to podstawa. Zagroź, że powiesz żonie, zagroź, że wyślesz jej kopie wszystkich listów od kumpla geja, a pieniądze same zaczną spływać.

Po drugie, Al miał państwową posadę, więc pewnie za wiele nie zarabiał.

I po trzecie, za bardzo się bał, żeby warto było tracić czas. Wydobywanie z niego informacji przypominało rwanie zębów. Z takimi jak Quince Garbe czy Curtis Cates było o wiele łatwiej i zabawniej, bo całe życie spędzili w szafie i bardzo im zależało, żeby się z niej wreszcie wydostać. Ich listy były długie, wielowątkowe i naszpikowane mnóstwem obciążających faktów, tak przydatnych szantażyście. Lecz nie listy Ala. Jego były nudne. On był nudny i nie wiedział, czego tak naprawdę chce.

Mimo to Ricky napisał drugi list, jeden z kolejnych gotowców, które wraz z upływem czasu i nabieranym doświadczeniem Beech dopracował niemal do perfekcji. Ricky dowiedział się właśnie, że wyjdzie z kliniki już za kilka miesięcy! Poza tym wychowywał się w Baltimore. Cóż za zbieg okoliczności! Może będzie potrzebował pomocy w znalezieniu pracy. Bogaty wujek nie chce już więcej pomagać, Ricky boi się życia na zewnątrz bez wsparcia przyjaciół, a dawnym znajomym nie może ufać, bo wciąż ćpają, i tak dalej, i tak dalej.

List pozostał bez odpowiedzi, więc Beech doszedł do wniosku, że Konyers się wystraszył. Ricky miał się wkrótce pojawić w Baltimore, mieście leżącym zaledwie godzinę drogi od Waszyngtonu, i Al musiał uznać, że to dla niego o wiele za blisko.

Kiedy czekali na odpowiedź od strachliwego Ala, spłynęły pieniądze od Quince'a Garbe'a, a następnie przekaz od Curtisa z Dallas i w Braci wstąpił nowy zapał do pracy. Ricky napisał do Ala list, który przechwyciło i przeanalizowało Langley.

I teraz nagle ten trzeci list od Konyersa, utrzymany w zupełnie innym tonie. Finn Yarber przeczytał go dwukrotnie, po czym sięgnął po poprzedni.

– Brzmi jak napisane przez dwie różne osoby, nie sądzisz? – spytał.

– Faktycznie – potwierdził Beech, przyglądając się obu listom. – Zdaje się, że facet nabrał w końcu chętki na spotkanie z Rickym.

– Myślałem, że on ma jakąś państwową posadę.

– Tak pisał.

– Więc o co chodzi z tymi interesami w Baltimore?

– My też pracowaliśmy na państwowych posadach, prawda?

– Jasne.

– Ile zarabiałeś jako sędzia?

– Jako prezes sądu sto pięćdziesiąt tysięcy rocznie.

– Ja sto czterdzieści. Niektórzy z tych urzędasów wyciągają więcej. Poza tym on nie ma żony.

– I na tym polega problem.

– Masz rację, ale jeszcze z niego nie rezygnujmy. Facet ma ważną pracę, a to oznacza ważnych szefów i dużo ważnych kolegów. To typowy waszyngtoński garniak. Znajdziemy jakiś słaby punkt.

– A co tam... niech będzie – powiedział Finn.

No właśnie. Co mieli do stracenia? Nawet jeśli nacisną za mocno i wielki pan Al wystraszy się czy wkurzy i wyrzuci listy do kosza, nic takiego się nie stanie. Nie można stracić czegoś, czego się nigdy nie miało.

Zarabiali poważne pieniądze. To nie był czas, żeby się czaić i wahać. Ich agresywna taktyka przynosiła spektakularne rezultaty. Liczba listów z każdym tygodniem rosła, podobnie jak stan ich zagranicznego konta. Przekręt był całkowicie bezpieczny, bo goście, z którymi korespondowali, prowadzili podwójne życie. Ofiary nie miały komu się poskarżyć.

⋏ ⋏ ⋏

Negocjacje nie trwały długo, bo na rynku panowała posucha. W Jacksonville nadal królowała zima, noce były chłodne, ocean za zimny, by się w nim kąpać, a sezon rozpoczynał się dopiero za miesiąc. W Neptune Beach i Atlantic Beach były setki domów do wynajęcia, także ten stojący prawie naprzeciwko kancelarii Trevora Carsona. Jakiś człowiek z Bostonu zaproponował sześćset dolarów gotówką za dwa miesiące z góry i pośrednik zgodził się bez zastanowienia. Lepszego targu nie mógł dobić – dom był w okropnym stanie: meble stare, nienadające się nawet na pchli targ, dywany przetarte i śmierdzące stęchlizną. Pośrednik był w siódmym niebie.

Pierwszym zadaniem nowego najemcy było zasłonięcie okien wychodzących na ulicę i kancelarię Carsona. Już w ciągu pierwszych kilku godzin obserwacji dało się zauważyć, że odwiedzało ją bardzo niewielu klientów. Interes prawie się nie kręcił. A jeśli już coś się tam działo, zwykle zajmowała się tym sekretarka Jan, która poza tym głównie czytała czasopisma.

Do wynajętego domu po cichu wprowadzili się inni lokatorzy, kobiety i mężczyźni ze starymi walizkami i dużymi torbami pełnymi elektronicznych gadżetów. Rozpadające się meble wyniesiono na tył domu, a pokoje od frontu szybko zastawiono ekranami, monitorami i najwymyślniejszą aparaturą podsłuchową.

Trevor Carson stanowiłby ciekawy przypadek dla studentów trzeciego roku prawa. W pracy stawiał się o dziewiątej rano i pierwszą godzinę spędzał na czytaniu gazet. Poranni klienci pojawiali się zwykle około wpół do jedenastej i po wyczerpującej trzydziestominutowej konferencji Trevor wychodził na lunch, zawsze do baru U Pete'a. Zabierał ze sobą telefon, żeby pokazać tamtejszym barmanom, jaki jest ważny, i zwykle zupełnie niepotrzebnie dzwonił parę razy do innych prawników. Często również bukmachera.

Potem, mijając po drodze dom, w którym agenci CIA monitorowali każdy jego krok, wracał do kancelarii, za biurko, przy którym ucinał sobie drzemkę. Ożywiał się około piętnastej i pracował intensywnie przez dwie godziny. Wtedy zaczynało go suszyć, więc znowu szedł na piwo do Pete'a.

Kiedy pojechał do Trumble, agenci znów podążyli za nim. Spędził tam godzinę i wrócił do kancelarii około osiemnastej. Następnie poszedł na kolację do baru z ostrygami na Atlantic Boulevard. Jeden z agentów wszedł wtedy do kancelarii, odnalazł teczkę, a w niej pięć listów od Percy'ego i Ricky'ego.

Dowódcą cichej armii stacjonującej w Neptune Beach był niejaki Klockner, najlepszy spec od inwigilacji, jakiego Teddy Maynard miał w swoich zasobach. Klockner dostał polecenie przechwytywania całej poczty przechodzącej przez kancelarię.

Gdy po wyjściu z baru Trevor pojechał prosto do domu, listy z teczki zabrano z kancelarii, zaniesiono do domu naprzeciwko i tam je otwarto, skopiowano, a następnie z powrotem zapieczętowano i umieszczono w teczce. Żaden nie był listem do Ala Konyersa.

Deville przeczytał je, gdy tylko wysunęły się z faksu w Langley. Zbadało je dwóch grafologów i zgodnie stwierdziło, że Percy i Ricky to dwie różne osoby. Przy wykorzystaniu próbek pobranych z akt sądowych ustalono bez większych problemów, że pod Percy'ego podszywa się były sędzia Finn Yarber, a pod Ricky'ego były sędzia okręgowy Hatlee Beech.

Adresem odbiorczym Ricky'ego była skrytka pocztowa w Neptune Beach, wynajęta przez Aladdin North. Percy, ku ich zaskoczeniu, używał skrytki w Atlantic Beach, wynajętej przez nieznaną im firmę o nazwie Laurel Ridge.

Rozdział 17

Na kolejną wizytę w Langley, pierwszą od trzech tygodni, Aaron Lake przybył w obstawie lśniących czarnych vanów, które konwojowały go przez miasto z zawrotną prędkością. Zapewne niedozwoloną, ale któż miałby im tego zabronić? Po kontroli przy bramie karawana wjechała w głąb kompleksu i z piskiem opon zatrzymała się przed bocznym wejściem pilnowanym przez młodych mężczyzn o ponurych twarzach i grubych karkach. Lake wszedł do budynku i zgubiwszy po drodze obstawę, w końcu znalazł się nie w bunkrze, lecz w oficjalnym gabinecie Maynarda, skąd rozciągał się widok na mały las. Wszyscy poza Lakiem zostali przed drzwiami i gdy te się za nim zamknęły, dwóch wielkich ludzi serdecznie uścisnęło sobie dłonie; obaj wyglądali na szczerze zadowolonych, że się widzą.

Najpierw należało załatwić najważniejsze.

– Gratuluję wygranej w Wirginii – powiedział dyrektor CIA.

Lake wzruszył ramionami, jakby nie był przekonany, czy gratulacje należą się na pewno jemu.

– Dziękuję. Za gratulacje i… za wszystko inne.

– Odniósł pan imponujące zwycięstwo, panie Lake – ciągnął Teddy. – Gubernator Tarry walczył tam ciężko od roku.

Jeszcze dwa miesiące temu miał poparcie wszystkich przewodniczących okręgów w stanie. Wydawało się, że jest nie do pokonania. Teraz, jak sądzę, jego gwiazda szybko zgaśnie. Czasami bycie liderem na początku bywa niekorzystne.

– Dynamika zdarzeń to nieprzewidywalna siła w polityce – zauważył rozsądnie Lake.

– A pieniądze jeszcze bardziej. W tej chwili gubernator Tarry nie jest w stanie zebrać nawet centa, ponieważ wszystko spływa do pana. Pieniądze lubią podążać za „dynamiką zdarzeń".

– Zapewne powiem to jeszcze nieraz, ale cóż… dziękuję. Dał mi pan szansę, o jakiej nawet nie mogłem marzyć.

– I co, dobrze się pan bawi?

– Jeszcze nie. Czas na zabawę przyjdzie, jeśli wygramy.

– Zabawa zaczynie się już w przyszły wtorek, panie Lake, wraz z wielkim superwtorkiem. Nowy Jork, Kalifornia, Massachusetts, Ohio, Georgia, Missouri, Maryland, Maine, Connecticut, wszystko w jeden dzień. Prawie sześciuset delegatów! – Oczy Teddy'ego tańczyły radośnie, jakby już liczył głosy. – A pan prowadzi w każdym stanie, daje pan temu wiarę?

– Z trudem.

– Tak to wygląda. Wprawdzie z jakiegoś przeklętego powodu w Maine i w Kalifornii pan nie prowadzi, ale w przyszły wtorek i tak odniesie pan spektakularne zwycięstwo.

– Jeśli wierzyć sondażom – mruknął Lake, jakby nie do końca im ufał.

W rzeczywistości, podobnie jak każdy kandydat, był od sondaży uzależniony i bacznie je śledził. Ostatnie wykazywały, że w Kalifornii, stanie, w którym mieszkało sto czterdzieści tysięcy pracowników sektora obronnego, zyskiwał.

– Och, ja w nie wierzę. I wierzę, że w miniwtorek też pan wygra, i to z niesamowitą przewagą. Na południu pana kochają, panie Lake, bo oni tam wszyscy kochają broń i twardą gadkę, a teraz zakochują się też w Aaronie Lake'u. Przyszły wtorek będzie przyjemny, ale następny... to będzie prawdziwe szaleństwo.

Teddy Maynard przewidywał wielką wygraną – Aaron Lake nie mógł się nie uśmiechnąć. Wyniki sondaży również na to wskazywały, jednak brzmiało to lepiej, gdy pochodziło z ust dyrektora CIA. Teddy sięgnął po jakąś kartkę i odczytał z niej najnowsze wyniki badania opinii publicznej z całego kraju. Lake w każdym stanie prowadził co najmniej pięcioma punktami.

Chwilę się tym delektowali, po czym Teddy spoważniał.

– Jest coś, o czym powinien pan wiedzieć – powiedział już bez uśmiechu. Przerzucił stronę i zajrzał do notatek. – Dwa dni temu przez Przełęcz Chajberską w górach Afganistanu ciężarówka przewiozła do Pakistanu rosyjski pocisk balistyczny dalekiego zasięgu. Jest teraz w drodze do Iranu, gdzie zostanie wykorzystany do Bóg wie jakich celów. Ma zasięg czterech tysięcy ośmiuset kilometrów i możliwość przenoszenia czterech głowic nuklearnych. Kosztował trzydzieści milionów dolarów, a Irańczycy zapłacili za niego z góry za pośrednictwem banku w Luksemburgu. Te pieniądze nadal tam leżą, na koncie, które jest podobno kontrolowane przez ludzi Czenkowa.

– Myślałem, że Czenkow gromadzi sprzęt, a nie wyprzedaje.

– Potrzebuje pieniędzy i zbiera je, gdzie może. W zasadzie jest chyba jedynym znanym nam człowiekiem, który zdobywa pieniądze szybciej niż pan.

Było to mało zabawne, lecz Aaron Lake z grzeczności się uśmiechnął.

– Czy rakieta jest sprawna? – spytał.

– Sądzimy, że tak. Pochodzi z zespołu silosów pod Kijowem i naszym zdaniem to najnowszy model. Wszędzie jest tego tyle, że Irańczycy nie mieliby po co kupować starego złomu. Dlatego też... tak, można bezpiecznie założyć, że jest w pełni sprawna.

– To pierwsza, którą Czenkow sprzedał?

– Były już jakieś transporty części zamiennych i plutonu do Iranu, Iraku, Indii i kilku innych krajów, ale myślę, że kompletną, gotową do odpalenia rakietę sprzedał po raz pierwszy.

– Zostanie użyta?

– Nie, nie sądzimy. Wygląda na to, że transakcję zainicjował Czenkow. Potrzebuje pieniędzy na zakup innej broni. Tę, która jest mu niepotrzebna, wyprzedaje.

– Izraelczycy o tym wiedzą?

– Nie. Jeszcze nie. Z nimi trzeba postępować ostrożnie. Stosować handel wymienny. Jeśli któregoś dnia będziemy czegoś od nich potrzebowali, może powiemy im o tej transakcji.

Przez chwilę Lake żałował, że nie jest jeszcze prezydentem. Chciał wiedzieć wszystko, co wiedział Maynard, lecz już po sekundzie zdał sobie sprawę, że prawdopodobnie nigdy tak nie będzie. Był przecież nadal, choć jego kadencja dobiegała końca, urzędujący prezydent, a jednak Teddy nie gawędził z nim ani o Czenkowie, ani o rakietach.

– Co Rosjanie myślą o mojej kampanii? – spytał.

– Początkowo zupełnie ich nie interesowała. Teraz bacznie się przyglądają. Ale musi pan pamiętać, że nie ma już czegoś takiego jak jeden głos Rosji. Zwolennicy wolnego rynku patrzą na pana przychylnie, ponieważ boją się komunistów. A stara gwardia boi się pana. To bardzo złożone.

– A Czenkow?

– Ze wstydem muszę przyznać, że jeszcze nie mamy do niego aż tak bliskiego dostępu. Ale pracujemy nad tym. Wkrótce kogoś u niego zainstalujemy.

Teddy rzucił dokumenty na biurko i podjechał do Lake'a. Jego i tak poorane czoło zmarszczyło się jeszcze bardziej. Smutne oczy przysłonił cień krzaczastych brwi.

– Proszę mnie posłuchać, panie Lake – odezwał się głosem o wiele poważniejszym niż przed chwilą. – Ma pan tę sprawę wygraną. Po drodze trafi się kilka wybojów, rzeczy, których nie mogliśmy przewidzieć, a nawet gdybyśmy mogli, nie bylibyśmy w stanie im zapobiec, ale pokonamy je razem, bez większych strat. Pańska oferta to coś zupełnie nowego, a ludzie pana lubią. Wykonuje pan wspaniałą robotę i świetnie głosi swoje przesłanie. Niech pański przekaz dalej będzie prosty: nasze bezpieczeństwo jest zagrożone, świat nie jest tak bezpieczny, jak się wydaje. Ja zatroszczę się o fundusze i z całą pewnością zadbam o utrzymanie kraju w strachu. Ta rakieta z Przełęczy Chajberskiej... mogliśmy ją zniszczyć. Zginęłoby pięć tysięcy ludzi, pięć tysięcy Pakistańczyków. Eksplozja atomowa w górach... Myśli pan, że obudzilibyśmy się rano i martwili o notowania giełdowe? Wątpię. Tak więc ja zajmę się szerzeniem strachu, a pan niech zadba o swoją kondycję i nie ustaje w biegu.

– Daję z siebie, ile mogę.

– Proszę więc dawać jeszcze więcej. I żadnych niespodzianek, dobrze?

– Oczywiście.

Lake nie bardzo wiedział, co Teddy miał na myśli, mówiąc o niespodziankach, lecz pominął to milczeniem. Może było to tylko coś w rodzaju ojcowskiej rady.

Teddy odjechał, wcisnął jakiś guzik i z sufitu zsunął się ekran. Przez dwadzieścia minut oglądali nieobrobione materiały kolejnej serii spotów reklamowych, po czym się pożegnali.

Z dwoma vanami z przodu, jednym z tyłu, Lake wyjechał z Langley na pełnym gazie. Pędzili na lotnisko Reagana, gdzie czekał na niego samolot. Chciał spędzić spokojną noc w Georgetown, w domu, gdzie świat nie miał do niego dostępu i gdzie mógł w samotności poczytać książkę, nie będąc przez nikogo obserwowany ani podsłuchiwany. Tęsknił za anonimowością ulic, bezimiennymi twarzami, za arabskim piekarzem z M Street, który wypiekał doskonałe bajgle, za antykwariatem na Wisconsin, za kawiarnią, w której parzyli afrykańską kawę. Czy kiedyś będzie mógł chodzić po ulicach jak każdy inny człowiek? Czy będzie mógł robić to, na co akurat przyjdzie mu ochota? Coś mu mówiło, że te dni już minęły, i to prawdopodobnie na zawsze.

⋏ ⋏ ⋏

Kiedy Aaron Lake był już w powietrzu, do bunkra wszedł Deville na codzienną naradę w sprawie „bałaganu Lake'a". Poinformował Teddy'ego, że Lake nie podejmował prób dotarcia do skrytki. Teddy był zniechęcony, bo martwienie się o kolejne posunięcia jego kandydata zabierało mu coraz więcej czasu.

Pięć listów, które Klockner i jego ludzie znaleźli w kancelarii, poddano gruntownej analizie. Dwa z nich napisał Yarber jako Percy, pozostałe trzy Beech jako Ricky. Każdy z adresatów mieszkał w innym stanie. Czterech używało fałszywych nazwisk; tylko jeden był na tyle odważny, żeby nie kryć się za pseudonimem. Listy miały w zasadzie taką samą treść: Percy i Ricky byli młodymi mężczyznami, którzy z powodu uzależnień przebywali w klinice odwykowej. Obaj desperacko usiłowali poskładać swoje życie, obaj byli utalentowani i obaj wierzyli, że wciąż mogą wiele osiągnąć, tylko potrzebowali psychicznego i materialnego wsparcia ze strony nowych przyjaciół, ponieważ ci starzy nie byli już dla nich bezpiecznym towarzystwem. Otwarcie przyznawali się do swoich grzechów, wad, słabości i bolączek. Rozpisywali się o tym, jak sobie wyobrażają życie po odwyku, pisali o nadziejach i marzeniach, o wszystkim, co chcieliby robić. Chwalili się opalenizną i muskulaturą i bardzo pragnęli móc pokazać te swoje nowe silne ciała korespondencyjnym przyjaciołom.

Prośba o pieniądze pojawiła się tylko w jednym liście. Od niejakiego Petera ze Spokane w stanie Waszyngton Ricky chciał pożyczyć tysiąc dolarów. Tłumaczył, że potrzebuje ich na pokrycie wydatków, których wuj nie chce finansować.

Teddy przeczytał listy kilka razy. Prośba o pieniądze była ważna, bo wyjaśniała, o co tak naprawdę chodzi w zawiłej gierce prowadzonej przez Bractwo. Wyglądało na to, że zajmowali się zwykłym szantażem, stosując sztuczki, których być może nauczył ich inny oszust. Jakiś koleżka z Trumble, który już stamtąd wyszedł i na wolności zapewne dalej uprawia ten przestępczy proceder.

W tej sprawie liczyły się nie tylko pieniądze. Tu chodziło o grę, w której stawką było męskie ciało – szczupłe, opalone, jędrne – a ich kandydat znajdował się w samym jej środku.

Pozostawało jeszcze wiele pytań, ale Teddy należał do ludzi cierpliwych. Będą dalej przechwytywali listy, aż w końcu części układanki złożą się w całość.

ᴧ   ᴧ   ᴧ

Podczas gdy Spicer pilnował drzwi do małej sali konferencyjnej i przepędzał każdego, kto chciał skorzystać z biblioteki, Beech i Yarber ślęczeli nad listami. Do Ala Konyersa Beech napisał:

Drogi Alu!

Dziękuję za ostatni list. Nawet nie wiesz, ile dla mnie znaczy. Czuję się, jakbym od wielu miesięcy żył w klatce i nagle zobaczył światło dnia. Twoje listy pomagają mi otworzyć drzwi. Proszę, nie przestawaj pisać.

Przepraszam, że zanudzałem Cię sprawami osobistymi. Szanuję Twoją prywatność i mam nadzieję, że nie zarzuciłem Cię zbyt wieloma pytaniami. Wydajesz się kimś bardzo wrażliwym, kto lubi samotność. Myślałem o Tobie wczoraj wieczorem, kiedy oglądałem Key Largo, *ten stary film z Bogartem i Bacall.*

I prawie czułem smak chińszczyzny na wynos. Jedzenie tutaj jest całkiem niezłe, ale chińszczyzny robić nie potrafią.

I wiesz co? Wpadłem na świetny pomysł. Za dwa miesiące, kiedy stąd wreszcie wyjdę, wypożyczymy Casablankę *i* Afrykańską królową, *zamówimy coś na wynos, kupimy butelkę bezalkoholowego wina i spędzimy spokojny wieczór przed telewizorem. Boże, podnieca mnie już sama myśl o zwyczajnym życiu na wolności.*

Poniosło mnie, wybacz. Ale to dlatego, że musiałem się tu obywać bez tak wielu rzeczy, i nie chodzi mi tylko o alkohol i dobre jedzenie. Wiesz chyba, co mam na myśli?

Co do tego domu przejściowego w Baltimore, to zgodzą się mnie tam przyjąć, ale muszę znaleźć pracę. Pisałeś, że prowadzisz tam interesy. Wiem, że proszę o wiele, bo przecież mnie nie znasz, gdybyś jednak mógł mi pomóc, byłbym Ci dozgonnie wdzięczny.

Proszę, napisz do mnie jak najszybciej. Twoje listy i moje nadzieje i marzenia, że wyjdę stąd już za dwa miesiące i będę miał pracę, podtrzymują mnie na duchu w najmroczniejszych godzinach.

Dzięki, przyjacielu.

Ściskam mocno, Ricky

List do Quince'a Garbe'a miał zupełnie inny wydźwięk. Beech i Yarber ślęczeli nad nim kilka dni. Ostateczna wersja brzmiała:

Drogi Quince!

Twój ojciec jest właścicielem banku, a Ty piszesz, że uda Ci się zebrać najwyżej dziesięć tysięcy. Myślę, że kłamiesz, Quince, i to mnie naprawdę wkurza. Kusi mnie, żeby listy od Ciebie wysłać jednak Twojemu ojcu i żonie.

Zgodzę się na nie mniej niż dwadzieścia pięć tysięcy i masz je przesłać natychmiast, w ten sam sposób co poprzednio.

I nie strasz, że się zabijesz. Naprawdę nie obchodzi mnie, co zrobisz. Nigdy się nie spotkamy, poza tym i tak mam Cię za skończonego świra.

Prześlij tę pieprzoną kasę, i to szybko!

Ściskam mocno, Ricky

⋏ ⋏ ⋏

Klockner martwił się, że za którymś razem Trevor może pojechać do Trumble przed południem i zdąży wrzucić odebrane listy do skrytek jeszcze tego samego dnia. Wówczas nie zdołaliby ich przechwycić. Do tego nie mogło dojść, adwokat musiał zawieźć listy do kancelarii i zostawić je tam na noc. Tylko wtedy mieli szansę się do nich dobrać.

Klockner martwił się, choć wiedział, że Trevor nie lubi się z rana przemęczać. Jakiekolwiek oznaki życia zaczynał okazywać zwykle dopiero po czternastej, kiedy wybudzał się z dwugodzinnej drzemki.

Dlatego gdy o jedenastej poinformował sekretarkę, że wybiera się do Trumble, w domu naprzeciwko wszyscy rzucili się do działania. Do kancelarii zadzwoniła kobieta w średnim wieku i, przedstawiając się jako pani Beltrone, wyjaśniła Jan, że ona i jej bogaty mąż bardzo potrzebują szybkiego rozwodu. Sekretarka poprosiła kobietę, żeby zaczekała, zawiesiła rozmowę i krzyknęła do Trevora, żeby chwilę wstrzymał się z wyjazdem. Adwokat zbierał właśnie dokumenty z biurka i wkładał do teczki. Zainstalowana na suficie kamera uchwyciła jego niezadowoloną minę. Pojawienie się nowego klienta tylko psuło mu szyki.

– Mówi, że jest bogata! – krzyknęła Jan.

Zmarszczka na jego czole z miejsca się wygładziła. Usiadł i czekał.

Pani Beltrone wyłuszczyła swoją sytuację sekretarce. Była żoną numer trzy, mąż był dużo od niej starszy, mieli dom w Jacksonville, jednak większość czasu spędzali na Bermudach. Mieli również dom w Vail. Rozwód planowali już od dłuższego czasu, wszystko między sobą uzgodnili, nie chcieli o nic walczyć, rozwód miał być polubowny, potrzebowali tylko dobrego adwokata do załatwienia formalności. Polecono im mecenasa Carsona, lecz z powodów, których nie chciała ujawnić, musieli działać bardzo szybko.

Trevor przejął słuchawkę od Jan i wysłuchał tej samej opowieści. Pani Beltrone siedziała w domu po drugiej stronie ulicy, realizując scenariusz, który zespół sklecił naprędce.

– Naprawdę koniecznie muszę się z panem zobaczyć – oświadczyła klientka po piętnastu minutach obnażania duszy.

– Cóż, jestem strasznie zajęty – odparł Trevor, jakby przerzucał kartki co najmniej sześciu terminarzy naraz.

Pani Beltrone obserwowała go na ekranie monitora. Nogi trzymał na biurku, oczy miał zamknięte, muszkę przekrzywioną. Kwintesencja zapracowanego adwokata.

– Bardzo pana proszę – odezwała się błagalnym głosem. – Musimy to załatwić. Muszę się z panem zobaczyć jeszcze dzisiaj.

– Gdzie jest pani mąż?

– We Francji, ale jutro wraca.

– No cóż... zobaczmy... – wymamrotał Trevor, bawiąc się muszką.

– Ile wynosi pańskie honorarium?

Trevor momentalnie otworzył oczy.

– Cóż, jest to oczywiście bardziej skomplikowana sprawa niż zwykły rozwód bez orzekania o winie. Musiałbym pobrać opłatę w wysokości... dziesięciu tysięcy dolarów. – Skrzywił się, gdy to powiedział, po czym wstrzymał oddech.

– Przyniosę je dzisiaj – odparła pani Baltrone. – Mogę być o pierwszej?

Trevor zerwał się na równe nogi.

– Lepiej może o wpół do drugiej – udało mu się wykrztusić.

– Zgoda.

– Zna pani adres kancelarii?

– Mój szofer ją znajdzie. Dziękuję, mecenasie.

Już chciał zaproponować, żeby mówiła mu po imieniu, lecz zdążyła się rozłączyć.

W domu naprzeciwko agenci patrzyli, jak adwokat zaciera ręce, wyrzuca pięści w górę i przez zaciśnięte zęby syczy: „Tak!". Złapał w sieć dużą sztukę.

Do gabinetu wetknęła głowę Jan.

– I co? – spytała.

– Będzie o wpół do drugiej. Trzeba tu trochę ogarnąć...

– Nie jestem twoją sprzątaczką. Poprosisz o jakąś zaliczkę? Muszę opłacić rachunki.

– Tak, poproszę! Dostaniesz na te przeklęte rachunki.

Odwróciwszy się, Trevor zaatakował półki. Ustawił książki, których nie dotykał od lat, papierowym ręcznikiem starł kurze, poupychał akta w szufladach. Kiedy zabrał się do biurka, sekretarkę w końcu ruszyło sumienie i zaczęła odkurzać recepcję.

Harowali tak przez całą przerwę na lunch, klnąc i stękając, co budziło wielkie rozbawienie agentów obserwujących ich z przeciwnej strony ulicy.

W końcu wybiło wpół do drugiej, lecz pani Beltrone wciąż się nie zjawiała.

– Gdzie ona, do diabła, jest? – warknął Trevor tuż po drugiej, stając w progu gabinetu.

– Może się o ciebie rozpytała i ludzie poradzili jej, żeby poszła do kogoś innego – mruknęła Jan.

– Co ty tam mamroczesz?! – wrzasnął.

– Nic, szefie, nic nie mamroczę.

– Dzwoń do niej – zażądał o wpół do trzeciej.

– Nie zostawiła numeru.

– Nie wzięłaś od niej numeru?

– Nie powiedziałam, że nie wzięłam. Powiedziałam, że go nie zostawiła.

O wpół do czwartej Trevor wypadł jak burza z kancelarii i jeszcze na ulicy próbował przekrzyczeć w kłótni sekretarkę, którą w ciągu ostatnich ośmiu lat wyrzucał z pracy co najmniej dziesięć razy.

Śledzony przez agentów, pojechał do Trumble. Siedział tam pięćdziesiąt trzy minuty i kiedy wyszedł, było już po piątej, za późno na podrzucenie poczty do Neptune Beach czy Atlantic Beach. Wrócił do kancelarii i zostawił teczkę na biurku. Potem, swoim zwyczajem, poczłapał do baru U Pete'a na drinka i kolację.

Rozdział 18

Zespół zadaniowy z Langley poleciał do Des Moines, tam agenci wynajęli dwa samochody osobowe i vana i udali się w czterdziestominutową drogę do Bakers w stanie Iowa. Do zasypanego śniegiem spokojnego miasteczka dotarli dwa dni przed nadejściem listu, dlatego gdy Quince wyjmował go ze skrytki, agenci znali już nazwiska naczelnika poczty, burmistrza, komendanta policji i kucharza z naleśnikarni obok sklepu żelaznego. Jednak nikt w Bakers nie znał ich.

Widzieli, jak Quince po wyjściu z poczty szybko wraca do banku. Pół godziny później dwaj agenci, znani wszystkim jedynie pod imionami Chap i Wes, odnaleźli zakątek banku, w którym urzędował pan Garbe junior, i przedstawili się sekretarce jako inspektorzy z Banku Rezerw Federalnych. Wyglądali bardzo oficjalnie – ciemne garnitury, czarne buty, krótko obcięte włosy, długie płaszcze – i byli oszczędni w słowach, choć uprzejmi.

Quince siedział w swoim gabinecie i początkowo chyba nie miał ochoty wyjść do gości. Ci przekonali sekretarkę, że ich sprawa jest bardzo pilna, i po prawie czterdziestu minutach drzwi lekko się uchyliły. Pan Garbe wyglądał tak, jakby płakał. Był blady, roztrzęsiony, wyraźnie niezadowolony, że musi z kimś rozmawiać. Mimo to zaprosił gości do środka. Był zbyt zdenerwowany, żeby spytać, z jakiej są instytucji. Nawet nie zapamiętał ich nazwisk.

Usiadł za masywnym biurkiem i spojrzał na stojących przed nim bliźniaków.

– W czym mogę panom pomóc? – rzucił, próbując się uśmiechnąć.

– Czy drzwi są zamknięte na klucz? – spytał Chap.

– Ale...Tak, są, oczywiście. – Odpowiedź sugerowała, że Garbe spędza za zamkniętymi drzwiami większość dnia.

– Czy ktoś może nas podsłuchiwać? – spytał Wes.

– Nie. – Quince speszył się jeszcze bardziej.

– Nie jesteśmy urzędnikami z Banku Rezerw – oznajmił Chap. – Skłamaliśmy.

Quince nie wiedział, czy powinien się wściec, odczuć ulgę, czy może wpaść w jeszcze większe przerażenie, więc siedząc z rozdziawionymi ustami, w bezruchu, czekał na cios.

– To długa historia – dodał Wes.

– Macie najwyżej pięć minut.

– Tak naprawdę mamy tyle, ile zechcemy.

– To mój gabinet. Wynosić mi się stąd.

– Nie tak szybko. Wiemy o pewnych rzeczach.

– Wezwę ochronę.

– Nie, nie wezwie pan.

– Widzieliśmy list – mruknął Chap. – Ten, który właśnie odebrał pan z poczty.

– Odebrałem kilka.

– Ale tylko jeden od Ricky'ego.

Quince zwiesił ramiona i zamknął oczy. Potem je otworzył i popatrzył na swoich dręczycieli wzrokiem przepełnionym absolutną rezygnacją.

– Kim wy jesteście? – wybełkotał.

– Nie wrogami.

– To dla niego pracujecie, tak?

– Dla niego?

– Dla Ricky'ego czy jak się, do cholery, nazywa.

– Nie – zaprzeczył Wes. – Ricky jest naszym wrogiem. Powiedzmy, że pracujemy dla klienta, który, mówiąc z grubsza, siedzi na tej samej łodzi co pan. Wynajął nas do ochrony.

Chap wyjął z kieszeni płaszcza pękatą kopertę i rzucił ją na biurko.

– Ma pan tu dwadzieścia pięć tysięcy dolarów – powiedział. – Niech pan to wyśle Ricky'emu.

Quince spojrzał na kopertę i znowu rozdziawił usta. Jego biedny mózg zalewało tyle myśli, że zakręciło mu się w głowie. Ponownie więc zamknął oczy, mocno zaciskając powieki w próżnym wysiłku uporządkowania chaosu. Nieważne, kim oni są, pomyślał. Ważne jest to, jak udało im się przeczytać list. I dlaczego dają mu pieniądze? Ile wiedzą?

Jedno było pewne: nie wolno mu zaufać tym ludziom.

– Pieniądze należą do pana – rzucił Wes. – W zamian chcemy kilku informacji.

– O Rickym? – upewnił się Quince, lekko rozchylając powieki.

– Co pan o nim wie? – zapytał Chap.

– Że nie ma na imię Ricky.

– To prawda.

– Siedzi w więzieniu.

– Zgadza się.

– Twierdzi, że ma żonę i dzieci.

– To tylko po części prawda. Żona to obecnie była żona. Ale dzieci ma.

– Utrzymuje, że są bez środków do życia i dlatego musi naciągać ludzi.

– To nieprawda. Była żona jest bogata, a dzieci poszły za pieniędzmi. Nie do końca wiemy, dlaczego Ricky zajął się wyłudzaniem.

– Ale chcielibyśmy położyć temu kres – dodał Chap. – I do tego potrzebujemy pańskiej pomocy.

Quince zdał sobie nagle sprawę, że po raz pierwszy w swoim pięćdziesięciojednoletnim życiu znajduje się w obecności dwóch żyjących, oddychających ludzi, którzy wiedzą, że jest gejem. Ta świadomość go przeraziła. Przez sekundę miał ochotę wszystkiego się wyprzeć, wymyślić jakąś historyjkę o tym, jak poznał Ricky'ego, lecz wyobraźnia go zawiodła. Był zbyt przerażony.

Zaraz potem uzmysłowił sobie, że ci dwaj, kimkolwiek byli, mogą go zniszczyć. Znali jego mały sekret i mogli mu doszczętnie zrujnować życie.

I proponowali mu dwadzieścia pięć tysięcy dolarów?

Biedny Quince zakrył oczy palcami i wymamrotał:

– Czego ode mnie chcecie?

Chap i Wes myśleli, że zaraz się rozpłacze. Nieszczególnie ich to obchodziło, ale też nie było potrzeby się nad nim znęcać.

– Oto nasza propozycja, panie Garbe – odezwał się Chap. – Weźmie pan leżące na biurku pieniądze i powie wszystko, co wie o Rickym. Pokaże nam pan listy i co tam jeszcze pan ma. Gdziekolwiek pan to trzyma, w teczce na dokumenty, w pudełku czy w jakimś tajnym miejscu, chcielibyśmy to zobaczyć. Potem sobie pójdziemy. Znikniemy tak szybko, jak się pojawiliśmy, nie obarczając pana wiedzą, kim jesteśmy i kogo chronimy.

– I dochowacie tajemnicy?

– Absolutnie tak.

– Nie ma powodu, żebyśmy komukolwiek o panu mówili – dodał Wes.

– I doprowadzicie do tego, że on odpuści, tak? – zapytał Quince z napięciem.

Chap i Wes popatrzyli na siebie. Do tego momentu doskonale wiedzieli, co powinni mówić, ale na to pytanie nie mieli jednoznacznej odpowiedzi.

– Tego nie możemy obiecać, panie Garbe – odparł Wes. – Ale postaramy się zrobić, co tylko będziemy mogli, żeby Ricky wypadł z interesu. Jak wspomnieliśmy, naszego klienta też wyprowadził z równowagi.

– Musicie mnie przed nim obronić.

– Zrobimy, co w naszej mocy.

Nieoczekiwanie Quince wstał i pochylił się do przodu, opierając dłonie płasko na blacie biurka.

– W takim razie nie mam wyboru – oznajmił.

Nie tknąwszy pieniędzy, podszedł do przeszklonej staroświeckiej gabloty pełnej starych, łuszczących się ksiąg. Jednym kluczem otworzył gablotę, drugim mały sejf ukryty za drugą półką od dołu. Ostrożnie wyjął z niego cienką teczkę formatu A4 i delikatnie położył ją na biurku, obok koperty z pieniędzmi.

W chwili gdy otwierał teczkę, w interkomie zaskrzeczał napastliwy cienki głos:

– Panie Garbe, pański ojciec chciałby się z panem natychmiast zobaczyć.

Quince gwałtownie się wyprostował, zbladł, twarz wykrzywił mu grymas paniki.

– Hm... proszę mu powiedzieć, że mam spotkanie. – Usiłował zachować spokój i stanowczość w głosie, co zupełnie mu się nie udało.

– Niech pan sam mu to powie – odwarknęła sekretarka i interkom kliknął na znak, że się rozłączyła.

– Proszę wybaczyć – rzucił Quince, próbując się uśmiechnąć. Podniósł słuchawkę, wystukał trzy cyfry i odwrócił się plecami, chyba licząc na to, że Wes i Chap nic z tej rozmowy nie usłyszą. – Tato, to ja. O co chodzi? – spytał z nisko spuszczoną głową.

Długa przerwa, podczas której staruszek sączył mu coś do ucha.

A potem:

– Nie, nie, oni nie są z Rezerw Federalnych. To... hm... prawnicy z Des Moines. Reprezentują rodzinę mojego dawnego kolegi ze studiów. To wszystko.

Krótsza pauza.

– Hm... Franklin Delaney, nie będziesz go pamiętał. Zmarł cztery miesiące temu, nie zostawił testamentu i są przez to problemy. Nie, tato, hm... to nie ma nic wspólnego z naszym bankiem.

Rozłączył się. Niezłe kłamstwo. Ale drzwi były nadal zamknięte i tylko to się liczyło.

Wes i Chap wstali, podeszli do biurka i pochylili się nad nim, kiedy Quince otworzył teczkę. Pierwszą rzeczą, która rzuciła im się w oczy, było zdjęcie przypięte spinaczem do wewnętrznej klapki. Wes wyjął je ostrożnie i spytał:

– To Ricky?

– Tak – potwierdził Quince, skrępowany, ale zdecydowany przez to przebrnąć.

– Przystojny młody człowiek – ocenił Chap, jakby gapili się na rozkładówkę w „Playboyu".

Wszyscy trzej natychmiast poczuli zakłopotanie.

– Wy wiecie, kim on jest, prawda? – zapytał Quince.

– Wiemy.

– Więc mi powiedzcie.

– Nie, na to się nie umawialiśmy.

– Dlaczego nie możecie powiedzieć? Daję wam wszystko, czego chcecie.

– Nie taka była nasza umowa.

– Chcę zabić tego drania.

– Spokojnie, panie Garbe. Mamy umowę. Pan dostaje pieniądze, my teczkę i nikomu nie dzieje się żadna krzywda.

– Zacznijmy od początku – zaproponował Chap, spoglądając na tego kruchego cierpiącego mężczyznę w przepastnym fotelu. – Jak to się zaczęło?

Quince przełożył kilka papierów w teczce i wyciągnął z niej cienkie czasopismo.

– Kupiłem to w księgarni w Chicago – powiedział, obracając pisemko, żeby mogli przeczytać tytuł.

„Out and About", z podtytułem: *Czasopismo dla dojrzałych mężczyzn prowadzących alternatywny styl życia*. Dał im czas, by przyjrzeli się okładce, po czym przeszedł do ostatnich stron. Wes i Chap nie dotykali pisemka, notowali jednak w pamięci wszystko. Niewiele zdjęć, mnóstwo drobnego druku. W żadnym wypadku nie była to pornografia.

Na stronie czterdziestej szóstej znajdował się niewielki dział z ogłoszeniami towarzyskimi. Jedno z nich było zakreślone czerwonym długopisem.

Biały dwudziestolatek chętnie nawiąże znajomość korespondencyjną z miłym, dyskretnym panem w wieku czterdziestu, pięćdziesięciu lat.

Wes i Chap nachylili się jeszcze bardziej i przeczytawszy tekst, jednocześnie się wyprostowali.

– A więc odpowiedział pan na ogłoszenie, tak? – zapytał Chap.

– Tak. Wysłałem krótki list i dwa tygodnie później dostałem odpowiedź od Ricky'ego.

– Ma pan kopię swojego listu?

– Nie. Nie skopiowałem żadnego. Bałem się cokolwiek tutaj kopiować.

Wes i Chap zmarszczyli czoła w wyrazie niedowierzania, a następnie zawodu. Mieli do czynienia z tępakiem.

– Przykro mi – rzucił Quince, którego kusiło, żeby zgarnąć pieniądze, zanim goście zmienią zdanie.

Chcąc temu zapobiec, szybko wyjął pierwszy list od Ricky'ego i im podsunął.

– Proszę położyć – powiedział Wes i znowu on i Chap pochylili się nad biurkiem, żeby bez dotykania przeczytać list.

Quince był zdziwiony, że robią to tak długo i z taką uwagą, lecz pominął to milczeniem. Trochę już mu przejaśniało w głowie i zaczynał dostrzegać słaby promyk nadziei. To takie cudowne, że miał pieniądze i nie musiał się martwić o kolejny kredyt. Cudowne, że nie będzie musiał kłamać, żeby zatrzeć ślady. A do tego miał teraz sojuszników, Wesa i Chapa, i kto wie, kogo jeszcze. Serce zaczęło mu bić nieco wolniej, oddech nie był już taki ciężki.

– Następny, proszę – zażądał Chap.

Quince ułożył listy w kolejności, jeden obok drugiego: trzy liliowe, jasnoniebieski, żółty – wszystkie mozolnie wykaligrafowane drukowanymi literami przez kogoś, kto wyraźnie miał dużo czasu. Kiedy kończyli czytać jedną stronę, Chap ostrożnie przekładał pęsetą kartkę. Ich palce jej nie dotykały.

Gdy dużo później Chap i Wes dzielili się uwagami, zgodnie przyznali, że zastanawiające we wszystkich listach było to, że wydawały się tak bardzo wiarygodne. Udręczony i zraniony Ricky rozpaczliwie potrzebował kogoś, z kim mógłby porozmawiać. Budził żal i współczucie. Lecz z jego słów przebijała też nadzieja, bo najgorsze miał już za sobą i cieszył się, że wkrótce będzie mógł do woli realizować się w nowych przyjaźniach. Tak, było to świetnie obmyślane i świetnie napisane!

Przedłużającą się głuchą ciszę w gabinecie przerwał Quince.

– Muszę zadzwonić – oznajmił.

– Do kogo?

– W sprawach służbowych.

Wes i Chap popatrzyli na siebie niepewnie, po czym skinęli głowami.

Quince podszedł z telefonem do gabloty, wybrał numer i patrząc na Main Street w dole, wdał się w rozmowę z innym bankierem.

W pewnej chwili Wes zaczął coś notować – zapewne przygotowywał się do przesłuchania, któremu zamierzali go poddać. Quince wciąż stał przy gablocie i próbując czytać gazetę, starał się ignorować poczynania mężczyzn. Był teraz spokojny, mógł myśleć w miarę jasno, skupił się więc na planowaniu następnego ruchu, który wykona po tym, jak te zbiry stąd wyjdą.

– Wysłał mu pan czek na sto tysięcy dolarów, tak? – zwrócił się do niego Chap.

– Tak.

Wes, ten bardziej ponury, spojrzał na Quince'a z niesmakiem, jakby chciał powiedzieć: „Co za głupek".

Poczytali jeszcze trochę, zrobili jeszcze kilka notatek i poszeptali.

– A wasz klient? – spytał Quince. – Ile mu wysłał?

Wes zrobił się jeszcze bardziej ponury.

– Tego nie możemy zdradzić.

Quince nie był zaskoczony. Te chłopaki nie miały za grosz poczucia humoru.

Wreszcie po godzinie stania usiedli, a on wrócił na swój bankierski fotel.

– Mamy jeszcze tylko kilka pytań – oznajmił Chap i Quince wiedział, że będą rozmawiać przez kolejną godzinę. – Jak zarezerwował pan miejsca na ten gejowski rejs?

– Wszystko jest w liście. Ten bandzior podał mi nazwę i numer biura podróży w Nowym Jorku. Zadzwoniłem tam, potem wysłałem przekaz. Prosta operacja.

– Prosta, powiada pan? Robił pan to już wcześniej?

– Czy my tu rozmawiamy o moim życiu seksualnym?

– Nie.

– W takim razie trzymajmy się tematu – powiedział Quince jak prawdziwy twardziel i od razu poczuł się lepiej.

Tkwiący w nim bankier przez chwilę wrzał gniewem. Potem nagle przyszło mu do głowy coś, czemu po prostu nie mógł się oprzeć.

– Rejs jest już opłacony. Może się wybierzecie? – zaproponował z całkiem poważną miną.

Na szczęście się roześmiali. Krótki przebłysk humoru, ale zaraz wrócili do sprawy.

– Nie rozważał pan użycia pseudonimu? – spytał Chap.

– Tak, oczywiście, że rozważałem. Głupio z mojej strony, że tego nie zrobiłem. Ale nigdy wcześniej się w coś takiego nie bawiłem. Myślałem, że facet jest uczciwy. On mieszka na Florydzie, ja w zapadłej dziurze w Iowa. Nie przyszło mi do głowy, że to może być oszust.

– Musimy to wszystko skserować – oznajmił Wes.

– Może być z tym problem.

– Dlaczego?

– Bo niby gdzie mielibyśmy to zrobić?

– Nie macie w banku ksero?

– Mamy, ale tutaj tych listów nie skopiujecie.

– W takim razie zaniesiemy do punktu ksero.

– To Bakers. Nie mamy tu takich punktów.

– A sklep z artykułami biurowymi macie?

– Tak, ale właściciel jest winien mojemu bankowi osiemdziesiąt tysięcy dolarów i siedzi obok mnie na spotkaniach Klubu Rotariańskiego. Tam nie skserujecie tych listów. Zresztą nie zamierzam się z nimi nigdzie pokazywać.

Chap i Wes popatrzyli na siebie, potem na Quince'a.

– Dobrze, proszę posłuchać – zaczął Wes. – Ja zostanę z panem, a Chap weźmie teczkę i pójdzie znaleźć kserokopiarkę.

– A niby gdzie?

– W drogerii – odparł Wes.

– Wiecie, gdzie tu jest drogeria?

– Jasne, musieliśmy kupić pęsety.

– Kserokopiarka u nich ma ze dwadzieścia lat.

– Nie, mają nową.

– No dobrze, ale ostrożnie. Farmaceuta jest kuzynem mojej sekretarki. To bardzo małe miasto.

Chap wziął teczkę i ruszył do drzwi. Kiedy je otworzył, kliknęły głośno, a gdy zrobił krok za próg, natychmiast znalazł się pod obstrzałem wielu oczu. Przy biurku sekretarki tłoczyły się kobiety, wszystkie dość leciwe i chyba mające niewiele do roboty. Gdy Chap się pojawił, zamarły w bezruchu i wlepiły w niego jastrzębie spojrzenia. Nieco dalej stał starszy pan Garbe, który trzymał w ręce jakiś rejestr i udawał ogromnie zajętego, lecz widać było, że jego także zżera ciekawość. Chap skinął wszystkim głową i skierował się do wyjścia; po drodze minął chyba każdego pracownika banku.

Drzwi ponownie kliknęły, zamknięte pospiesznie przez Quince'a, żeby nikt niepowołany nie wtargnął do jego gabinetu. Wdał się z Wesem w pogawędkę o tym i owym, lecz rozmowa często utykała w martwym punkcie z braku wspólnych tematów. No, może był jeden – temat zakazanego seksu – ale tego akurat starali się unikać. A poza tym... życie Quince'a w Bakers było mało interesujące, a nie mógł o nic wypytywać Wesa.

W końcu wpadł na pomysł, o co powinien zapytać.

– Co mam napisać w liście do Ricky'ego?

Wes natychmiast się ożywił.

– Cóż, przede wszystkim trochę bym odczekał. Z jakiś miesiąc. Niech się facet podenerwuje. Jeśli pospieszy się pan z odpowiedzią i z wysyłką pieniędzy, może pomyśleć, że za łatwo mu poszło.

– A jeżeli się wścieknie?

– Nie wścieknie się. Ma mnóstwo czasu i chce pieniędzy.

– Macie możliwość sprawdzania całej jego korespondencji?

– Sądzimy, że większej jej części.

Quince'a ogarnęła ciekawość i uznał, że skoro rozmawia z kimś, kto poznał jego największą tajemnicę, sam może pozwolić sobie na odrobinę dociekliwości.

– Jak chcecie go powstrzymać?

A Wes, zupełnie nie rozumiejąc, dlaczego to mówi, odrzekł krótko:

– Pewnie po prostu go zabijemy.

Oczy Quince'a Garbe'a zabłysły promiennym spokojem, ciepły blask ukojenia rozłał się po jego udręczonej twarzy. Zmarszczki się wygładziły, usta rozciągnęły w leciutkim uśmiechu. Jego spadek był bezpieczny. Kiedy staruszek umrze, wszystkie pieniądze trafią do niego. Ucieknie stąd i będzie żył, jak mu się spodoba.

– Pięknie... – wymamrotał. – Naprawdę pięknie.

⋏ ⋏ ⋏

Chap zabrał teczkę do motelowego pokoju, w którym czekali pozostali członkowie zespołu i wypożyczona kserokopiarka. Sporządzili trzy komplety kopii i pół godziny później Chap wrócił do banku. Quince przejrzał oryginały; wszystko było na miejscu. Zamknął teczkę z powrotem w sejfie, po czym zwrócił się do gości:

– Myślę, że na was już czas.

Wyszli bez podawania rąk, bez słów pożegnania. Bo co mogli sobie powiedzieć?

Na niewielkim pasie startowym miejscowego lotniska czekał na nich prywatny odrzutowiec. Trzy godziny po rozstaniu z Quince'em Chap i Wes zameldowali się w Langley. Ich misja zakończyła się spektakularnym sukcesem.

⅄ ⅄ ⅄

Wyciąg z kont banku Geneva Trust uzyskali dzięki czterdziestu tysiącom dolarów łapówki wręczonej jednemu z urzędników bankowych z Bahamów, człowiekowi, z którego usług korzystali już wcześniej. Saldo na rachunku Boomer Realty wynosiło sto osiemdziesiąt dziewięć tysięcy dolarów, adwokat miał na swoim koncie sześćdziesiąt osiem tysięcy. Wyciąg zawierał również zestawienie wszystkich transakcji, wpłat i wypłat. Ludzie Deville'a za wszelką cenę usiłowali namierzyć nadawców przekazów. Wiedzieli, że Garbe przesłał pieniądze za pośrednictwem banku w Des Moines, i wiedzieli, że przelew na sto tysięcy dolarów został wysłany z banku w Dallas. Wciąż jednak nie mieli pojęcia, kto był zleceniodawcą tego drugiego przelewu.

Głowili się nad tym, gdy Deville'a wezwał do bunkra Maynard. Był z nim York, a na stole leżały kopie listów z teczki Garbe'a oraz kopie wyciągów.

Deville jeszcze nigdy nie widział szefa tak przygnębionego. York też raczej nie był wesoły. Obwiniał się za wpadkę z Lakiem, chociaż Teddy uważał, że to on ponosi całą winę.

– Jak sytuacja? – spytał cicho.

Deville w bunkrze nigdy nie siadał i teraz też relacjonował na stojąco.

– Cały czas podążamy tropem pieniędzy. Nawiązaliśmy kontakt z czasopismem „Out and About". Wydają je w New Haven, ale to bardzo mała oficyna i nie jestem pewien, czy uda nam się do niej przeniknąć. Nasz człowiek na Bahamach jest opłacony i da nam znać, kiedy przyjdą nowe przelewy. Mam przygotowany zespół ludzi do przeszukania biura Lake'a na Kapitolu, nie liczyłbym jednak na wiele. W Jacksonville na stałe zainstalowaliśmy grupę dwudziestu agentów.

– Ilu śledzi Lake'a?

– Właśnie z trzydziestu przeszliśmy do pięćdziesięciu.

– Musimy go obserwować. Nie wolno nam niczego przespać. Nie jest tym, za kogo go uważaliśmy, i jeśli stracimy go z oczu choćby na godzinę, może wysłać kolejny list albo kupić inne czasopismo.

– Mamy tego świadomość i robimy wszystko, co w naszej mocy.

– To sprawa o kolosalnym znaczeniu dla kraju.

– Wiem.

– A co z pomysłem, by podrzucić kogoś do więzienia? – spytał Teddy.

Pomysł był nowy, York wpadł na niego dopiero przed godziną.

Deville potarł oczy i przez chwilę gryzł paznokieć.

– Muszę nad tym jeszcze popracować – odparł w końcu. – Trzeba będzie pociągnąć za sznurki, za które nigdy wcześniej nie pociągaliśmy.

– Ilu osadzonych mamy w więzieniach federalnych? – zapytał York.

– Plus minus sto trzydzieści pięć tysięcy – odrzekł Deville.

– Skoro aż tylu, to przemycenie tam jeszcze jednego nie powinno być problemem, prawda?

– Przyjrzę się temu.

– Mamy kogoś w Zarządzie Więziennictwa?

– To nowy teren, ale go rozpracowujemy. Korzystamy z pomocy starego znajomego z wymiaru sprawiedliwości. Jestem dobrej myśli.

Deville wyszedł, lecz po jakiejś godzinie miał zostać wezwany z powrotem, żeby York i Teddy mogli zadać mu kolejną partię pytań i zlecić następne zadania.

– Nie podoba mi się pomysł przeszukania jego biura – wyznał York, gdy został z dyrektorem sam. – To zbyt ryzykowne. No i potrwałoby co najmniej tydzień. Kongresmeni trzymają u siebie góry dokumentów.

– Mnie też się nie podoba – rzucił cicho Teddy.

– Niech nasi ludzie z działu dokumentów napiszą list do Lake'a od Ricky'ego. Okablujemy kopertę, będziemy ją śledzić, może doprowadzi nas do jego teczki z listami.

– Świetny pomysł. Powiedz o nim Deville'owi.

York zapisał sobie w notesie, pełnym notatek, w większości już przekreślonych. W zamyśleniu bazgrolił coś na kartce, aż wreszcie zadał pytanie, które zostawił sobie na koniec:

– Porozmawiasz z nim o tym?

– Jeszcze nie.

– A kiedy?

– Być może nigdy. Zbierzmy informacje, dowiedzmy się wszystkiego, czego możemy. Lake jest ostrożny co do swojego drugiego życia. Może rozpoczął je dopiero po śmierci żony. Kto wie... może to nigdy nie wyjdzie na jaw?

– Ale powinien wiedzieć, że ty o tym wiesz. W przeciwnym razie może znowu zaryzykować. Jeśli będzie wiedział, że go obserwujemy, to się powstrzyma. Może...

– A tymczasem świat pogrąża się w chaosie. Gdziekolwiek spojrzeć, wszędzie działa nielegalny handel najgroźniejszą bronią. Toczy się siedem małych wojen i szykują się już trzy kolejne. Tylko w zeszłym miesiącu powstało dwanaście nowych grup terrorystycznych. Szaleńcy z Bliskiego Wschodu tworzą armie i gromadzą ropę naftową. A my tu siedzimy i marnujemy cenny czas na obmyślanie planu, jak poradzić sobie z trójką cwaniaków, trzema gnijącymi w kiciu byłymi sędziami, którzy w tej chwili grają pewnie w remika.

– Tyle że te cwaniaki nie są głupie – zauważył York.

– Głupie może nie, ale nieostrożne już tak. Chcą złapać w sieci niewłaściwą osobę.

– To raczej my wybraliśmy niewłaściwą osobę.

– Nie. Oni.

Rozdział 19

Pismo przyszło faksem, od inspektora regionalnego Głównego Zarządu Więziennictwa w Waszyngtonie. Adresowane do M. Emmitta Broona, naczelnika Trumble, zwięzłym i urzędowym językiem informowało, że inspektor przejrzał więzienne rejestry odwiedzin i zaniepokoiła go liczba wizyt składanych przez niejakiego Trevora Carsona, adwokata trzech osadzonych w Trumble. Adwokat Carson pojawiał się ostatnio w więzieniu niemal codziennie.

Choć każdemu osadzonemu przysługuje konstytucyjne prawo do spotkań z adwokatem, władze więzienia mogą regulować liczbę widzeń. W związku z tym zarządza się w trybie natychmiastowym ograniczenie dni odwiedzin adwokackich do wtorków, czwartków i sobót, w godzinach od piętnastej do osiemnastej. Naczelnik może odstąpić od tej zasady w przypadku, gdy wnioskujący o to osadzony przedstawi uzasadnione powody.

Nowy przepis ma obowiązywać przez trzy miesiące, po czym decyzja zostanie poddana weryfikacji.

Naczelnikowi to odpowiadało. On też nabrał podejrzeń co do prawie codziennych wizyt Trevora. Rozpytywał już nawet strażników, którzy pełnili służbę przy wejściu, i tych pilnujących sali odwiedzin. Starał się dowiedzieć, w jakiej konkretnie sprawie adwokat spotyka się z osadzonymi, lecz niczego nie ustalił. Link, strażnik, który zwykle eskortował Trevora do pokoju adwokackiego i który przy każdej wizycie zgarniał do kieszeni kilka dwudziestek, odpowiedział, że mecenas i pan Spicer rozmawiają tylko o procesach czy apelacjach.

– No wie pan, panie naczelniku, o tych wszystkich prawniczych bzdurach i w ogóle.

– I wy zawsze przeszukujecie jego teczkę, tak? – upewnił się naczelnik.

– Oczywiście – potwierdził Link.

Kierując się uprzejmością, naczelnik postanowił uprzedzić adwokata o tych zmianach. Wybrał numer jego kancelarii w Neptune Beach. Odebrała kobieta o opryskliwym głosie.

– Kancelaria adwokacka, słucham?

– Z mecenasem Trevorem Carsonem poproszę.

– A kto mówi?

– Emmitt Broon.

– Cóż, panie Broon, mecenas właśnie ucina sobie drzemkę.

– Rozumiem. Czy mogłaby go pani jednak obudzić? Jestem naczelnikiem więzienia federalnego Trumble i muszę z nim pilnie porozmawiać.

– Chwileczkę.

Czekał długo, aż wreszcie kobieta znów się odezwała.

– Bardzo mi przykro, ale nie dałam rady go dobudzić. Mam przekazać, żeby do pana oddzwonił?

– Nie, dziękuję. Wyślę mu faks.

⋏ ⋏ ⋏

Pomysł na odwrócony przekręt wykluł się w głowie Yorka podczas niedzielnej gry w golfa. W miarę jak gra postępowała, pomysł nabierał kształtu, aż w końcu York uznał go za doskonały. Porzucił partnerów przy czternastym dołku i zadzwonił do Teddy'ego.

Przyjęliby taktykę przeciwników.

I odwróciliby uwagę od Ala Konyersa. Nie mieli nic do stracenia.

York ułożył treść listu i przekazał go jednemu z najlepszych fałszerzy z działu dokumentów. Nadawcę nazwano Brantem White'em, a list napisano odręcznie na zwykłym białym, choć drogim papierze.

Drogi Ricky!
   Przeczytałem Twoje ogłoszenie i bardzo mi się spodobało. Mam pięćdziesiąt pięć lat, jestem w świetnej formie fizycznej i szukam czegoś więcej niż tylko znajomości korespondencyjnej. Niedawno kupiliśmy z żoną dom w Palm Valley, niedaleko Neptune Beach. Przyjedziemy tam za trzy tygodnie i zamierzamy zostać na dwa miesiące.
   Jeśli jesteś zainteresowany, wyślij zdjęcie. Jeżeli spodoba mi się to, co zobaczę, podam więcej szczegółów.
                                                                                     Brant

Adresem zwrotnym Branta była skrytka pocztowa 88645, Upper Darby, Pensylwania 19082.

Żeby zaoszczędzić dwa lub trzy dni, w dziale dokumentów przybito na kopercie filadelfijski stempel i list poleciał do Jacksonville, gdzie agent Klockner osobiście dostarczył go do skrytki Aladdin North w urzędzie pocztowym w Neptune Beach. Było to w poniedziałek.

⅄ ⅄ ⅄

Następnego dnia, po popołudniowej drzemce, Trevor odebrał pocztę i ruszył na zachód znajomą trasą do Trumble. Przy wejściu powitali go ci sami strażnicy co zawsze, Mackey i Vince, po czym wpisał się do podsuniętego mu przez Rufusa rejestru, tego samego co zawsze, i udał się za Linkiem do strefy dla gości, do zakątka, gdzie w jednej z małych sal dla adwokatów czekał Spicer.

– Coś mi się zdaje, że zaczynają mieć mnie na celowniku – powiedział Link, gdy weszli do pokoju.

Spicer nawet na niego nie spojrzał. Trevor wręczył strażnikowi dwie dwudziestki i Link błyskawicznie wetknął je do kieszeni.

– Kto? – spytał Trevor, otwierając teczkę.

Spicer czytał gazetę.

– Naczelnik – odparł strażnik.

– Cholera, przecież ograniczył mi częstotliwość wizyt. O co mu jeszcze chodzi?

– Nie rozumiesz? – rzucił Spicer, nie odrywając wzroku od gazety. – Nasz Link wkurza się, bo może nie inkasować tyle co dotąd. Zgadza się, Link?

– Jasne. Nie wiem, co za machlojki tu odstawiacie, chłopaki, ale gdybym zaostrzył kontrolę, mielibyście kłopoty, mam rację?

– Przecież dobrze ci płacimy – zauważył Trevor.

– To wam się tak wydaje.

– No to ile chcesz? – spytał Spicer, teraz już patrząc na strażnika.

– Tysiąc miesięcznie – odparł Link i spojrzał na Trevora. – Gotówką. Odbiór w pana kancelarii.

– Tysiąc dolarów i poczta nie będzie sprawdzana? – upewnił się Spicer.

– No.

– I nikomu nie piśniesz ani słowa?

– No.

– Umowa stoi. A teraz znikaj.

Link uśmiechnął się do nich obu i wyszedł. Stanął za drzwiami i na użytek kamer monitoringu od czasu do czasu zaglądał przez okno do pokoju.

A tam działo się mniej więcej to samo co zawsze. Najpierw nastąpiła wymiana poczty, co zajęło zaledwie sekundy. Z wysłużonej papierowej teczki na akta Joy Roy Spicer wyciągnął listy do wysłania i wręczył je Trevorowi, a ten wyjął ze swojej teczki pocztę przychodzącą i oddał ją klientowi.

Listów do wysłania było sześć. W niektóre dni bywało ich nawet dziesięć, rzadko mniej niż pięć. A Trevor, choć niczego nie notował, nie trzymał kopii listów ani żadnych dokumentów, które mogłyby posłużyć za dowód, że miał cokolwiek wspólnego z małym szwindlem Bractwa; wiedział, że aktualnie wrabianych jest około dwudziestu lub trzydziestu potencjalnych ofiar. Rozpoznawał niektóre nazwiska i adresy.

Z precyzyjnych zapisków Spicera wynikało, że ofiar jest dokładnie dwadzieścia jeden. Dwadzieścia jeden poważnych perspektyw oraz osiemnaście kolejnych, drugoplanowych. Prawie czterdziestu korespondencyjnych przyjaciół ukrywających się w szafach; niektórzy z nich bali się własnego cienia, inni z tygodnia na tydzień nabierali coraz większej śmiałości, jeszcze inni byli już bliscy tego, by wyważyć drzwi i pobiec na spotkanie z Rickym czy z Percym.

Najtrudniejszą sprawą było zachowanie cierpliwości. Przekręt się sprawdzał, pieniądze przechodziły z rąk do rąk, jedyną pokusę stanowiła chęć wyciśnięcia ich z ofiar zbyt szybko. Beech i Yarber, udowadniając, że są prawdziwymi wołami roboczymi, ślęczeli nad listami od rana do nocy, a Spicer wszystkim kierował. Trzeba było dyscypliny, żeby najpierw wyłowić nowego gościa z kasą, a potem tak go czarować pięknymi słówkami, by zdobyć jego zaufanie.

– Nie czas przypadkiem kogoś znowu przycisnąć? – spytał Trevor.

Spicer przeglądał nowe listy.

– Tylko mi nie mów, że już jesteś spłukany – powiedział. – Wyciągasz z tego więcej od każdego z nas.

– Pieniądze mam ukryte tak jak wy. Chciałbym po prostu mieć ich więcej.

– To całkiem podobnie jak ja. – Spicer spojrzał na list, który trzymał w ręce. Był od jakiegoś Branta z Upper Darby w Pensylwanii. – A, coś nowego... – mruknął, po czym rozerwał kopertę i szybko przeczytał list. Był zaskoczony jego tonem. Żadnego strachu, żadnych zbędnych słów, żadnego krycia się po kątach. Ten człowiek był gotowy do działania. – Gdzie jest Palm Valley? – zapytał.

– Około dwudziestu kilometrów na południe od wybrzeża. Bo co?

– Co to za miejsce?

– To jedno z tych zamkniętych osiedli z polami golfowymi. Dla bogatych emerytów, prawie wszystkich z Północy.

– Po ile tam stoją domy?

– Cóż, nigdy tam nie byłem. Brama jest zawsze zamknięta, wszędzie kręcą się ochroniarze, jakby ktoś mógł chcieć się tam włamać i ukraść te cholerne wózki golfowe. Ale...

– Po ile? – przerwał mu Spicer.

– Na pewno nie mniej niż milion. Widziałem kilka oferowanych za trzy.

– Zaczekaj tu – rzucił Spicer, zabrał teczkę i ruszył do drzwi.

– A ty dokąd?

– Do biblioteki. Wrócę za pół godziny.

– Ale ja mam sprawy do...

– Nie, nic nie masz. Poczytaj gazetę.

Spicer powiedział coś do Linka i ten przez strefę dla gości wyprowadził go z budynku administracyjnego. Tam sędzia ruszył pospiesznie wzdłuż wypielęgnowanego trawnika, na którym w ciepłym słońcu pracowali więźniowie ogrodnicy, żeby wyrobić pięćdziesiąt centów za godzinę.

Podobnie swoje centy wyrabiali opiekunowie biblioteki. Zaszyci w małej sali konferencyjnej – Beech i Yarber – zrobili sobie krótką przerwę w pisaniu i grali właśnie w szachy, gdy Spicer wpadł do biblioteki z rzadkim u niego uśmiechem.

– Panowie, wreszcie wyhaczyliśmy naprawdę dużą rybę – oznajmił i rzucił na stół list Branta.

Beech przeczytał go na głos.

– Palm Valley to jedno z tych zamkniętych osiedli dla bogaczy – wyjaśnił z dumą Spicer. – Domy idą tam za jakieś trzy miliony. Facet ma kupę szmalu i chyba raczej nie chce tylko wymiany korespondencji.

– Rzeczywiście sprawia wrażenie napalonego – przyznał Yarber.

– Musimy działać szybko – dodał z entuzjazmem Spicer. – Gość ma przyjechać już za trzy tygodnie.

– Jaki potencjalny zysk może przynieść nam ta inwestycja? – spytał Beech, który uwielbiał żargon inwestorów, zwłaszcza tych obracających milionami.

– Co najmniej pół miliona dolarów – odparł Spicer. – Napiszmy odpowiedź od razu. Trevor czeka.

Beech otworzył jedną z wielu teczek. Były w niej przybory piśmiennicze, między innymi arkusze papieru listowego w pastelowych kolorach.

– Chyba tym razem pójdę w brzoskwiniowy – mruknął.

– O tak, zdecydowanie tak – poparł go Spicer. – Brzoskwiniowy będzie najlepszy.

Ricky skomponował odchudzoną wersję listu kontaktowego. Dwadzieścia osiem lat, absolwent college'u, zamknięty w ośrodku odwykowym, ale o krok od wyjścia, prawdopodobnie już za dziesięć dni. Jest bardzo samotny, chciałby zawrzeć znajomość z dojrzałym mężczyzną. Jakie to dogodne, że Brant będzie mieszkał w pobliżu, bo on ma w Jacksonville siostrę i to u niej zatrzyma się po wyjściu. Na ich drodze nie stoją żadne przeszkody, nie ma żadnych barier do pokonania. Ricky będzie czekał na Branta, gdy ten przyjedzie na Południe. Czy naprawdę jest żonaty? A jeśli tak, to czy żona też zamieszka z nim w Palm Valley? A może zostanie w Pensylwanii? Czyż nie byłoby wspaniale, gdyby tam została?

Dołączyli to samo kolorowe zdjęcie, które wykorzystywali już setki razy. Sprawdzało się, nikt nie mógł mu się oprzeć.

Spicer wziął brzoskwiniowy list i zaniósł go do pokoju dla adwokatów, gdzie drzemał Trevor.

– Wyślij to natychmiast – nakazał mu sędzia.

Jeszcze dziesięć minut poświęcili na omówienie zakładów koszykarskich, po czym pożegnali się, bez uścisku dłoni.

W drodze powrotnej do Jacksonville Trevor zadzwonił do bukmachera, nowego, większego, bo był przecież teraz prawdziwym graczem. Chociaż połączenia komórkowe są bezpieczniejsze, to w przypadku telefonu Trevora tak nie było. Agent Klockner i grupa jego agentów jak zwykle go podsłuchiwali. Trevorowi nie szło najgorzej, w ciągu ostatnich dwóch tygodni zarobił na zakładach cztery i pół tysiąca dolarów, podczas gdy jego kancelaria w tym samym okresie wpisała do ksiąg zysk w wysokości zaledwie ośmiuset.

Poza podsłuchem w telefonie Trevor miał jeszcze zainstalowane cztery mikrofony w garbusie, które na niewiele się zdawały, ale zawsze... Oprócz tego pod każdym zderzakiem samochodu umieszczono mały nadajnik – oba podłączone do instalacji elektrycznej auta i sprawdzane co drugą noc, gdy Trevor pił albo spał – tak żeby potężny odbiornik w wynajętym domu mógł śledzić garbusa, dokądkolwiek pojedzie. Pędząc autostradą, rozmawiając przez telefon jak ważniak, szastając pieniędzmi niczym nadziany hazardzista z Las Vegas i pijąc gorącą kawę kupioną w przydrożnym sklepie, Trevor emitował więcej sygnałów niż większość prywatnych odrzutowców.

⋏ ⋏ ⋏

Siódmy marca. Wielki superwtorek. Aaron Lake triumfalnie przechadzał się po scenie w dużej sali bankietowej hotelu na Manhattanie, podczas gdy tysiące osób wiwatowało, muzyka ryczała, a z góry spływały balony. Wygrał w Nowym Jorku, zdobywając czterdzieści trzy procent głosów, podczas gdy gubernator Tarry uzyskał słabe dwadzieścia dziewięć procent, a resztę zebrali pozostali kandydaci. Aaron Lake ściskał ludzi, których nigdy wcześniej nie widział, machał do osób, których miał nigdy więcej nie zobaczyć, i nie korzystając z notatek, wygłosił porywającą mowę zwycięzcy.

Potem odleciał do Los Angeles na kolejną zwycięską fetę. Przez cztery godziny lotu nowym boeingiem – który mógł pomieścić stu pasażerów, był dzierżawiony za milion dolarów miesięcznie i na wysokości prawie dwunastu tysięcy metrów osiągał prędkość ośmiuset kilometrów na godzinę – on i ludzie z jego sztabu monitorowali wyniki napływające z dwunastu stanów biorących udział w wielkim superwtorku. Na Wschodnim Wybrzeżu, gdzie lokale wyborcze zostały już zamknięte, kilkoma punktami procentowymi zwyciężył w Maine i w Connecticut. Za to dużą przewagę uzyskał w Nowym Jorku, Massachusetts, Marylandzie oraz w Georgii. W Rhode Island przegrał ośmiuset głosami, ale tysiącem wygrał w Vermoncie. Gdy przelatywał nad Missouri, CNN ogłosiło go zwycięzcą tego stanu; zebrał tam o cztery procent głosów więcej niż gubernator Tarry. W Ohio był równie blisko.

Zanim jeszcze wylądował w Kalifornii, pogrom dobiegł końca. Z pięciuset dziewięćdziesięciu jeden delegatów, o których toczyła się gra, zdobył trzystu dziewięćdziesięciu, czym znacznie umocnił swoją pozycję. I co najważniejsze, Aaron Lake miał teraz pieniądze. Gubernator Tarry tracił głosy brutalnie szybko. Wszyscy stawiali na Aarona Lake'a.

Rozdział 20

Sześć godzin po zwycięstwie w Kalifornii rozpoczął się dla Aarona Lake'a gorączkowy poranek pełny wywiadów na żywo. W ciągu dwóch godzin przebrnął przez osiemnaście, po czym poleciał do Waszyngtonu.

Tam udał się prosto do nowej siedziby głównej swojego sztabu, mieszczącej się na parterze dużego biurowca przy H Street, rzut kamieniem od Białego Domu. Podziękował swoim pracownikom – prawie żaden z nich nie był wolontariuszem – ściskając im ręce, i wciąż zadawał sobie pytanie: skąd ci ludzie się tu wzięli?

„Wygramy", powtarzał w kółko i wszyscy w to wierzyli. Bo dlaczego mieliby nie wierzyć?

Później odbył godzinną naradę z najważniejszymi członkami sztabu. Miał zebranych sześćdziesiąt pięć milionów dolarów i przy tym żadnych długów. Tarry dysponował niecałym milionem, a długów nie potrafił nawet zliczyć. W jego księgach rachunkowych panował taki bałagan, że nie zdążył w wymaganym terminie złożyć rozliczenia finansowego kampanii. Pieniądze zniknęły. Datki przestały wpływać. Wszystko szło do Lake'a.

Poza finansami debatowali także o trzech potencjalnych kandydatach na fotel wiceprezydenta. Była to ekscytująca dyskusja, ponieważ oznaczała, że Lake praktycznie ma już w kieszeni nominację. Niestety, kandydat, którego sam lansował od samego początku, senator Nance z Michigan, znalazł się pod obstrzałem, bo wyszło na jaw, że w dalekiej przeszłości prowadził podejrzane interesy. Jego wspólnicy, mieszkający w Detroit, mieli włoskie korzenie i Lake widział już oczami wyobraźni, jak prasa obdziera Nance'a ze skóry. Do dalszego zbadania tej sprawy powołano specjalny komitet.

Powołano również komitet, który miał się zająć planowaniem obecności Lake'a na konwencji w Denver. Lake domagał się wynajęcia nowego speca od pisania przemówień i chciał, żeby ten jak najszybciej zaczął pracować nad jego mową akceptacyjną.

W duchu przeliczał koszty własne, nie posiadając się ze zdumienia, że są aż tak wysokie. Szef kampanii miał dostać sto pięćdziesiąt tysięcy dolarów – nie za rok pracy, tylko za czas do Bożego Narodzenia. Całkiem podobnie zarabiali dyrektorzy: finansowy, programowy, od kontaktów z mediami, operacyjny i do spraw strategii. W dodatku każdy miał dwóch albo trzech zastępców, ludzi, których Lake prawie nie znał, a którzy wyciągali po dziewięćdziesiąt tysięcy na głowę. I byli jeszcze asystenci, ale nie ci z wolontariatu, zawsze chętnie garnący się do pomocy kandydatom, tylko prawdziwi pracownicy, którzy wprowadzali w biurach dziki zamęt, pobierając za to wynagrodzenie w wysokości pięćdziesięciu tysięcy dolarów rocznie. A poza tym dziesiątki urzędników, sekretarek i sekretarzy i wszyscy, niech to szlag, z pensją nie mniejszą niż czterdzieści tysięcy dolarów rocznie.

I żeby nie było mi za wesoło, myślał Lake, jeśli dostanę się do Białego Domu, będę dla nich wszystkich musiał tam znaleźć jakąś pracę. Dla każdego. Te dzieciaki, ganiające teraz po ulicach z przypinkami *Głosuj na Lake'a* w klapach, będą chciały mieć prawo wejścia do Zachodniego Skrzydła i posadki z płacą wysokości osiemdziesięciu tysięcy dolarów rocznie.

Ale to kropla w morzu, upominał się w duchu. Nie skupiaj się na drobiazgach, gdy gra toczy się o znacznie większą stawkę.

Sprawy o negatywnym wydźwięku zostały zepchnięte na koniec spotkania i szybko załatwione. Jeden z reporterów „Post" dłubał w początkach kariery biznesowej Aarona Lake'a i bez większego wysiłku dokopał się do afery GreenTree, nieudanego przedsięwzięcia urbanistycznego sprzed dwudziestu dwóch lat. Lake i jego wspólnik doprowadzili firmę do upadłości, legalnie kantując wierzycieli, którym byli winni osiemset tysięcy dolarów. Wspólnik Lake'a, oskarżony o rozmyślne spowodowanie bankructwa, stanął przed sądem, lecz ława przysięgłych go puściła. Lake'owi się upiekło i potem mieszkańcy Arizony aż siedem razy wybierali go na swojego reprezentanta w Kongresie.

– Odpowiem na wszystkie pytania związane z GreenTree – zapowiedział. – Chodziło jedynie o źle skonstruowaną umowę.

– Prasa niebawem przełączy bieg – uprzedził go dyrektor działu medialnego. – Jest pan nowy i jeszcze nie zdążyli pana dostatecznie głęboko prześwietlić. Wkrótce może się zrobić naprawdę niemiło.

– Już się robi – zauważył Lake. – Ale ja nie mam nic do ukrycia.

Na wczesną kolację został porwany do Mortimera, restauracji przy Pennsylvania Avenue, miejsca, w którym obecnie wypadało się pokazywać, ponieważ bywali tam najpotężniejsi i najbogatsi. Spotkał się tam z Elaine Tyner, prawniczką szefującą D-PAC-owi, która przy owocach i serach zapoznała go z finansami kolejnego nowego komitetu wsparcia. Dwadzieścia dziewięć milionów dolarów w gotówce, brak znaczącego zadłużenia, pieniądze napływały przez całą dobę, ze wszystkich stron, z całego świata.

Wyzwaniem było ich wydanie. Ponieważ były to tak zwane „miękkie pieniądze", czyli takie, które nie mogły trafić bezpośrednio na zasilenie kampanii, musieli je wykorzystać inaczej. Tyner miała kilka propozycji. Pierwsza to wypuszczenie serii reklam podobnych do tych, które przygotował Teddy Maynard. D-PAC już wykupywał na jesień najlepsze czasy antenowe. Druga, zdecydowanie przyjemniejsza, to wyścigi wyborcze do Izby Reprezentantów i do Senatu.

– Ustawiają się w kolejce jak mrówki – powiedziała z rozbawieniem Tyner. – To niesamowite, co można zdziałać, posiadając kilka milionów dolarów.

Opowiedziała mu historię z okręgu wyborczego w północnej Kalifornii. Tamtejszy kandydat, kongresmen, polityk z dwudziestoletnim stażem, którego Lake znał i którym gardził, na początku roku miał nad swoim nikomu nieznanym przeciwnikiem czterdziestopunktową przewagę. Przeciwnik znalazł dojście do D-PAC-u i oddał duszę Aaronowi Lake'owi.

– W zasadzie przejęliśmy prowadzenie całej jego kampanii – oznajmiła Tyner. – Piszemy mu przemówienia, przeprowadzamy sondaże, przygotowujemy reklamy do prasy i telewizji, nawet zatrudniliśmy mu nowych ludzi do sztabu. Jak dotąd wydaliśmy półtora miliona dolarów i przewaga prowadzącego kandydata spadła z czterdziestu punktów do dziesięciu. A przed nami jeszcze siedem miesięcy.

W sumie Tyner i D-PAC ingerowali w trzydzieści kampanii wyborczych do Izby Reprezentantów i w dziesięć do Senatu. Tyner miała nadzieję zebrać sześćdziesiąt milionów dolarów i każdego centa tej kwoty wydać do listopada.

Trzecim obszarem, na którym chciała się skupić, były badania i analiza nastrojów społecznych w kraju. D-PAC prowadził sondaże non stop, codziennie, piętnaście godzin na dobę. Jeśli robotników w zachodniej Pensylwanii niepokoiła jakaś kwestia,

D-PAC o tym wiedział. Jeżeli kobietom z Chicago i okolic podobała się lub nie podobała ta czy inna reklama Aarona Lake'a, D-PAC znał procentowy rozkład głosów na „tak" i na „nie".

– Wiemy wszystko – oświadczyła z dumą Tyner. – Jesteśmy jak Wielki Brat, zawsze obserwujący.

Za badania opinii publicznej płacili sześćdziesiąt tysięcy dolarów dziennie, co było naprawdę okazyjną ceną. Nikt nie był w stanie się do takiej choćby zbliżyć. A co najważniejsze, Lake wyprzedzał Tarry'ego dziewięcioma punktami w Teksasie, a nawet na Florydzie, którą dopiero miał odwiedzić. W Indianie natomiast, rodzinnym stanie Tarry'ego, prawie go doganiał.

– Tarry jest zmęczony – powiedziała Tyner. – I zdemotywowany. Wygrał w New Hampshire i pieniądze popłynęły do niego szerokim strumieniem. Potem raptem pojawił się pan, świeża twarz, bez żadnych obciążeń, nowe przesłanie. Zaczyna pan wygrywać i nagle pieniądze spływają do pana. A Tarry nie potrafi zebrać choćby pięćdziesięciu dolarów na kiermaszu ciast w kościele. Traci kluczowych ludzi, ponieważ nie może im zapłacić i ponieważ ci ludzie wyczuwają nowego zwycięzcę.

Lake, pogryzając ananasa, delektował się słowami Tyner. Nie mówiła niczego nowego, to samo słyszał od ludzi ze swojego sztabu. Ale słowa te, padające z ust takiej wyjadaczki jak Tyner, brzmiały jeszcze bardziej pokrzepiająco.

– A co z wiceprezydentem? – zapytał. – Jakie ma notowania? – Miał wyniki własnych sondaży, lecz z jakiegoś powodu bardziej wierzył w dane Tyner.

– Wywalczy nominację, choć z trudem – odparła, znowu nie mówiąc nic nowego. – Ale konwencja będzie krwawa. W tej chwili jest pan tylko kilka punktów za nim, jeśli chodzi o najważniejsze pytanie: na kogo zagłosujesz w listopadzie?

– Do listopada jeszcze daleko.

– Tak i nie.

– Dużo może się zmienić – zauważył Lake; myślał o Teddym Maynardzie i zastanawiał się, jaki kryzys wywoła dyrektor CIA, żeby przerazić Amerykanów.

Kolacja była raczej przekąską i z Mortimera Lake został przewieziony do stylowej małej restauracji hotelu Hay-Adams na późną, już prawdziwą kolację z kilkudziesięcioma kolegami z Izby Reprezentantów. Kiedy stanął do wyścigu, niewielu z nich pospieszyło go poprzeć, teraz jednak wszyscy byli ogromnie entuzjastycznie nastawieni do „ich kandydata". Większość prowadziła własne badania opinii publicznej i wiedziała, że poparcie dla niego rośnie lawinowo.

Lake jeszcze nigdy nie widział starych kumpli tak uszczęśliwionych, że mają go w swoim gronie.

λ λ λ

List przygotowała kobieta o nazwisku Bruce z działu dokumentów, jedna z trójki najlepszych specjalistów od preparowania fałszywek. Na tablicy korkowej tuż nad stołem roboczym w jej małym laboratorium wisiały listy Ricky'ego. Doskonałe próbki, znacznie więcej, niż potrzebowała. Nie miała pojęcia, kim jest Ricky, lecz jedno nie ulegało wątpliwości: charakter pisma nie był naturalny, choć stosowany dość konsekwentnie, w nowszych listach z większą biegłością, jaka przychodzi wraz z praktyką. Słownictwo nie było zbyt wyrafinowane, lecz Bruce przypuszczała, że Ricky celowo używa prostego języka. Zdania budował dość poprawnie. Bruce doszła do wniosku, że autor listów może być w wieku od czterdziestu do sześćdziesięciu lat i mieć wykształcenie co najmniej średnie.

Wyciąganie takich wniosków nie było jednak jej zadaniem, przynajmniej nie w tym przypadku. Takim samym długopisem, jakiego używał Ricky, i na takim samym papierze napisała krótki list do Ala. Tekst przygotował ktoś inny – nie wiedziała kto i nie obchodziło jej to. *Cześć, Al. Co u Ciebie? Dlaczego nie piszesz? Nie zapominaj o mnie.* Ot, taki tam liścik, ale z dołączoną do niego małą niespodzianką. Ponieważ Ricky nie mógł korzystać z telefonu, z głębin ośrodka odwykowego przesyłał Alowi kasetę magnetofonową z nagraną krótką wiadomością.

Bruce napisała tekst listu na właściwym papierze, po czym przez godzinę pracowała nad kopertą. Stempel pocztowy, który zastosowała, pochodził z Neptune Beach na Florydzie.

Koperty nie zakleiła. Jej małe dzieło miało pójść do sprawdzenia, a następnie do innego laboratorium. Kasetę nagrał młody agent, który studiował na wydziale aktorskim Uniwersytetu Northwestern. Miękkim głosem bez naleciałości akcentowych powiedział: „Cześć, Al, tu Ricky. Mam nadzieję, że jesteś zaskoczony, słysząc mój głos. Nie wiem dlaczego, ale nie pozwalają nam tu korzystać z telefonów, za to z jakiegoś powodu możemy wysyłać i otrzymywać kasety. Nie mogę się już doczekać chwili, kiedy stąd wyjdę". Potem przez pięć minut opowiadał o ośrodku i o nienawiści do wuja i ludzi prowadzących Aladdin North. Na końcu przyznał jednak, że zwalczył uzależnienie i że kiedyś zapewne oceni to miejsce mniej surowo.

Cała ta wypowiedź była nic nieznaczącą paplaniną. Ricky nie podawał terminu wyjścia z ośrodka, nie mówił, dokąd chce się potem udać i co zamierza robić, wspomniał jedynie mgliście, że chciałby pewnego dnia spotkać się z Alem.

Nie byli jeszcze gotowi na zarzucenie przynęty. Kasetę nagrali tylko po to, żeby w jej obudowie zainstalować nadajnik, który miał ich doprowadzić do ukrytych przez Lake'a listów. Pluskwa w kopercie byłaby zbyt ryzykowna. Al mógłby okazać się na tyle sprytny, by ją znaleźć.

W Mailbox America w Chevy Chase kontrolowali teraz już osiem skrytek wynajętych na rok przez osiem różnych osób, z których każda miała do nich taki sam dwudziestoczterogodzinny dostęp, jaki miał do swojej pan Konyers. Przychodzili tam o najróżniejszych porach dnia i nocy, by odebrać listy, które sami wysłali, i od czasu do czasu, kiedy nikt nie patrzył, zajrzeć do skrytki Ala.

Ponieważ znali jego rozkład dnia lepiej niż on sam, czekali cierpliwie, aż wróci do domu. Byli pewni, że wymknie się jak poprzednio, przebrany do joggingu, więc przetrzymali kopertę z kasetą prawie do dziesiątej wieczorem. Potem umieścili ją w skrytce.

Cztery godziny później, z dwunastoma agentami obserwującymi każdy jego krok, Aaron Lake wyskoczył z taksówki przed Mailbox America i kryjąc twarz pod daszkiem czapki, wbiegł do budynku, podszedł do skrytki, wyjął listy, po czym szybko wrócił do taksówki.

Sześć godzin później wyjechał z Georgetown na śniadanie modlitewne w Hiltonie, a oni czekali. O dziewiątej przemawiał na konferencji Stowarzyszenia Komendantów Policji, o jedenastej wygłosił mowę do tysiąca dyrektorów szkół średnich. Lunch zjadł z przewodniczącym Izby Reprezentantów. O trzeciej odbył stresującą sesję pytań i odpowiedzi z kilkoma „gadającymi głowami" z telewizji, po czym wrócił do domu, żeby się spakować. Zgodnie z planem na ten dzień o ósmej miał się stawić na Reagan National i odlecieć do Dallas.

Pojechali za nim na lotnisko, obejrzeli start boeinga 707, potem zadzwonili do Langley. Kiedy dwóch agentów Secret Service pojawiło się pod domem Lake'a, żeby skontrolować okolicę, ci z CIA byli już w środku.

Przeszukanie zakończyło się w kuchni dziesięć minut po jego rozpoczęciu. Podręczny odbiornik wychwycił sygnał z kasety magnetofonowej. Znaleźli ją w koszu na śmieci wraz z pustą plastikową butelką po mleku, dwiema rozerwanymi torebkami po płatkach owsianych, kilkoma zabrudzonymi ręcznikami papierowymi i porannym wydaniem "Washington Post". Sprzątaczka przychodziła dwa razy w tygodniu i Lake zostawił śmieci w kuble, wiedząc, że kobieta je wyniesie.

Listów nie znaleźli dlatego, że ich najzwyczajniej nie było. Sprytny Aaron Lake wszystkie dowody po prostu wyrzucał.

Teddy niemal odetchnął z ulgą, gdy go o tym powiadomiono. Zespół agentów wciąż siedział w domu, czekając, aż tajniacy z Secret Service znikną sprzed drzwi. Bez względu na to, co Lake wyprawiał w swoim potajemnym życiu, bardzo pilnował, żeby nie zostawiać śladów.

⋏ ⋏ ⋏

Nagranie wytrąciło Lake'a z równowagi. Kiedy czytał listy Ricky'ego i oglądał na zdjęciu jego przystojną twarz, zawsze odczuwał przyjemny dreszczyk podniecenia. Chłopak był daleko i raczej nigdy się nie spotkają. Mogli ze sobą korespondować i bawić się w berka na odległość, poruszając się powoli – przynajmniej tak Lake na początku to widział.

Ale gdy usłyszał głos Ricky'ego, poczuł, że dystans między nimi drastycznie się skurczył, i to nim wstrząsnęło. To, co przed kilkoma miesiącami zaczęło się jako intrygująca zabawa, teraz jawiło się jako coś, co mogło skończyć się dla niego bardzo źle. Zabawa była zbyt ryzykowna i Lake drżał na myśl, że mógłby zostać przyłapany.

Choć wydawało się to raczej mało prawdopodobne. Za maską Ala Konyersa był nie do wykrycia. Ricky nie miał pojęcia, kim on naprawdę jest. Na nagraniu powtarzał ciągle: "Al to", "Al tamto". Skrytka pocztowa też go chroniła.

Niemniej musiał z tym skończyć. Przynajmniej na razie.

W boeingu tłoczyli się jego sowicie opłacani ludzie. A i tak nie było na świecie wystarczająco dużego samolotu, żeby pomieścił całą jego świtę. Gdyby wynajął jumbo jeta, ta wielka bestia już po dwóch dniach zapełniłaby się rzeszą jego kampanijnych asystentów, doradców, konsultantów i sondażystów, nie wspominając o stale rosnącej armii agentów Secret Service.

Im więcej prawyborów wygrywał, tym samolot stawał się cięższy. Może byłoby dobrze przegrać w kilku stanach i pozbyć się części bagażu.

W spowijających pokład ciemnościach Aaron Lake, pijąc sok pomidorowy, postanowił napisać ostatni list do Ricky'ego. Al prześle mu życzenia wszystkiego najlepszego na dalszej drodze życia i po prostu zakończy tę korespondencyjną znajomość. Chłopak nic nie zrobi, będzie musiał się z tym pogodzić.

Kusiło go, żeby napisać list od razu, tu i teraz, kiedy siedział wygodnie w fotelu z nogami w górze. Ale w każdej chwili mógł się pojawić jakiś asystent z kolejną zapierającą dech w piersiach informacją, którą kandydat koniecznie powinien usłyszeć natychmiast. Lake nie miał ani odrobiny prywatności. Nie miał czasu nad niczym się zastanowić, odpocząć, pomarzyć. Każdą przyjemną myśl przerywały najnowsze wyniki, najświeższe doniesienia czy konieczność podjęcia pilnej decyzji.

Żywił cichą nadzieję, że w Białym Domu w końcu się ukryje. Zamieszkiwali go już przecież tacy samotnicy jak on.

Rozdział 21

Sprawą skradzionego telefonu komórkowego więźniowie Trumble fascynowali się od miesiąca. Niejaki T-Bone, żylaste dziecko ulicy z Miami, odsiadujący karę dwudziestu lat pozbawienia wolności za handel narkotykami, wszedł w jego posiadanie w niejasny sposób. Trzymanie komórek było w Trumble surowo zakazane, tak więc kwestia sposobu, w jaki T-Bone ją zdobył, stanowiła pożywkę dla plotek większych niż te odnoszące się do życia seksualnego T. Karla. Ci nieliczni, którzy komórkę widzieli, opisywali ją – nie przed sądem, ale w rozmowach z innymi – jako nie większą od stopera. T-Bone często był widywany, jak czając się w cieniu, zgięty wpół, z brodą przy piersi, odwrócony plecami do świata, coś do niej mamrocze. Bez wątpienia nadal kierował akcjami ulicznymi w Miami.

Potem telefon zniknął. T-Bone jasno dał wtedy do zrozumienia, że tego, kto go zwędził, zabije, a gdy groźby użycia przemocy nie poskutkowały, wyznaczył nagrodę w wysokości tysiąca dolarów. Podejrzenia szybko padły na innego młodego dilera, o ksywce Zorro, pochodzącego z równie brutalnej części miasta – tyle że Atlanty – co T-Bone. Wiele wskazywało, że może dojść do rozlewu krwi, więc w ramach interwencji strażnicy i ważniaki z góry postraszyli obu, że jeśli sytuacja wymknie się spod kontroli, zostaną przeniesieni. W Trumble przemocy nie tolerowano, a karą za jej stosowanie była wycieczka do zakładu o zaostrzonym rygorze z osadzonymi, którzy z przemocą byli za pan brat.

Ktoś powiedział T-Bone'owi o cotygodniowych posiedzeniach sądu organizowanych przez Bractwo, więc T-Bone, postępując zgodnie z procedurą, znalazł T. Karla i złożył pozew. Chciał odzyskać telefon i żądał miliona dolarów odszkodowania.

Gdy miało się odbyć pierwsze posiedzenie, w stołówce zjawił się zastępca naczelnika, żeby obserwować przebieg procesu, dlatego Bracia szybko przenieśli rozpatrzenie sprawy na inny termin. Wtedy zdarzyło się to samo. Zarzutom w rodzaju, kto miał zakazany w Trumble telefon komórkowy czy go nie miał, nie mógł przysłuchiwać się nikt z administracji. O nadzorujących cotygodniowe obrady strażnikach wiadomo było, że nie powtórzą nikomu ani słowa.

Sędzia Spicer przekonał w końcu jednego z więziennych wychowawców, że chłopcy mają prywatną sprawę do rozstrzygnięcia, lecz musi się to odbyć bez ingerencji z góry, inaczej nic z tego nie wyjdzie.

– Usiłujemy zaprowadzić porządek w pewnej drobnej sprawie – szepnął wychowawcy na ucho. – Lecz musimy to zrobić w kameralnym gronie.

Prośba dotarła do władz zwierzchnich i przy trzeciej próbie przeprowadzenia procesu stołówka pękała w szwach od widzów, z których większość miała nadzieję zobaczyć rozlew krwi. Jedynym funkcjonariuszem więziennym w sali był samotny strażnik, który siedząc z tyłu, na wpół przysypiał.

Żadnemu z procesujących się sala sądowa nie była obca, dlatego nikogo nie zdziwiło, że T-Bone i Zorro wystąpili w roli własnych adwokatów. Większą część pierwszej godziny sędzia Beech poświęcił na próby powstrzymania obu stron od używania języka rodem z rynsztoka, ostatecznie jednak zmuszony był się poddać. Z ust powoda lały się potoki szalonych oskarżeń, zarzutów, których nie dałoby się udowodnić nawet przy pomocy tysiąca agentów FBI. Zaprzeczenia padające ze strony pozwanego były równie głośne i równie niedorzeczne. T-Bone zadał jednak przeciwnikowi potężny cios, przedstawiając sądowi dwa oświadczenia podpisane przez więźniów, których nazwiska ujawniono tylko Braciom. Były to relacje naocznych świadków, którzy rzekomo widzieli, jak Zorro, próbując się ukrywać, rozmawiał przez mały telefon.

We wściekłym odzewie Zorro skomentował te oświadczenia językiem, z jakim Bracia nigdy wcześniej się nie spotkali.

Nokautujący cios padł znienacka. T-Bone w posunięciu, które wzbudziłoby podziw nawet najsprytniejszych adwokatów, przedstawił materiały dowodowe: przeszmuglowane do więzienia billingi wykazujące czarno na białym, że z jego komórki wykonano dokładnie pięćdziesiąt cztery połączenia z numerami przypisanymi do południowo-wschodniej części Atlanty. Zwolennicy T-Bone'a, którzy stanowili zdecydowaną większość pośród obecnych w sali, choć ich lojalność mógł w każdej chwili stracić, darli się i wiwatowali, dopóki T. Karl nie grzmotnął plastikowym młotkiem w stół.

Zorro miał kłopot z szybkim wymyśleniem czegoś na swoją obronę i to był gwóźdź do jego trumny. Otrzymał nakaz natychmiastowego przekazania telefonu Braciom oraz zwrotu T-Bone'owi kwoty czterystu pięćdziesięciu dolarów za rozmowy międzymiastowe. W razie gdyby telefon nie dotarł do Braci w ciągu doby, sprawa miała trafić do naczelnika, wraz z informacją, że Zorro posiada nielegalny telefon.

Ponadto zakazali obu stronom zbliżania się do siebie na odległość mniejszą niż półtora metra, nawet podczas posiłków.

Wyrok został przypieczętowany walnięciem młotka i tłum pośród wrzawy rozmów zaczął się rozchodzić. T. Karl wywołał następną sprawę – kolejny małostkowy spór o długi hazardowe – i czekał, aż stołówka oczyści się z dotychczasowej widowni.

– Cisza! – krzyknął, ale harmider tylko narastał.

Bracia zajęli się lekturą gazet i czasopism.

– Cisza w sali! – darł się T. Karl, waląc młotkiem.

– Zamknij się! – ryknął w końcu na niego Spicer. – Robisz więcej hałasu niż oni.

– Bo taka jest moja praca – odgryzł się T. Karl, kręcąc głową; loki jego peruki podskakiwały na wszystkie strony.

Stołówka wreszcie opustoszała i został w niej tylko jeden osadzony. T. Karl rozejrzał się na boki, po czym zwrócił się do niego:

– Pan Hooten?

– Nie, proszę pana – odparł młody człowiek.

– To może Jenkins?

– Nie, proszę pana.

– Tak właśnie sądziłem. Sprawa Hooten kontra Jenkins zostaje niniejszym odroczona z powodu braku stawiennictwa – ogłosił T. Karl i z wielką powagą dokonał właściwego wpisu w rejestrze spraw.

Młodym człowiekiem, który siedział samotnie i wyglądał, jakby nie był pewien, czy powinien tu być, zainteresował się Spicer.

– Kim jesteś? – zwrócił się do niego.

Teraz na chłopaka patrzył już cały skład sędziowski, wszyscy trzej mężczyźni w bladozielonych togach, a także klaun w szarej peruce, bordowej piżamie i fioletowych klapkach, bez skarpet. Rany boskie, kim byli ci ludzie!

Chłopak powoli wstał z krzesła i wyraźnie speszony zbliżył się do stołu sędziowskiego.

– Szukam pomocy – powiedział, ze strachu ledwie wydobywając z siebie głos.

– W sprawie, którą powinien zająć się sąd? – spytał ostro z boku T. Karl.

– Nie, proszę pana.

– W takim razie…

– Przymknij się! – wrzasnął Spicer. – Zakończyliśmy już obrady. Wyjdź.

T. Karl zatrzasnął rejestr, odkopnął składane krzesło i wypadł z sali jak burza; jego klapki ślizgały się na kafelkach, loki peruki powiewały.

Młody człowiek wyglądał, jakby zaraz miał się rozpłakać.

– Co możemy dla ciebie zrobić? – zapytał go Yarber.

Chłopak trzymał w rękach małe kartonowe pudło i Bracia wiedzieli z doświadczenia, że było wypełnione dokumentami, które sprowadziły go do Trumble.

– Szukam pomocy – powtórzył. – Trafiłem tu w zeszłym tygodniu i mój współlokator z celi powiedział, że wy, panowie, moglibyście pomóc mi w sprawie wniesienia apelacji.

– Nie masz adwokata? – spytał Beech.

– Miałem, ale nie był najlepszy. Między innymi to z jego powodu tu jestem.

– A inne powody? – zaciekawił się Spicer.

– Nie wiem. Naprawdę nie wiem.

– Miałeś proces?

– Tak. Bardzo długi.

– I ława przysięgłych uznała cię za winnego?

– Tak. Mnie i jeszcze kilku. Powiedzieli, że brałem udział w działalności przestępczej.

– Związanej z czym?

- Z importem kokainy.

Kolejny diler. Nagle wszyscy trzej sędziowie zapragnęli powrócić do pisania listów.

- Ile dostałeś?
- Czterdzieści osiem lat.
- Czterdzieści osiem! Ile masz teraz?
- Dwadzieścia trzy.

Z miejsca zapomnieli o listach. Patrzyli na smutną młodą twarz i próbowali wyobrazić sobie, jak chłopak będzie wyglądał za pięćdziesiąt lat. Wypuszczony na wolność w wieku siedemdziesięciu jeden lat – niewyobrażalne. Każdy z Braci miał opuścić Trumble jako młodszy człowiek.

- Weź sobie krzesło – rzucił Yarber.

Chłopak chwycił najbliższe i postawił je przed stołem. Nawet Spicer poczuł dla niego odrobinę współczucia.

- Jak się nazywasz? – zapytał Yarber.
- Mówią mi Buster.
- W porządku, Buster, co takiego zrobiłeś, żeby załatwić sobie te czterdzieści osiem lat?

Opowieść popłynęła rwącym strumieniem. Balansując pudłem na kolanach i wpatrując się w podłogę, chłopak zaczął od tego, że nigdy wcześniej nie miał zatargów z prawem, podobnie zresztą jak jego ojciec. Mieli razem małą przystań w Pensacoli. Łowili ryby, żeglowali i kochali morze, dlatego prowadzenie przystani było dla nich idealnym zajęciem i sposobem na życie. Pewnego razu sprzedali używany kuter rybacki człowiekowi z Fort Lauderdale, Amerykaninowi, który zapłacił gotówką dziewięćdziesiąt pięć tysięcy dolarów. Pieniądze trafiły do banku, a przynajmniej tak myślał Buster. Kilka miesięcy później mężczyzna wrócił po kolejną łódź, jedenastoipółmetrową, za którą zapłacił osiemdziesiąt tysięcy dolarów. Kupowanie łodzi za gotówkę nie było niczym niezwykłym na Florydzie. Klient zgłosił się potem po trzecią i czwartą. Buster i jego ojciec wiedzieli, gdzie można znaleźć dobre używane łodzie rybackie, które po zakupie remontowali i odnawiali. Podobało im się, że robią to sami. Kiedy sprzedali piąty kuter, zaczęli nachodzić ich ludzie z agencji do walki z narkotykami. Zadawali pytania, rzucali zawoalowane groźby, żądali wglądu w księgi i w dokumentację. Ojciec Bustera początkowo odmawiał, a potem wynajęli prawnika i ten odradził im współpracę z tajniakami. Przez kilka miesięcy nic się nie działo.

Pewnej niedzieli o trzeciej nad ranem Buster i jego ojciec zostali aresztowani przez bandę zbirów w kamizelkach kuloodpornych, z taką ilością broni, że mogliby zająć całą Pensacolę. W blasku migających świateł na wpół nagich ojca i syna wywleczono z domku nad zatoką. Akt oskarżenia miał dwa i pół centymetra grubości, liczył sto sześćdziesiąt stron i zawierał osiemdziesiąt jeden zarzutów o udział w przemycie kokainy. Chłopak miał odpis aktu w pudle. Na stu sześćdziesięciu stronach nie było prawie żadnej wzmianki o nim i jego ojcu, mimo to obaj zostali postawieni w stan oskarżenia i wrzuceni do jednego worka z człowiekiem, któremu sprzedawali łodzie, oraz dwudziestoma pięcioma innymi osobami, o których nigdy wcześniej nie słyszeli. Było wśród nich jedenastu Kolumbijczyków. Trzech prawników. Wszyscy inni pochodzili z południowej Florydy.

Prokurator zaproponował ugodę – po dwa lata dla każdego w zamian za przyznanie się do winy i za informacje obciążające innych oskarżonych. Przyznanie się do jakiej winy? Buster i jego ojciec nie zrobili nic złego. Z dwudziestu sześciu rzekomych współspiskowców znali tylko jednego. A kokainy nigdy na oczy nie widzieli.

Ojciec Bustera zastawił dom, żeby zdobyć dwadzieścia tysięcy dolarów na adwokata, ale dokonali złego wyboru. Podczas procesu z niepokojem stwierdzili, że posadzono ich przy jednym stole z Kolumbijczykami i z prawdziwymi handlarzami kokainą. Siedzieli po jednej stronie sali razem z nimi, jakby byli częścią tej dobrze naoliwionej machiny narkotykowej, a po drugiej stronie, blisko ławy przysięgłych, zasiedli rządowi oskarżyciele, grupa nadętych drani w ciemnych garniturach, robiących notatki i łypiących na nich, jakby byli co najmniej pedofilami. Przysięgli też tak na nich patrzyli.

Podczas trwającego siedem tygodni procesu Buster i jego ojciec byli praktycznie ignorowani. Tylko trzy razy wymieniono ich nazwiska. Właściwie zarzucano im jedynie tyle, że kupowali i odnawiali łodzie, w których podrasowywali silniki, tak żeby szajka mogła przemycać kokainę z Meksyku do różnych miejsc zrzutu wzdłuż północnego wybrzeża Florydy. Adwokat, który ciągle utyskiwał, że Buster i jego ojciec nie płacą mu wystarczająco dużo za proces trwający tak długo, okazał się nieskuteczny w obaleniu tych mocno naciąganych zarzutów. Mimo to oskarżyciele nie wyrządzili im większej szkody i byli bardziej zainteresowani przygwożdżeniem Kolumbijczyków.

Nie musieli jednak wiele udowadniać, bo świetnie dobrano ławę. Po ośmiu dniach narad przysięgli, zmęczeni i sfrustrowani, uznali, że wszyscy oskarżeni są winni stawianych im zarzutów. Miesiąc po tym, jak zapadł wyrok, ojciec Bustera popełnił samobójstwo.

Kończąc opowieść, chłopak znów wyglądał tak, jakby miał się rozpłakać. Ale wysunął szczękę do przodu, zacisnął zęby i oświadczył:

– Nie zrobiłem nic złego.

Z pewnością nie był w Trumble pierwszym osadzonym, który twierdził, że jest niewinny. Gdy Beech patrzył i słuchał, przypomniał mu się młody człowiek, którego kiedyś w Teksasie skazał na czterdzieści lat więzienia za handel narkotykami.

Oskarżony, chłopak bez wykształcenia, z parszywym dzieciństwem i długą historią wykroczeń jako młodociany przestępca, właściwie nie miał szans w życiu. Wyniosły i dostojny Beech pouczał go ze swojego miejsca za stołem sędziowskim i był wręcz dumny, że wydaje tak surowy wyrok. Trzeba przecież tych cholernych dilerów usuwać z ulic!

Liberał to konserwatysta, który trafił za kratki. Po trzech latach spędzonych w więzieniu Hatlee Beech z udręką myślał o wielu osobach, które skazywał. O ludziach dużo bardziej winnych niż Buster. Dzieciakach, którym wystarczyło tylko trochę pomóc.

Finn Yarber, patrząc i słuchając, czuł wielką litość dla tego chłopaka. Każdy w Trumble miał własną smutną historię i po jakimś miesiącu ich wysłuchiwania Yarber nauczył się nie wierzyć dosłownie w nic. Ale Buster był wiarygodny. Przez następne czterdzieści osiem lat będzie marniał i staczał się w więzieniu na koszt podatników. Trzy posiłki dziennie. Ciepłe łóżko na noc. Trzydzieści jeden tysięcy dolarów rocznie – tyle według ostatnich szacunków kosztował skarb państwa więzień federalny. Jakież marnotrawstwo! Połowa osadzonych w Trumble w ogóle nie powinna tu trafić. To nie byli agresywni ludzie, nikomu nie zagrażali, i najgorsza kara, jaka im się należała, to co najwyżej wysoka grzywna lub praca na cele społeczne.

Joe Roy Spicer słuchał przejmującej opowieści Bustera i oceniał, na ile ten chłopak mógłby się im przydać. Istniały dwie możliwości. Po pierwsze, Spicer uważał, że w przekręcie Angola nie w pełni wykorzystywali potencjał telefonów. Byli przecież starcami, a pisali listy, podając się za młodych mężczyzn. Zbyt ryzykowne byłoby zadzwonienie na przykład do takiego Garbe'a z Iowa i udawanie Ricky'ego, krzepkiego dwudziestoośmiolatka. Ale gdyby pracował dla nich taki dzieciak jak Buster, mogliby przekonać każdą potencjalną ofiarę.

W Trumble siedziało mnóstwo chłopaków i Spicer rozważał kilka kandydatur. Tyle że byli to kryminaliści i im nie ufał. Buster natomiast dopiero co trafił za kratki, sprawiał wrażenie niewinnego i przychodził do nich po pomoc. Raczej nietrudno będzie nim manipulować.

Druga możliwość stanowiła pochodną pierwszej. Gdyby chłopak do nich dołączył, pozostałby na miejscu, kiedy Joe Roy wyjdzie na wolność. Przekręt okazał się przedsięwzięciem zbyt dochodowym, żeby tak po prostu z niego zrezygnować. Beech i Yarber świetnie pisali listy, lecz nie mieli zmysłu do prowadzenia interesów. Spicer mógłby wyszkolić młodego Bustera. Chłopak by go zastąpił i przekierowywał jego udziały na zewnątrz.

Ot, taka sobie myśl.

– Masz jakieś pieniądze? – zapytał chłopaka.

– Nie, proszę pana. Wszystko straciliśmy.

– A rodzina? Wujowie, ciotki, znajomi... Nikogo, kto mógłby ci pomóc w pokryciu kosztów obsługi prawnej?

– Nie, proszę pana. A o jakie koszty dokładnie chodzi?

– Zwykle za przejrzenie sprawy i pomoc przy wnoszeniu apelacji pobieramy opłaty.

– Jestem spłukany, proszę pana.

– Sądzę, że możemy ci pomóc – wtrącił się do rozmowy Beech.

Spicer i tak nie zajmował się apelacjami. Nie miał skończonej nawet szkoły średniej.

– Myślisz o czymś w rodzaju usługi pro bono, tak? – zwrócił się Yarber do Beecha.

– Pro co? – spytał Spicer.

– Pro publico bono.

– A co to takiego?

– Darmowa pomoc prawna – wyjaśnił Beech.

– Darmowa pomoc? Udzielana przez kogo?

– Przez adwokatów – odparł Yarber. – Od każdego adwokata oczekuje się, że poświęci kilka godzin swojego czasu na pomoc ludziom, których nie stać na wynajęcie prawnika.

– To część staroangielskiego prawa zwyczajowego – dodał Beech, jeszcze bardziej zaciemniając sprawę.

– Ale u nas to się chyba nie przyjęło, co? – prychnął Spicer.

– Zapoznamy się z twoją sprawą – zwrócił się Yarber do Bustera. – Ale nie miej zbyt dużych oczekiwań.

– Dziękuję.

Opuścili stołówkę całą grupą: trzech byłych sędziów w zielonych togach i krok za nimi przerażony młody więzień. Przerażony, ale i zaintrygowany.

Rozdział 22

Odpowiedź Branta z Upper Darby w Pensylwanii brzmiała ponaglająco:

Drogi Ricky!

Ho, ho, jakie zdjęcie! Przyjeżdżam wcześniej, niż planowałem, już dwudziestego kwietnia. Będziesz wtedy dostępny? Jeżeli tak, dom będziemy mieli tylko dla siebie, bo żona dołączy do mnie dopiero dwa tygodnie później. Biedna kobieta. Dwadzieścia dwa lata jesteśmy małżeństwem, a ona nadal niczego się nie domyśla.

Przesyłam Ci swoje zdjęcie. W tle widać mojego learjeta, jedną z moich ulubionych zabawek. Jeśli zechcesz, trochę się nim porozbijamy. Odpisz jak najszybciej, proszę.

Pozdrawiam, Brant

Nadal bez nazwiska, ale to nie problem. Wkrótce to ustalą. Spicer obejrzał stempel pocztowy i przemknęło mu przez myśl, że listy między Jacksonville a Filadelfią kursują niezwykle szybko. Lecz jego uwagę przykuło głównie zdjęcie. Było naturalne, nieupozowane i wyglądało jak wyjęte z reklamy inwestycji obiecującej możliwość szybkiego wzbogacenia się. Jak z tych ulotek, na których dumnie uśmiechnięty naciągacz stoi pośród oznak bogactwa: odrzutowiec, rolls i prawdopodobnie najnowsza żona. Brant również stał przy samolocie i choć bez rollsa, to z atrakcyjną kobietą u boku, zapewne małżonką.

Dostawali wiele zdjęć, ich kolekcja stale się powiększała, jeszcze nigdy jednak żaden z korespondentów nie przysłał zdjęcia, na którym byłoby widać żonę. Zastanawiające, pomyślał Spicer, chociaż Brant wspominał przecież o żonie w obu listach. Zresztą Spicera nic już nie dziwiło. Ich przekręt miał szansę trwać wiecznie, bo liczba potencjalnych ofiar, gotowych ignorować ryzyko, wydawała się nieskończona.

A co do samego Branta, to wyglądał na kogoś dbającego o formę fizyczną, był opalony, miał wąsy i krótkie ciemne włosy przyprószone siwizną. Nie należał do najprzystojniejszych, ale czy to ważne?

Dlaczego człowiek, który miał tak wiele, był aż tak nieostrożny? Dlatego, że zawsze ryzykował i nigdy się nie potknął? Dlatego, że taki miał styl życia? Pewnie gdy go przycisną i oskubią z kasy, na jakiś czas przystopuje. Będzie unikał ogłoszeń towarzyskich i anonimowych kochanków. Tyle że ktoś taki jak Brant, z tak agresywnym podejściem do życia, zapewne szybko wróci do starych zwyczajów.

Spicer doszedł do wniosku, że dreszczyk emocji towarzyszący poszukiwaniom przypadkowych partnerów musi przyćmiewać ryzyko. Tak czy owak, nadal niepokoił go fakt, że to właśnie on spędza codziennie mnóstwo czasu, usiłując myśleć jak gej.

Beech i Yarber przeczytali list i obejrzeli zdjęcie. W ciasnej sali zapanowała cisza. Czyżby to było to? Ta naprawdę duża zdobycz?

– Pomyślcie tylko, ile taki samolot może kosztować – mruknął Spicer.

Wszyscy trzej roześmiali się. Nerwowo, jakby nie mieli pewności, czy powinni wierzyć w to, na co patrzą.

– Pewnie z kilka milionów – powiedział Beech. Pochodził z Teksasu i miał kiedyś bogatą żonę, pozostali dwaj założyli więc, że o samolotach wie więcej niż oni. – To mały learjet.

Spicer zadowoliłby się nawet małą cessną, czymkolwiek, co wzniosłoby go w powietrze i zabrało daleko od tego życia. Yarber nie chciał samolotu. Chciał bilet na samolot w pierwszej klasie, gdzie podawano szampana i dwa zestawy menu i gdzie ma się wybór filmów do obejrzenia. Lot pierwszą klasą nad oceanem, oby jak najdalej od tego kraju.

– Udupmy go – powiedział.

– Na ile? – zapytał Beech, nadal wpatrzony w zdjęcie.

– Co najmniej na pół miliona – rzucił Spicer. – A jeśli je dostaniemy, zgłosimy się po więcej.

Siedzieli w milczeniu, każdy obracał w wyobraźni swoją częścią połowy miliona. Cieniem na te myśli kładła się tylko jedna trzecia Trevora. Zgarnąłby sto sześćdziesiąt siedem tysięcy dolarów, a im zostałoby tylko po sto jedenaście. Nieźle jak na więźniów, ale powinno być o wiele więcej. Dlaczego adwokat dostawał aż tyle?

– Musimy zmniejszyć mu stawkę – oznajmił Spicer. – Myślę o tym już od jakiegoś czasu. Począwszy od teraz, kasę będziemy dzielili na cztery części. Będzie dostawał tyle samo co my.

– Nie zgodzi się – mruknął Yarber.

– Musi. Nie ma wyboru.

– Chodzi tylko o sprawiedliwość – zauważył Beech. – To my odwalamy całą robotę, a on dostaje więcej niż każdy z nas. Jestem za zmniejszeniem jego udziału.

– Powiem mu o tym w czwartek.

⋏ ⋏ ⋏

Dwa dni później Trevor przyjechał do Trumble tuż po czwartej. Miał szczególnie uporczywego kaca, którego nie przygłuszył ani dwugodzinnym lunchem, ani godzinną drzemką.

Joe Roy Spicer wydawał się szczególnie podminowany. Dał mu listy do wysłania, ale jedną kopertę – pękatą, czerwoną – wciąż trzymał w ręce.

– Szykujemy się do przyskrzynienia tego faceta – oznajmił, stukając kopertą w stół.

– Kto to?

– Jakiś tam Brant spod Filadelfii. Ukrywa się za adresem skrytki pocztowej, więc trzeba go wypłoszyć.

– Na ile chcecie go naciągnąć?

– Na pół miliona.

Przekrwione oczy Trevora zwęziły się, wyschnięte usta rozchyliły. Dokonał w myślach obliczeń – sto sześćdziesiąt siedem tysięcy dolarów do kieszeni. Nagle jego żeglarska przygoda zaczęła się jawić jako coś bardzo bliskiego. Może nie potrzebuje całego miliona, żeby zatrzasnąć drzwi kancelarii i wybyć na Karaiby? Może wystarczyłaby połowa? A do niej miał tylko krok.

– Żartujesz? – rzucił, wiedząc, że Spicer nie żartuje, bo nie miał poczucia humoru, zwłaszcza gdy mowa była o pieniądzach.

– Nie. Poza tym zmniejszamy ci stawkę.

– Po moim trupie. Umowa to umowa.

– Tak, ale umowy podlegają zmianom. Od teraz będziesz dostawał tyle samo co my. Jedną czwartą.

– W życiu.

– W takim razie jesteś zwolniony.

– Nie możecie mnie zwolnić.

– Właśnie to zrobiłem. Co, myślisz, że nie znajdziemy innego sprzedajnego prawnika, który zgodzi się przemycać dla nas pocztę?

– Za dużo wiem – przypomniał mu Trevor; czuł, że się czerwieni i że zasycha mu w gardle.

– Nie przeceniaj się. Nie jesteś aż tak cenny.

– Owszem, jestem. Wiem o wszystkim, co się tutaj dzieje.

– My też, mądralo. Różnica jest tylko taka, że my już tu jesteśmy. To ty masz najwięcej do stracenia. Stawiaj się, a szybciej, niż myślisz, będziesz siedział po tej samej stronie stołu co ja.

Skronie Trevora przeszył ostry ból. Zamknął oczy. Nie był w stanie się sprzeczać. Po cholerę siedział wczoraj tak długo w barze U Pete'a? Przecież wiedział, że na spotkaniach ze Spicerem lepiej być w pełni przytomnym. A on tymczasem był zmęczony i na wpół pijany.

Zakręciło mu się w głowie, przestraszył się, że zaraz zwymiotuje. Zaczął liczyć. Kłócili się o to, czy ma dostać sto sześćdziesiąt siedem tysięcy, czy sto dwadzieścia pięć, ale tak po prawdzie obie kwoty były niczego sobie. Nie mógł ryzykować, nie mógł dać się zwolnić, bo zraził do siebie nawet tych nielicznych klientów, którzy mu jeszcze zostali. W kancelarii spędzał coraz mniej czasu, do nikogo nie oddzwaniał. Znalazł sobie o wiele lepsze źródło dochodów, po diabła mu więc był ten ledwo się kręcący interes?

No i nie mógł się równać ze Spicerem. Ten człowiek nie miał sumienia. Był bezwzględny, przebiegły i zdeterminowany. Chciał zgarnąć tyle kasy, ile tylko się da.

– Beech i Yarber też są za tym? – spytał Trevor, doskonale wiedząc, że są, a gdyby nawet nie byli, i tak się o tym nie dowie.

– Oczywiście. To oni odwalają całą robotę. Dlaczego miałbyś zarabiać więcej od nich?

To rzeczywiście wydawało się dość niesprawiedliwe.

– No już dobrze, dobrze – mruknął Trevor, wciąż trawiony bólem głowy. – W końcu w pierdlu siedzicie nie bez powodu.

– Czy ty aby nie przesadzasz z piciem?

– Co? Nie. Skąd ten pomysł?

– Bo znałem pijaków. Niejednego. A ty wyglądasz tragicznie.

– Dzięki, ale lepiej zajmij się swoimi sprawami, a ja się zajmę swoimi.

– W porządku, tylko pamiętaj, że nikt nie lubi korzystać z usług adwokata pijaka. Zajmujesz się naszymi finansami, masz dostęp do wszystkich naszych pieniędzy, i to nielegalnych. Jeszcze coś ci się wyrwie w luźnej rozmowie w barze i ktoś może zacząć zadawać pytania.

– Nie martw się, panuję nad sytuacją.

– To dobrze, ale uważaj. Przycisnęliśmy kilku delikwentów, co musiało ich nieźle zaboleć. Gdybym to ja był na drugim końcu tej zabawy, kusiłoby mnie, żeby tu przyjechać i trochę się porozglądać, zanim wyślę forsę.

– Za bardzo się boją.

– Mimo wszystko miej oczy szeroko otwarte. I nie pij. Musisz być trzeźwy i czujny.

– Jasne, jasne. Coś jeszcze?

– Tak. Kilka meczów do obstawienia. – Spicer otworzył gazetę i zaczęli typować zakłady.

W drodze powrotnej do Jacksonville Trevor kupił w sklepiku na obrzeżach Trumble piwo i jadąc, powoli je pił. Starał się nie myśleć o pieniądzach, ale nie potrafił zapanować nad własnymi myślami. Na zamorskich kontach miał ponad dwieście pięćdziesiąt tysięcy dolarów, które może podjąć, kiedy tylko zechce. Dodać pół miliona i... – po prostu nie mógł tego nie policzyć – to daje całe siedemset pięćdziesiąt tysięcy dolarów!

Nigdy go nie złapią, bo to kradzież brudnych pieniędzy. I na tym właśnie polegało całe piękno. Ofiary Braci nawet teraz niczego nie zgłaszały, ponieważ się wstydziły. Ci ludzie nie zrobili nic złego, nie złamali prawa, a i tak bali się pójść na policję. Natomiast Bracia popełniali przestępstwo. Do kogo mogliby się zwrócić, gdyby ich pieniądze zniknęły?

Nie, nie, musiał przestać snuć takie rozważania.

Tylko... no serio, jakim sposobem Bracia mieliby go dopaść? Zwinąłby kasę i uciekł, żeglowałby jachtem między wyspami, o których nigdy nie słyszeli. A kiedy w końcu wyszliby na wolność, to czy mieliby jeszcze siłę, pieniądze i chęci, żeby próbować go wytropić? Oczywiście, że nie. Byliby starcami. Beech i tak prawdopodobnie umrze w Trumble.

– Skończ z tym! – krzyknął do siebie.

Przeszedł się do Beach Java po potrójne latte i wrócił do kancelarii z mocnym postanowieniem, że zrobi coś pożytecznego. Wszedł do internetu i znalazł nazwiska kilku prywatnych detektywów w Filadelfii. Kiedy zaczął ich obdzwaniać, była już prawie szósta. W dwóch pierwszych miejscach odpowiedziała mu automatyczna sekretarka.

Trzecie połączenie, z biurem niejakiego Eda Pagnozziego, odebrał sam właściciel. Trevor wyjaśnił, że jest adwokatem z Florydy i ma do zlecenia szybką robotę w Upper Darby.

– Rozumiem. Co to za robota?

– Próbuję iść śladem pewnej korespondencji – odparł bez zająknięcia. Robił to już tyle razy, że miał to dobrze przećwiczone. – Chodzi o dużą sprawę rozwodową. Reprezentuję żonę, a mąż chyba ukrywa pieniądze. W każdym razie potrzebuję, żeby ktoś tam na miejscu sprawdził, kto wynajmuje pewną skrytkę pocztową.

– Chyba pan żartuje?

– Nie, mówię całkowicie poważnie.

– Chce pan, żebym węszył na poczcie?

– To przecież chyba podstawa pracy detektywa, czyż nie?

– Posłuchaj mnie, kolego, jestem bardzo zajęty. Zadzwoń pan do kogoś innego. – Pagnozzi rozłączył się, by zająć się poważniejszymi sprawami.

Trevor zaklął pod nosem i wybrał kolejny numer. Próbował dodzwonić się jeszcze pod dwa, ale w obu przypadkach znowu włączyła się automatyczna sekretarka. Postanowił ponowić próby następnego dnia.

⅄ ⅄ ⅄

W domu po drugiej stronie ulicy Klockner jeszcze raz odsłuchał krótką rozmowę adwokata z Pagnozzim, po czym zadzwonił do Langley. Na miejsce trafiał właśnie ostatni element układanki i Deville na pewno chciałby o tym wiedzieć.

Chociaż przekręt opierał się na gładkich słówkach i kuszących zdjęciach, to tak naprawdę był całkiem prosty. Żerował na ludzkich żądzach i przynosił zyski tylko dlatego, że ludzie się bali. W rozszyfrowaniu jego mechanizmu pomogły agentom dokumenty pozyskane od Garbe'a, podstęp z Brantem White'em i listy, które zdołali przechwycić.

Tylko jedno pytanie pozostawało bez odpowiedzi. W jaki sposób Bracia poznawali prawdziwe nazwiska ofiar, gdy te do wynajęcia skrytek pocztowych używały pseudonimów? Wyjaśniły im to telefony do Filadelfii. Trevor po prostu wynajmował miejscowego prywatnego detektywa, tyle że jak widać, kogoś mniej obłożonego pracą niż pan Pagnozzi.

Dochodziła już prawie dziesiąta, kiedy Deville mógł w końcu zobaczyć się z Teddym Maynardem. W strefie zdemilitaryzowanej Koreańczycy z Północy zastrzelili kolejnego amerykańskiego żołnierza i Teddy od południa zajmował się skutkami tego zdarzenia. Jadł właśnie krakersy z serem i pił dietetyczną colę, kiedy Deville wszedł do bunkra i złożył krótki raport.

– Tak myślałem – skwitował Teddy.

Miał doskonały instynkt, jego przeczucia na ogół zawsze się sprawdzały.

– Oznacza to oczywiście, że adwokat, żeby poznać prawdziwą tożsamość Ala Konyersa, może wynająć prywatnego detektywa również tutaj – dodał Deville.

– No dobrze, tylko jak ten detektyw miałby do tego dojść?

– Sposobów jest co najmniej kilka. Pierwszy to na przykład monitoring. Może obserwować pocztę i przyłapać Konyersa dokładnie tak samo, jak my przyłapaliśmy Lake'a. To trochę ryzykowne, bo istniałoby duże ryzyko, że zostanie zauważony. Drugi sposób to przekupstwo. Pięćset dolarów gotówką dla urzędnika załatwia sprawę w wielu miejscach. A trzeci to komputery. Tego rodzaju dane nie są szczególnie chronione. Jeden z naszych ludzi bez większych problemów włamał się do komputera poczty głównej w Evansville w Indianie i ściągnął listę wszystkich osób wynajmujących skrytki. To był tylko test, a zajęło mu to niecałą godzinę. Ale to zaawansowana technika. Istnieją prostsze sposoby, jak choćby włamanie się nocą na pocztę i zebranie danych na miejscu.

– Ile on im za to płaci?

– Nie wiem, ale dowiemy się, gdy tylko kogoś wynajmie.

– Trzeba go zneutralizować.

– Wyeliminować?

– Jeszcze nie. Najpierw wolałbym go przekupić. Byłby naszą wtyczką. Gdyby dla nas pracował, wiedzielibyśmy o wszystkim, co się tam dzieje, i trzymalibyśmy go z daleka od Konyersa. Opracujcie plan.

– Na eliminację też?

– Można, ale pośpiechu nie ma. Przynajmniej na razie.

Rozdział 23

Z jego zamiłowaniem do broni, bomb, twardego języka i gotowości bojowej Południe rzeczywiście pokochało Aarona Lake'a. Zalał Florydę, Missisipi, Tennessee, Oklahomę i Teksas powodzią reklam jeszcze śmielszych niż te pierwsze. Natomiast ludzie Teddy'ego Maynarda zalali te same stany taką ilością pieniędzy, jaka nigdy wcześniej nie przeszła z rąk do rąk na dzień przed wyborami.

Rezultatem był kolejny pogrom, kiedy to Aaron Lake w małym superwtorku zdobył poparcie dwustu sześćdziesięciu z trzystu dwunastu delegatów. Gdy czternastego marca podliczono głosy, okazało się, że z ogólnej liczby dwóch tysięcy sześćdziesięciu sześciu delegatów tysiąc trzysta jeden już się zdecydowało. Lake uzyskał niekwestionowaną przewagę nad gubernatorem Tarrym. Jego poparło ośmiuset jeden delegatów, Tarry'ego jedynie trzystu dziewięćdziesięciu.

Wszystko wskazywało na to, że jeśli tylko nie dojdzie do jakiejś nieprzewidzianej katastrofy, wyścig w zasadzie już się skończył.

⋏ ⋏ ⋏

Pierwszą pracą Bustera w Trumble było koszenie trawy, za co miał dostawać dwadzieścia centów za godzinę. Dali mu do wyboru to albo zmywanie podłóg w stołówce. Wybrał ścinanie chwastów, bo lubił słońce i poprzysiągł sobie, że nie stanie się wypłukanym z koloru białasem, jak część innych osadzonych. Ani się nie roztyje, tak jak niektórzy. To przecież więzienie, powtarzał sobie w duchu, jakim cudem oni się tu tak upaśli?

Pracował ciężko w palącym słońcu, zachowując opaleniznę i płaski brzuch i starając się wykonywać sumiennie wszystko, co do niego należało, lecz już po dziesięciu dniach wiedział, że czterdziestu ośmiu lat nie wytrzyma.

Czterdzieści osiem lat! Nie potrafił wyobrazić sobie takiego czasu. Kto by potrafił?

Pierwsze dwie doby przepłakał. Myślał tylko o tym, że jeszcze trzynaście miesięcy temu prowadził z ojcem przystań, naprawiał łodzie, dwa razy w tygodniu wypływał na połów ryb w Zatoce Meksykańskiej.

Powoli obrabiał kosiarką trawę przy betonowym krawężniku boiska do koszykówki, na którym toczył się zacięty mecz, po czym przeszedł do dużej łachy piasku, gdzie czasami więźniowie grywali w siatkówkę. W oddali po bieżni spacerowała samotna postać, jakiś starszy mężczyzna. Miał spięte w kucyk siwe włosy, był bez koszuli i wyglądał znajomo. Buster, przesuwając się z kosiarką wzdłuż krawędzi chodnika, zmierzał w tamtą stronę.

Samotnym spacerowiczem okazał się Finn Yarber, jeden z trzech sędziów, którzy próbowali mu pomóc. Szedł miarowym krokiem po owalu, głowę miał podniesioną, plecy sztywno wyprostowane. Może nie był to obraz gibkiego lekkoatlety, ale jak na sześćdziesięciolatka wyglądał całkiem nieźle. Był na bosaka, a jego spaloną słońcem skórę zlewał pot.

Buster wyłączył kosiarkę i położył ją na ziemi. Yarber podszedł bliżej i go zauważył.

– Hej, Buster. Co słychać? Jak leci?

– Tak sobie. Wciąż tu jestem – mruknął chłopak. – Mógłbym się przyłączyć? Nie będę panu przeszkadzał?

– Ależ skąd, zapraszam. – Finn nie zwolnił kroku.

Pokonali dwieście metrów, zanim Buster zdobył się na odwagę i spytał:

– Co z moją apelacją?

– Sędzia Beech się temu przygląda. Wyrok wydaje się w porządku, co nie jest dobrą wiadomością. Wielu trafia tu z wadliwymi wyrokami, wtedy zwykle składamy parę wniosków i udaje nam się odjąć kilka lat. W twoim przypadku tak się nie stanie. Przykro mi.

– Nic nie szkodzi. Co znaczy kilka lat, kiedy się dostało czterdzieści osiem? Dwadzieścia osiem, trzydzieści osiem, czterdzieści osiem, jaka to różnica?

– Możesz wystąpić o uchylenie całego wyroku. Jest szansa, że sąd na to pójdzie.

– Bardzo nikła.

– Nie wolno ci tracić nadziei, Buster – powiedział Yarber, choć bez przekonania.

Jeśli miało się nadzieję, oznaczało to, że wierzy się w system. A Yarber już w system nie wierzył. Wrobiło go i sponiewierało to samo prawo, którego kiedyś bronił.

Tyle że on miał przynajmniej wrogów i nawet do jakiegoś stopnia rozumiał, dlaczego się na niego zasadzili.

A ten biedny chłopak nikomu nie zrobił nic złego. Yarber przeczytał wystarczająco dużo z jego akt, by wierzyć, że Buster jest zupełnie niewinny, że był tylko kolejną ofiarą nadgorliwego prokuratora.

Możliwe, że jego ojciec ukrył jakieś pieniądze, tak przynajmniej wynikało z akt, ale na pewno nie było tego dużo. Nic takiego, co uzasadniałoby stusześćdziesięciostronicowy akt oskarżenia z zarzutami o udział w przemycie narkotyków.

Nadzieja. Czuł się jak hipokryta, że to słowo w ogóle przyszło mu do głowy. Sądy apelacyjne były teraz obsadzone zagorzałymi prawicowymi zwolennikami praworządności, którzy za nic nie odwołaliby wyroku w sprawie o handel narkotykami. Odrzucą wniosek dzieciaka, wmawiając sobie, że dbają w ten sposób o bezpieczeństwo na ulicach.

Ze wszystkich uczestniczących w procesie największymi tchórzami byli sędziowie. Od prokuratorów oczekuje się, że będą oskarżać każdego, taka ich rola, ale sędziowie powinni odsiewać groźnych oskarżonych od tych właściwie niewinnych. Buster i jego ojciec powinni byli zostać oddzieleni od Kolumbijczyków i całej reszty i odesłani do domu jeszcze przed rozpoczęciem procesu.

Teraz jeden z nich nie żył, a drugi nie miał przed sobą życia. I w całym federalnym systemie karnym nikogo to nie obchodziło. Dla nich była to tylko kolejna sprawa o przemyt narkotyków.

Na pierwszym zakręcie Yarber zwolnił, a potem się zatrzymał. Popatrzył w dal, na linię drzew za trawiastym polem. Buster też spojrzał w tamtą stronę. Granicom Trumble przyglądał się od dziesięciu dni i widział coś, czego tam nie było: ogrodzenia, druty kolczaste, wieże strażnicze.

– Ostatni gość, który stąd zwiał – odezwał się Yarber, wciąż zapatrzony w nicość – zrobił to, uciekając między tamtymi drzewami. Lasek jest dość gęsty, ciągnie się kilka kilometrów i kończy przy wiejskiej drodze.

– Kto to był?

– Taki jeden, Tommy Adkins, bankier z Karoliny Północnej. Przyłapali go z ręką w słoiku z cukierkami.

– Co się z nim stało?

– Pewnego dnia zwariował i poszedł sobie. Minęło sześć godzin, zanim ktokolwiek się zorientował. Miesiąc później znaleźli go w pokoju motelowym w Cocoa Beach. Nie gliny, tylko pokojówki. Skulony, leżał nago na podłodze i ssał kciuk, bez żadnego kontaktu z rzeczywistością. Wsadzili go do psychiatryka.

– Sześć godzin, mówi pan?

– Tak. Zdarza się to mniej więcej raz w roku. Ktoś po prostu odchodzi. Powiadamiają gliny w jego rodzinnym mieście, wprowadzają nazwisko do policyjnej bazy danych, standardowa procedura.

– Ilu z nich udaje się złapać?

– Prawie wszystkich.

– Prawie.

– Tak, ale tylko dlatego, że robią głupoty. Upijają się w barach. Jeżdżą samochodami bez tylnych świateł. Odwiedzają swoje dziewczyny.

– Więc gdyby się miało łeb na karku, mogłoby się udać?

– Pewnie. Z dokładnym planem i odrobiną gotówki to nic trudnego.

Znowu ruszyli, trochę wolniej.

– Proszę mi coś powiedzieć, panie sędzio – odezwał się Buster po kilku krokach. – Gdyby czekało pana czterdzieści osiem lat, zaryzykowałby pan ucieczkę?

– Tak.

– Tylko że ja nie mam pieniędzy.

– Ale ja mam.

– Czy to znaczy, że mi pan pomoże?

– Zobaczymy. Na razie się nie wychylaj. Daj sobie trochę czasu. Musisz się tu zadomowić. Jesteś nowy, więc obserwują cię uważniej niż pozostałych, ale z czasem o tobie zapomną.

Buster po raz pierwszy się uśmiechnął. Jego wyrok uległ właśnie drastycznemu skróceniu.

– Wiesz, co będzie, jeśli cię złapią? – odezwał się Yarber.

– Tak, dodadzą mi kilka lat. Wielkie rzeczy! Może dostanę pięćdziesiąt osiem. Nie, panie sędzio, jeśli mnie złapią, strzelę sobie w łeb.

– Też bym tak zrobił. A... i pamiętaj, być może będziesz musiał wyjechać z kraju.

– Jasne. Tylko dokąd?

– Tam gdzie wyglądałbyś jak miejscowi i gdzie nie ma ekstradycji do Stanów.

– Czyli konkretnie?

– Do Argentyny, Chile. Mówisz po hiszpańsku?

– Nie.

– To zacznij się uczyć. Mamy tu zajęcia z hiszpańskiego. Prowadzą je chłopcy z Miami.

Przeszli jedno okrążenie w milczeniu. Buster myślał o przyszłości, lecz jego krok był już lżejszy, ramiona miał bardziej wyprostowane, a z twarzy nie znikał uśmiech.

– Dlaczego mi pan pomaga? – zapytał w końcu.

– Bo masz dwadzieścia trzy lata. Bo jesteś zbyt młody i zbyt niewinny. Nasz system cię wydymał, Buster. Twoim prawem jest walczyć z nim w każdy możliwy sposób. Masz dziewczynę?

– Tak jakby.

– Zapomnij o niej. Tylko cię wpędzi w kłopoty. Poza tym myślisz, że będzie na ciebie czekała czterdzieści osiem lat?

– Powiedziała, że będzie.

– Kłamie. Pewnie już teraz baluje z innymi. Zapomnij o niej, chyba że chcesz dać się złapać.

Tak, pomyślał Buster, sędzia ma rację. Nawet jeszcze do niego nie napisała. Mieszkała zaledwie cztery godziny drogi od Trumble, a mimo to ani razu go nie odwiedziła. Dwa razy rozmawiali przez telefon, ale ją obchodziło tylko to, czy ktoś go już pobił.

– Masz dzieci? – pytał dalej Yarber.

– Nie, o ile wiem, to nie.

– A matkę?

– Zmarła, kiedy byłem mały. Wychowywał mnie ojciec. Było nas tylko dwóch.

– W takim razie jesteś idealnym kandydatem na uciekiniera.

– Chciałbym uciec już teraz, od razu.

– Spokojnie, bądź cierpliwy. Najpierw porządnie sobie wszystko zaplanuj.

Kolejne okrążenie, które Buster najchętniej pokonałby sprintem. Nie przychodziło mu do głowy nic, najmniejsza cholerna rzecz, za którą mógłby tęsknić, zostawiając Pensacolę. Z hiszpańskiego w liceum miał same piątki i czwórki i wprawdzie sporo już zapomniał, ale pamiętał, że nauka języka nie sprawiała mu trudności. Szybko się go nauczy. Zgłosi się na kurs i będzie się trzymał z Latynosami.

Im dłużej spacerowali, tym silniej pragnął utwierdzić się w przekonaniu, że jego pomysł ma sens. I najlepiej, żeby stało się to jak najszybciej. Gdyby zmienił zdanie, musiałby ponownie stanąć przed sądem, a w to, że nowa ława przysięgłych spojrzałaby na jego sprawę przychylniej, raczej nie wierzył.

Miał ochotę rzucić się do ucieczki już teraz, przebiec pole, pokonać las i znaleźć się na drodze. Wprawdzie nie wiedziałby, co robić dalej, ale jeśli jakiś obłąkany bankier zdołał dotrzeć aż do Cocoa Beach, jemu też się uda.

– A pan? Dlaczego pan nie uciekł? – spytał Yarbera.

– Myślałem o tym. Ale za pięć lat mają mnie wypuścić. Tyle jeszcze wytrzymam. Wyjdę stąd w wieku sześćdziesięciu pięciu lat, mając jeszcze niezłą kondycję fizyczną, i według statystyk będzie mnie czekać jeszcze co najmniej szesnaście lat życia. Po to właśnie żyję, Buster. Dla tych ostatnich szesnastu lat. Nie chcę w tym czasie stale oglądać się przez ramię.

– Dokąd pan pójdzie?

– Jeszcze nie wiem. Może zamieszkam w jakiejś małej włoskiej wiosce, a może w górach Peru. Do wyboru mam cały świat i każdego dnia marzę o tym godzinami.

– Rozumiem więc, że ma pan dużo pieniędzy?

– Nie, ale jestem blisko.

Odpowiedź zabrzmiała intrygująco, rozbudziła ciekawość Bustera, postanowił jednak o nic nie pytać. Nauczył się już, że w więzieniu większość pytań zachowuje się dla siebie.

Kiedy zmęczył się marszem, zatrzymał się przy kosiarce.

– Dziękuję, panie sędzio – powiedział.

– Nie ma za co. Tylko niech ta rozmowa zostanie między nami.

– Jasne. Będę czekał na sygnał od pana.

Finn Yarber skinął głową i pobiegł zrobić kolejne okrążenie. Jego szorty były przesiąknięte potem, siwy kucyk ociekał wilgocią. Buster patrzył za nim, potem spojrzał na pole i na zagajnik.

W tym momencie widział przed sobą drogę wiodącą do Ameryki Południowej.

Rozdział 24

Przez dwa długie, trudne miesiące, jeżdżąc od wybrzeża do wybrzeża, Aaron Lake i gubernator Tarry toczyli ze sobą niemal wyrównaną walkę. W dwudziestu sześciu stanach, w których ogółem oddano prawie dwadzieścia pięć milionów głosów, szli praktycznie łeb w łeb. Musieli stawiać czoło osiemnastogodzinnym dniom pracy, nieludzko przeładowanym harmonogramom, ciągłym podróżom – typowe szaleństwo towarzyszące wyścigom prezydenckim.

I robili wszystko, żeby uniknąć publicznej debaty, spotkania twarzą w twarz. Tarry nie chciał tego w początkowej fazie prawyborów, bo wtedy to on był na prowadzeniu. Miał jeszcze dobrze zorganizowany sztab, pieniądze, korzystne sondaże. Po co legitymizować przeciwnika? Lake nie chciał debaty, ponieważ był nowicjuszem na scenie krajowej, nowicjuszem w tej grze o najwyższą stawkę, i o wiele łatwiej było mu ukrywać się za gotowym scenariuszem i przyjazną kamerą, a w razie potrzeby wypuszczać kolejne spoty reklamowe. Ryzyko łączące się z debatą na żywo było po prostu zbyt duże.

Teddy'emu Maynardowi pomysł debaty również się nie podobał.

Kampanie mają jednak zazwyczaj zmienny przebieg. Liderzy tracą poparcie, małe sprawy stają się wielkimi, prasa z nudów tworzy kryzysy.

Spłukany i przegrywający jedne prawybory za drugimi Tarry uznał w pewnym momencie, że debata to jego ostatni ratunek. „Aaron Lake próbuje te wybory kupić – powtarzał na każdym kroku. – Chcę się z nim zmierzyć jak mężczyzna z mężczyzną". Brzmiało to dobrze i media trąbiły o tym do znudzenia.

„Aaron Lake ucieka przed debatą", mówił Tarry i to też się podobało dziennikarskiej sforze.

Standardowa odpowiedź Aarona Lake'a brzmiała: „Gubernator Tarry unika debaty od czasu prawyborów w Michigan".

I tak przez trzy tygodnie obaj bawili się w grę „kto kogo unika", a ich ludzie po cichu dopracowywali szczegóły.

Lake był niechętny debacie, rozumiał jednak, że potrzebne mu jest szersze forum. Wprawdzie tydzień po tygodniu wygrywał, ale z przeciwnikiem, który już od dłuższego czasu tracił na znaczeniu. Sondaże wskazywały na spore zainteresowanie wyborców jego osobą, lecz działo się tak głównie dlatego, że był nowy i przystojny i z pozoru miał największe szanse.

Ponadto, o czym opinii publicznej już nie informowano, te same sondaże pokazywały kilka problematycznych obszarów. Pierwszym była kwestia monotematycznej kampanii. Zwiększenie wydatków na obronę mogło ekscytować wyborców, lecz tylko do pewnego momentu. Z sondaży wynikało, że ludzie chcieli poznać zdanie Lake'a również w innych sprawach.

Drugim problematycznym obszarem był jego wynik w listopadzie, w hipotetycznym starciu z wiceprezydentem. W sondażach wciąż miał pięć punktów mniej od niego. Wyborcy byli wiceprezydentem zmęczeni, ale przynajmniej znali go i wiedzieli, kim jest. Lake nadal dla wielu pozostawał tajemnicą. Poza tym przed listopadem obu czekało kilka debat telewizyjnych i Lake'owi, który nominację miał już w kieszeni, przydałoby się trochę doświadczenia.

Sytuacji nie ułatwiał mu również Tarry ze swoim ciągłym pytaniem: „Kim jest Aaron Lake?". Za ostatnie pieniądze kazał wydrukować naklejki na zderzaki samochodowe, ze słynnym już na cały kraj: *Kim jest Aaron Lake?*

(To samo pytanie zadawał sobie ciągle Teddy Maynard, chociaż z zupełnie innego powodu).

Ustalono, że debata odbędzie się w Pensylwanii w małym luterańskim college'u, w przytulnej auli z dobrą akustyką i oświetleniem, przy udziale zaproszonej publiczności. Nawet najmniejsze szczegóły były przedmiotem sporów między dwoma obozami, ale ponieważ obie strony potrzebowały debaty, w końcu osiągnięto porozumienie. Kiedy uzgadniano jej format, o mało nie doszło do bójki, jednak po jego dopracowaniu wszyscy dostali to, czego chcieli. Media trzech dziennikarzy siedzących na scenie, którzy w wyznaczonym czasie będą mogli przepytywać kandydatów. Publiczność dostała dwadzieścia minut na pytania. Tarry, adwokat, zażądał pięciu minut na wygłoszenie uwag wstępnych i dziesięciu na przemówienie końcowe. Lake natomiast chciał półgodzinnego starcia, tylko on i Tarry, bez żadnych ograniczeń, bez arbitrów, bez zasad. To przeraziło obóz Tarry'ego i prawie doprowadziło do odwołania debaty.

Moderatorem został znany dziennikarz z lokalnej rozgłośni radiowej. Szacowano, że kiedy rozpoczął spotkanie słowami: „Dobry wieczór. Witam państwa na pierwszej i jedynej debacie między gubernatorem Wendellem Tarrym a kongresmenem Aaronem Lakiem", oglądało to około osiemnastu milionów telewidzów.

Tarry wystąpił w granatowym garniturze, który wybrała dla niego żona, w klasycznej niebieskiej koszuli i w klasycznym czerwono-niebieskim krawacie. Lake miał na sobie elegancki jasnobrązowy garnitur, do tego białą koszulę z wykładanym kołnierzykiem i krawat w odcieniach czerwieni, brązu oraz kilku innych kolorów. Konsultant do spraw mody skompletował ten zestaw w taki sposób, żeby dobrze się komponował z kolorystyką wystroju sceny. Lake miał też przyciemnione włosy i wybielone zęby oraz lekką opaleniznę, bo przed debatą aż cztery godziny spędził w solarium. Był szczupły, wyglądał świeżo i nie mógł się doczekać wejścia na scenę.

Gubernator Tarry też był przystojnym mężczyzną, lecz choć tylko cztery lata starszy od Lake'a, trudy kampanii znosił o wiele gorzej od niego. Oczy miał zmęczone i zaczerwienione. Trochę przytył, co najbardziej uwidaczniało się na twarzy. Kiedy rozpoczął przemowę wstępną, na czole wystąpiły mu kropelki potu, mocno błyszczące w blasku reflektorów.

Wszyscy zdawali sobie sprawę, że w tej potyczce to Tarry miał więcej do stracenia. Jeszcze na początku stycznia takie nieomylne wyrocznie jak dziennikarze z „Time" przepowiadały, że nominację ma w zasięgu ręki. Walczył o nią od trzech lat, a kampanię budował na wsparciu oddolnym, na poparciu prostych robotników. W Iowa i New Hampshire nie było przewodniczącego okręgu czy pracownika lokalu wyborczego, który nie piłby z nim kawy. Organizacyjnie był znakomity.

Aż tu nagle pojawił się Aaron Lake ze swoimi efektownymi reklamami i magią chwytliwego przesłania i Tarry zaczął tracić punkty. Dlatego podczas tej debaty koniecznie musiał dać popisowy występ albo liczyć na gafę przeciwnika.

Nie doczekał się ani jednego, ani drugiego. Rzut monetą zdecydował, że wystąpił pierwszy i wygłaszając mowę wstępną, jąkał się i zacinał. Starał się sprawiać wrażenie zrelaksowanego, lecz chodził sztywno po scenie i zapominał, co miał zapisane w notatkach. To prawda, że był kiedyś prawnikiem, ale specjalizował się w rynkach papierów wartościowych. Ostatecznie, nie potrafiąc przypomnieć sobie kolejnych punktów swojej mowy, wrócił do stałego motywu: pan Lake chce kupić wybory, ponieważ nie ma nic do powiedzenia. Jego ton był coraz bardziej agresywny, a przeciwnik tylko się uśmiechał; ataki Tarry'ego spływały po nim jak woda po kaczce.

Słaby początek Tarry'ego ośmielił Lake'a, dał mu zastrzyk pewności siebie i utwierdził go w przekonaniu, że lepiej zrobi, pozostając za pulpitem, gdzie było bezpiecznie i gdzie miał dostęp do notatek. Zaczął od stwierdzenia, że nie zamierza nikogo obrzucać błotem, że darzy gubernatora Tarry'ego dużym szacunkiem, lecz wszyscy sami przecież słyszeli, że podczas swojej trwającej pięć minut i jedenaście sekund przemowy nie zaproponował nic konkretnego.

Następnie, zupełnie już ignorując przeciwnika, omówił pokrótce trzy wymagające przedyskutowania kwestie: ulgi podatkowe, reformę opieki społecznej i deficyt w handlu. O zbrojeniach nie wspomniał ani słowem.

Pierwsze pytanie, które zadał jeden z członków panelu dziennikarzy, skierowane było do niego i dotyczyło nadwyżki budżetowej. Co powinno się z tymi pieniędzmi zrobić? Łatwe pytanie, podrzucone przez przyjaznego publicystę. Lake przyjął je z entuzjazmem. „Musimy ratować ubezpieczenia społeczne", odpowiedział, a następnie, posługując się językiem prostym i przystępnym, ze szczegółami opisał, jak te fundusze powinny zostać wykorzystane. Powoływał się na liczby, procenty i prognozy, a wszystko to z pamięci.

Odpowiedzią gubernatora Tarry'ego była propozycja obniżenia podatków. Zwrócenie pieniędzy ludziom, którzy je zarobili.

Z krzyżowego ognia pytań dziennikarzy żaden z kandydatów nie wyszedł zdecydowanie zwycięsko. Obaj okazali się dobrze przygotowani, chociaż zaskoczeniem było to, że Lake, człowiek, który chciał zawładnąć Pentagonem, tak dobrze orientował się we wszystkich innych sprawach.

Następna część debaty należała do publiczności, lecz pytania widzów były całkowicie przewidywalne. Fajerwerki zaczęły się dopiero w części trzeciej, gdy kandydaci mogli zadawać pytania sobie nawzajem. Tarry zaczął pierwszy i zgodnie z oczekiwaniami zapytał Lake'a, czy chce kupić wybory.

– Nie poruszał pan kwestii pieniędzy, gdy miał ich pan więcej niż wszyscy inni – odparł na to Lake i publiczność z miejsca się ożywiła.

– Zgoda, tyle że ja nie miałem pięćdziesięciu milionów dolarów – powiedział Tarry.

– Ja również nie mam – rzucił drwiąco Lake. – Mam ponad sześćdziesiąt milionów, a kolejne wpłaty spływają tak szybko, że nie jesteśmy w stanie policzyć tych pieniędzy. Nadsyłają nam je robotnicy i przedstawiciele klasy średniej. Osiemdziesiąt jeden procent naszych darczyńców to obywatele zarabiający mniej niż czterdzieści tysięcy dolarów rocznie. Czyżby uważał pan, że ci ludzie robią coś niewłaściwego, panie gubernatorze?

– Wydatki kandydatów powinny być objęte limitami.

– Zgadzam się z panem i głosowałem za tym osiem razy w Kongresie. Pan natomiast nigdy o limitach nie wspominał. Robi pan to dopiero teraz, kiedy skończyły się panu pieniądze.

Tarry wyglądał przez chwilę jak wiceprezydent Quayle – patrzył w obiektyw kamery spojrzeniem jelenia oślepionego reflektorami samochodu. Kilka siedzących na widowni osób ze sztabu Lake'a zaśmiało się na tyle głośno, że było to słychać.

Gubernator zaczął przekładać kartki z notatkami, a na jego czole znowu pojawiły się kropelki potu. Nie był już urzędującym gubernatorem, lubił jednak ten tytuł i wciąż się tak przedstawiał. A przecież minęło dziewięć lat, odkąd wyborcy z Indiany podziękowali mu za jego usługi, i to zaledwie po jednej kadencji. Tę amunicję Lake zachowywał sobie jednak na później.

Tarry zapytał, dlaczego jego przeciwnik w trakcie czternastu lat urzędowania w Kongresie głosował za wprowadzeniem aż pięćdziesięciu czterech nowych podatków.

– Nie pamiętam, czy było ich aż tyle – odrzekł Lake. – Pamiętam za to, że w większości dotyczyły sprzedaży alkoholu i wyrobów tytoniowych oraz hazardu. Głosowałem również przeciwko podwyżkom podatku od dochodów osobistych i od dochodów osób prawnych, przeciwko podwyżce federalnych podatków od wynagrodzeń i podwyżce składki na ubezpieczenie społeczne. Nie wstydzę się tego dorobku. A skoro już mowa o podatkach, gubernatorze, to jak wytłumaczy pan fakt, że podczas pańskiej czteroletniej kadencji stawki podatku dochodowego wzrastały w Indianie średnio o sześć procent rocznie?

Nie mogąc doczekać się odpowiedzi, Lake parł dalej.

– Chce pan ograniczać wydatki federalne, lecz w ciągu czterech lat pańskiego urzędowania w Indianie wydatki tego stanu wzrosły o osiemnaście procent. Chce pan obniżenia podatku od osób prawnych, ale w ciągu czterech lat pańskiej kadencji podatek ten wzrósł o trzy procent. Chce pan ograniczenia kosztów rządowej opieki społecznej, ale w czasie, gdy był pan gubernatorem, w Indianie przybyło czterdzieści tysięcy osób pobierających zasiłki. Jak pan to wytłumaczy?

Każdy cios z odwołaniem do sytuacji w Indianie trafiał Tarry'ego prosto w splot słoneczny. Gubernator ledwo trzymał się na nogach.

– Pańskie dane są nieprawdziwe, panie Lake – zdołał wydusić. – Stworzyliśmy w Indianie mnóstwo nowych miejsc pracy.

– Czyżby? – rzucił ironicznie Lake. Podniósł z pulpitu jakąś kartkę i pokazał ją widowni z taką miną, jakby był to wystawiony przez władze federalne akt oskarżenia przeciwko gubernatorowi Tarry'emu. – Może i tak – rzucił, po czym nie patrząc na kartkę, dodał: – Co nie zmienia faktu, że podczas pańskiej kadencji w urzędach pracy zarejestrowało się jako bezrobotni blisko sześćdziesiąt tysięcy byłych robotników.

Było prawdą, że cztery lata urzędowania Tarry'ego w Indianie nie wypadły najlepiej, lecz ten stan rzeczy wynikał głównie ze złej sytuacji ekonomicznej kraju. Tarry wyjaśniał to wszystko już wcześniej i chętnie zrobiłby to ponownie, tyle że, na litość boską, jego występ przed kamerami ogólnokrajowej telewizji trwał zaledwie kilka minut. Nie chciał ich marnować na roztrząsanie przeszłości.

– W obecnych wyborach nie chodzi o Indianę – powiedział, siląc się na uśmiech. – Chodzi o cały kraj, o wszystkie pięćdziesiąt stanów. Chodzi o ludzi pracy, o naszych obywateli, którzy będą zmuszeni płacić wyższe podatki, żeby pan mógł sfinansować swoje wybujałe plany zbrojeniowe, panie Lake. Pańska propozycja podwojenia budżetu Pentagonu to po prostu jakiś żart.

Lake spojrzał twardo na przeciwnika.

– Żaden żart, panie gubernatorze. Kwestię obronności traktuję z ogromną powagą. I pan też by ją tak traktował, gdyby zależało panu na tym, żeby nasz kraj posiadał silną armię.

Następnie przytoczył całą serię danych statystycznych, z których jedne wynikały z drugich. Dowodziły niezbicie braku przygotowania militarnego kraju i gdy Lake skończył, można było odnieść wrażenie, że siły zbrojne Stanów Zjednoczonych dałyby radę przeprowadzić inwazję co najwyżej na Bermudy, i to też niekoniecznie z powodzeniem.

Tarry dysponował jednak wynikami badań, które świadczyły o czymś przeciwnym – miał je zebrane w błyszczącym skrypcie opracowanym przez zespół doradczy składający się z byłych admirałów. Wymachiwał tym skryptem przed kamerami i przekonywał, że tak wielka rozbudowa sił zbrojnych jest całkowicie zbędna. Nie licząc toczących się w kilku miejscach wojen domowych i regionalnych, w które Amerykanie nie mieli interesu się mieszać, na świecie panował pokój, a Stany Zjednoczone były jak na razie jedynym prawdziwym supermocarstwem. Zimna wojna należała do przeszłości. Chińczycy zbroili się, to prawda, ale zanim ich potencjał militarny dorówna potencjałowi Stanów, miną dziesięciolecia. Po co więc obciążać podatników miliardowymi wydatkami na nowy sprzęt?

Chwilę spierali się o to, skąd miałyby pochodzić fundusze na zbrojenia, i w trakcie tej dyskusji Tarry zdobył kilka punktów. Ale poruszali się po terenie Lake'a i stawało się coraz bardziej oczywiste, że on orientuje się w temacie o wiele lepiej niż Tarry.

Najlepszą amunicję Lake zostawił sobie na koniec. Wygłaszając dziesięciominutowe podsumowanie, wrócił do tematu Indiany i bezlitośnie wyliczył wszystkie żałosne porażki Tarry'ego z czasów jego kadencji gubernatora. Wniosek, jaki miał się nasuwać słuchaczom, był prosty i oczywisty: jeśli Tarry nie potrafił skutecznie zarządzać Indianą, to jak poradzi sobie z prowadzeniem całego kraju?

– Nie uderzam w mieszkańców Indiany – oświadczył w pewnym momencie Lake. – W gruncie rzeczy wykazali się wielką mądrością, bo przecież podziękowali panu Tarry'emu za piastowanie urzędu już po jednej kadencji. Wiedzieli, że fatalnie wykonywał swoją robotę. To dlatego tylko trzydzieści osiem procent z nich głosowało na niego, kiedy poprosił o kolejne cztery lata. Trzydzieści osiem procent! Powinniśmy zaufać mieszkańcom Indiany. Oni znają tego człowieka. Widzieli, jak rządzi. Popełnili błąd i dlatego już go nie wybrali na następną kadencję. Byłoby przykre, gdyby reszta kraju nie wzięła z nich przykładu.

Sondaże przeprowadzone zaraz po debacie dawały solidne zwycięstwo Lake'owi. Ankieterzy z D-PAC-u zadzwonili do tysiąca wyborców. Prawie siedemdziesiąt procent uważało, że to Lake wypadł lepiej.

⋏ ⋏ ⋏

Podczas nocnego lotu z Pittsburgha do Wichity na pokładzie Air Lake otwarto kilka butelek szampana i rozpoczęła się mała feta. Ciągle napływały wyniki sondaży z debaty, każdy lepszy od poprzedniego, tak więc w samolocie panował nastrój zwycięstwa.

Lake nie zakazywał spożywania alkoholu podczas lotów, ale nie pochwalał tego. Jeśli ktoś z jego personelu wypijał drinka, zawsze było to szybko i zawsze ukradkiem. Niektóre momenty wymagają jednak, by je uczcić, i tym razem nawet on wypił dwa kieliszki szampana. W samolocie obecni byli tylko jego najbliżsi pracownicy. Lake podziękował im i pogratulował, po czym, gdy otwarto kolejną butelkę, dla czystej zabawy obejrzeli najważniejsze fragmenty debaty. Za każdym razem, gdy gubernator Tarry sprawiał wrażenie szczególnie zagubionego i skołowanego, zatrzymywali nagranie i śmiali się do rozpuku.

Impreza nie trwała jednak długo, bo wszyscy byli krańcowo zmęczeni. Większość od tygodnia sypiała co najwyżej po pięć godzin, a w noc poprzedzającą debatę niektórzy spali nawet krócej. Lake też był wyczerpany. Dokończył trzeci kieliszek szampana – od lat nie wypił tak dużo – i położył się w swoim wygodnym fotelu, pod grubym kocem. Wszędzie wokół niego leżały w ciemności wyciągnięte ciała jego współpracowników.

Mimo zmęczenia nie mógł jednak zasnąć, po głowie krążyło mu zbyt wiele myśli i obaw. Oczywiście cieszył się ze zwycięstwa w debacie i kiedy przewracał się pod miękkim kocem, odtwarzał w pamięci swoje najlepsze kwestie. Choć nigdy nikomu by się do tego nie przyznał, uważał, że wypadł genialnie.

Nominację miał w kieszeni. Teraz czekała go tylko prezentacja na konwencji, a potem w duchu najlepszej amerykańskiej tradycji będzie przez cztery miesiące walczył zajadle z wiceprezydentem.

Nadal nie mogąc zasnąć, włączył lampkę do czytania i zauważył, że w głębi korytarza, w pobliżu kabiny pilotów, też pali się lampka. Jeszcze jedna cierpiąca na bezsenność dusza, podobnie jak on. Ale cała reszta chrapała mocno pod kocami, młodzi zmęczeni ludzie, goniący resztkami sił.

Lake sięgnął po aktówkę i wyciągnął z niej skórzaną teczkę. Zawierała papeterię, karty do korespondencji z czerpanego papieru, koloru złamanej bieli, każda o wymiarach piętnaście centymetrów na dziesięć i każda z jego imieniem i nazwiskiem, wydrukowanymi na górze czarną staroangielską czcionką. Starym grubym piórem wiecznym marki Mont Blanc skreślił kilka słów do przyjaciela ze studiów, obecnie profesora łaciny w małym college'u w Teksasie. Następnie napisał krótkie podziękowanie dla dziennikarza, który prowadził debatę, i kolejne dla koordynatora wyborczego z Oregonu. A ponieważ uwielbiał powieści Clancy'ego i właśnie skończył czytać najnowszą – i jak dotąd najgrubszą – postanowił, że napisze jeszcze krótki liścik do autora, z wyrazami uznania.

Często zdarzało mu się pisać także dłuższe listy, dlatego w papeterii, oprócz kart z nagłówkiem, trzymał również takie same, tylko czyste, bez jego nazwiska. Rozejrzał się wokół, żeby sprawdzić, czy wszyscy mocno śpią, po czym szybko wyciągnął jedną z nich i napisał:

Drogi Ricky!
Myślę, że najlepiej będzie, jeśli zakończymy naszą korespondencyjną znajomość. Życzę Ci powodzenia w powrocie do trzeźwości.

Pozdrawiam, Al

Zaadresował nieoznakowaną kopertę – adres, Alladin North, znał na pamięć – i powrócił do kart z nagłówkiem, by napisać serię podziękowań do co ważniejszych darczyńców. Zdążył ich napisać dwadzieścia, zanim w końcu zmęczenie wzięło w nim górę. Z papeterią wciąż przed sobą i nadal włączoną lampką do czytania, poddał się wyczerpaniu i szybko zasnął.

Po niecałej godzinie obudziły go spanikowane głosy. Światło było włączone, ludzie się krzątali, kabinę pasażerską wypełniał dym. W kokpicie rozbrzmiewał głośny sygnał dźwiękowy i kiedy wreszcie Lake do końca oprzytomniał, zdał sobie sprawę, że boeing leci z nosem skierowanym w dół. W momencie gdy spod sufitu zaczęły opadać maski tlenowe, na pokładzie wybuchła totalna panika. Po latach oglądania rutynowych pokazów stewardes przed startem teraz rzeczywiście należało użyć tych przeklętych masek. Lake nałożył swoją i wziął potężny wdech.

Pilot zapowiedział awaryjne lądowanie w St. Louis. Światła zamigotały, ktoś krzyknął. Lake chciał wstać, przejść się po kabinie i uspokoić wszystkich, ale nie pozwalała mu na to maska.

W dalszej części samolotu siedziało dwudziestu czterech reporterów i tyle samo agentów Secret Service. Może tam maski nie opadły? – pomyślał i poczuł wyrzuty sumienia.

Tymczasem dym gęstniał coraz bardziej, światła po kolei gasły. Po pierwszym ostrym napadzie paniki Lake odzyskał przytomność umysłu i szybko zebrał napisane listy. Ten do Ricky'ego wsunął do zaadresowanej koperty, zakleił ją i razem z całą resztą schował do aktówki. Światła ponownie zamrugały, po czym zgasły na dobre.

Dym szczypał w oczy i palił w twarz. Samolot gwałtownie tracił wysokość. W kokpicie wyły dzwonki ostrzegawcze i syreny alarmowe.

To się nie dzieje, to niemożliwe, powtarzał sobie Lake, zaciskając kurczowo ręce na podłokietnikach fotela. Przecież mam zostać prezydentem Stanów Zjednoczonych. Pomyślał o innych, którzy zginęli w katastrofach lotniczych. Rocky Marciano, Buddy Holly, Otis Redding, Thurman Munson. I jeszcze senator Tower z Teksasu, a także Mickey Leland z Houston, jego przyjaciel. I JFK junior oraz Ron Brown.

Powietrze nagle zrobiło się chłodniejsze, dym się rozwiał. Najwidoczniej zeszli poniżej trzech tysięcy metrów i pilot w jakiś sposób zdołał przewietrzyć kabinę. Samolot wyrównał lot, przez okna widzieli światła na ziemi.

– Proszę nie zdejmować masek – usłyszeli w ciemności głos pilota. – Za kilka minut podchodzimy do lądowania. Nie przewidujemy żadnych zakłóceń.

Żadnych zakłóceń? – pomyślał Lake. Co ten pilot bredzi? To chyba jakieś żarty. Poczuł, że musi natychmiast skorzystać z toalety.

Tymczasem na pokładzie zapanowała wyczuwalna, choć jeszcze niepewna ulga. Tuż przed wylądowaniem zobaczyli migające światła dziesiątek pojazdów ratunkowych. Samolot lekko podskoczył, jak przy typowym lądowaniu, i gdy po kilku sekundach zatrzymali się wreszcie na końcu pasa, natychmiast otworzyły się drzwi ewakuacyjne.

Pasażerowie opuścili pokład w kontrolowanym pośpiechu, po czym zostali przejęci przez ratowników medycznych i umieszczeni w karetkach. Pożar w części bagażowej boeinga wciąż się rozprzestrzeniał, spod skrzydeł buchały obłoki dymu. Uciekając, Lake minął biegnących w stronę maszyny strażaków.

Kilka minut dłużej, pomyślał, i byłoby po nas.

– Mało brakowało – wypowiedział na głos jego myśli kierowca karetki, kiedy odjeżdżali.

Lake przycisnął do siebie aktówkę z listami i tak zastygł. Po raz pierwszy w życiu zesztywniał z przerażenia.

⋏ ⋏ ⋏

Zdarzenie, które o mały włos skończyłoby się tragicznie, a także nieuchronna i nieprzerwana wrzawa medialna, jaka po nim nastąpiła, prawdopodobnie niespecjalnie przyczyniły się do wzrostu popularności Lake'a. Ale przecież rozgłos jeszcze nikomu nie zaszkodził. O Aaronie Lake'u mówiono we wszystkich porannych wiadomościach: o jego zdecydowanym zwycięstwie nad gubernatorem Tarrym i zaraz w następnym zdaniu o szczegółach tego, co mogło się okazać jego ostatnią podróżą samolotem.

„Przez jakiś czas będę chyba raczej korzystał z komunikacji naziemnej", mówił ze śmiechem w wywiadach. Komentując sprawę z humorem, starał się ją bagatelizować. Inaczej całe wydarzenie przedstawiali członkowie jego sztabu, opowiadając o oddychaniu przez maski tlenowe w ciemności, o coraz gęstszym i coraz gorętszym dymie. Również reporterzy, którzy byli na pokładzie, chętnie zdawali szczegółowe relacje z przeżytego horroru.

Wszystko to Teddy Maynard obserwował ze swojego bunkra. W samolocie leciało trzech jego ludzi i jeden z nich zadzwonił do dyrektora CIA ze szpitala w St. Louis.

Teddy miał mieszane uczucia. Z jednej strony wciąż wierzył w wagę prezydentury Lake'a. Od tego, czy wygra, zależało bezpieczeństwo kraju.

Z drugiej strony, gdyby samolot się rozbił, nie byłaby to aż tak wielka tragedia. Lake i jego podwójne życie zniknęliby, a wraz z tym zniknąłby wielki ból głowy Teddy'ego. Gubernator Tarry na własnej skórze przekonał się, jaką potęgą jest posiadanie nieograniczonych funduszy. Teddy zdążyłby jeszcze dobić z nim targu, tak żeby Tarry mógł wygrać listopadowe wybory.

Ale Lake przeżył i cieszył się teraz większym poparciem niż kiedykolwiek. Jego opalona twarz pojawiała się na pierwszych stronach wszystkich gazet i we wszystkich stacjach telewizyjnych. Jego kampania rozkręcała się szybciej i ze znacznie większym rozmachem, niż Teddy mógł się spodziewać.

Dlaczego więc było w nim tyle niepokoju? Dlaczego nie świętował?

Dlatego, że nie rozwiązał jeszcze zagadki Braci z Trumble, a nie mógł tych ludzi tak po prostu zabić.

Rozdział 25

Eksperci z działu dokumentów użyli tego samego laptopa, z którego korzystali, by napisać pierwszy list do Ricky'ego. Drugi skomponował sam Deville, a zatwierdził Teddy Maynard. Brzmiał następująco:

Drogi Ricky!
Bardzo cieszy mnie wiadomość, że zamieszkasz w domu przejściowym w Baltimore. Daj mi kilka dni, a myślę, że będę w stanie załatwić Ci jakąś pracę. Prawdopodobnie gdzieś w biurze, nie zarobisz dużo, ale sądzę, że na początek wystarczy.
Proponuję, żebyśmy się nie spieszyli. Może najpierw umówmy się na miły lunch, a potem zobaczymy, jak sprawy się potoczą. Nie lubię pośpiechu.
Mam nadzieję, że u Ciebie wszystko układa się dobrze. Napiszę w przyszłym tygodniu i podam więcej szczegółów dotyczących pracy. Trzymaj się i nie poddawaj.
Z najlepszymi życzeniami, Al

Odręcznie napisane było tylko słowo *Al*. Na kopercie przybito stempel poczty w Waszyngtonie i list został wysłany samolotem do Klocknera w Neptune Beach.

W tym czasie Trevor przebywał w Fort Lauderdale, o dziwo załatwiając tam zupełnie legalne sprawy natury prawnej, więc list przeleżał w skrytce Alladin North aż dwa dni. Gdy Trevor w końcu wrócił, zmęczony i zły, wpadł na chwilę do kancelarii, wdał się w paskudną kłótnię z Jan, po czym wypadł z biura jak burza, wsiadł do samochodu i pojechał na pocztę. Tam z radością stwierdził, że w skrytce coś leży. Przesyłki reklamowe wyrzucił do śmieci i pojechał kilkaset metrów dalej, na pocztę w Atlantic Beach, żeby sprawdzić zawartość skrytki wynajętej na Laurel Ridge, luksusowy ośrodek odwykowy Percy'ego.

Po zebraniu całej poczty udał się, ku wielkiemu niezadowoleniu Klocknera, do Trumble. W drodze wykonał tylko jeden telefon, do bukmachera. W ciągu trzech dni stracił dwa i pół tysiąca dolarów na zakładach ligi hokejowej, dyscyplinie sportu, na której Spicer się nie znał i nie chciał jej obstawiać. Trevor był więc zmuszony typować faworytów sam, co zakończyło się w przewidywalny sposób.

W Trumble strażnicy nie mogli namierzyć Spicera, więc to Beech spotkał się z Trevorem w pokoju dla adwokatów. Wymienili się pocztą – osiem listów do wysłania, czternaście odebranych.

– A co z tym Brantem z Upper Darby? – spytał Beech, przerzucając koperty.

– To znaczy?

– No, kim on jest? Chcemy go już dopaść.

– Nadal go sprawdzam, ale kilka dni mnie nie było. Wyjeżdżałem.

– Załatw to. Ten facet może być naszą największą zdobyczą.

– Zajmę się tym jutro.

Beech nie bawił się w zakłady i nie chciał grać w karty, więc Trevor opuścił więzienie po dwudziestu minutach.

⋏ ⋏ ⋏

Było dawno po kolacji, biblioteka już jakiś czas temu powinna była zostać zamknięta, a mimo to Bracia nadal siedzieli w małej sali i nie rozmawiając, unikając nawet patrzenia na siebie, w głębokiej zadumie wpatrywali się w ścianę.

Na stole przed nimi leżały trzy listy. Jeden napisany na laptopie Ala, ze stemplem pocztowym z Waszyngtonu sprzed dwóch dni. Drugi, napisany odręcznie – krótki liścik, w którym Al kończył znajomość z Rickym. Ten miał stempel z St. Louis sprzed trzech dni. Oba bardzo się od siebie różniły i nie ulegało wątpliwości, że napisały je różne osoby. Ktoś majstrował przy ich korespondencji.

Trzeci list ich zmroził. Czytali go wiele razy, każdy z osobna i wszyscy razem, po cichu i na głos. Macali papier, oglądali pod światło, nawet wąchali. Zalatywał leciutko spalenizną, podobnie jak koperta i list pożegnalny od Ala do Ricky'ego.

Napisany wiecznym piórem, z datą osiemnastego kwietnia, godzina pierwsza dwadzieścia w nocy. Był zaadresowany do kobiety o imieniu Carol.

Droga Carol!
Cóż za wspaniały wieczór! Debata nie mogła pójść lepiej, po części dzięki Tobie i wolontariuszom z Pensylwanii. Wielkie dzięki! Spróbujmy powalczyć jeszcze mocniej i wygrajmy ten wyścig. W Pensylwanii mamy przewagę i oby tak zostało. Do zobaczenia w przyszłym tygodniu.

Podpisany przez Aarona Lake'a. Tak samo jak widniało w nadruku u góry. Charakter pisma identyczny z tym w liściku do Ricky'ego.

Koperta była zaadresowana do Aladdin North i kiedy Beech ją otwierał, początkowo nie zauważył drugiej kartki, przyklejonej do pierwszej. Potem ta druga spadła na stół i gdy Beech ją podniósł, ujrzał wydrukowany czarny nagłówek: *Aaron Lake*.

Tego odkrycia dokonali około czwartej po południu, krótko po wyjściu Trevora. Analizowali listy prawie przez pięć godzin i ostatecznie doszli do wniosku, że (a) list napisany na komputerze jest fałszywką, podpisaną przez całkiem biegłego fałszerza; (b) podrobiony podpis był właściwie identyczny jak ten oryginalny, z czego wynikało, że fałszerz w pewnym momencie uzyskał dostęp do korespondencji z Alem; (c) listy do Ricky'ego i Carol napisał własnoręcznie Aaron Lake; (d) list do Carol został wysłany do nich przez pomyłkę.

Najważniejszym wnioskiem ze wszystkich było jednak to, że Al Konyers to w rzeczywistości nie kto inny, tylko sam Aaron Lake.

W sieci ich małego przekrętu złapał się najsłynniejszy polityk w kraju.

Inne, mniej ważne, poszlaki również wskazywały na Lake'a. Choćby skrytka pocztowa w Waszyngtonie, mieście, w którym kongresmen spędzał większość czasu. Jako wysoko postawiony urzędnik, zdany na łaskę wyborców, musiał ukryć się za pseudonimem, to oczywiste. I korzystać z laptopa, żeby nikt nie rozpoznał jego charakteru pisma. Poza tym nie przysłał im swojego zdjęcia – kolejny dowód, że ma dużo do ukrycia.

Żeby porównać daty, zajrzeli do starych gazet. Listy pisane odręcznie zostały wysłane z St. Louis dzień po debacie, w czasie, gdy Lake tam był, po tym, jak w ładowni samolotu, którym leciał, wybuchł pożar.

A fakt, że właśnie teraz zrywał znajomość z Rickym, też się świetnie w to wszystko wpasowywał. Lake zaczął korespondować z Rickym, jeszcze zanim przystąpił do kampanii wyborczej. Lecz w ciągu minionych trzech miesięcy zdobył kraj szturmem i stał się sławny. Miał teraz o wiele za dużo do stracenia.

Powoli, nie zważając na upływ czasu, Bracia konstruowali akt oskarżenia przeciwko Aaronowi Lake'owi, a gdy uznali, że jest bez zarzutu, spróbowali go obalić. Najbardziej przekonujący kontrapunkt przedstawił Finn Yarber.

A jeśli ktoś z personelu Lake'a ma dostęp do jego papeterii? Dobre pytanie, nad którym zastanawiali się prawie przez godzinę. Czy Al Konyers zrobiłby coś takiego, żeby ukryć prawdziwą tożsamość? A jeśli mieszkał w Waszyngtonie i pracował dla Lake'a? Przecież Lake, człowiek bardzo zajęty, mając zaufanie do asystenta, mógł mu zlecić prowadzenie osobistej korespondencji. Yarber nie pamiętał jednak, żeby robił coś takiego, gdy był prezesem sądu. Beech też zawsze sam pisał listy. Spicer nie zawracał sobie głowy takimi bzdurami. Od tego były telefony.

Tyle że Yarber i Beech nigdy nie doświadczyli stresu i natłoku zadań towarzyszących kampanii wyborczej. Ze smutkiem przyznawali, że choć w swoim czasie byli ogromnie zapracowanymi ludźmi, nie mogło się to równać z tym, przez co musiał przechodzić Lake.

Założyli więc, że może rzeczywiście listy pisał jego asystent. Jak dotąd miał doskonałą przykrywkę, bo prawie nic im o sobie nie powiedział. Nie mieli jego zdjęcia, niewiele wiedzieli o jego pracy i rodzinie. Lubił stare filmy i chińszczyznę na wynos – to było mniej więcej wszystko, co zdołali z niego wyciągnąć. Konyers był tak powściągliwy i nieśmiały, że ostatecznie wpisali go na listę korespondentów do skreślenia. Tylko dlaczego zrywał znajomość z Rickym akurat teraz?

Nie mieli na to gotowej odpowiedzi.

A teoria z asystentem była mocno naciągana. Beech i Yarber doszli do wniosku, że żaden człowiek w sytuacji Lake'a, człowieka, który miał duże szanse zostać prezydentem Stanów Zjednoczonych, nie pozwoliłby nikomu pisać i podpisywać osobistych listów. A do pisania korespondencji oficjalnej Lake miał pracowników – wielu – jemu zostawało tylko składanie podpisów.

Dużo poważniejsze pytanie postawił Spicer. Dlaczego Lake miałby nagle ryzykować i pisać list odręcznie? Poprzednie pisał na komputerze i wysyłał je w zwykłej białej kopercie. Już po samej papeterii potrafili rozpoznać tchórza. Lake był takim samym strachajłem jak prawie wszyscy, którzy odpowiadali na ich ogłoszenia. Zresztą prowadził kampanię, bogatą kampanię, i miał dostęp do najlepszych komputerów i laptopów.

Żeby znaleźć odpowiedź, sięgnęli do tych skąpych materiałów dowodowych, jakimi dysponowali. List do Carol został napisany o pierwszej dwadzieścia w nocy, a prasa podawała, że awaryjne lądowanie boeinga nastąpiło jakiś kwadrans po drugiej, a więc niecałą godzinę później.

– Musiał to napisać w samolocie – powiedział Yarber. – Było późno, w samolocie był tłok. W gazecie piszą, że leciało z nim prawie sześćdziesiąt osób. Wszyscy byli wykończeni, a Lake może po prostu nie mógł dostać się do komputera.

– Jeśli nawet tak, to dlaczego nie zaczekał? – chciał wiedzieć Spicer. Już niejednokrotnie dowiódł, że ma talent do zadawania pytań, na które nikt, a zwłaszcza on sam, nie potrafił odpowiedzieć.

– Popełnił błąd. Myślał, że to będzie sprytne posunięcie, i w zasadzie miał rację. Tylko że z jakiegoś powodu listy mu się pomieszały.

– Spójrzmy na to z szerszej perspektywy – odezwał się Beech. – Lake ma nominację w kieszeni. Na oczach całego kraju zmiótł ze sceny jedynego przeciwnika i wreszcie zyskuje pewność, że jego nazwisko znajdzie się w listopadzie na karcie wyborczej. Ale nie zapomina o swojej tajemnicy. Ma na karku Ricky'ego i od tygodni głowi się, co powinien z nim zrobić. Chłopak wkrótce wychodzi z kliniki, chce się spotkać. Lake jest między młotem a kowadłem. Z jednej strony ciągnie go do Ricky'ego, z drugiej zdaje sobie sprawę, że zaraz może zostać prezydentem. Postanawia pozbyć się chłopaka. Pisze list, sądząc, że nic nie ryzykuje, jednak w samolocie wybucha pożar i Lake nieopatrznie popełnia błąd: wkłada dwa listy do jednej koperty. To drobna pomyłka, ale jej konsekwencje są katastrofalne.

– I nawet nie wie, że tę pomyłkę popełnił – dodał Yarber. – Przynajmniej jeszcze nie wie.

Domysły Beecha brzmiały całkiem prawdopodobnie. Przytłoczeni ich doniosłością, Bracia przetrawiali je w ciszy ciasnego pomieszczenia przez co najmniej kilka godzin, po czym skupili się na kolejnej kwestii, absolutnie zaskakującej: ktoś miał dostęp do ich korespondencji. Tylko kto? W jaki sposób przechwytywał listy? I po co? Zagadka wydawała się niemożliwa do rozwiązania.

Ponownie wrócili do teorii, że tą osobą mógł być ktoś z bliskiego otoczenia Lake'a, może właśnie jakiś asystent, który przypadkowo natknął się na listy do Ricky'ego. I może chciał chronić kandydata na prezydenta. Przejął prowadzenie korespondencji, żeby w pewnym momencie doprowadzić do zakończenia kontaktów z Rickym.

Zbyt wiele było jednak niewiadomych, żeby mogli dojść do jakichś niepodważalnych wniosków. Drapali się po głowach, obgryzali paznokcie, aż w końcu uznali, że muszą się z tym przespać. Nie mogli zaplanować kolejnych posunięć, bo sytuacja, w jakiej się znaleźli, kryła w sobie więcej pytań niż odpowiedzi.

⋏ ⋏ ⋏

Spali krótko i gdy tuż po szóstej rano zebrali się ponownie, przy czarnej kawie w styropianowych kubkach, byli nieogoleni i mieli przekrwione oczy. Zamknęli drzwi na klucz, wyciągnęli listy, rozłożyli je na stole, tak jak poprzedniego wieczoru, i pogrążyli się w zadumie.

– Moim zdaniem powinniśmy postawić kogoś pod skrytką pocztową w Chevy Chase – oznajmił Spicer. – Tak najprościej bezpiecznie i szybko odkryjemy, kto ją wynajmuje. Trevorowi zawsze się udawało. Jeśli będziemy wiedzieli, kto jest najemcą, to wiele naszych pytań znajdzie odpowiedzi.

– Nie wierzę, żeby ktoś taki jak Aaron Lake wynajmował skrytkę pocztową – odparł Beech.

– To nie jest ten sam Aaron Lake – przypomniał mu Yarber. – Kiedy wynajmował skrytkę i zaczął pisać do Ricky'ego, był tylko zwykłym kongresmenem, jednym z czterystu trzydziestu pięciu, i nikt go nie znał. Teraz wygląda to zupełnie inaczej.

– I właśnie dlatego chce zakończyć tę znajomość – wtrącił Spicer. – Wszystko się zmieniło. Ma w tym momencie o wiele więcej do stracenia.

Ustalili, że w pierwszej kolejności muszą wysłać Trevora na obserwację skrytki. Co do dalszych kroków, nie byli już tacy pewni. Bali się, że Lake – a założyli, że Lake to Al, a Al to Lake – może zdać sobie sprawę z wpadki z listami. Miał do dyspozycji wielomilionowe fundusze (ten fakt skrzętnie zanotowali w pamięci) i część z tych pieniędzy mógł z łatwością przeznaczyć na ich wytropienie. Biorąc pod uwagę ogrom stawki, jeśli Lake rzeczywiście zorientowałby się w swojej pomyłce, byłby zapewne gotowy zrobić niemal wszystko, żeby tylko pozbyć się Ricky'ego.

Zaczęli się więc zastanawiać, czy nie napisać do Ala listu, w którym Ricky błagałby, żeby go nie skreślał, i zapewniałby, że zależy mu wyłącznie na przyjaźni, na niczym więcej. Chodziło o to, by stworzyć wrażenie, że wszystko jest w jak najlepszym porządku, że nie wydarzyło się nic nadzwyczajnego. Mieli nadzieję, że Lake przeczytałby list, podrapał się po głowie i pomyślał: w takim razie do kogo właściwie wysłałem ten przeklęty list do Carol?

Ostatecznie uznali jednak, że taki list nie byłby rozsądny. Wiedzieli, że ktoś jeszcze ma dostęp do ich korespondencji, dopóki więc nie odkryją, kim ta osoba jest, nie mogli ryzykować.

Dopili kawę i poszli do stołówki na śniadanie: płatki owsiane z owocami i jogurt – odżywiali się teraz zdrowo, bo przecież po wyjściu na wolność czekało ich całkiem niezłe życie i chcieli być w dobrej formie. Po śniadaniu zrobili cztery okrążenia na bieżni – bez przystanków na papierosa i w spokojnym tempie – po czym wrócili do biblioteki, by zakończyć poranek dalszymi rozmyślaniami.

Tymczasem biedny Lake, w obstawie nieprzerwanie szepczących mu coś do ucha dziesiątków doradców, ganiał od stanu do stanu, usiłując nie spóźnić się na kolejne spotkania. On czasu na przemyślenia nie miał.

W przeciwieństwie do Braci, którzy mieli do dyspozycji całe dnie i noce, mogli siedzieć, myśleć i spiskować do woli. Nie, tej rozgrywki w żaden sposób nie można było nazwać wyrównaną.

Rozdział 26

W Trumble były dwa rodzaje telefonów: na podsłuchu i bez podsłuchu. Teoretycznie wszystkie rozmowy prowadzone z aparatów na podsłuchu były nagrywane i potem w jakiejś kanciapie sprawdzane przez małe chochliki, które nie robiły nic innego poza odsłuchiwaniem miliona godzin bezużytecznej paplaniny. W rzeczywistości nagrywano, i to losowo, jedynie około połowy rozmów i tylko około pięciu procent z nich było odsłuchiwane przez pracowników więzienia. Nawet rządu federalnego nie stać było na zatrudnienie aż takiej liczby chochlików, żeby mogły odsłuchiwać wszystko.

Dlatego zdarzało się nawet, że przez telefony na podsłuchu dilerzy narkotykowi kierowali gangami, a szefowie mafii zlecali likwidację rywali. Prawdopodobieństwo, że zostaną na tym przyłapani, równało się praktycznie zeru.

Telefonów bez podsłuchu było mniej i można było z nich dzwonić jedynie do adwokatów i tylko w obecności strażnika.

Kiedy wreszcie przyszła kolej Spicera na wykonanie nadzorowanego połączenia, towarzyszący mu strażnik nieco się oddalił.

– Kancelaria – odezwał się opryskliwy głos z wolnego świata.

– Tu Joe Roy Spicer, dzwonię z więzienia w Trumble. Chciałbym rozmawiać z Trevorem.

– Mecenas śpi.

Było wpół do drugiej.

– To niech go pani obudzi – warknął Spicer.

– Chwila.

– Tylko nie za długa, bardzo proszę. Dzwonię z telefonu więziennego.

Joe Roy Spicer rozejrzał się i nie po raz pierwszy zadał sobie pytanie, co też ich podkusiło, żeby współpracować akurat z tym adwokatem.

– Dlaczego tu dzwonisz? – rzucił Trevor bez wstępów, kiedy już przejął słuchawkę.

– Nieważne. Budź się i zbieraj tyłek. Masz pilną robotę.

W domu naprzeciwko kancelarii wszyscy już stali w pogotowiu. To był pierwszy telefon z Trumble.

– O co chodzi?

– Trzeba sprawdzić pewną skrytkę pocztową. Chcemy, żebyś poleciał tam i się tym zajął. Nie wracaj, dopóki nie wypełnisz zadania.

– Ale dlaczego akurat ja?

– Przestań biadolić i rób, co trzeba, dobra? To może być nasza największa fucha.

– Gdzie ta skrytka?

– W Chevy Chase w Marylandzie. Zapisz sobie. Al Konyers, skrytka czterysta pięćdziesiąt pięć, Mailbox America, trzydzieści dziewięć trzysta osiemdziesiąt Western Avenue. Bądź ostrożny, bo ten facet może mieć znajomych. I bardzo możliwe, że skrytkę już ktoś obserwuje. Weź pieniądze i wynajmij dwóch dobrych detektywów.

– Ale jestem bardzo zajęty i…

– Taaa… jasne, przepraszam, że cię obudziłem. Zbieraj się, Trevor, i leć tam natychmiast. I nie wracaj, dopóki nie dowiesz się, kto wynajął skrytkę.

– Dobrze, już dobrze.

Spicer się rozłączył, a Trevor położył nogi na biurku i zamknął oczy. Wyglądał, jakby ponownie zapadł w drzemkę, lecz tylko się zastanawiał. Chwilę później krzyknął do Jan, żeby sprawdziła rozkład lotów do Waszyngtonu.

⋏ ⋏ ⋏

Przez czternaście lat pracy w Agencji Klockner jeszcze nigdy nie spotkał się z sytuacją, żeby tylu ludzi obserwowało jedną osobę, i to w dodatku kogoś, kto przez większość czasu spał. Szybko zadzwonił do Deville'a, po czym wszyscy w wynajętym domku poderwali się do działania. Nadeszła pora na występ Wesa i Chapa.

Wes przeszedł na drugą stronę ulicy i przez skrzypiące, obłażące z farby drzwi wszedł do kancelarii mecenasa L. Trevora Carsona, adwokata i radcy prawnego. W recepcji, z uprzejmym, choć nieco kwaśnym uśmiechem przywitała go Jan, po której minie widać było, że nie potrafi ocenić, czy Wes, ubrany w spodnie koloru khaki, sweter i mokasyny bez skarpet, jest tutejszym mieszkańcem, czy turystą.

– W czym mogę pomóc? – spytała.

– Pilnie muszę się zobaczyć z mecenasem Carsonem – odparł Wes z nutą desperacji w głosie.

– Jest pan umówiony? – zapytała Jan, jakby jej szef miał tyle spotkań, że się w tym gubiła.

– Cóż, nie, chodzi o dość… nagłą sprawę.

– Pan mecenas jest bardzo zajęty.

Wes niemal słyszał, jak w wynajętym domu po przeciwnej stronie ulicy koledzy wybuchają gromkim śmiechem.

– Bardzo panią proszę… muszę z nim porozmawiać.

Jan przewróciła oczami i nawet nie ruszyła się z miejsca.

– O jaką sprawę chodzi?

– Niedawno pochowałem żonę – powiedział Wes, udając, że jest bliski płaczu.

Sekretarka w końcu trochę zmiękła.

– Bardzo mi przykro. – Biedny facet, pomyślała.

– Zginęła w wypadku na autostradzie, dziewięćdziesiątce-piątce, na północ od Jacksonville.

Jan poderwała się na nogi. Żałowała, że nie ma świeżo zaparzonej kawy.

– Tak mi przykro – powtórzyła. – Kiedy to się stało?

– Dwanaście dni temu. Jeden z przyjaciół polecił mi mecenasa Carsona.

To ci dopiero przyjaciel, prychnęła w duchu Jan.

– Napije się pan kawy? – zaproponowała, zakręcając buteleczkę z lakierem do paznokci.

A jednocześnie pomyślała: dwanaście dni temu. Jak wszystkie dobre sekretarki kancelarii prawniczych, śledziła w prasie doniesienia o wypadkach. Nigdy nie wiadomo... ktoś z poszkodowanych mógł przecież zawitać w kancelarii Trevora.

Tyle że nigdy nie zawitał. Aż do dzisiaj.

– Nie, dziękuję – rzucił Wes. – Wpadła na nią ciężarówka Texaco. Kierowca był pijany.

– O mój Boże! – wykrzyknęła Jan, zasłaniając ręką usta.

Nawet Trevor by sobie z tym poradził. Duże pieniądze, ogromne prowizje i klient stoi tu, w ich recepcji, a ten dureń odsypia lunch.

– Pan mecenas odbiera zeznania – powiedziała. – Ale sprawdzę, czy mógłby się na chwilę oderwać. Proszę usiąść. – Miała ochotę podbiec do frontowych drzwi i zamknąć je na klucz, żeby klient przypadkiem nie uciekł.

– Mam na imię Yates. Yates Newman! – zawołał za nią, gdy odchodziła.

— A, tak, właśnie, dziękuję! – odkrzyknęła, już pędząc korytarzem. Zapukała cicho do drzwi gabinetu, po czym weszła do środka. – Budź się, palancie! – syknęła przez zaciśnięte zęby, lecz na tyle głośno, że Wes to usłyszał.

— Co jest? – sapnął Trevor, zrywając się na nogi, gotów do walki na pięści.

Wcale nie spał. Czytał stary numer „People".

— Niespodzianka! Masz klienta.

— Kogo?

— Faceta, którego żonę dwanaście dni temu staranowała ciężarówka Texaco. Chce się z tobą widzieć.

— Jest tutaj?

— Tak. Trudno uwierzyć, co? W Jacksonville są trzy tysiące adwokatów, a ten nieszczęśnik trafia do ciebie. Mówi, że przyjaciel mu cię polecił.

— Co mu powiedziałaś?

— Że powinien poszukać sobie nowych przyjaciół.

— Dobra, dobra, a tak serio?

— Że odbierasz zeznania.

— Nie odbierałem zeznań od ośmiu lat, ale nieważne... Przyślij go.

— Spokojnie, nie tak od razu. Zrobię mu kawę, a ty zachowuj się, jakbyś właśnie kończył jakieś pilne sprawy. I może trochę tu posprzątaj.

— Dobrze, posprzątam, a ty idź dopilnować, żeby facet nam nie uciekł.

— Ten kierowca był pijany – dodała Jan, otwierając drzwi. – Nie spieprz tego.

Trevor rozdziawił usta i znieruchomiał. Oczy miał szkliste, lecz jego otępiały umysł zaczął nagle pracować na zdwojonych obrotach. Jedna trzecia dwóch, czterech, tam do diabła, dziesięciu milionów dolarów, jeśli kierowca był naprawdę pijany, plus odszkodowania za straty moralne. Tyle mógł zarobić. Chciał posprzątać przynajmniej biurko, ale nie mógł się ruszyć.

Wes tymczasem wyglądał przez frontowe okno, patrząc na dom naprzeciwko, w którym kumple obserwowali go na monitorach. Stał plecami do zamieszania w głębi korytarza, bo z trudem udawało mu się zachować powagę. Usłyszał kroki i zaraz potem głos Jan:

– Pan Carson za chwilę pana przyjmie.

– Dziękuję – odparł cicho, nadal się nie odwracając.

Biedak, wciąż cierpi, pomyślała Jan i poszła do brudnej kuchni zrobić kawę.

Odbieranie zeznań skończyło się w mgnieniu oka, a jego uczestnicy w cudowny sposób rozwiali się bez śladu. Jan wprowadziła Wesa do zagraconego gabinetu, przedstawiła go, przyniosła kawę, a gdy wreszcie wyszła, Wes zwrócił się do Trevora z niecodzienną prośbą.

– Macie tu może w okolicy jakąś knajpkę, w której dają mocną latte?

– Tak, oczywiście – potwierdził zaskoczony Trevor. – Jest Beach Java. To tylko kilka ulic stąd.

– A mógłby pan poprosić sekretarkę, żeby poszła dla mnie po jedną?

Naturalnie! Czego się nie robi dla klienta!

– Tak, oczywiście. Mała, średnia, duża?

– Może być średnia.

Trevor wypadł z gabinetu i kilka sekund później Jan szła już szybkim krokiem po ulicy. Gdy zniknęła z pola widzenia, Chap wymknął się z domu naprzeciwko i poszedł pod kancelarię. Drzwi wejściowe były zamknięte, więc otworzył je własnym kluczem, wślizgnął się do środka i szybko założył łańcuch. Biedną Jan po powrocie czekało sterczenie na ganku, z kubkiem gorącej kawy.

Chap pokonał korytarz i bez pukania wkroczył do gabinetu.

– Przepraszam, ale co pan…? – zaczął Trevor.

– Nie, nie, wszystko w porządku – przerwał mu Wes. – Ten pan jest ze mną.

Chap zamknął za sobą drzwi, przekręcił tkwiący w nich klucz, po czym wyszarpnął z kurtki pistolet kalibru dziewięć milimetrów i wycelował w biednego Trevora, któremu aż oczy wyszły z orbit.

– Co tu się…? – wychrypiał przerażonym głosem.

– Cisza – warknął do niego Chap i przekazał pistolet partnerowi.

Trevor z przerażeniem śledził wzrokiem przechodzącą z ręki do ręki i na koniec znikającą broń. Co ja takiego zrobiłem? – myślał w panice. Kim są te bandziory? Wszystkie długi hazardowe mam przecież spłacone.

Ale będzie cicho. Proszę bardzo. Co tylko te zbiry sobie życzą.

Tymczasem jeden z nich oparł się o ścianę. Stał bardzo blisko Trevora, jakby chciał pokazać, że w każdej chwili może się na niego rzucić.

– Mamy klienta – powiedział Wes. – Bogatego klienta, którego ty i Ricky przekręciliście w tym waszym małym szwindlu.

– O Boże… – wymamrotał Trevor. Spełniał się jego najgorszy koszmar.

– Przyznam, że pomysł mieliście genialny – ciągnął Wes. – Szantażowanie bogatych gejów, którzy nie chcą się ujawnić. Tacy nikomu tego nie zgłoszą. A Ricky już siedzi, więc co ma do stracenia?

– Przekręt niemal doskonały – dodał Chap. – O ile nie złowi się niewłaściwej ryby, co właśnie zrobiliście.

– To nie ja go wymyśliłem, to nie mój przekręt – wydusił Trevor, którego głos nadal był o dwie oktawy wyższy niż normalnie, a oczy nadal wypatrywały pistoletu.

– Tak, ale bez ciebie nic by z tego nie wyszło, prawda? – zauważył Wes. – Potrzebny był szemrany adwokat, żeby wnosił i wynosił pocztę. Ricky musiał mieć kogoś do odbierania pieniędzy i wyszukiwania klientów.

– A panowie to nie z policji, co? – spytał Trevor.

– Nie, działamy na prywatne zlecenie – odparł Chap.

– Bo jeśli jednak jesteście glinami, to pewnie wolę z wami nie gadać.

– Już powiedziałem: nie jesteśmy glinami.

Trevor odzyskał oddech i zaczął myśleć. O wiele wolniej, niż oddychał, lecz w końcu doświadczenie dało o sobie znać.

– Wiecie co... – rzucił. – Chyba włączę magnetofon. Tak na wszelki wypadek, gdybyście jednak byli z policji.

– Powiedziałem, że nie jesteśmy.

– Bo wiecie... ja nie ufam glinom, a zwłaszcza agentom z FBI. Oni też by tu weszli tak jak wy, groziliby mi spluwą i przysięgali, że nie są tajniakami. Po prostu naprawdę nie lubię glin i myślę, że powinienem to nasze spotkanie utrwalić na taśmie.

O to akurat nie musisz się martwić, kolego, pomyśleli Wes i Chap. Już jesteś nagrywany, na żywo i w kolorze, kamerką wysokiej rozdzielczości, zamontowaną w suficie, i mikrofonami umieszczonymi wokół twojego zaśmieconego biurka. Słyszymy cię, jak chrapiesz, jak bekasz, a nawet jak strzelasz palcami.

Nie wiadomo jak i kiedy, ale pistolet znów się pojawił. Wes trzymał go w obu dłoniach i z ciekawością oglądał.

– Niczego nie będziesz nagrywał – warknął Chap. – Jak już mówiłem, działamy na prywatne zlecenie. I to my teraz rozdajemy karty. – Nie odrywając się od ściany, przysunął się bliżej.

Trevor obserwował go jednym okiem, drugim pomagał Wesowi prowadzić przegląd pistoletu.

– Ale przychodzimy z pokojowymi zamiarami – zaznaczył Chap.

– I mamy dla ciebie pieniądze – dorzucił Wes, chowając tę przeklętą spluwę.

– W zamian za co? – spytał Trevor.

– W zamian za przejście na naszą stronę. Chcemy cię wynająć.

– Do czego?

– Do ochrony naszego klienta – wyjaśnił Chap. – Powiem ci, jak to widzimy. Działasz w spisku, którego celem są wymuszenia i który jest prowadzony z więzienia federalnego. My cię nakryliśmy i moglibyśmy pójść z tym do federalnych, moglibyśmy donieść i na ciebie, i na twojego klienta. On dostałby dodatkowe lata, ty trafiłbyś za kratki na trzydzieści miesięcy, prawdopodobnie do Trumble, bo to miejsce w sam raz dla takich jak ty. Oczywiście automatycznie zostałbyś pozbawiony prawa do wykonywania zawodu, co oznacza, że straciłbyś to wszystko. – Chap niedbale omiótł ręką bałagan na biurku, kurz i sterty nietkniętych od lat teczek z aktami.

Dalszą część opisu sytuacji przejął Wes.

– Moglibyśmy pójść do federalnych choćby i teraz, i pewnie udałoby nam się zatrzymać wypływ poczty z Trumble. Nasz klient prawdopodobnie uchroniłby się przed kompromitacją. Ale istnieje element ryzyka, którego nasz klient chce uniknąć. Ricky może mieć innych wspólników, wewnątrz lub poza Trumble, kogoś, kogo jeszcze nie nakryliśmy, a kto mógłby w odwecie zdemaskować naszego zleceniodawcę.

Chap pokręcił głową.

– To zbyt ryzykowne. Dlatego wolimy wejść we współpracę z tobą, Trevor. Wolimy cię przekupić i uśmiercić cały przekręt stąd, z tego biura.

– Mnie nie można przekupić – odparł Trevor, choć bez większego przekonania.

– W takim razie wynajmiemy cię na jakiś czas – powiedział Wes. – Co ty na to? Adwokatów się wynajmuje, czyż nie? Wprawdzie na godziny, ale zawsze...

– Tak, jasne, wy chcecie jednak, żebym sprzedał wam klienta.

– Twój klient jest kryminalistą, który mimo że siedzi za kratkami, codziennie popełnia nowe przestępstwa. A ty jesteś tak samo winny jak on. Nie czarujmy się, daleko ci do świętoszka.

– Kiedy przechodzisz na złą stronę mocy, Trevor – odezwał się grobowym głosem Chap – tracisz prawo do unoszenia się honorem. Więc nie opowiadaj nam, jaki to jesteś nieprzekupny, bo wszyscy dobrze wiemy, że to tylko kwestia ceny.

Trevor zapomniał na chwilę i o pistolecie, i o licencji adwokackiej, wiszącej krzywo na ścianie za jego plecami, i jak to często robił, gdy spotykała go kolejna nieprzyjemność związana z wykonywaniem zawodu, zamknął oczy. Zamknął je i pomyślał o trzynastoipółmetrowym jachcie zakotwiczonym w ciepłych, spokojnych wodach ustronnej zatoki, o półnagich dziewczynach na plaży, o sobie, również skąpo odzianym, popijającym drinka na pokładzie. Niemal czuł zapach słonej wody, delikatny powiew morskiej bryzy, smak rumu. Słyszał głosy pięknych dziewczyn.

Otworzył oczy i spróbował skupić wzrok na siedzącym naprzeciwko Wesie.

– Kim jest wasz klient? – spytał.

– Nie tak szybko – powiedział Chap. – Najpierw zawrzyjmy umowę.

– Jaką?

– My dajemy ci kasę, a ty pracujesz dla nas jako podwójny agent. Zapewniasz nam dostęp do wszystkiego. Na spotkania z Rickym chodzisz z podsłuchem. Przekazujesz nam każdy list. I nie wykonujesz żadnego ruchu, dopóki tego nie omówimy.

– A nie łatwiej byłoby po prostu spełnić żądania i zapłacić za milczenie?

– Myśleliśmy o tym – przyznał Wes. – Ale Ricky nie gra uczciwie. Gdybyśmy mu zapłacili, zgłosiłby się po więcej. A potem po jeszcze więcej.

– Nie, na pewno nie.

– Nie? A Quince Garbe z Bakers w Iowa?

O mój Boże, pomyślał Trevor, o mało nie mówiąc tego na głos. O czym jeszcze wiedzą?

– A kto to taki? – zdołał słabo wydusić.

– Daj spokój, Trevor – prychnął Chap. – Wiemy, gdzie na Bahamach ukrywacie pieniądze. Wiemy o Boomer Realty i o twoim małym koncie, na którym masz obecnie prawie siedemdziesiąt tysięcy dolarów.

– Kopaliśmy głęboko – włączył się Wes. Trevor spoglądał to na jednego, to na drugiego, czując się zupełnie jak na meczu tenisowym. – Ale natrafiliśmy na skałę i dlatego potrzebujemy ciebie. Żeby się przez nią przebić.

Prawdę powiedziawszy, Trevor nigdy nie lubił Spicera, który był zimnym, bezwzględnym, wrednym małym człowieczkiem, mającym czelność obciąć mu jego działkę. Beech i Yarber byli w porządku, ale co tam... Zresztą i tak nie pozostawiono mu wielkiego wyboru.

– Ile? – spytał.

– Nasz klient jest gotowy wyłożyć sto tysięcy dolarów. Gotówką.

– Że gotówką, to oczywiste – odparł Trevor. – Ale sto tysięcy to żart. Tyle to Ricky zażądałby jako pierwszą ratę. Mój szacunek do siebie jest wart o wiele więcej.

– Dwieście tysięcy – rzucił Wes.

– Może zróbmy tak. – Trevor siłą woli próbował uspokoić walące serce. – Ile jest warte dla waszego klienta to, że jego mały sekret nigdy nie ujrzy światła dziennego?

– I ty o to zadbasz, tak? – upewnił się Wes.

– Tak.

– Daj mi chwilę. – Chap wyciągnął z kieszeni malutki telefon.

Ruszył do drzwi, wystukując numer, a kiedy wyszedł na korytarz, zaczął z kimś rozmawiać. Wes gapił się w ścianę, pistolet leżał bezpiecznie obok jego krzesła. Trevor starał się nie patrzeć na broń, ale oczy same biegły w tamtym kierunku.

Chap wrócił i spojrzał na Wesa; jego ściągnięte brwi i przymrużone oczy miały chyba przekazać coś ważnego.

Trevor chwilę się wahał, w końcu jednak nie wytrzymał.

– Myślę, że to jest warte milion dolarów – powiedział. – To może być moja ostatnia sprawa. Oczekujecie, że wyjawię wam poufne informacje o kliencie, co w przypadku adwokata jest niedopuszczalnym naruszeniem zasad. Mogą mnie za to wykluczyć z palestry.

Wykluczenie byłoby dla starego Trevora awansem, ale Wes i Chap dali temu spokój. Z kłótni o wartość jego licencji nie mogło wyniknąć nic dobrego.

– Nasz klient zapłaci milion dolarów – oświadczył Chap.

Trevor roześmiał się. Nie mógł się powstrzymać. Zarechotał, jakby usłyszał doskonały żart. A wraz z nim zarechotali również przysłuchujący się rozmowie agenci z domu naprzeciwko.

W końcu udało mu się nad sobą zapanować. Przestał chichotać, chociaż nadal nie był w stanie zetrzeć z twarzy uśmiechu. Milion dolarów. W gotówce. Wolne od podatku. Oczywiście zdeponowane w zagranicznym banku, poza zasięgiem chciwych łap skarbówki i każdej innej odnogi władz.

Nieco zażenowany swoją nieprofesjonalną reakcją, zmarszczył czoło, jak na rasowego prawnika przystało. Już miał powiedzieć coś ważnego, gdy od frontu dobiegło głośne pukanie w przeszklone drzwi.

– No tak – mruknął. – To pewnie kawa.

– Ta kobieta musi stąd zniknąć – oznajmił Chap.

– Odeślę ją do domu – rzucił Trevor i pierwszy raz od początku rozmowy wstał.

Z oszołomienia lekko kręciło mu się w głowie.

– Nie to miałem na myśli. Musi zniknąć na stałe. Zwolnij ją.

– Ile ona wie? – spytał Wes.

– Kto? Jan? – Trevor był wyraźnie rozbawiony. – Nic nie wie. Jest jak dziecko we mgle.

– To część umowy – powiedział Chap. – Jan musi zniknąć. I to natychmiast. Mamy dużo do omówienia, nie może nam się tu kręcić.

Pukanie przybrało na sile. Jan otworzyła drzwi kluczem, lecz nie mogła pokonać łańcucha.

– Trevor! To ja! – krzyknęła przez wąską szparę.

Trevor powoli ruszył na korytarz. Drapiąc się po głowie i szukając odpowiednich słów, podszedł do drzwi i przez szybkę spojrzał niepewnie na Jan.

– Otwieraj – warknęła. – Ta kawa jest gorąca.

– Musisz iść do domu – powiedział.

– Co? Dlaczego?

– Dlaczego?

– Tak. Dlaczego?

– Bo… cóż… hm…. – Przez chwilę nie potrafił znaleźć właściwych słów, potem jednak pomyślał o pieniądzach. Odejście Jan było częścią umowy. – Bo cię zwalniam – dokończył szybko.

– Co?!

– Zwalniam cię! – krzyknął, tak żeby usłyszeli to w głębi domu jego nowi kumple.

– Nie możesz mnie zwolnić! Za dużo mi jesteś winien!

– Nic ci nie jestem winien!

– A tysiąc dolarów zaległej pensji to pies?

Okna domu naprzeciwko zapełniły się twarzami ukrytymi za przyciemniającą folią na szybach. Odgłosy kłótni niosły się po cichej ulicy głośnym echem.

– Oszalałaś! – wrzasnął Trevor. – Nie jestem ci winien ani centa!

– Jesteś. Dokładnie tysiąc czterdzieści dolarów!

– Wariatka!

– Ty sukinsynu! Osiem lat haruję dla ciebie za minimalną pensję, a kiedy wreszcie dostajesz dużą sprawę, pozbywasz się mnie?! O to chodzi, Trevor? Wyrzucasz mnie, żeby się nie dzielić?

– Coś w ten deseń! A teraz idź już!

– Otwieraj, ty nędzny tchórzu!

– Idź już, Jan. Wracaj do domu.

– Nie, dopóki nie zabiorę swoich rzeczy!

– Zrobisz to jutro. Teraz mam spotkanie z panem Newmanem.

Trevor cofnął się o krok, a Jan, widząc, że nie zamierza jej otworzyć, już do końca wpadła w szał.

– Ty skurwysynu! – wrzasnęła i cisnęła kubkiem w drzwi.

Słabo w nich osadzona cienka szyba zadrżała, ale nie pękła. Spłynęła po niej struga kremowobrązowej cieczy.

Trevor, choć bezpieczny w środku, wzdrygnął się. Był przerażony tym, że kobieta, którą tak dobrze znał, zachowywała się, jakby postradała zmysły. Czerwona na twarzy, nadal klnąc, Jan odeszła spod drzwi i ruszyła wściekle przed siebie, nagle jednak jej uwagę przykuł kamień, pozostałość po dawno zapomnianym niskonakładowym projekcie zagospodarowania terenu wokół kancelarii, który kiedyś Trevor zatwierdził po jej namowach. Schyliła się, znowu wypluła jakieś przekleństwo i z zaciśniętymi zębami podniosła kamień i rzuciła nim w drzwi.

Wes i Chap zachowywali dotąd profesjonalną powagę, ale gdy kamień rozbił szybkę i wpadł do środka, nie wytrzymali i parsknęli śmiechem.

– Ty pieprzona wariatko! – wrzasnął Trevor.

Tamci dwaj znowu się roześmiali i żeby odzyskać powagę, spojrzeli w przeciwne strony.

W kancelarii zapadła cisza. W recepcji i na korytarzu wreszcie zapanował spokój.

W progu gabinetu pojawił się Trevor, w jednym kawałku i bez widocznych obrażeń.

– Przepraszam za to – mruknął z zakłopotaniem i podszedł do swojego fotela.

– Wszystko w porządku? – spytał Chap.

– Taaa… jasne. Nic się takiego nie stało. Tylko kawy nie ma. Napijecie się zwykłej?

– Dajmy sobie spokój z kawą.

⋏ ⋏ ⋏

Szczegóły omówili podczas lunchu, na który wybrali się, jak nalegał Trevor, do baru U Pete'a. Usiedli przy stoliku na tyłach, w pobliżu automatów do gry. Wes i Chap niepokoili się, że mogą tam nie mieć wystarczającej prywatności, szybko jednak zdali sobie sprawę, że nikt nie będzie ich podsłuchiwał, bo nigdy nie załatwiano tam żadnych interesów.

Złożyli zamówienie: Trevor wziął porcję frytek i do tego trzy piwa, Wes i Chap po butelce napoju gazowanego i po hamburgerze.

Trevor z miejsca postawił warunek, że zanim zdradzi klienta, chce najpierw dostać do ręki całą kasę. Wes i Chap zaproponowali, że jeszcze tego popołudnia dostarczą mu sto tysięcy w gotówce, a resztę niezwłocznie wyślą przelewem na jego konto w Geneva Trust w Nassau. Trevor wolał, żeby to był inny bank, ale odmówili, argumentując, że choć mają wgląd w konto, nie mogą nic z niego pobierać. Poza tym do Geneva Trust pieniądze przyszłyby jeszcze przed wieczorem, a gdyby zmienili bank, mogłoby to zająć dzień lub nawet dwa. Obu stronom zależało na jak najszybszym dobiciu targu. Wes i Chap chcieli zapewnić pełną i natychmiastową ochronę klientowi, Trevor chciał fortuny, którą, rozochocony piwem, już wydawał w myślach.

Chap wyszedł wcześniej, po pieniądze. Trevor kupił butelkę piwa na wynos, po czym wsiedli do samochodu Wesa, by przejechać się po mieście. Plan był taki, że mieli spotkać się z Chapem w umówionym miejscu i tam Trevor dostanie pieniądze. Kiedy jechali na południe autostradą A1A biegnącą wzdłuż wybrzeża, Trevorowi zebrało się na pogaduszki.

– Naprawdę niesamowite – mruknął, z oczami ukrytymi za tanimi okularami i głową opartą na zagłówku.

– Co jest niesamowite?

– To, jak ludzie są skłonni igrać z ogniem. Choćby ten wasz klient... Bogaty facet. Mógłby mieć tylu młodych chłopaczków, ilu by chciał, a mimo to odpowiada na ogłoszenie w magazynie gejowskim i zaczyna korespondować z zupełnie obcym człowiekiem.

– Też tego nie rozumiem – przyznał Wes i na sekundę między dwójką heteroseksualnych samców nawiązała się nić braterstwa. – Ale moja praca nie polega na zadawaniu pytań.

– Pewnie chodzi o ekscytację nieznanym – zgadywał Trevor, pociągając z butelki. – O dreszczyk emocji.

– Tak, pewnie tak. Kto to jest Ricky?

– Powiem, kiedy dostanę pieniądze. Który z nich jest waszym klientem?

– Który? To ilu wy ich tam szantażujecie?

– Ricky miał ostatnio pełne ręce roboty. Nie wiem, chyba koło dwudziestu.

– Od ilu już udało wam się wyłudzić pieniądze?

– Od dwóch albo trzech. Paskudny interes.

– A ty, jak się w to wplątałeś?

– Jestem adwokatem Ricky'ego. To diablo bystry gość i bardzo się nudzi, więc wymyślił ten plan, żeby wyciskać kasę z gejów, którzy wciąż siedzą w szafie. Wbrew zdrowemu rozsądkowi dałem się w to wciągnąć.

– A on sam też jest gejem? – spytał Wes. Znał imiona wnuków Beecha. Wiedział, jaką grupę krwi ma Yarber i z kim umawia się żona Spicera w Missisipi.

– Nie, nie jest – odparł Trevor.

– W takim razie to psychol.

– Skąd. To nawet całkiem miły facet. No więc? Kto jest waszym klientem?

– Al Konyers.

Trevor kiwnął głową, próbując przypomnieć sobie, ile listów Ricky'ego wysłał do Ala.

– Co za zbieg okoliczności – mruknął. – Właśnie miałem przejechać się do Waszyngtonu, żeby zebrać trochę informacji o tym facecie. Oczywiście nazwisko nie jest prawdziwe.

– Oczywiście.

– A znacie prawdziwe?

– Nie. Wynajęli nas jego ludzie.

– Ciekawe. Więc nikt z nas nie wie, kim naprawdę jest Al Konyers?

– Zgadza się. I jestem pewien, że to się nie zmieni.

Trevor wskazał sklepik na stacji benzynowej.

– Zajedź tam. Muszę kupić piwo.

Wes czekał przy dystrybutorze. Miał przykazane nie komentować picia Trevora, dopóki ten nie dostanie kasy i wszystkiego im nie powie. Potem jednak, gdy już zdobędą jego zaufanie, zamierzali spróbować nakłonić adwokata, żeby nieco przystopował z alkoholem. Nie chcieli, żeby co wieczór zalewał się w barze U Pete'a, bo jeszcze mógłby tam coś nieopatrznie chlapnąć, a to było ostatnie, czego potrzebowali.

⁂

Chap czekał w wynajętym samochodzie, przed pralnią, osiem kilometrów na południe od Ponte Vedra Beach. Wręczył Trevorowi cienką tanią walizeczkę.

– Jest tyle, na ile się umawialiśmy – powiedział. – Sto tysięcy. Spotkamy się w kancelarii.

Trevor go nie słyszał. Otworzył walizeczkę i zaczął liczyć pieniądze. Wes zawrócił i ruszyli na północ. W walizeczce leżało dziesięć stosików po dziesięć tysięcy dolarów w każdym, w studolarowych banknotach.

Trevor zatrzasnął ją i odwrócił do góry dnem.

Rozdział 27

Pierwszym zadaniem Chapa jako nowego asystenta prawnego Trevora było uporządkowanie sekretariatu i pozbycie się wszystkiego, co choćby trochę kojarzyło się z kobietą. Zebrał więc rzeczy Jan – od szminek i pilników do paznokci poczynając, na batonikach orzechowych i kilku pornograficznych romansidłach kończąc – i wrzucił je do kartonowego pudła. W szufladzie biurka znalazł kopertę z osiemdziesięcioma dolarami i garścią bilonu, ale skonfiskował je szef, który twierdził, że to gotówka na wydatki bieżące.

Do spakowania zostały już tylko fotografie Jan. Chap owinął je w stare gazety i ułożył ostrożnie w oddzielnym pudle; dołożył tam łatwo się tłukące drobiazgi, jakimi zastawione są prawie wszystkie biurka w prawie wszystkich sekretariatach. Skopiował terminarz Jan, żeby wiedzieli, kto może się pojawić w przyszłości. Nie zdziwił się, widząc, że urwanie głowy im nie grozi. Żadnej sprawy sądowej na horyzoncie. Dwa spotkania w kancelarii w tym tygodniu, dwa w przyszłym, a potem już nic. Z analizy kalendarzy jasno wynikało, że mniej więcej w czasie, gdy Bracia dostali przelew od Garbe'a, Trevor włączył wolniejszy bieg.

Wiedzieli, że w ostatnich tygodniach więcej obstawiał i prawdopodobnie więcej pił. Kilka razy Jan skarżyła się przez telefon koleżankom, że Trevor więcej czasu spędza w barze U Pete'a niż w kancelarii.

Kiedy Chap buszował po sekretariacie, pakując graty Jan, sprzątając jej biurko, odkurzając kąty i wyrzucając stare czasopisma, od czasu do czasu dzwonił stojący tam telefon. Ponieważ do obowiązków Chapa należało również odbieranie telefonów, starał się nie oddalać od aparatu. Większość dzwoniących chciała rozmawiać z Jan, więc grzecznie tłumaczył, że już tu nie pracuje. „I dobrze zrobiła, że odeszła" – takie wydawało się ogólne odczucie.

Z samego rana do kancelarii przyszedł agent przebrany za stolarza, żeby wymienić frontowe drzwi. Trevor nie posiadał się z zachwytu nad operatywnością Chapa.

– Jak ci się udało tak szybko go znaleźć? – spytał.

– A cóż to za problem? – rzucił Chap. – Wystarczyło przejrzeć książkę telefoniczną.

Po stolarzu przyszedł agent udający ślusarza i wymienił wszystkie zamki.

Umowa zawierała warunek, że Trevor przez co najmniej miesiąc nie będzie przyjmował nowych klientów. Długo nie chciał na to przystać, zupełnie jakby był jednym z bardziej wziętych adwokatów i nie mógł sobie pozwolić na takie nadszarpnięcie reputacji. „Pomyślcie o ludziach, którzy mogą mnie potrzebować!", utyskiwał. Wiedzieli jednak, że w ciągu ostatnich trzydziestu dni w kancelarii prawie nic się nie działo, i naciskali, aż wreszcie się zgodził. Chcieli mieć kancelarię tylko dla siebie i dlatego Chap obdzwonił wszystkich umówionych wcześniej klientów i każdego poinformował, że w dniu spotkania mecenas Carson będzie zajęty w sądzie. Zmiana terminu raczej nie jest możliwa, ale jeśli tylko pojawi się jakaś luka, Chap natychmiast da znać.

– Wydawało mi się, że mecenas nie prowadzi spraw sądowych – zauważył któryś z klientów.

– Ależ oczywiście, że prowadzi – zapewnił go Chap. – Ta obecna to bardzo poważny proces.

Ostatecznie lista spotkań Trevora została zredukowana do zera. Poza wizytą jednej klientki – prowadził jej sprawę o alimenty. Reprezentował kobietę od trzech lat i nie mógł jej tak po prostu zostawić.

W pewnym momencie do kancelarii wparowała Jan. Przypuszczalnie chciała zrobić awanturę, bo przyprowadziła ze sobą chłopaka, młodego osiłka – kozia bródka, poliestrowe spodnie, biała koszula i krawat, jak nic sprzedawca używanych samochodów. Trevora chłopak mógłby z łatwością sponiewierać, ale z Chapem wolał nie ryzykować.

– Chciałabym porozmawiać z Trevorem – oznajmiła Jan, rozglądając się po wysprzątanym sekretariacie.

– Przykro mi, ale wyszedł na spotkanie.

– A pan to, do diabła, kto?

– Asystent.

– Aha... To niech pan lepiej zażąda pensji z góry.

– Dziękuję, zapamiętam sobie tę radę – odparł Chap i wskazał na pudła. – Pani rzeczy są w tych dwóch kartonach.

Jan nadal się rozglądała. Zauważyła, że czasopisma na półkach, mocno przebrane, są starannie ułożone, że kosz na śmieci jest pusty, a meble błyszczą. W powietrzu unosił się zapach środków dezynfekujących, jakby nowy asystent odkaził miejsce, które kiedyś zajmowała. Nie była tu już nikomu potrzebna.

– Niech pan powie Trevorowi, że jest mi winien tysiąc dolarów zaległej pensji – dodała.

– Dobrze, powiem. Coś jeszcze?

– Tak... ten nowy klient z wczoraj, ten Yates Newman. Pan powie Trevorowi, że przejrzałam prasę. W ciągu ostatnich dwóch tygodni na dziewięćdziesiątej piątej nie doszło do żadnego wypadku ze skutkiem śmiertelnym. Żadna kobieta o nazwisku Newman tam nie zginęła. Coś w tej całej historii śmierdzi.

– Dziękuję. Przekażę mu to.

Jan rozejrzała się ostatni raz, zobaczyła nowe drzwi i uśmiechnęła się drwiąco. Jej chłopak łypnął wrogo na Chapa, jakby mimo wszystko miał ochotę przetrącić mu kark, zrobił to jednak, gdy szedł już do wyjścia. On i Jan opuścili sekretariat, nie łamiąc i nie tłukąc niczego, i ruszyli smętnie przed siebie, każde z pudłem pod pachą.

Chap chwilę odprowadzał ich wzrokiem, po czym zaczął przygotowywać się do kolejnego wyzwania: lunchu.

⋏ ⋏ ⋏

Poprzedniego wieczoru kolację zjedli w okolicy kancelarii, dwie ulice od hotelu Sea Turtle, w zatłoczonej nowej restauracji serwującej owoce morza. Biorąc pod uwagę wielkość porcji, ceny były skandalicznie wysokie i właśnie dlatego Trevor, najnowszy, świeżo upieczony milioner w Jacksonville, nalegał, żeby tam pójść. Oczywiście stawiał on i nie szczypał się przy składaniu zamówienia. Urżnął się już pierwszym kieliszkiem martini, tak że potem nie pamiętał, co jadł. Wes i Chap wymigali się od drinków, wyjaśniając, że ich klient nie pozwala im tykać alkoholu. Pili drogą wodę mineralną i pilnowali, żeby kieliszek Trevora był zawsze pełny.

– Gdyby mnie klient nie pozwolił pić, dałbym mu kopa w tyłek i znalazłbym sobie innego – skwitował Trevor, zachwycony własnym poczuciem humoru. A potem, w połowie kolacji, oznajmił: – Chyba będę musiał pić za nas trzech. – I przystąpił do dzieła.

Wes i Chap z ulgą stwierdzili, że należy do grona potulnych pijaczków. Nie przestawali mu dolewać, bo chcieli sprawdzić, ile wytrzyma. Z każdym drinkiem stawał się coraz cichszy i coraz niżej osuwał się na krześle, a długo po deserze dał kelnerowi trzysta dolarów napiwku. Pomogli mu wsiąść do samochodu, odwieźli go do domu i położyli do łóżka.

Kiedy Wes gasił światło, Trevor leżał na pościeli, w pomiętych spodniach i białej koszuli, z rozwiązaną muszką i w butach, i chrapiąc głośno, obiema rękami mocno przyciskał do piersi walizeczkę.

Przelew przyszedł tuż przed piątą. Pieniądze dotarły na miejsce. Klockner kazał im spić Trevora i sprawdzić, jak się wtedy zachowuje i w jakim stanie będzie rano.

Wrócili do niego o wpół do ósmej, otworzyli drzwi własnym kluczem i zastali go mniej więcej w takiej samej pozycji, w jakiej go zostawili. Z jednym butem zdjętym, leżał skulony na boku i obiema rękami obejmował walizeczkę niczym piłkę.

– Wstajemy! Wstajemy! Pobudka! – krzyknął Chap, a Wes zapalił światło i robiąc jak najwięcej hałasu, podniósł żaluzje.

Trevor – należało mu to oddać – bez protestów zwlókł się z łóżka i pognał do łazienki. Wziął krótki prysznic i dwadzieścia minut później wrócił do pokoju w świeżej koszuli i muszce, bez śladu zagniecenia na spodniach. Oczy miał lekko zapuchnięte, ale uśmiechał się i był gotów stawić czoło wyzwaniom nowego dnia.

Niemałą rolę w jego dobrym samopoczuciu odgrywał milion dolarów. Właściwie jeszcze nigdy nie pokonał kaca tak szybko.

Wszyscy trzej pojechali do Beach Java na małe śniadanie – muffiny i mocna kawa – po czym udali się do kancelarii i z werwą przystąpili do pracy. Chap zajął się recepcją, Wes zagarnął Trevora do gabinetu.

Kilka elementów układanki trafiło na miejsce jeszcze poprzedniego dnia przy kolacji. Wes i Chap zdołali wreszcie wyciągnąć z Trevora nazwiska członków Bractwa i dali prawdziwy popis, okazując bezgraniczne zaskoczenie.

– Trzech sędziów? – powtórzyli obaj z najwyższym niedowierzaniem.

Trevor uśmiechnął się i kiwnął głową z taką dumą, jakby to on i tylko on był architektem mistrzowskiego planu. Chciał ich przekonać, że miał tyle sprytu i był tak przebiegły, że zdołał nakłonić trzech byłych sędziów, by poświęcali wolny czas na pisanie listów do samotnych gejów, tak żeby on, Trevor, mógł zgarnąć trzecią część zysków z wymuszeń. Tam do diabła, był w gruncie rzeczy geniuszem!

Inne elementy układanki nadal jednak pozostawały niejasne, dlatego Wes zamierzał trzymać Trevora pod kluczem, dopóki nie uzyska od niego wszystkich odpowiedzi.

– Pogadajmy o tym gościu z Bakers w Iowa – odezwał się. – Quince Garbe. Jego skrytka pocztowa została wynajęta na nieistniejącą firmę. Jak się dowiedziałeś, kto naprawdę ją wynajął?

– To była łatwizna – odparł Trevor, jeszcze bardziej dumny z siebie.

Teraz był już nie tylko geniuszem, ale również bogaczem. Poprzedniego dnia obudził się z bólem głowy i zanim wstał, pół godziny leżał w łóżku i zamartwiał się przegranymi zakładami, coraz gorzej idącą praktyką i tym, że coraz bardziej uzależnia się od Braci i ich szwindli. Dwadzieścia cztery godziny później obudził się z jeszcze gorszym bólem głowy, tym razem jednak miał na jego ukojenie wspaniały balsam w postaci miliona dolarów.

Był w euforii, podniecenie go rozsadzało. Chciał jak najszybciej zamknąć sprawę Bractwa i rozpocząć nowe życie.

– W Des Moines znalazłem prywatnego detektywa – powiedział, pijąc kawę, z nogami na biurku, gdzie było ich miejsce. – Wysłałem mu czek na tysiąc dolarów. Spędził w Bakers dwa dni. Byliście w Bakers?

– Tak.

– Bałem się, że sam będę musiał tam pojechać. Ten przekręt najlepiej wypala, kiedy złowi się gościa na stanowisku i z kasą. Taki za milczenie wybuli każdą sumę. Tak czy inaczej, detektyw trafił na urzędniczkę pocztową, która potrzebowała pieniędzy. Samotna matka, dom pełen dzieci, stary samochód, małe mieszkanie... wiadomo. Zadzwonił do niej wieczorem i powiedział, że zapłaci jej pięćset dolarów gotówką, jeśli dowie się dla niego, kto wynajmuje skrytkę pocztową siedemset osiemdziesiąt osiem. Następnego dnia rano zadzwonił do niej na pocztę i podczas przerwy na lunch spotkali się na parkingu. Ona dała mu karteczkę z nazwiskiem Quince'a Garbe'a, on jej kopertę z pięcioma studolarowymi banknotami. Nawet nie pytała, kim jest ten człowiek.

– I to się zawsze tak odbywa?

– Z Garbe'em się sprawdziło. Z Curtisem Catesem, tym facetem z Dallas, drugim, którego wrobiliśmy, było trochę trudniej. Detektyw, którego tam wynajęliśmy, nie mógł znaleźć dojścia do nikogo z poczty, więc musiał ją przez trzy dni obserwować. Kosztowało nas to tysiąc osiemset dolców, ale w końcu namierzył faceta i zapisał numer rejestracyjny jego samochodu.

– Kto będzie następny?

– Najpewniej ten gość z Upper Darby w Pensylwanii. Używa pseudonimu Brant White i wszystko wskazuje na to, że będzie z niego pożytek.

– Czytałeś kiedyś któryś z tych listów?

– Nie, nigdy. Nie wiem, co oni tam wypisują, i nie chcę wiedzieć. Kiedy Bracia są gotowi kogoś docisnąć, każą mi wybadać skrytkę i zdobyć prawdziwe nazwisko najemcy. To znaczy, jeśli dana ofiara używa fałszywego, jak twój klient, ten Konyers. Zdziwiłbyś się, ilu z nich podaje prawdziwe. Po prostu niewiarygodne.

– A kiedy Bracia wysyłają listy z żądaniem pieniędzy, mówią ci o tym?

– O tak, muszą, żebym mógł powiadomić bank na Bahamach, że przelew jest w drodze. Jak tylko pieniądze wpływają, z banku natychmiast do mnie dzwonią.

– Opowiedz mi o tym Whicie z Upper Darby.

Wes robił całe stosy notatek, jakby się bał, że coś pominie, mimo że każde słowo Trevora nagrywało się na czterech osobnych magnetofonach w domu po drugiej stronie ulicy.

– Wiem tylko tyle, że szykują się, żeby go udupić. Facet jest chyba cholernie napalony, bo właśnie wymienili kilka listów. Inni nie są tak wylewni i nie piszą tak chętnie. Wyciąganie od nich informacji przypomina wyrywanie zębów.

– Prowadzisz jakąś ewidencję tych listów?

– Nie, w życiu. Bałem się, że któregoś dnia mogą mnie odwiedzić federalni z nakazem rewizji. Wolałem nie mieć tu żadnych obciążających dowodów.

– Jasne. Bardzo sprytnie.

Trevor uśmiechnął się szeroko, dumny ze swojej przebiegłości.

– Taaa... cóż, miałem do czynienia z wieloma sprawami kryminalnymi. Po jakimś czasie człowiek sam zaczyna myśleć jak przestępca. Tak czy siak, w Filadelfii nie udało mi się znaleźć odpowiedniego detektywa. Wciąż nad tym pracuję.

Brant White był wytworem ludzi z Langley. Trevor mógł wynająć wszystkich detektywów z całego północnego wschodu Stanów, a i tak nie znalazłby osoby ukrywającej się za skrytką pocztową.

– Właściwie – kontynuował – zamierzałem sam tam pojechać, ale zadzwonił Spicer i kazał mi lecieć do Waszyngtonu, żeby wytropić Ala Konyersa. Wtedy zjawiliście się wy, chłopaki, i… cóż, resztę już znacie. – Zamilkł i znów pomyślał o pieniądzach.

Trochę go zastanawiało, że Wes i Chap wkroczyli w jego życie akurat wtedy, gdy miał namierzyć ich klienta, ale co go to w końcu obchodziło? Słyszał już krzyk mew, czuł gorący piasek pod stopami. Słyszał dźwięki reggae płynące z pobliskiej wyspy i wycie wiatru pchającego jego małą łódź do przodu.

– Czy oprócz ciebie Bracia mają na zewnątrz do pomocy kogoś jeszcze? – zapytał Wes.

– A po co im ktoś jeszcze? – rzucił Trevor nieskromnie. – Po pierwsze, ja nie potrzebuję pomocnika, a po drugie, im mniej osób jest w to zaangażowanych, tym łatwiej działać.

– Racja – przyznał Wes.

Trevor odchylił się na oparcie fotela. Sufit nad nim był popękany i obłaził z farby. Należało go odmalować i jeszcze przed kilkoma dniami by się tym zamartwiał, ale teraz wiedział, że nikt niczego nie będzie tu malował. Przynajmniej nie za jego pieniądze. Już niedługo, gdy tylko Wes i Chap uporają się ze sprawą Braci, zostawi to miejsce na dobre. Może tylko wcześniej – chociaż nie bardzo wiedział po co – spakuje akta i zawiezie je do przechowalni. Stare książki prawnicze rozda, a meble i komputer może uda mu się sprzedać za rozsądną cenę jakiemuś początkującemu młodemu adwokatowi. A potem, kiedy to wszystko już będzie załatwione, on, L. Trevor Carson, adwokat i radca prawny, zatrzaśnie za sobą drzwi kancelarii i odejdzie, nawet nie oglądając się za siebie.

Jakiż to będzie wspaniały dzień...

Z tych marzeń na jawie wyrwał go Chap – na biurku przed nim postawił torebkę z tacos i wodę mineralną. Nie rozmawiali wcześniej o przerwie na posiłek, lecz Trevor już od jakiegoś czasu zerkał na zegarek, z utęsknieniem wyczekując chwili, gdy będzie mógł się wybrać na długi lunch do Pete'a. Zniechęcony, sięgnął po przekąskę. Był wściekły, bo go suszyło. Koniecznie musiał się napić.

– Myślę, że to dobry pomysł, by zrezygnować z alkoholu w czasie lunchu – powiedział Chap, który usiadł przy biurku i jadł taco, uważając, by nie wypływało z niego nadzienie z czarnej fasoli i mielonej wołowiny.

– A rezygnujecie sobie, jeśli chcecie – odparł Trevor.

– Mówiłem o tobie. Koniec z piciem, przynajmniej przez najbliższy miesiąc.

– Na to się nie umawialiśmy.

– Ale teraz się umawiamy. Musisz być trzeźwy i czujny.

– Niby dlaczego?

– Dlatego, że tak sobie życzy nasz klient. I płaci ci za to milion dolarów.

– A nie życzy sobie jeszcze, żebym dwa razy dziennie nitkował zęby i jadł szpinak?

– Zapytam go, jak się z nim zobaczę.

– To przy okazji powiedz mu też, żeby pocałował mnie w dupę.

– Nie przesadzaj, Trevor. Po prostu ogranicz picie. Dobrze ci to zrobi.

O ile pieniądze pozwoliły mu poczuć się wolnym, o tyle ci dwaj zaczynali go przytłaczać. Siedzieli mu na karku już od dwudziestu czterech godzin i nic nie zapowiadało, że zamierzają się wynieść. Co więcej, wyglądało na to, że wprowadzili się do jego kancelarii na stałe.

Po lunchu Chap poszedł po listy. Obaj przekonali Trevora, że nie on powinien to robić, ponieważ nie grzeszy ostrożnością; właśnie dlatego tak łatwo go namierzyli. A przed pocztą mogą przecież czatować inne ofiary Braci. Skoro on bez większego trudu odkrył ich prawdziwą tożsamość, ci ludzie też mogli dojść do tego, kto wynajmuje skrytki Alladin North i Laurel Ridge. Od tej pory korespondencję będą na zmianę odbierać Wes i Chap. Będą chodzić na pocztę o różnych porach, w różnych przebraniach, będą po prostu działali jak rasowi szpiedzy.

Trevor w końcu ustąpił. Wydawało się, że ci dwaj wiedzą, co robią.

Na poczcie w Neptune Beach czekały cztery listy do Ricky'ego, a w Atlantic Beach dwa do Percy'ego. Chap błyskawicznie objechał obie poczty, wiedząc, że jadą za nim koledzy obserwujący uważnie każdego, kto mógł obserwować jego. Listy dostarczył do domu naprzeciwko kancelarii, gdzie szybko je skopiowano i z powrotem włożono do kopert.

Zadowoleni, że nareszcie mają co robić, agenci przeczytali listy i dokładnie je przeanalizowali. Klockner też je przeczytał. Z sześciu nazwisk pięć już znali. Za wszystkimi kryli się mężczyźni w średnim wieku, którzy próbowali zebrać się na odwagę, żeby wykonać kolejny krok na drodze do pogłębienia znajomości z Rickym lub Percym. Sądząc po tym, co pisali, wszyscy byli raczej nieśmiali.

Ich nazwiska i adresy dołączono do innych, naniesionych już na mapę pięćdziesięciu stanów wiszącą na jednej ze ścian sypialni domu. Czerwonymi pinezkami zaznaczone były miejscowości, z których pochodzili mężczyźni korespondujący z Rickym, zielonymi te, z których pisali korespondenci Percy'ego.

Bracia zarzucali sieci coraz szerzej. Obejmowały one już trzydzieści stanów. Ricky korespondował z dwudziestoma trzema mężczyznami, Percy z osiemnastoma. A członkowie Bractwa z każdym tygodniem nabierali coraz większej wprawy i udoskonalali działania. Ogłaszali się już w trzech czasopismach – przynajmniej o tylu wiedział Klockner – i konsekwentnie trzymając się dotychczasowego schematu, zwykle już po trzecim liście wiedzieli, czy nowa ofiara ma pieniądze. Albo żonę.

Obserwowanie tej gry było fascynujące, zwłaszcza teraz, gdy agenci mieli pełny dostęp do Trevora i nie musieli się już martwić, że przegapią któryś z listów.

Wyniki analizy przejętej tego dnia poczty zostały streszczone w dwustronicowym raporcie, który przesłano do Langley. Deville dostał go o siódmej wieczorem.

⋏ ⋏ ⋏

Telefon zadzwonił dziesięć po trzeciej po południu, kiedy Chap mył okna. Wes siedział z Trevorem w gabinecie, próbując wyciągać z niego kolejne informacje. Nie szło to jednak najlepiej, ponieważ Trevor był zmęczony – nie odbył zwyczajowej drzemki, a poza tym rozpaczliwie potrzebował się napić.

– Kancelaria prawna – rzucił do słuchawki Chap.

– Czy to... kancelaria Trevora? – zapytał dzwoniący.

– Tak. Z kim mam przyjemność?

– A ja z kim?

– Jestem Chap. Nowy asystent.

– A tamta dziewczyna?

– Już tu nie pracuje. W czym mogę panu pomóc?

– Nazywam się Joe Roy Spicer. Jestem klientem Trevora i dzwonię z Trumble.

– Skąd?

– Z Trumble, z więzienia. Jest tam Trevor?

– Nie ma, proszę pana. Pan Carson wyjechał do Waszyngtonu, ale za kilka godzin powinien być z powrotem.

– Rozumiem. Proszę mu przekazać, że zadzwonię o piątej.

– Dobrze, przekażę.

Chap odłożył słuchawkę i wziął głęboki oddech. Podobnie jak Klockner po drugiej stronie ulicy. CIA nawiązała właśnie pierwszy bezpośredni kontakt z jednym z Braci.

⋏ ⋏ ⋏

Drugi raz telefon zadzwonił dokładnie o piątej. Znów odebrał Chap i rozpoznawszy głos, przekazał słuchawkę Trevorowi.

– Halo?

– Trevor? Tu Joe Roy Spicer.

– Witam, panie sędzio.

– Czego się dowiedziałeś w Waszyngtonie?

– Wciąż nad tym pracujemy. Tym razem może być trudniej, ale znajdziemy go.

Nastąpiła długa pauza, jakby Spicerowi nie spodobało się to, co usłyszał, i jakby nie był pewien, ile może powiedzieć.

– Przyjeżdżasz jutro?

– Będę o trzeciej.

– Przywieź pięć tysięcy dolarów.

– Pięć tysięcy dolarów?

– Przecież mówię. Podejmij z konta i przywieź. W dwudziestkach i pięćdziesiątkach.

– Co chcecie zrobić z...

– Nie zadawaj głupich pytań, tylko przywieź tę cholerną kasę. Włóż do koperty razem z listami. Wiesz, jak to zrobić, już to przerabiałeś.

– W porządku.

Spicer rozłączył się bez słowa. Przez następną godzinę Trevor wyjaśniał, jakie zasady obowiązują w Trumble co do pieniędzy. Gotówki nie wolno było trzymać. Każdy osadzony miał pracę, a wynagrodzenie wpływało na jego konto, które obciążano, gdy więzień miał jakieś wydatki, na przykład opłaty za międzymiastowe rozmowy telefoniczne, zakupy w kantynie, znaczki pocztowe czy odbitki ksero.

To jednak nie oznaczało, że gotówki w Trumble nie było. Była, choć oczywiście nikt się nią nie chwalił. Przemycano ją, ukrywano i wykorzystywano do regulowania długów hazardowych czy przekupywania strażników. Trevor bał się takich akcji. Gdyby przyłapano go na wnoszeniu pieniędzy, na stałe straciłby prawo do odwiedzin. I chociaż kasę do Trumble szmuglował już dwukrotnie, w obu przypadkach było to tylko pięćset dolarów. Teraz miał przemycić całe pięć tysięcy.

Nie potrafił nawet wyobrazić sobie, do czego Bracia potrzebowali aż takiej sumy.

Rozdział 28

Po trzech dniach ciągłego kręcenia się przy nim Wesa i Chapa Trevor miał dość. Ci faceci byli z nim wszędzie i przez cały czas. Chcieli razem z nim jeść śniadania, lunche i kolacje. Chcieli go odwozić do domu i skoro świt zawozić do pracy. Prowadzili jego kancelarię – Chap jako asystent, Wes jako kierownik – a ponieważ prawdziwej pracy adwokackiej było niewiele, nieustannie zadręczali go pytaniami.

Nie był więc zaskoczony, gdy zapowiedzieli, że zawiozą go do Trumble. Zaczął im tłumaczyć, że nie potrzebuje kierowcy, że swoim wiernym małym garbusem odbywał tę podróż wielokrotnie i że chce pojechać sam. Na co zdenerwowali się i zagrozili, że zadzwonią do zleceniodawcy.

– A dzwońcie sobie, co mnie to obchodzi! – wrzasnął, czym chyba ich trochę wystraszył. – Nie zamierzam żyć pod dyktando waszego klienta.

Ale żył i wiedzieli o tym zarówno on, jak i oni. Teraz liczyły się tylko pieniądze, judaszowe srebrniki, które już przyjął.

Ostatecznie stanęło na tym, że pojechał garbusem, a Wes i Chap wynajętym samochodem. Za nimi podążył biały van, którego pasażerów Trevor miał nigdy nie zobaczyć, i zresztą pewnie wcale by tego nie chciał, nawet gdyby wiedział o ich istnieniu. W pewnym momencie, ot tak dla zabawy, skręcił bez ostrzeżenia do przydrożnego sklepiku po sześciopak piwa i wybuchnął śmiechem, gdy ciągnący się za nim ogon gwałtownie zahamował, żeby nie wpakować mu się w tyłek. A kiedy wyjechał z miasta, wlókł się niemiłosiernie wolno, popijając piwo, rozkoszując się samotnością i wmawiając sobie, że jakoś jeszcze ten miesiąc przecierpi. Za milion dolarów mógł znieść wszystko.

Kiedy dojeżdżał do Trumble, dopadły go pierwsze wyrzuty sumienia. Czy da radę to zrobić? Miał stanąć przed Spicerem, przed klientem, który mu ufał, przed więźniem, który go potrzebował, przed wspólnikiem przestępstwa. Czy zdoła zachować pokerową twarz, udawać, że wszystko jest w porządku, podczas gdy każde słowo będzie wychwytywane przez superczuły mikrofon ukryty w jego aktówce? Czy będzie potrafił tak jak zawsze wymienić się listami ze Spicerem, wiedząc, że korespondencja jest kontrolowana? I na domiar wszystkiego oznaczało to przekreślenie jego kariery prawniczej, kariery, na którą ciężko pracował i z której kiedyś był taki dumny.

Dla kasy sprzedawał swoją etykę, swoje zasady, a nawet moralność. Czy jego dusza była warta milion dolarów? Ale było już za późno. Pieniądze leżały już na koncie. Pociągnął łyk piwa i spłukał nim resztki poczucia winy.

Spicer był oszustem, podobnie jak Beech i Yarber, a także on. Złodzieje nie wiedzą, co to honor, powtarzał sobie w duchu.

Kiedy szli korytarzem do sali odwiedzin, Link poczuł od niego zapach alkoholu. Przy drzwiach Trevor zajrzał do środka, zobaczył Spicera ukrytego za rozłożoną gazetą i nagle się zdenerwował. Co z niego za łajdak! Jaki adwokat idzie na poufne spotkanie z klientem obwieszony aparaturą podsłuchową? Wyrzuty sumienia uderzyły w niego z siłą tsunami, ale odwrotu już nie było.

Mikrofon, który Wes zainstalował na dnie jego wytartej starej czarnej aktówki, był wielkości piłeczki golfowej i miał tak olbrzymią moc, że bez problemu mógł przesyłać wszystko facetom bez twarzy siedzącym w białym vanie. Wes i Chap dołączyli do nich i ze słuchawkami na uszach czekali niecierpliwie na rozwój wypadków.

– Dzień dobry, Joe Roy – przywitał się Trevor.

– Dzień dobry – rzucił Spicer.

– Proszę otworzyć aktówkę – odezwał się Link. Zajrzał pobieżnie do środka. – W porządku.

Trevor uprzedził Chapa i Wesa, że Link czasami zagląda do teczki. Mikrofon był przykryty stertą papierów.

– To listy – wyjaśnił.

– Ile? – spytał Link.

– Osiem.

– A pan jakieś ma? – zwrócił się strażnik do Spicera.

– Nie, dzisiaj nie – odparł sędzia.

– Będę na korytarzu – oznajmił Link.

Drzwi się zamknęły, buty zaszurały i nagle zapadła cisza. Bardzo długa cisza. Nic się nie działo. Między adwokatem a klientem nie padło ani słowo. Agenci w białym vanie czekali w nieskończoność, aż w końcu stało się oczywiste, że coś poszło nie tak.

⋏ ⋏ ⋏

Kiedy Link wychodził z pokoju, Trevor szybko wyjął z teczki listy, po czym zwinnym ruchem wystawił ją za drzwi, gdzie miała czekać grzecznie do końca spotkania. Link to oczywiście zauważył, ale zignorował.

Natomiast Spicer się zdziwił.

– Po co to zrobiłeś? – zapytał.

– Jest pusta – odparł Trevor, wzruszając ramionami. – Niech widzą na monitorach, że nie mamy nic do ukrycia.

Niespodziewanie dla niego samego nagle zwyciężyło w nim poczucie etyki. Postanowił, że nagra następną rozmowę, ale nie tę. A Wesowi i Chapowi powie, że strażnik zabrał mu teczkę, co przecież czasami się zdarzało.

– Jak sobie chcesz – mruknął Spicer i zaczął przeglądać listy. Przekładał je, aż dotarł do dwóch grubszych kopert. – To kasa?

– Tak. Musiałem włożyć kilka setek.

– Dlaczego? Przecież wyraźnie powiedziałem, że mają być dwudziestki i pięćdziesiątki.

– Tylko tak miałem. Nie spodziewałem się, że będę potrzebował tyle gotówki.

Joe Roy przez chwilę studiował adresy na pozostałych kopertach, aż w końcu zapytał oschle:

– Więc jak było w Waszyngtonie?

– Ciężko. To poczta na przedmieściach, otwarta całą dobę, siedem dni w tygodniu. Duży ruch, zawsze ktoś się tam kręci, łącznie z ochroną. Ale jakoś to rozgryziemy.

– Kogo wynająłeś?

– Gościa z małej agencji w Chevy Chase.

– Nazwisko?

– Co znaczy „nazwisko"?

– Podaj mi jego nazwisko.

Trevora zamurowało, w głowie miał kompletną pustkę. Spicer coś podejrzewał, jego ciemne oczy błyszczały intensywnie.

– Nie pamiętam.

– Gdzie się zatrzymałeś?

– O co ci chodzi, Roy?

– Podaj mi nazwę hotelu.

– Ale dlaczego?

– Bo mam prawo wiedzieć. Jestem twoim klientem, opłacam twoje wydatki. Gdzie się zatrzymałeś?

– W Ritzu-Carltonie.

– W którym?

– Nie wiem. Po prostu w Ritzu-Carltonie.

– Są dwa. Który to był?

– Nie wiem który. Na pewno nie ten w centrum.

– Którym rejsem poleciałeś?

– Daj spokój, Roy, co ty odwalasz?

– Jaką linią?

– Delta.

– Numer lotu?

– Nie pamiętam.

– Wróciłeś wczoraj. Mniej niż dwadzieścia cztery godziny temu. Jaki był numer twojego lotu?

– Nie pamiętam. Nie potrafię sobie przypomnieć.

– Czy ty na pewno byłeś w Waszyngtonie?

– Oczywiście, że byłem – odparł Trevor, ale przy tym kłamstwie głos mu się lekko załamał.

Nie był przygotowany na to, że będzie musiał kłamać, i im dłużej mówił, tym bardziej brzmiało to fałszywie i niewiarygodnie.

– Nie pamiętasz numeru lotu, nie pamiętasz, w którym hotelu się zatrzymałeś, nie pamiętasz nawet nazwiska detektywa, z którym spędziłeś ostatnie dwa dni. Czy ty mnie masz za głupca?

Trevor nie odpowiedział. Myślał tylko o ukrytym w teczce mikrofonie i o tym, że dobrze się stało, że wystawił ją za drzwi. Dzięki temu Wes i Chap nie mogli słyszeć, jak zbiera teraz ten ochrzan.

– Piłeś, prawda? – znów napadł na niego Spicer.

– Tak – potwierdził Trevor, chwilowo robiąc sobie przerwę w kłamaniu. – Po drodze kupiłem piwo.

– Albo dwa.

– Tak, dwa.

Spicer oparł się o stół i nachylił do niego.

– Mam dla ciebie złą wiadomość. Jesteś zwolniony.

– Co?

– Zwalniam cię. Wyrzucam. Żegnam się z tobą na dobre.

– Nie możesz mnie zwolnić.

– Właśnie to zrobiłem. Ze skutkiem natychmiastowym. Na mocy jednogłośnej decyzji Bractwa. Powiadomimy naczelnika, więc twoje nazwisko zostanie usunięte z listy adwokatów. Kiedy dziś stąd wyjdziesz, możesz już więcej nie wracać.

– Ale dlaczego?

– Dlatego, że kłamiesz, pijesz, jesteś niechlujem i straciłeś zaufanie klientów.

W zasadzie Spicer nie powiedział nieprawdy, lecz Trevorowi mimo wszystko zrobiło się przykro. Poza tym nigdy nie sądził, że Bracia odważą się go zwolnić.

– A nasze małe przedsięwzięcie? – zapytał przez zaciśnięte zęby.

– Rozstajemy się z czystym kontem. Ty zatrzymujesz swoje pieniądze, my swoje.

– I kto wam będzie teraz pomagał?

– Kogoś sobie znajdziemy. Ty zajmij się sobą. Spróbuj żyć uczciwie, jeśli potrafisz.

– A co ty możesz wiedzieć o uczciwym życiu?

– Idź już. Wstań i wyjdź. Było miło, ale to koniec.

– Jasne – rzucił Trevor.

Miał w głowie zamęt, choć dwie myśli jawiły mu się całkiem wyraźnie. Pierwsza była taka, że Spicer po raz pierwszy od tygodni nie przekazał mu żadnych listów. Druga dotyczyła gotówki. Do czego im było potrzebne te pięć tysięcy? Prawdopodobnie do przekupienia nowego adwokata. Ależ go podeszli. Chociaż nic dziwnego, że się im udało. Mieli kiedy przemyśleć to wszystko. Trzech błyskotliwych facetów, mających mnóstwo wolnego czasu – to niesprawiedliwe.

Duma kazała mu wstać. Wyciągnął rękę.

– Przykro mi, że tak się to skończyło.

Spicer uścisnął jego dłoń, choć z wyraźną niechęcią, jakby chciał powiedzieć: „Dobra, dobra, ale teraz już spadaj".

Kiedy spojrzeli sobie w oczy, prawdopodobnie po raz ostatni, Trevor szepnął:

– Ten Konyers... Jest bardzo bogaty. Ma wielkie wpływy. I wie o was.

Spicer podskoczył jak wystraszony kot. Z twarzą tuż przy twarzy Trevora zapytał ściszonym głosem:

– Obserwuje cię?

Trevor kiwnął głową i mrugnął do niego. Potem otworzył drzwi i podniósł aktówkę. Nie odezwał się do Linka. Co miał mu powiedzieć? Przykro mi, stary, ale te tysiąc dolarów, które miesięcznie dostawałeś pod stołem, to już historia. Smutno ci? Jeśli tak, to z zażaleniami zgłoś się sędziego Spicera... On ci wszystko wytłumaczy.

Ale odpuścił sobie. Był oszołomiony, kręciło mu się w głowie, a wypite piwo nie pomagało. Co powie Wesowi i Chapowi? To było teraz najważniejsze pytanie. Jak tylko go dorwą, zażądają wyjaśnień.

Pożegnał się z Linkiem, potem z Vince'em, Mackeyem i Rufusem – tak samo jak zawsze, tyle że po raz ostatni – i wyszedł na palące słońce.

Wes i Chap czekali trzy samochody dalej. Chcieli porozmawiać, ale musieli być ostrożni. Ignorując ich, Trevor wrzucił teczkę na przednie siedzenie pasażera i wsiadł do garbusa. Kiedy ruszał spod więzienia, a potem jechał wolno autostradą w stronę Jacksonville, karawana podążała za nim.

⁂

Decyzję o pozbyciu się Trevora podjęli po wielu naradach i długich przemyśleniach. Zamknięci w swojej małej sali, godzinami analizowali listy Konyersa, aż w końcu znali na pamięć każdy z nich. Przemierzali kilometry po bieżni, tylko we trzech, rozpatrując wszelkie możliwe scenariusze. Jedli razem, grali razem w karty i cały czas zastanawiali się, kto mógł kontrolować ich pocztę.

Jako pierwszy nasuwał się na myśl oczywiście Trevor, jedyny z listy podejrzanych, na którego mieli wpływ. Jeżeli nieostrożna okazała się któraś z ofiar, nie mogli nic z tym zrobić. Ale jeśli to adwokat działał nieostrożnie, to należało go zwolnić. Zresztą i tak nie budził zaufania. Ilu dobrych, wziętych prawników zaryzykowałoby karierę, przystając na udział w procederze szantażowania gejów?

Wahali się jedynie ze względu na obawy, co Trevor może zrobić z ich pieniędzmi. Znając go, spodziewali się, że je ukradnie, czemu w żaden sposób nie mogliby zapobiec. Byli jednak skłonni zaryzykować w zamian za znacznie większe pieniądze od Aarona Lake'a. Ale żeby się do niego dorwać, musieli wyeliminować Trevora, tak przynajmniej uważali.

Spicer zdał im szczegółową relację ze spotkania. Wiadomość, którą adwokat przekazał mu tuż przed wyjściem, była szokująca. Konyers obserwował Trevora. Konyers o nich wiedział. Czy to znaczyło, że Lake też o nich wie? Kim w takim razie tak naprawdę jest Konyers? I dlaczego Trevor mówił o nim szeptem? Dlaczego wystawił teczkę za drzwi?

Pytaniom nie było końca, lecz trzech znudzonych sędziów miało mnóstwo czasu na ich przemyślenie. A potem na opracowanie strategii działania.

⋏ ⋏ ⋏

Trevor parzył kawę, kiedy do świeżo wysprzątanej i lśniącej czystością kuchni weszli cicho Wes i Chap i natychmiast przystąpili do ataku.

– Co się tam stało? – spytał Wes.

Obaj mieli zafrasowane miny i sprawiali wrażenie mocno przejętych.

– Co się stało z czym? – rzucił Trevor, jakby wszystko odbyło się tak, jak zaplanowali.

– Z mikrofonem.

– Ach, z mikrofonem. Strażnik zarekwirował teczkę. Została za drzwiami.

Wes i Chap jeszcze bardziej spochmurnieli. Trevor nalał wody do ekspresu. Fakt, że była prawie piąta po południu, a on robił kawę, został skrzętnie odnotowany przez agentów.

– Dlaczego?

– Już tak ma. Mniej więcej raz w miesiącu zatrzymuje teczkę.

– Przeszukał ją?

Trevor zajął się obserwowaniem kropel kawy skapujących do dzbanka. Nie działo się nic nadzwyczajnego. Wszystko było jak należy.

– Jak zwykle tylko zajrzał. Robi to chyba z zamkniętymi oczami. Wyjął listy, a potem zabrał teczkę. Mikrofonu nie widział.

– Zauważył, że niektóre koperty były grubsze?

– Nie. Bez obaw.

– I samo spotkanie przebiegło pomyślnie, tak?

– Było jak zawsze, z tym że Spicer nie miał dla mnie poczty. Trochę dziwne, ale już się zdarzało. Za dwa dni będzie miał cały stos listów, a strażnik nie tknie teczki. Będziecie słyszeli każde słowo. Napijecie się kawy?

Obaj wyraźnie się rozluźnili.

– Dzięki, ale musimy się już zbierać – odparł Chap.

Mieli do napisania raporty i czekało ich tłumaczenie się przed górą. Ruszyli do drzwi.

– Jeszcze słówko, panowie – zatrzymał ich Trevor. – Chciałem wam tylko powiedzieć, że potrafię sam się ubierać i robić sobie płatki na śniadanie. Nie potrzebuję do tego waszej pomocy. Lubię też zaczynać pracę trochę później, a ponieważ kancelaria jest moja, będziemy ją odtąd otwierać o dziewiątej i ani minuty wcześniej. To i tak nieludzka pora. Tak więc do dziewiątej trzymajcie się z daleka i od mojego domu, i od kancelarii. Jasne?

– Jasne – odpowiedzieli i wyszli.

Nie robiło im to różnicy. Mikrofony mieli założone wszędzie – w biurze, w domu, w samochodzie Trevora, nawet w jego teczce. Wiedzieli o nim wszystko, łącznie z tym, gdzie kupuje pastę do zębów.

Kiedy zniknęli, Trevor wypił cały dzbanek kawy i wytrzeźwiał. Wtedy przystąpił do realizacji planu, starannie przemyślanego, który zaczął konstruować już w chwili wyjazdu z Trumble. Domyślał się, że Wes i Chap dołączyli do facetów z białego vana i że go obserwują. Mieli przecież te wymyślne gadżety, mikrofony i pluskwy, i na pewno umieli się nimi posługiwać. Na koszty nie musieli się oglądać. Sądził, że wiedzą o nim wszystko. Puszczając wodzę fantazji, wyobrażał sobie, że podsłuchują każde jego słowo, widzą każdy krok, wiedzą, gdzie jest o każdej porze dnia i nocy.

Zdawał sobie sprawę, że popada w paranoję, ale to tylko zwiększało jego szanse na ucieczkę.

Wsiadł do samochodu i pojechał do pasażu handlowego w Orange Park, dwadzieścia sześć kilometrów na południe od Jacksonville. Tam krążył trochę, oglądał wystawy i zjadł pizzę w prawie pustym lokalu. Ilekroć zdawało mu się, że dostrzega przemykający cień, ledwo mógł się powstrzymać, żeby nie uskoczyć za wieszak z ubraniami. Ale nie uskakiwał. W sklepie ze sprzętem elektronicznym kupił mały telefon komórkowy w pakiecie z miesięcznym abonamentem. O to mu właśnie chodziło.

Wrócił do domu po dziewiątej, pewny, że tamci go obserwują. Włączył telewizor, podkręcił głośność i zaparzył kawę. Poszedł do łazienki i całą forsę, jaką miał, poupychał po kieszeniach.

O północy, kiedy dom pogrążył się w ciszy i ciemności i wszystko wskazywało na to, że on już śpi, Trevor tylnymi drzwiami wymknął się w noc. Powietrze było rześkie, świecił księżyc w pełni, a Trevor starał się wyglądać jak ktoś wybierający się na spacer. Miał na sobie luźne spodnie typu wojskowego z wieloma kieszeniami, dwie koszule i obszerną wiatrówkę. Za jej podszewką i w kieszeniach tkwiło w sumie osiemdziesiąt tysięcy dolarów. Tak obładowany, szedł niby to bez celu, brzegiem oceanu na południe. Ot, kolejny turysta, który wybrał się na nocny spacer po plaży.

Pokonawszy półtora kilometra, przyspieszył kroku i choć po kolejnych ośmiu kilometrach był wykończony, nie zamierzał zwalniać. Sen i odpoczynek musiały zaczekać.

W końcu zszedł z plaży i skierował się do podupadłego motelu, który stał przy autostradzie, teraz prawie martwej. W okolicy wszystko było zamknięte, oprócz tego motelu i sklepu spożywczego nieopodal.

Drzwi zaskrzypiały głośno, gdy Trevor wchodził do obskurnego holu. Gdzieś na zapleczu grał telewizor. Wyłonił się stamtąd najwyżej dwudziestoletni pyzaty mężczyzna.

– Dobry wieczór – powiedział. – Chce pan wynająć pokój?

– Nie, proszę pana – odrzekł Trevor i powoli wyjął z kieszeni gruby zwitek banknotów. Zaczął je odliczać i układać w rządku na kontuarze. – Chodzi mi o przysługę.

Recepcjonista popatrzył na banknoty, potem wywrócił oczami. Przy plaży kręciło się sporo świrów.

– Pokoje tyle nie kosztują.

– Jak się pan nazywa? – spytał Trevor.

– Czy ja wiem? Powiedzmy, że Sammy Sosa.

– No dobra, Sammy. Tu jest tysiąc dolarów. Podwieziesz mnie do Daytona Beach i są twoje. Zajmie ci to góra półtorej godziny.

– Trzy, bo jeszcze będę musiał wrócić.

– Tak czy owak, to więcej niż trzysta dolarów za godzinę. Kiedy ostatnio zarobiłeś trzysta za godzinę?

– Dawno temu, ale to nie przejdzie. Mam nocną zmianę, muszę tu siedzieć od dziesiątej wieczorem do ósmej rano.

– Kto jest twoim szefem?

– Szefa mam w Atlancie.

– Kiedy tu ostatnio wpadł?

– Chyba nigdy go tutaj nie widziałem.

– No jasne. Gdybyś był właścicielem takiej nory, zaglądałbyś do niej?

– Nie jest tak źle. Mamy tu kolorowe telewizory, bez dodatkowej opłaty, i prawie we wszystkich pokojach działa klimatyzacja.

– To nora, Sammy. Możesz zamknąć te drzwi na klucz, wyjść i wrócić za trzy godziny, i nikt niczego nie zauważy.

Sammy spojrzał na pieniądze.

– Ucieka pan przed policją czy co?

– Nie. I nie jestem uzbrojony. Po prostu trochę mi się spieszy.

– Dlaczego?

– Rozwód, Sammy, mało przyjemny. Mam trochę pieniędzy. Żona chce mnie z nich oskubać i wynajęła kilku dość paskudnych adwokatów. Muszę zniknąć z miasta.

– Ma pan pieniądze, ale nie ma pan samochodu?

– Posłuchaj, Sammy. Wchodzisz w to czy nie? Bo jak nie, to przejdę się do tego sklepu tam i znajdę kogoś rozgarniętego na tyle, że bez wahania weźmie taką kasę.

– Dwa tysiące.

– Podwieziesz mnie za dwa tysiące?

– Tak.

Samochód wyglądał gorzej, niż Trevor się spodziewał. Była to stara honda, której chyba nigdy nie sprzątano, ale ponieważ o tej porze autostrada świeciła pustkami, podróż do Daytona Beach zajęła im dokładnie dziewięćdziesiąt osiem minut.

Dwadzieścia po trzeciej honda zatrzymała się przed całonocnym barem z goframi. Trevor wysiadł, podziękował Sammy'emu i zaczekał, aż ten odjedzie. Potem wszedł do baru, wypił kawę, pogawędził z kelnerką i na koniec poprosił o miejscową książkę telefoniczną. Zamówił pankiejki i korzystając z nowego telefonu komórkowego, zadzwonił w kilka miejsc.

Najbliżej było lotnisko Daytona Beach International. Kilka minut po czwartej taksówka dowiozła go pod terminal. Na asfaltowej płycie stały w równych rzędach dziesiątki małych samolotów. Kiedy taksówka odjechała, przyjrzał się im uważnie. Uznał, że któryś z nich da się wyczarterować. Potrzebował w końcu tylko jednego, najlepiej takiego z dwoma silnikami.

Rozdział 29

Sypialnię na tyłach wynajętego domu przekształcono w salę konferencyjną z czterema rozkładanymi stołami, które zestawiono razem, tak żeby utworzyły jeden duży. Zwykle zawalały go gazety, czasopisma i pudełka po pączkach, a o wpół do ósmej codziennie rano Klockner i jego ludzie zasiadali przy nim, żeby przy kawie i ciastkach omówić wydarzenia z nocy i zaplanować dzień. Wes i Chap uczestniczyli w tych spotkaniach zawsze, inni agenci się zmieniali, zależnie od tego, kto akurat przyjechał z Langley. Przeważnie było to sześć do siedmiu osób. Czasami dosiadali się do nich technicy. Klockner tego nie wymagał, ale mieli teraz więcej czasu. Trevor był po ich stronie i nie musiało go śledzić tylu ludzi co wcześniej.

Tak przynajmniej im się wydawało. Do siódmej trzydzieści rano aparatura podsłuchowa w domu adwokata nie wykryła żadnego ruchu, co nikogo specjalnie nie dziwiło, biorąc pod uwagę, że mieli do czynienia z człowiekiem, który często chodził spać pijany i budził się późno. O ósmej, gdy Klockner wciąż prowadził odprawę na tyłach domu, jeden z techników zadzwonił do Trevora. Jeśli adwokat odbierze, miał powiedzieć, że pomylił numer. Ale nie odebrał. Po trzech sygnałach włączyła się automatyczna sekretarka i usłyszeli głos Trevora;

powiedział, że go nie ma i że prosi o zostawienie wiadomości. To się czasami zdarzało, kiedy miał ochotę dłużej sobie pospać, zwykle jednak telefon podrywał go z łóżka.

O wpół do dziewiątej powiadomiono Klocknera, że w domu adwokata nadal panuje głucha cisza. Nie słychać było ani prysznica, ani radia czy telewizora, żadnych odgłosów związanych ze zwykłą poranną krzątaniną.

Było całkiem możliwe, że Trevor poprzedniego wieczoru się upił, tyle że w domu, bo wiedzieli, że do Pete'a nie zaglądał. Wieczorem pojechał tylko do centrum handlowego, ale wydawało się, że wrócił całkowicie trzeźwy.

– Może jeszcze śpi – powiedział spokojnie Klockner. – Jego samochód jest?

– Tak. Stoi na podjeździe.

O dziewiątej Wes i Chap zapukali do drzwi frontowych domu Trevora, lecz nie doczekali się żadnej reakcji. Weszli więc do środka. Gdy zameldowali, że Trevor zniknął, w wynajętym domu zawrzało. Klockner wysłał ludzi na plażę, do wszystkich kawiarni w okolicy hotelu Sea Turtle, nawet do baru U Pete'a, który nie był jeszcze otwarty. Pieszo i samochodami przeszukali cały teren wokół domu i kancelarii, ale adwokata nie znaleźli.

O dziesiątej Klockner zadzwonił do Deville'a. Przekazał mu wiadomość: adwokat zaginął.

Sprawdzono wszystkie loty do Nassau. Nic z tego nie wynikło. Nadal żadnego śladu Trevora Carsona. Nie mogli też zlokalizować wtyczki Deville'a w urzędzie celnym na Bahamach ani złapać tamtejszego bankiera, którego wcześniej przekupili.

Teddy Maynard był w trakcie wysłuchiwania raportu na temat ruchów północnokoreańskich wojsk, kiedy przerwano mu pilną wiadomością: Trevor Carson, prawnik pijaczyna z Neptune Beach na Florydzie, zaginął.

– Jak można stracić z oczu taką niemotę! – warknął do Deville'a w rzadkim u niego wybuchu gniewu.

– Nie wiem.

– Nie do wiary!

– Przykro mi, Teddy.

Dyrektor CIA zmienił pozycję ciała na wózku i skrzywił się z bólu.

– Znajdźcie go, do jasnej cholery!

⋏ ⋏ ⋏

Właścicielami dwusilnikowego beech barona byli jacyś lekarze, a wyczarterował go Eddie, pilot, którego Trevor wyciągnął z łóżka o szóstej rano obietnicą, że płaci od ręki i że dorzuci coś pod stołem. Oficjalnie kurs z Daytona Beach do Nassau i z powrotem kosztował dwa tysiące dwieście dolarów. Dwie godziny lotu w jedną stronę, w sumie cztery godziny po czterysta dolarów za każdą, plus opłaty lotniskowe, graniczne i postojowe. Trevor obiecał Eddiemu dodatkowe dwa tysiące, pod warunkiem że zgodzi się wylecieć natychmiast.

Bank Geneva Trust w Nassau otwarto o dziewiątej rano czasu Wschodniego Wybrzeża i Trevor już tam czekał. Wpadł do gabinetu pana Brayshearsa i zażądał natychmiastowej pomocy. Miał na koncie prawie milion dolarów: dziewięćset tysięcy od Ala Konyersa – przekazane za pośrednictwem Wesa i Chapa – i około sześćdziesięciu ośmiu tysięcy z interesu prowadzonego z Braćmi.

Jednym okiem zerkając na drzwi, naciskał na Brayshearsa, by ten pomógł mu przetransferować pieniądze. I to jak najszybciej. Należały do niego i tylko do niego, więc Brayshears nie miał wyboru. Zaproponował bank na Bermudach zarządzany przez jego znajomego, co Trevorowi akurat odpowiadało. Nie ufał Brayshearsowi i zamierzał przenosić pieniądze do momentu, aż poczuje się bezpiecznie.

Przez chwilę pożądliwym okiem spoglądał na konto Boomer Realty, na którym aktualnie znajdowało się sto osiemdziesiąt tysięcy z kawałkiem. Mógł zgarnąć również i tę kasę, miał taką możliwość. Beech, Yarber i ten obrzydliwy Spicer byli kryminalistami, zwykłymi przestępcami, nikim więcej. I mieli czelność go zwolnić. Zmusili go do ucieczki. Próbował wzbudzić w sobie tyle nienawiści do Braci, by bez skrupułów mógł ich okraść, lecz po chwili zastanowienia stwierdził z niejakim żalem, że mimo wszystko ma do nich słabość. Trzej marniejący w więzieniu starzy mężczyźni.

Zresztą milion to i tak dużo, a poza tym musiał się spieszyć. Wcale by się nie zdziwił, gdyby do gabinetu wtargnęli nagle z bronią w ręku Wes i Chap. Podziękował Brayshearsowi i wybiegł z banku.

Kiedy beech baron podniósł się z pasa startowego na lotnisku Nassau International, Trevor nie mógł się powstrzymać i wybuchnął śmiechem. Śmiał się z tego, że ograbił bank i właśnie się stąd zmywa, z tego, ile miał szczęścia, z Wesa i Chapa i ich bogatego klienta, teraz biedniejszego o milion dolarów, ze swojej obskurnej kancelarii, obecnie już szczęśliwie nieczynnej. Śmiał się ze swojej przeszłości i śmiał się radośnie na myśl o czekającej go wspaniałej przyszłości.

Gdy samolot wzbił się na optymalną wysokość, Trevor spojrzał w dół na mieniące się błękitem wody Karaibów w dole. Kołysał się na nich samotny jacht. Za kołem sterowym stał kapitan ze skąpo odzianą kobietą u boku. Za kilka krótkich dni sam będzie stał za kołem sterowym podobnej łodzi.

W przenośnej lodówce znalazł piwo. Wypił je i zasnął. Obudził się, dopiero gdy wylądowali na wyspie Eleuthera, którą wypatrzył w kupionym poprzedniego dnia czasopiśmie podróżniczym. Były tam plaże, hotele i możliwość uprawiania wszelkich sportów wodnych. Zapłacił Eddiemu gotówką i na małym lotnisku poczekał godzinę na przyjazd taksówki.

Zawiozła go do Governor's Harbour, gdzie w sklepiku dla turystów kupił sobie ubranie, po czym poszedł szukać hotelu przy plaży. Bawiło go, jak szybko przestał przejmować się tym, czy jest śledzony. Jasne, Al Konyers mógł być krezusem, ale nikogo nie stać na wynajęcie armii tajniaków tak wielkiej, żeby dała radę wytropić kogoś na Bahamach. Przyszłość jawiła mu się jako czysta rozkosz, nie zamierzał niszczyć tej wizji oglądaniem się przez ramię.

Po dotarciu do hotelu usiadł nad basenem i pił jeden za drugim drinki z rumem, tak szybko, że kelnerka ledwo nadążała je donosić. Czterdziestoośmioletni Trevor Carson witał nowe życie w takim samym stanie, w jakim porzucił stare.

⁂

Kancelaria adwokacka mecenasa Trevora Carsona rozpoczęła pracę punktualnie i funkcjonowała, jakby nic się nie stało. Jej właściciel wprawdzie zbiegł, ale asystent i kierownik byli na posterunku, na wypadek gdyby wypłynęło coś nieoczekiwanego. Lecz nic nie wypływało. Telefon zadzwonił dwa razy przed południem, ale były to tylko pomyłki. Jakieś zbłąkane duszyczki, które źle wybrały numer spisany z książki telefonicznej. Ani jeden klient nie potrzebował pomocy Trevora. Ani jeden znajomy nie zadzwonił, żeby zapytać, co u niego. Chcąc zapełnić czymś czas, Wes i Chap zajęli się przeglądaniem tych kilku szuflad i teczek z aktami, których jeszcze nie sprawdzili, nie znaleźli w nich jednak niczego istotnego.

W tym czasie inna ekipa przeczesywała dom Trevora, szukając przede wszystkim pieniędzy, które od nich dostał. Nie byli zaskoczeni, że ich nie znaleźli. Tania walizeczka stała w szafie, ale była pusta. Nie wpadli na żaden trop. Trevor po prostu zniknął, a wraz z nim zniknęła gotówka.

Udało im się za to namierzyć bankiera z Bahamów, który w sprawach służbowych pojechał do Nowym Jorku. Nie bardzo uśmiechało mu się załatwiać cokolwiek na odległość, w końcu jednak wykonał kilka telefonów i o pierwszej po południu potwierdził, że pieniądze zostały przelane. Ujawnił, że właściciel konta zrobił to osobiście, ale nic więcej nie chciał zdradzić.

Deville usiłował wyciągnąć z niego, do jakiego banku poszedł przelew, lecz bankier odparł, że może powiedzieć tylko tyle, że przelew wyszedł, to wszystko. Więcej nie zdradzi, bo reputacja banków na Bahamach opiera się na poufności. Może i jest skorumpowany, ale pewnych granic nawet on nie będzie przekraczał.

Urząd celny też początkowo robił trudności, ostatecznie jednak poinformował, że paszport Trevora został zeskanowany na lotnisku w Nassau wczesnym rankiem i że jego właściciel nie opuścił jak dotąd Bahamów, a w każdym razie nie drogą oficjalną. Paszport wpisano na czerwoną listę. Jeśli Carson posłuży się nim, by przekroczyć granicę, urząd dowie się o tym w ciągu dwóch godzin.

Deville przesłał szybką aktualizację Maynardowi i Yorkowi, czwartą tego dnia, i czekał na dalsze instrukcje.

– Popełni jakiś błąd – powiedział York. – Skorzysta gdzieś z paszportu, a wtedy go dorwiemy. Nie zdaje sobie sprawy, kto go ściga.

Teddy Maynard gotował się z wściekłości, lecz milczał. Agencja obalała rządy i zabijała królów, a jednak, ku jego nieustającemu zdumieniu, potrafiła partaczyć drobne, zupełnie proste sprawy. Jakiś nieudolny i mało rozgarnięty adwokacina z Neptune Beach prześlizguje się im przez sieć, choć obserwowała go dwunastka agentów. A myślał, że nic już nie zdoła go zaskoczyć.

Ten adwokacina miał być przecież ich łącznikiem, pomostem do Trumble. Sądzili, że za milion dolarów mogą mu ufać. Tymczasem łachudra zwiał, a oni, nie mając żadnego planu awaryjnego na taką ewentualność, musieli teraz szybko jakiś wymyślić.

– Trzeba zainstalować kogoś w więzieniu – zdecydował Teddy.

– To już prawie załatwione – powiedział Deville. – Dopracowujemy jeszcze tylko kilka szczegółów z Departamentem Sprawiedliwości i Głównym Urzędem Więziennictwa.

– I ile to może potrwać?

– Cóż, w świetle tego, co się dzisiaj wydarzyło, myślę, że nasz człowiek znajdzie się w Trumble w ciągu czterdziestu ośmiu godzin.

– Kto to jest?

– Nazywa się Argrow. Trzydzieści dziewięć lat, jedenaście lat w Agencji, nienaganny przebieg służby.

– Jaką podkładkę mu przygotowaliście?

– Przeniesienie do Trumble z więzienia federalnego na Wyspach Dziewiczych. Jego papiery zatwierdzi Urząd Więziennictwa w Waszyngtonie, więc naczelnik z Trumble nie będzie zadawał żadnych pytań. Po prostu przyjmie kolejnego więźnia, który poprosił o przeniesienie.

– I ten człowiek jest już gotowy do wyjazdu?

– Będzie za czterdzieści osiem godzin.

– Nie czekajcie, wyślijcie go już teraz.

Deville wyszedł, obarczony kolejnym zadaniem, które musiał wykonać z dnia na dzień.

– Trzeba szybko ustalić, ile oni wiedzą – mruknął Teddy.

– Owszem, tyle że nie mamy powodu, by sądzić, że coś podejrzewają – odparł York. – Czytałem listy. Nie ma w nich nic, co wskazywałoby, że są jakoś szczególnie zainteresowani Konyersem. To dla nich tylko kolejna z wielu potencjalnych ofiar. Przekupiliśmy adwokata, żeby przestał węszyć przy jego skrytce pocztowej. Facet wprawdzie zwiał, ale pewnie siedzi na tych Bahamach i upaja się forsą, więc nie stanowi zagrożenia.

– Mimo to będziemy musieli się go pozbyć – rzucił Maynard i nie zabrzmiało to, jakby rozpatrywał hipotetyczną możliwość.

– Oczywiście.

– Będę spokojniejszy, kiedy zniknie.

⋏ ⋏ ⋏

Po południu do biblioteki wszedł umundurowany, lecz nieuzbrojony strażnik i ponieważ tuż przy drzwiach siedział Joe Roy Spicer, zwrócił się do niego:

– Naczelnik was wzywa. Ciebie, Yarbera i Beecha.

– A o co chodzi? – spytał Spicer, który właśnie czytał stary numer „Field & Stream".

– Nie wiem. Nie mój interes. Macie przyjść natychmiast.

– Powiedz mu, że jesteśmy zajęci.

– Nic mu nie będę mówił. Zbierajcie się, idziemy.

Szli za nim do budynku administracyjnego, po drodze zbierając kolejnych strażników, tak że kiedy wysiedli z windy i stanęli przed drzwiami sekretariatu, towarzyszyła im przepisowa eskorta. Sekretarka podziękowała strażnikom i sama wprowadziła sędziów do dużego gabinetu Emmitta Broona. Kiedy wyszła, naczelnik bez wstępów oznajmił:

– FBI powiadomiło mnie, że zaginął wasz adwokat.

Nie doczekał się widocznej reakcji ze strony trójki osadzonych, z których każdy jednak w skrytości ducha pomyślał natychmiast o pieniądzach ukrytych w zagranicznym banku.

– Zniknął dziś rano – kontynuował naczelnik. – Podobno z jakimiś pieniędzmi. Nie znam szczegółów.

Z pieniędzmi? Jakimi? Czyimi? Nikt nie wiedział o ich tajnym koncie. Czyżby Trevor okradł kogoś jeszcze?

– Dlaczego pan nam o tym mówi? – spytał Beech.

Naczelnik mówił im o tym, ponieważ spełniał polecenie Departamentu Sprawiedliwości, który nakazał mu to zrobić. Ale wyjaśnił to inaczej.

– Pomyślałem po prostu, że chcielibyście o tym wiedzieć. Na wypadek gdybyście chcieli się z nim skontaktować.

Nie poinformowali jeszcze administracji więzienia, że dzień wcześniej zwolnili Trevora i że nie był już ich adwokatem.

– I kto nas teraz będzie reprezentował? – jęknął Spicer, zupełnie jakby brak adwokata oznaczał ich koniec.

– A to już nie moje zmartwienie. Choć tak szczerze... naspotykaliście się z tym Carsonem tyle, że porad adwokackich zebraliście chyba na całe życie.

– A jeżeli to on się z nami skontaktuje? – zapytał Yarber, doskonale wiedząc, że Trevor na pewno nigdy się już do nich nie odezwie.

– Wtedy niezwłocznie mnie o tym powiadomcie.

Potwierdzili, że tak zrobią. Oczywiście, że zrobią. Co tylko naczelnik sobie życzy...

Emmitt Broon pozwolił im odejść.

⅄ ⅄ ⅄

Ucieczka Bustera okazała się mniej skomplikowanym przedsięwzięciem niż wyprawa do sklepu spożywczego. Kiedy po śniadaniu większość osadzonych rozeszła się do swoich prac, Yarber i Beech poszli na bieżnię. Robiąc okrążenia, zachowywali odległość dwunastu metrów od siebie, tak żeby jeden mógł obserwować budynki więzienia, a drugi las w oddali. Spicer kręcił się przy boisku do koszykówki, wypatrując strażników.

Ale w Trumble, gdzie nie było ogrodzeń, wież i nadspodziewanych zagrożeń, strażnicy nie byli aż tak istotni. Spicer nie dostrzegł ani jednego.

Zagubiony w głośnym zawodzeniu kosiarki Buster wolno zbliżał się z nią w stronę bieżni. Kiedy zrobił przerwę, żeby się rozejrzeć i otrzeć twarz z potu, stojący pięćdziesiąt metrów dalej Spicer, usłyszawszy, że silnik kosiarki zgasł, odwrócił się i uniesionym kciukiem dał mu znać, że może ruszać. Buster wszedł na bieżnię i dogonił Yarbera.

– Jesteś pewien, że chcesz to zrobić? – spytał sędzia.

– Tak, jestem. – Chłopak rzeczywiście wydawał się spokojny i zdecydowany.

– W takim razie ruszaj. Tylko nie biegnij. Idź jak gdyby nigdy nic.

– Dzięki, Finn.

– Nie daj się złapać, synu.

– Nie ma takiej możliwości.

Na zakręcie Buster, zamiast pójść dalej, zszedł z bieżni, pokonał świeżo skoszony trawnik i stumetrowy pas dzielący go od najbliższych zarośli, po czym zniknął. Beech i Yarber odprowadzili go wzrokiem, następnie spojrzeli w stronę więzienia. Spokojnym krokiem szedł ku nim Spicer. Na dziedzińcu, w budynkach dla więźniów i administracyjnym panowała cisza. Nikt nie wszczął alarmu, w zasięgu wzroku nie było ani jednego strażnika.

Sędziowie wznowili spacer po bieżni. Idąc w spokojnym tempie, pokonali dwanaście okrążeń, czyli prawie pięć kilometrów, i zmęczeni wrócili do chłodnej biblioteki, żeby odpocząć i nasłuchiwać wieści o ucieczce. Minęły godziny, zanim się pojawiły.

Buster w tym czasie poruszał się o wiele szybciej. Kiedy dotarł do lasu, nie oglądając się za siebie, zaczął biec. Obserwując słońce, biegł tak przez pół godziny, cały czas na południe. Las nie był gęsty, poszycie nie spowalniało jego kroków. Minął zamontowaną wysoko na dębie ambonę i wkrótce natknął się na ścieżkę wiodącą na południowy zachód.

W lewej przedniej kieszeni spodni miał dwa tysiące dolarów, które dostał od Finna Yarbera. W prawej wyrysowaną przez Beecha mapę. A w tylnej żółtą kopertę zaadresowaną do niejakiego Ala Konyersa z Chevy Chase w Marylandzie. Przekazując mu to wszystko, Bracia największą wagę przykładali właśnie do listu.

Po jakiejś godzinie zatrzymał się, żeby odpocząć, i zaczął nasłuchiwać. Pierwszym punktem orientacyjnym była autostrada numer trzydzieści. Biegła ze wschodu na zachód i według Beecha miał do niej dotrzeć w ciągu dwóch godzin. Nic nie usłyszał, więc znów zerwał się do biegu.

Choć może niepotrzebnie się tak forsował. Wprawdzie istniało ryzyko, że jego nieobecność zostanie zauważona już po lunchu, kiedy strażnicy robili pobieżny obchód terenu – któryś mógłby się zorientować, że nigdzie go nie ma, i wszcząłby alarm – ale po dwóch tygodniach obserwacji i on, i Bracia uważali, że było to raczej mało prawdopodobne.

Buster miał więc co najmniej cztery godziny. A pewnie i dużo więcej, bo kończył pracę o piątej i wtedy zdawał kosiarkę. Jeśli się z nią nie pojawi, zaczną go szukać, chociaż z początku tylko na terenie więzienia. Zajmie im to jakieś dwie godziny i dopiero potem zgłoszą policji, że z Trumble uciekł więzień. Tyle że uciekinierzy z tego zakładu karnego nigdy nie byli uzbrojeni ani niebezpieczni, więc nikt się tym specjalnie nie przejmie. Nie zorganizują pościgu. Nie będzie psów gończych ani krążących nad lasem śmigłowców. Miejscowy szeryf i jego zastępcy pojadą patrolować główne drogi i ostrzegą obywateli, żeby pozamykali drzwi na klucz.

Nazwisko uciekiniera trafi do krajowego systemu informacyjnego. Będą obserwowali jego dom i jego dziewczynę i czekali, aż zrobi coś głupiego.

W dziewięćdziesiątej minucie wolności Buster zatrzymał się i usłyszał warkot przejeżdżającej niedaleko ciężarówki. Las gwałtownie się skończył. Dalej był rów, a za rowem autostrada. Według mapy Beecha najbliższe miasto znajdowało się kilkanaście kilometrów na zachód. Plan zakładał, że kryjąc się po rowach, Buster będzie szedł wzdłuż autostrady, aż znajdzie jakiekolwiek formy cywilizacji.

Miał na sobie więzienne spodnie w kolorze khaki i oliwkową koszulę z krótkimi rękawami, jedno i drugie sczerniałe od potu. Miejscowi wiedzieli, co noszą osadzeni, więc gdyby ktoś zauważył go idącego skrajem autostrady, na pewno zawiadomiłby szeryfa. Beech i Spicer wbijali mu do głowy, żeby po dotarciu do miasta od razu skołował sobie inne ubranie. A potem za gotówkę kupił bilet autobusowy i jak najszybciej pojechał dalej. Miał nie przestawać uciekać.

Trzy godziny zajęło mu krycie się za drzewami i przeskakiwanie przez rowy, zanim zobaczył pierwsze zabudowania. Oddalając się od autostrady, przeciął ściernisko i kiedy wyszedł na uliczkę, wzdłuż której stały przyczepy mieszkalne, obszczekał go pies. Za jedną z przyczep suszyło się w nieruchomym powietrzu pranie. Ściągnął ze sznura biało-czerwoną bluzę, a oliwkową koszulę wyrzucił.

Centrum miasta stanowiły dwie przecznice ze sklepami, dwie stacje benzynowe, bank i coś w rodzaju ratusza. W dyskoncie kupił dżinsowe szorty i podkoszulek i przebrał się w toalecie dla personelu. Pocztę znalazł w ratuszu. Gdy wrzucał do skrzynki drogocenny list Braci, uśmiechnął się i podziękował im w duchu.

Potem zostało mu już tylko znalezienie przystanku. Złapał autobus do Gainesville i tam za czterysta osiemdziesiąt dolarów kupił dwumiesięczny bilet wielokrotnego użytku do wykorzystania na terenie całego kraju. Tak wyposażony, ruszył na zachód. Zamierzał zgubić się w Meksyku.

Rozdział 30

Planowane na dwudziestego piątego kwietnia prawybory w Pensylwanii miały być ostatnim wielkim wysiłkiem gubernatora Tarry'ego. Niezrażony tym, jak fatalnie zaprezentował się w debacie przed dwoma tygodniami, Tarry prowadził kampanię z olbrzymim entuzjazmem, choć już prawie bez pieniędzy.

„Wszystkie zagarnął Lake!", głosił na każdym kroku, udając, że jest dumny ze swojego ubóstwa.

Nie opuszczał stanu przez jedenaście dni. Jeździł wielkim kamperem, jadał w domach swoich zwolenników, mieszkał w tanich hotelach i niezmordowanie odwiedzał kolejne miejsca, gdzie równie niezmordowanie ściskał ręce kolejnym wyborcom.

„Porozmawiajmy o problemach, a nie o pieniądzach", dopraszał się, gdzie mógł.

Lake również nie próżnował w Pensylwanii. Jego odrzutowiec przemieszczał się dziesięć razy szybciej niż kamper Tarry'ego, a to oznaczało o wiele więcej uściśniętych rąk, o wiele więcej wygłoszonych przemów, no i oczywiście o wiele więcej wydanych pieniędzy.

Rezultat był łatwy do przewidzenia. Otrzymał siedemdziesiąt jeden procent głosów, co było tak żenujące dla Tarry'ego, że otwarcie mówił o rezygnacji. Ale przyrzekł, że będzie się trzymał jeszcze co najmniej przez tydzień, aż do prawyborów w Indianie. Opuścili go prawie wszyscy jego współpracownicy, był zadłużony na jedenaście milionów i wyeksmitowano go z siedziby sztabu w Arlington.

Mimo to chciał wytrwać, żeby nie zawieść wyborców, żeby mieszkańcy Indiany mogli zobaczyć jego nazwisko na karcie wyborczej.

Zresztą kto wie, może w nowym lśniącym odrzutowcu Lake'a znowu wybuchnie pożar, tak jak w poprzednim.

Tarry wylizał głębokie rany i dzień po prawyborach złożył obietnicę, że będzie walczył dalej.

Lake mu współczuł i nawet w pewnym sensie podziwiał jego determinację, by wytrwać aż do konwencji. Ale podobnie jak wszyscy, umiał liczyć. Żeby zdobyć nominację, potrzebował poparcia jedynie czterdziestu delegatów, a już teraz popierało go prawie pięciuset. Wyścig się skończył.

Po Pensylwanii prasa w całym kraju ogłosiła, że nominację ma w kieszeni. *Polityczny cud*, brzmiały podpisy pod widniejącym dosłownie wszędzie wizerunkiem jego uśmiechniętej przystojnej twarzy. Przez wielu był uznawany za symbol tego, że system się sprawdza – nikomu nieznany polityk z przesłaniem pojawia się znikąd i przykuwa uwagę wszystkich. Jego kampania dawała nadzieję każdemu, kto marzył o kandydowaniu na urząd prezydenta. Okazywało się, że aby osiągnąć tak wiele, wcale nie trzeba tłuc się miesiącami po bezdrożach Iowa, że można nawet pominąć prawybory w New Hampshire. Przecież to taki mały stan.

Potępiano go jednak za kupno nominacji. Szacowano, że do dnia prawyborów w Pensylwanii wydał aż czterdzieści milionów dolarów. Dokładnej kwoty nie dawało się ustalić, ponieważ pieniądze były rzucane na tak wiele frontów. Kolejne dwadzieścia milionów wydał D-PAC i kilka innych wpływowych grup lobbystycznych, które go wspierały.

W historii wyborów prezydenckich żaden inny kandydat nie wydał więcej.

Krytyka bolała Lake'a, zadręczał się nią dniami i nocami. Mimo to wolał mieć pieniądze i nominację w kieszeni niż cierpieć, nie mając ani jednego, ani drugiego.

Zresztą duże pieniądze powoli przestawały być tematem tabu. Internetowi przedsiębiorcy zarabiali miliardy. Rząd federalny, jeden z najbardziej nieudolnych bytów, wykazywał nadwyżkę w budżecie! Bezrobocie było małe, kredyty hipoteczne dostępne od ręki, ludzie trzymali w garażach po kilka samochodów. Z prowadzonych dla niego sondaży wynikało, że wyborcy jak na razie nie widzą problemu w wydawanych przez niego horrendalnych kwotach. W listopadowym pojedynku z wiceprezydentem miał teraz równe szanse.

Tak więc z wojen toczonych na zachodzie kraju po raz kolejny wrócił do Waszyngtonu jako triumfator. Aaron Lake, mało znaczący kongresmen z Arizony, był bohaterem dnia.

⋏ ⋏ ⋏

Przy śniadaniu – długim i spożywanym w milczeniu – Bracia czytali poranną gazetę z Jacksonsville, jedyną dozwoloną w Trumble. Bardzo cieszyły ich postępy Aarona Lake'a, a fakt, że będzie nominowany, wprawiał ich w prawdziwy zachwyt. Byli teraz jego najzagorzalszymi zwolennikami – tylko tak dalej, Aaron, tylko tak dalej!

Wieść o tym, że Buster wybrał wolność, nie wywołała w więzieniu prawie żadnego poruszenia. Dobrze, że uciekł, mówili osadzeni. To jeszcze dzieciak, a miał taki długi wyrok. Uciekaj, Buster, uciekaj!

W gazecie o ucieczce nie wspominano. Bracia czytali ją po kolei, od pierwszej strony do ostatniej, pomijając jedynie drobne ogłoszenia i nekrologi. Nie żal im było na to czasu, bo mieli go aż nadto. Stracili kuriera, więc listów ani nie pisali, ani nie przyjmowali. Wstrzymali całą działalność, czekając tylko na odzew Aarona Lake'a.

⋏ ⋏ ⋏

Wilson Argrow przyjechał do Trumble nieoznakowaną zieloną furgonetką, zakuty w kajdanki, w obstawie dwóch szeryfów. Z Miami do Jacksonville przetransportowano go samolotem, oczywiście na koszt podatników.

Z jego dokumentacji wynikało, że odsiedział cztery miesiące z sześćdziesięciomiesięcznego wyroku za defraudacje bankowe. Nie było jasne, dlaczego wystąpił o przeniesienie, ale w Trumble nikogo to nie interesowało. Był po prostu kolejnym więźniem federalnych zakładów karnych, a ci często się przenosili.

Miał trzydzieści dziewięć lat, rozwodnik, skończone studia. W ewidencji więziennej w rubryce *adres zamieszkania* widniało miasto o nazwie Coral Gables na Florydzie. Naprawdę nazywał się Kenny Sands, w CIA pracował jedenasty rok i choć nigdy nie widział więzienia od środka, na koncie miał o wiele trudniejsze zlecenia niż pobyt w Trumble. Plan był taki, że zostanie tu miesiąc, góra dwa, a potem poprosi o kolejne przeniesienie.

Kiedy go przyjmowano, zachowywał pokerową twarz starego więziennego wyjadacza, ale w środku skręcał się z niepokoju. Zapewniono go, że w Trumble przemoc nie jest tolerowana, sam też niewątpliwie potrafił o siebie zadbać, lecz więzienie to jednak więzienie. Przecierpiał godzinny instruktaż przeprowadzony przez zastępcę naczelnika, po czym szybko pokazano mu cały teren. Zaczął się odprężać, dopiero gdy na własne oczy zobaczył, że strażnicy nie są uzbrojeni, a większość więźniów wygląda raczej niegroźnie.

Przydzielono go do celi, którą zajmował starszy mężczyzna z siwą, przetykaną czernią brodą, zawodowy przestępca, który widział już wiele więzień i uwielbiał Trumble. Zwierzył się Argrowowi, że chciałby dokończyć tutaj swoich dni. Zaprowadził go do stołówki na lunch i tam wyjaśnił mu zawiłości więziennego menu. Następnie poszli do świetlicy, gdzie przy składanych stolikach grupki krzepkich facetów, każdy z petem w kąciku ust, rżnęły w karty.

– Hazard jest w Trumble zakazany – powiedział współwięzień Argrowa, puszczając do niego oko.

Opuścili świetlicę i poszli obejrzeć siłownię urządzoną na dworze. Pocili się tam młodsi osadzeni, którzy dopieszczając w słońcu opaleniznę, pracowali nad rozwojem muskulatury. Starszy mężczyzna wskazał widoczną w oddali bieżnię i z uśmiechem rzucił:

– I jak tu nie kochać naszego rządu.

W następnej kolejności udali się do biblioteki, w której współwięzień Argrowa nigdy nie bywał. Wskazując oddzieloną małą salę w rogu, wyjaśnił, że to biblioteka prawnicza.

– Kto z niej korzysta? – spytał Argrow.

– Zwykle jest tu kilku prawników. Ale teraz mamy też sędziów.

– Sędziów?

– Tak, i to aż trzech.

Biblioteka nie interesowała mężczyzny z siwą brodą, więc wyciągnął z niej Argrowa i zabrał do kaplicy, a potem oprowadził po terenie wokół budynków.

W końcu Argrow podziękował swojemu przewodnikowi za wycieczkę i wrócił do biblioteki. Była pusta, nie licząc jednego więźnia zmywającego mopem podłogę. Argrow wszedł w głąb i otworzył drzwi narożnej sali.

Joe Roy Spicer oderwał wzrok od gazety i ujrzał mężczyznę, którego nigdy wcześniej nie widział.

– Szuka pan czegoś? – spytał, nie siląc się na udawanie, że chce być pomocny.

Argrow go rozpoznał, widział jego zdjęcie w aktach. Były sędzia pokoju przyłapany na okradaniu salonu bingo. Co za padalec.

– Jestem nowy – odpowiedział, zmuszając się do uśmiechu. – Dopiero co mnie przywieźli. To biblioteka prawnicza, prawda?

– Tak.

– I każdy może z niej korzystać?

– Raczej tak – potwierdził Spicer. – Jest pan adwokatem?

– Nie, bankowcem.

Jeszcze kilka miesięcy temu Spicer wyciągnąłby od gościa trochę kasy za pomoc w sprawach prawnych, oczywiście pod stołem. Ale nie teraz. Teraz już nie potrzebowali takich marnych robótek.

Argrow rozejrzał się po sali, lecz nie dostrzegł nigdzie ani Beecha, ani Yarbera. Wycofał się więc i wrócił do celi.

Kontakt został nawiązany.

⋏ ⋏ ⋏

Plan Lake'a, żeby pozbyć się wszelkich śladów Ricky'ego i ich nieszczęsnej korespondencji, z konieczności zakładał udział osoby postronnej. Sam był po prostu zbyt przerażony i zbyt sławny, żeby znowu się przebierać, wymykać w środku nocy z domu, łapać taksówkę i kryjąc się na siedzeniu z tyłu, jechać na przedmieścia do całonocnej placówki pocztowej. Byłoby to zbyt ryzykowne, a poza tym wątpił, czy udałoby mu się zgubić agentów Secret Service. Nie potrafił zliczyć, ilu go teraz ochraniało. I działali tak, że nawet ich nie widział.

Dziewczyna miała na imię Jayne. Dołączyła do kampanii w Wisconsin i szybko przebiła się do kręgu jego najbliższych współpracowników. Na początku była wolontariuszką, obecnie zarabiała pięćdziesiąt pięć tysięcy dolarów rocznie jako jego asystentka. Lake darzył ją całkowitym zaufaniem. Prawie go nie odstępowała i zdążyli już odbyć dwie krótkie rozmowy na temat jej przyszłej pracy w Białym Domu.

Wymyślił sobie, że w odpowiednim momencie da jej kluczyk do skrytki i każe odebrać listy oraz zlikwidować skrytkę bez podawania nowego adresu. Powie, że wynajął ją, by monitorować nielegalną sprzedaż kontraktów wojskowych, kiedy był przekonany, że Irańczycy kupują dane, których nigdy nie powinni zobaczyć. Albo wymyśli jakąś inną historyjkę, a Jayne mu uwierzy, ponieważ chciała mu wierzyć.

Miał nadzieję, że szczęście mu dopisze i w skrytce nie będzie już żadnego listu od Ricky'ego, tak że Jayne spokojnie ją zlikwiduje. A jeśli znajdzie tam jakiś list i okaże choćby cień zainteresowania, Lake po prostu jej powie, że nie zna nadawcy, nie ma najmniejszego pojęcia, kim ta osoba jest. Dziewczyna odpuści i nie będzie już o nic więcej pytała – ślepa lojalność była jej największym atutem.

Czekał więc na odpowiedni moment. Ale czekał za długo.

Rozdział 31

Dotarł bezpiecznie, wraz z milionem innych listów, tonami dokumentów wysyłanych do stolicy, żeby rząd mógł funkcjonować przez kolejny dzień. Listy posortowano według kodów pocztowych, potem według ulic i trzy dni po tym, jak Buster wrzucił go do skrzynki, ostatni list Ricky'ego do Ala Konyersa trafił do Chevy Chase. Podczas rutynowej kontroli skrytki znalazł go zespół obserwacyjny. Został poddany gruntownej inspekcji, a następnie szybko przesłany do Langley.

Teddy Maynard miał akurat chwilę przerwy, kiedy do jego gabinetu wpadł Deville z cienką teczką w ręce.

– Dostaliśmy to pół godziny temu – powiedział, wręczając Teddy'emu trzy arkusiki papieru. – To kopia. Oryginał jest w aktach.

Dyrektor CIA poprawił okulary i przewertował zapisane strony. W oczy rzucił mu się stempel pocztowy z Florydy, taki sam jak zawsze. I znajomy charakter pisma. Jeszcze zanim zaczął czytać, wiedział, że to, co trzyma w rękach, wróży poważne kłopoty.

Drogi Alu!
W ostatnim liście próbowałeś zakończyć naszą korespondencyjną znajomość. Przykro mi, ale to nie będzie takie

proste. Przejdę od razu do rzeczy. Nie jestem Ricky, a Ty nie jesteś Al. Poza tym siedzę w więzieniu, a nie w eleganckiej klinice odwykowej.

Wiem, kim pan jest, panie Lake. Wiem, że ma pan za sobą wspaniały rok, że właśnie zdobył pan nominację. Wiem też, że ma pan mnóstwo pieniędzy, którymi wspierają pana wyborcy. Dostajemy tutaj gazety i z wielką dumą śledzimy pańskie sukcesy.

Tak więc teraz, kiedy już wiem, kim naprawdę jest Al Konyers, przypuszczam, że chciałby pan, bym tę wiedzę zachował dla siebie. Zrobię to z przyjemnością, lecz moje milczenie będzie pana dużo kosztowało.

Chcę pieniędzy i chcę wyjść z więzienia. Potrafię dotrzymać tajemnicy, jestem jednak twardym negocjatorem.

Z pieniędzmi nie będzie problemu, ma pan ich aż nadto. Trudniejsza może być sprawa mojego zwolnienia, ale przecież ma pan wielu potężnych przyjaciół, więc na pewno coś pan wymyśli.

Nie mam nic do stracenia i jeśli nie przystąpi pan do negocjacji, nie zawaham się pana zniszczyć.

Nazywam się Joe Roy Spicer. Jestem penitencjariuszem więzienia federalnego w Trumble. Sam pan musi znaleźć sposób na skontaktowanie się ze mną i lepiej niech pan zrobi to szybko.

I proszę nie liczyć, że panu odpuszczę.

Z poważaniem, Joe Roy Spicer

Następną odprawę odwołano. Deville odszukał Yorka i dziesięć minut później zamknęli się z dyrektorem w bunkrze.

Pierwszą rozważaną opcją było zabicie sędziów. Mógł to zrobić Argrow, gdyby zapewnić mu odpowiednie narzędzia: proszki, truciznę albo coś innego. Na przykład Yarber umrze we śnie.

Spicer wyzionie ducha na bieżni. Beech, hipochondryk, dostanie złą receptę z więziennej apteki. Żaden nie był ani szczególnie sprawny, ani najzdrowszy, a już na pewno nie mogli się równać z Argrowem. Paskudny upadek, skręcony kark – istniało wiele sposobów, żeby wyglądało to na śmierć z przyczyn naturalnych czy wskutek nieszczęśliwego wypadku.

Trzeba by to zrobić szybko, kiedy jeszcze sędziowie czekali na odpowiedź od Lake'a.

Tyle że wiązało się to z dużym zamieszaniem i było nadmiernie skomplikowane. Trzy trupy naraz w takim niegroźnym małym zakładzie karnym jak Trumble. Sędziowie się przyjaźnili, większość czasu spędzali razem. Gdyby zginęli, każdy z innej przyczyny, w krótkich odstępach czasu, wywołałoby to lawinę podejrzeń. Mogłyby nawet paść na Argrowa. Nikt z władz więzienia nie wiedział, że przebywa w Trumble pod przykrywką.

Ponadto obawiali się Trevora. Gdziekolwiek był, istniało prawdopodobieństwo, że usłyszałby o śmierci Braci. Wpadłby wtedy w jeszcze większą panikę, stałby się nieobliczalny. A przecież mógł wiedzieć więcej, niż myśleli, że wie.

Ustalili, że Deville opracuje plan zlikwidowania sędziów, choć Teddy'emu ten pomysł nieszczególnie się podobał. Nie dlatego, że miał skrupuły, tylko po prostu nie był przekonany, czy to pomoże im ochronić Lake'a.

Bo jeśli Bracia powiedzieli o tym komuś jeszcze?

Nie, było zbyt dużo niewiadomych. Kazali Deville'owi przygotować plan, lecz mieli skorzystać z niego tylko wtedy, gdy zawiodą wszystkie inne opcje.

Zajęli się ich rozpatrywaniem. York dla porządku zasugerował, żeby umieścili list z powrotem w skrytce. Niech Lake go odbierze. Ostatecznie to była jego obsuwa, nie ich.

– Nie wiedziałby, co ma z tym zrobić – zauważył Teddy.

– A my wiemy?

– Jeszcze nie.

Myśl, że Aaron Lake reaguje na zasadzkę i w jakiś sposób próbuje uciszyć Braci, budziła rozbawienie, lecz był w tym element sprawiedliwości. On ten cały bałagan wywołał, niech go więc teraz sprząta.

– Tak naprawdę to my go wywołaliśmy, nie on – powiedział dyrektor. – I musimy sobie teraz z tym poradzić.

Nie mogli przewidzieć, co zrobi Lake, więc nie mogli tego kontrolować. A ten dureń już raz im się przecież wymknął i wysłał list do Ricky'ego. I był na tyle głupi, że Bracia w jakiś sposób odkryli, kim jest.

Nie mówiąc już o oczywistościach: Lake potajemnie korespondował z gejem. Prowadził podwójne życie i nie zasługiwał na zaufanie.

Przez chwilę rozważali, czy nie powinni się z nim skonfrontować. York namawiał do tego od chwili przechwycenia pierwszego listu, ale Teddy wciąż nie był przekonany. Zamartwiając się sprawą Lake'a, nie sypiał po nocach. Żałował, że nie przerwali tej korespondencji dużo wcześniej. Mogli załatwić problem po cichu i dopiero potem odbyć pogawędkę z kandydatem.

Och, jakże marzył o takiej rozmowie. Posadziłby Lake'a w bunkrze i wyświetliłby mu na ekranie kopie tych przeklętych listów. I kopię ogłoszenia z „Out and About". Opowiedziałby mu o Quinsie Garbie z Bakers w stanie Iowa, kolejnym idiocie, który dał się nabrać, i o Curtisie Vannie Gatesie z Dallas. „Jak mógł pan być taki głupi?!", wykrzyczałby mu w twarz.

Teddy nie tracił jednak z oczu szerszego obrazu. Problemy z Lakiem były niczym w porównaniu z pilną potrzebą zadbania o bezpieczeństwo narodowe. Nadciągali Rosjanie. Kiedy szalony Czenkow i nowy reżim przejmą władzę, świat zmieni się na zawsze.

Maynard eliminował ludzi o wiele potężniejszych niż trzej gnijący w więzieniu sędziowie, a jedną z jego najmocniejszych stron była umiejętność skrupulatnego planowania. Cierpliwego, żmudnego planowania.

Spotkanie przerwała pilna wiadomość z wydziału Deville'a. Paszport Trevora Carsona został zeskanowany przy odprawie granicznej na lotnisku w Hamilton na Bermudach. Carson odleciał do San Juan w Puerto Rico i miał wylądować za jakieś pięćdziesiąt minut.

– Wiedzieliśmy, że był na Bermudach? – spytał York.

– Nie – odparł Deville. – Najwyraźniej dostał się tam w taki sposób, że nie musiał okazywać paszportu.

– Może nie jest takim pijakiem, jak myśleliśmy.

– Mamy kogoś w Puerto Rico? – zapytał Teddy, tylko odrobinę bardziej entuzjastycznym tonem.

– Oczywiście – potwierdził York.

– To niech go wytropi.

– Nasze plany wobec starego dobrego Trevora pozostają niezmienne, tak? – upewnił się Deville.

– Tak, jasne – odrzekł Teddy. – Jak najbardziej.

Deville wyszedł, żeby zająć się najnowszym kryzysem. Teddy zadzwonił do asystenta i zamówił miętową herbatę. York zaczął ponownie czytać list.

– A gdybyśmy ich rozdzielili? – podsunął.

– Tak, też o tym myślałem. Musielibyśmy to zrobić szybko, zanim zdążyliby się naradzić. Wyślemy ich do trzech oddalonych od siebie zakładów karnych, na jakiś czas odizolujemy, pozbawimy możliwości korzystania z telefonów i wysyłania listów. Tylko co potem? Wciąż będą znali tajemnicę. Wciąż któryś z nich będzie mógł zniszczyć Lake'a.

– Nie wiem, czy mamy wystarczające kontakty w Zarządzie Więziennictwa.

– To da się załatwić – rzucił Teddy. – Jeśli będzie trzeba, porozmawiam z prokuratorem generalnym.

– O, nie wiedziałem, że jesteś z nim w takich przyjaznych stosunkach.

– Nie jestem, ale tu chodzi o bezpieczeństwo narodowe.

– Trzech skorumpowanych sędziów siedzących w więzieniu federalnym na Florydzie może mieć jakiś wpływ na bezpieczeństwo narodowe? Chciałbym być obecny przy tej rozmowie.

Teddy, trzymając filiżankę w dłoniach, zamknął oczy i wypił łyk herbaty.

– Nie, to zbyt ryzykowne – szepnął. – Wkurzymy ich i zrobią się nieobliczalni. Nie możemy się na to narażać.

– A gdyby Argrow znalazł listy? – zaczął z namysłem York. – Bracia to oszuści, skazani przestępcy. Nikt nie uwierzy w ich opowieści o Lake'u, dopóki nie przedstawią dowodów. A dowody to dokumentacja, kawałki papieru, oryginały i kopie listów. One muszą gdzieś być. Znajdziemy je, wykradniemy im, a wtedy... kto będzie chciał ich słuchać?

Kolejny mały łyk herbaty z zamkniętymi oczami. Kolejna długa chwila milczenia. Teddy poprawił się na wózku, krzywiąc się z bólu.

– To prawda – przyznał cicho. – Martwi mnie tylko, że mogą mieć poza więzieniem kogoś jeszcze, kogoś, o kim nie wiemy. Są stale o krok przed nami i chyba zawsze będą. Próbujemy się domyślać, co zrobią, ale czy kiedykolwiek ich dogonimy? Może już wpadli na to, żeby pozbyć się dowodów. Jestem pewien, że regulamin więzienny zakazuje przechowywania dokumentów, więc już wcześniej musieli ukrywać takie rzeczy. Listy Lake'a są zbyt cenne, żeby mieli ich nie skopiować i nie wyprowadzić potajemnie na zewnątrz.

– Ich kurierem był Trevor. Widzieliśmy każdy list, który przez ostatni miesiąc wyniósł z Trumble.

— Tak nam się wydaje. Ale pewności nie mamy.

— Skoro nie Trevor, to kto?

— Spicer ma żonę. Odwiedzała go w Trumble. Yarber się rozwodzi, ale kto wie, jakie naprawdę są jego relacje z żoną. W ciągu trzech ostatnich miesięcy też u niego była. Albo może przekupili któregoś ze strażników i to on nosi dla nich pocztę. Ci faceci są inteligentni, znudzeni i bardzo kreatywni. Nie możemy zakładać, że wiemy, co knują. Jeżeli popełnimy błąd, jeżeli będziemy zbyt pewni siebie, pan Aaron Lake zostanie wyautowany.

— Ale jak? W jaki sposób mieliby to zrobić?

— Skontaktują się z jakimś dziennikarzem, będą mu podsyłać list po liście, aż im uwierzy. To mogłoby wypalić.

— Prasa by oszalała.

— Nie możemy do tego dopuścić, York. Po prostu nie możemy.

Wrócił Deville. Zdyszany oznajmił, że celnicy zostali powiadomieni przez władze na Bermudach dziesięć minut po starcie samolotu do San Juan. Trevor miał lądować już za osiemnaście minut.

⋏ ⋏ ⋏

Trevor po prostu podążał za swoimi pieniędzmi. Szybko połapał się w zasadach dokonywania przelewów i teraz doprowadzał tę sztukę do perfekcji. Na Bermudach połowę tego, co miał na koncie, przesłał do banku w Szwajcarii, a drugą połowę do banku na Wielkim Kajmanie. Wschód czy zachód? Tak brzmiało teraz jego podstawowe pytanie. Najszybciej z Bermudów mógł się wydostać, lecąc do Londynu, ale przerażała go wizja odprawiania się na Heathrow. Nie był osobą poszukiwaną, przynajmniej nie przez policję. Nie był o nic oskarżony ani nie toczyło się przeciwko niemu postępowanie karne, lecz angielscy celnicy byli tacy dokładni... Postanowił, że zaryzykuje i poleci na zachód. Sprawdzi swoje szczęście na Karaibach.

Wylądował w San Juan i poszedł prosto do baru, gdzie zamówił duże piwo i zaczął studiować rozkład lotów. Bez pośpiechu, bez presji, ze świadomością, że kieszenie ma pełne gotówki. Mógł lecieć, dokąd chciał, robić, co chciał, i nie musiał spieszyć się z decyzją. Wypił jeszcze jedno piwo i postanowił, że kilka dni spędzi na Wielkim Kajmanie, blisko swoich pieniędzy. Poszedł do stanowiska Air Jamaica, kupił bilet, po czym wrócił do baru, bo była dopiero piąta i do odlotu miał jeszcze pół godziny.

Oczywiście leciał pierwszą klasą. Na pokład wsiadł jak najszybciej, żeby mógł wychylić jeszcze jedno piwo, i gdy obserwował wchodzących pasażerów, dostrzegł twarz, którą już gdzieś widział.

Tylko gdzie? Chyba całkiem niedawno, gdzieś na lotnisku. Pociągła, szczupła twarz, szpakowata kozia bródka i wąskie przymrużone oczy za kwadratowymi okularami. Te oczy spojrzały na niego, ale gdy napotkały jego wzrok, szybko uciekły w bok. Mężczyzna patrzył przed siebie, jakby nic ciekawego nie zobaczył.

Nagle Trevor sobie przypomniał. To było przy kontuarze, kiedy kupił bilet i odwrócił się, żeby odejść. Ten gość go obserwował. Stał w pobliżu i patrzył na tablicę odlotów.

Kiedy się ucieka, każde spojrzenie, nawet przypadkowe i pobieżne, wydaje się podejrzane. Widzisz kogoś i nie rejestrujesz, że go widziałeś. Ale jeśli zobaczysz tę samą osobę pół godziny później, to wiesz, że ten ktoś ma cię na celowniku.

Koniec z piciem! – nakazał sobie Trevor. Po starcie poprosił o kawę i wypił ją jednym haustem. W Kingston zszedł z pokładu jako pierwszy, niemal biegiem pokonał terminal i błyskawicznie się odprawił. Ani śladu podejrzanego mężczyzny.

Chwycił dwie małe torby podróżne i pognał na postój taksówek.

Rozdział 32

Gazetę z Jacksonville dostarczano do Trumble codziennie o siódmej rano. Cztery egzemplarze trafiały do świetlicy, gdzie mogli je czytać ci osadzeni, których interesowało życie na wolności. Ale o siódmej w świetlicy czekał na gazety przeważnie tylko Joe Roy Spicer, który zwykle zabierał jeden egzemplarz ze sobą, żeby w ciągu dnia móc spokojnie studiować rozpiskę zakładów z Las Vegas. Scena zawsze wyglądała mniej więcej tak samo: Spicer, z wysokim styropianowym kubkiem kawy w dłoni i z nogami na karcianym stoliku, czekający, aż strażnik o imieniu Roderick doniesie prasę.

I dlatego to właśnie on pierwszy zobaczył informację zamieszczoną na dole strony tytułowej. Trevor Carson, miejscowy adwokat, który jakiś czas temu zaginął w niewyjaśnionych okolicznościach, został znaleziony martwy przed hotelem w Kingston na Jamajce. Wieczorem poprzedniego dnia, tuż po zmroku, adwokat otrzymał dwa strzały w tył głowy. Spicer zauważył, że nie dołączono zdjęcia, czym nie był jednak zaskoczony. Niby dlaczego gazeta miałaby je posiadać w swoich archiwach? Kogo mogło obchodzić, że Trevor zginął?

Według jamajskich władz przebywał w Kingston jako turysta i najprawdopodobniej padł ofiarą napadu rabunkowego.

Przy zwłokach nie znaleziono dokumentów, a tożsamość ofiary udało się ustalić dzięki informacji od nieznanego prasie z nazwiska informatora. Osoba ta musiała być świadkiem zbrodni, bo dużo o zajściu wiedziała.

Akapit podsumowujący karierę zawodową Trevora był bardzo krótki. Była sekretarka, Jan jakaś tam, też nie miała wiele do powiedzenia, a wydarzenie zostało opisane na pierwszej stronie tylko dlatego, że ofiarą zabójstwa padł prawnik.

Yarber mimo porannej wilgoci już ćwiczył, bez koszuli, i na dalekim końcu bieżni szybkim, sprężystym krokiem właśnie pokonywał zakręt. Spicer zaczekał, aż wyjdzie na ostatnią prostą, i wtedy bez słowa wręczył mu gazetę.

Beecha znaleźli w stołówce. Z plastikową tacą w ręce stał w kolejce i zrezygnowanym wzrokiem wpatrywał się w stosy świeżo usmażonej jajecznicy. Usiedli razem w kącie sali – jak najdalej od innych – i dłubiąc widelcami w jedzeniu, rozmawiali przyciszonymi głosami.

– Jeżeli uciekał, to przed kim, do cholery?

– Może Lake go ścigał.

– Nie wiedział, że to Lake. Nie miał pojęcia... chyba.

– No dobra, więc uciekał przed Konyersem. Kiedy był tu ostatni raz, powiedział, że Konyers to ktoś ważny, że o nas wie. A następnego dnia zniknął.

– Może się po prostu wystraszył. Konyers odnalazł go i zagroził, że ujawni jego rolę w naszym kancie, więc Trevor, który przecież nie należał do najbardziej zrównoważonych kolesiów, postanowił ukraść, co się da, i zniknąć.

– Zniknął on i pieniądze. Pytanie czyje.

– Nie nasze. O naszych nikt nie wie, to jak mogłyby zniknąć?

– Trevor prawdopodobnie oskubał wszystkich, których mógł, a potem dał drapaka. To u adwokatów norma. Wpadają w kłopoty, załamują się, czyszczą fundusze powiernicze klientów, po czym znikają.

– Naprawdę tak robią? – spytał Spicer.

Beech miał na podorędziu trzy przykłady, Yarber dorzucił jeszcze dwa.

– No to kto go zabił?

– Bardzo możliwe, że był po prostu w kiepskiej części miasta.

– Przed Sheratonem? Nie sądzę.

– No dobra, a jeśli to jednak Konyers go dopadł?

– To możliwe. Konyers mógł go w jakiś sposób wypłoszyć. Dowiedział się, że Trevor jest pośrednikiem Ricky'ego, przycisnął go, zagroził, że go zakapuje lub coś w ten deseń, i Trevor dał nogę na Karaiby. Nie wiedział, że Konyers to Aaron Lake.

– A Lake z pewnością ma i pieniądze, i możliwości, żeby wytropić jakiegoś pijaczynę.

– To co z nami? Lake już wie, że Ricky to żaden Ricky, tylko Joe Roy i że Joe Roy nie działa sam, tylko z kumplami z więzienia.

– Pytanie, czy zdoła się do nas dostać?

– Jeśli tak, to na pewno dowiem się o tym pierwszy. – Spicer roześmiał się nerwowo.

– Nie panikujcie. Wciąż prawdopodobna jest wersja, że Trevor pojechał na Jamajkę, nawalił się i żeby wyrwać jakąś laskę, zapuścił się do niebezpiecznej części miasta. No i tam go kropnęli.

Wszyscy trzej uznali, że Trevor był do czegoś takiego jak najbardziej zdolny.

Niech więc spoczywa w spokoju. Ale oczywiście tylko pod warunkiem, że nie ukradł ich pieniędzy.

Rozdzielili się na jakąś godzinę. Beech ruszył na bieżnię, żeby pochodzić i pomyśleć; Yarber do biura kapelana, żeby naprawić – po dwadzieścia centów za godzinę – tamtejszy komputer; Spicer udał się do biblioteki, gdzie zastał Argrowa oddającego się lekturze ksiąg prawniczych.

Wstęp do biblioteki prawniczej był wolny, nie trzeba się było umawiać, jednak niepisana zasada głosiła, że należało przynajmniej zapytać o zgodę któregoś z Braci, zanim skorzystało się z ich księgozbioru. Argrow był nowy i najwyraźniej jeszcze o tej zasadzie nie słyszał, dlatego Spicer postanowił mu odpuścić.

Przywitali się skinieniem głowy, po czym Spicer poszedł sprzątać biurka i układać książki.

– Słyszałem, że podobno udzielacie tu panowie porad prawnych – odezwał się w pewnym momencie Argrow z drugiego końca sali.

Oprócz nich w bibliotece nie było nikogo.

– Podobno.

– Bo mam sprawę dotyczącą apelacji.

– A jak to wyglądało na procesie?

– Przysięgli przygwoździli mnie za oszustwa bankowe i ukrywanie pieniędzy na Bahamach. Sędzia zasądził mi pięć lat. Odsiedziałem cztery miesiące i nie wiem, czy wytrzymam kolejne pięćdziesiąt sześć. Chcę wnieść apelację, ale potrzebuję do tego czyjejś pomocy.

– Który sąd?

– Na Wyspach Dziewiczych. Pracowałem w dużym banku w Miami. Kupa szmalu z narkotyków.

Argrow gadał jak najęty, widać było, że bardzo mu zależy na rozwiązaniu problemu. Irytował Spicera, ale tylko trochę. No i zainteresowała go wzmianka o Bahamach.

– Z jakiegoś powodu pranie pieniędzy okropnie mnie wciągnęło – kontynuował Argrow. – Codziennie miałem do czynienia z dziesiątkami milionów i to uderzało do głowy. Przelewałem brudną forsę szybciej niż jakikolwiek inny bankowiec z południowej Florydy. Nadal to potrafię. Tylko że dobrałem sobie do spółki kilka nieodpowiednich osób i dokonałem kilku błędnych posunięć.

– Czyli nie wypiera się pan swojej winy?

– Nie, skąd.

– No to jest pan tu w zdecydowanej mniejszości.

– Tak, jestem winny i temu nie zaprzeczam, uważam tylko, że wyrok był zbyt surowy. Ktoś mi powiedział, że wy tu potraficie trochę skracać wyroki.

Spicer porzucił zaśmiecone stoły i krzywo stojące książki. Przyciągnął sobie najbliższe krzesło i usiadł na znak, że jest gotów rozmawiać.

– Da się coś z tym zrobić – rzucił takim tonem, jakby z sukcesem załatwił już tysiące apelacji.

Ty idioto, chciał krzyknąć Argrow. W dziesiątej klasie wywalili cię ze szkoły. W wieku dziewiętnastu lat zwinąłeś auto i nie trafiłeś za kratki tylko dlatego, że ojciec pociągnął za odpowiednie sznurki. Na sędziego pokoju zostałeś wybrany dzięki głosom nieżyjących ludzi i innym przekrętom, a teraz gnijesz w pierdlu i odstawiasz ważniaka.

I możesz doprowadzić do upadku przyszłego prezydenta Stanów Zjednoczonych.

– Ile to będzie kosztowało?

– A ile pan ma? – spytał Spicer zupełnie jak prawdziwy prawnik.

– Niewiele.

– Myślałem, że wie pan, jak się ukrywa kasę na zagranicznych kontach.

– Och, bo wiem, proszę mi wierzyć. W pewnym momencie miałem na nich zebraną całkiem sporą sumkę, ale pozwoliłem jej się rozejść.

– Czyli nie może pan zapłacić?
– Jeżeli już, to niedużo. Najwyżej parę tysięcy.
– A pański adwokat?
– To przez niego mnie skazali. A na wynajęcie nowego mnie nie stać.

Spicer chwilę się zastanawiał i doszedł do wniosku, że jednak szkoda, że nie ma Trevora. Kiedy to on zajmował się zbieraniem kasy, wszystko było o wiele łatwiejsze.

– Ma pan jeszcze te kontakty na Bahamach?
– Mam kontakty na całych Karaibach. A co?
– To, że będzie pan musiał zrobić przelew. Tutaj nie wolno trzymać gotówki.
– Chce pan, żebym przesłał wam dwa tysiące dolarów przelewem?
– Pięć tysięcy. To nasza minimalna stawka.
– Do jakiego banku?
– Na Bahamach.

Argrow zmrużył oczy, zmarszczył brwi i pogrążył się w zadumie, podobnie zresztą jak Spicer. Dwa umysły szukały punktu, w którym mogłyby się spotkać.

– Dlaczego na Bahamach? – zapytał w końcu Argrow.
– Z tego samego powodu, dla którego pan trzymał tam pieniądze.

Przez oba umysły przetoczyła się kawalkada myśli.

– Muszę pana o coś zapytać – rzucił Spicer. – Mówił pan, że potrafił przenosić brudną kasę szybciej niż ktokolwiek, czy tak?

Argrow kiwnął głową.

– Tak.
– Nadal pan to potrafi?
– Że niby stąd? Z więzienia?
– Tak. Stąd.

Argrow roześmiał się i wzruszył ramionami, jakby nic nie mogło być prostsze.

– Jasne. Paru kumpli jeszcze mi zostało.

– Spotkajmy się tu za godzinę. Być może będę miał dla pana propozycję.

⋏ ⋏ ⋏

Godzinę później Argrow wrócił do biblioteki i zastał tam wszystkich trzech sędziów, którzy siedzieli za stołem zawalonym papierami i prawniczymi księgami, zupełnie jakby to było posiedzenie Sądu Najwyższego Florydy. Spicer przedstawił go Beechowi i Yarberowi, po czym wrócił na swoje miejsce za stołem. Poza nimi w sali nie było nikogo.

Przez chwilę rozmawiali o apelacji. Argrow starał się mówić jak najmniej o szczegółach. Jego akta nie dotarły jeszcze do Trumble, a bez nich sędziowie mieli małe pole manewru.

Obie strony dobrze jednak wiedziały, że kwestia apelacji to tylko temat zastępczy.

– Pan Spicer wspomniał nam, że jest pan podobno ekspertem od transferu brudnych pieniędzy – przeszedł do rzeczy Beech.

– Byłem, dopóki mnie nie złapali – odparł skromnie Argrow. – Rozumiem, że panowie dysponujecie takim pieniędzmi.

– Mamy pewną sumkę na koncie zagranicznym, zarobiliśmy ją, udzielając porad prawnych. Prowadziliśmy też inne działalności, których wolelibyśmy nie ujawniać. Jak pan zapewne wie, w Trumble nie wolno pobierać opłat za udzielanie porad prawnych.

– Ale my i tak się tym zajmujemy – wtrącił Yarber. – I jesteśmy za to wynagradzani.

– O jakiej kwocie rozmawiamy? – spytał Argrow.

Znał stan ich konta z dokładnością do jednego centa. Widział bilans zamknięcia z poprzedniego dnia.

– Z tym jeszcze zaczekajmy – odparł Spicer. – Chodzi o to, że istnieje duże prawdopodobieństwo, że te pieniądze mogły zniknąć.

Argrow milczał, na jego twarzy pojawił się wyraz konsternacji.

– Przepraszam, że co...? – spytał w końcu.

– Mieliśmy adwokata – zaczął wolno Beech, ważąc każde słowo. – Zniknął i bardzo prawdopodobne, że zniknął razem z naszymi pieniędzmi.

– Rozumiem. I to konto macie w banku na Bahamach, tak?

– Mieliśmy. Nie wiemy, czy jeszcze istnieje.

– Raczej w to wątpimy – dodał Yarber.

– Ale chcielibyśmy wiedzieć na pewno – rzucił Beech.

– Co to za bank? – spytał Argrow.

– Geneva Trust w Nassau. – Spicer zerknął na kolegów.

Argrow skinął głową z lekkim uśmieszkiem, jakby znał każdy brudny i mroczny sekret tego banku.

– Słyszał pan o nim?

– Oczywiście – odparł i zamilkł.

– No i? – odezwał się Spicer.

Żeby ukryć zadowolenie z takiego obrotu rozmowy, Argrow gwałtownie wstał i udając głęboką zadumę, chodził chwilę po małej bibliotece, po czym wrócił do stołu.

– Porozmawiajmy otwarcie, panowie – powiedział. – Czego tak naprawdę ode mnie oczekujecie?

Sędziowie oderwali od niego wzrok i popatrzyli po sobie. Było oczywiste, że nie są pewni dwóch rzeczy: po pierwsze, na ile mogą zaufać człowiekowi, którego dopiero co poznali, i po drugie, czego właściwie od niego chcą.

Ale ponieważ i tak sądzili, że pieniądze przepadły, co mieli do stracenia?

– Nie jesteśmy szczególnie biegli w kwestiach bankowych. Nie znamy się na transferach brudnych pieniędzy – wyznał Yarber. – Rozumie pan, nie tym się w życiu zajmowaliśmy. Dlatego proszę wybaczyć nasz brak wiedzy, ale czy istnieje jakiś sposób, żeby sprawdzić, czy te pieniądze są tam, gdzie były?

– Po prostu nie wiemy, czy nasz adwokat je ukradł, czy nie – dodał Beech.

– Chcecie, żebym zweryfikował stan waszego tajnego konta, tak? – upewnił się Argrow.

– Tak, właśnie tego chcemy – potwierdził Yarber.

– Zakładamy, że zostali panu jeszcze jacyś znajomi z branży. – Spicer usiłował wybadać grunt. – A my jesteśmy tylko ciekawi, czy można to jakoś zrobić.

– Macie panowie szczęście – oznajmił Argrow i zamilkł, pozwalając słowom wybrzmieć.

– Mamy szczęście, bo? – spytał Beech.

– Bo wybraliście Bahamy.

– Właściwie to nasz adwokat je wybrał – powiedział Spicer.

– Tak czy owak, w tamtejszych bankach panuje dość duży luz. Wyciekają zastrzeżone informacje. Mnóstwo pracowników bierze w łapę. Ludzie, którzy poważnie zajmują się praniem brudnych pieniędzy, trzymają się od Bahamów z daleka. Teraz na topie jest Panama. No i oczywiście zawsze niezawodny Wielki Kajman.

Oczywiście, oczywiście, sędziowie kiwali głowami. Bank za granicą to bank za granicą, tak ich przekonywał Trevor. Kolejny przykład na to, że zaufali idiocie.

Argrow patrzył na sędziów, na ich zaskoczone miny, i nie mógł się nadziwić, jak bardzo o niczym nie mają pojęcia. Jak na ludzi, którzy byli w stanie obrócić w pył amerykański proces wyborczy, wydawali się straszliwie naiwni.

– Nie odpowiedział pan na pytanie – zauważył Spicer.

– Na Bahamach wszystko jest możliwe.

– A więc dałby pan radę to zrobić?

– Mogę spróbować, lecz niczego nie gwarantuję.

– Zawrzyjmy umowę – zaproponował Spicer. – Pan sprawdzi stan naszego konta, a my zajmiemy się pańską apelacją za darmo.

– Ciekawa propozycja – przyznał Argrow.

– Też tak uważamy. A więc... umowa stoi?

– A niech tam... stoi.

Przez niezręczną chwilę patrzyli na siebie, zadowoleni, że się dogadali, ale też niepewni, kto ma wykonać kolejny ruch. W końcu odezwał się Argrow.

– Będę musiał znać dane konta.

– Dane?

– Tak, nazwę, numer...

– Nazwa to Boomer Realty, Ltd. Numer sto czterdzieści cztery, kreska, DXN, kreska, dziewięćdziesiąt pięć, dziewięćdziesiąt trzy.

Argrow zanotował to na skrawku papieru.

– A tak z ciekawości... – odezwał się Spicer, który razem z kolegami uważnie go obserwował. – Jak pan zamierza skontaktować się ze znajomymi na zewnątrz?

– Przez telefon – odrzekł Argrow, nie podnosząc wzroku.

– Ale chyba nie przez więzienny? – rzucił Beech.

– Te telefony nie są bezpieczne – dodał Yarber.

– Nie powinno się z nich korzystać – powiedział Spicer z naciskiem.

Argrow uśmiechnął się, skinął głową, zerknął przez ramię i wyjął z kieszeni spodni jakiś przedmiot wielkości scyzoryka. Trzymając go między kciukiem a palcem wskazującym, oznajmił:

– Oto mój telefon, panowie.

Sędziowie wlepili w aparat zdumione spojrzenia, po czym z zafascynowaniem przyglądali się, jak Argrow zręcznie otwiera telefon, który nawet po rozłożeniu wydawał się zbyt mały, żeby można było przez niego rozmawiać.

– Cyfrowy – wyjaśnił. – Bardzo bezpieczny.

– Na kogo jest zarejestrowany? – zapytał Beech.

– Na mojego brata z Boca Raton. Telefon i abonament to prezent od niego. – Argrow zamknął sprytny aparacik i wskazał drzwi do pomieszczenia w rogu. – Co tam jest?

– Sala konferencyjna – odparł Spicer.

– Bez okien?

– Bez. Jest tylko ta szyba w drzwiach.

– Świetnie. Może więc wejdę tam i zadzwonię. A wy, panowie, zostańcie tu na czatach. Gdyby ktoś wszedł, zapukajcie w drzwi.

Bracia chętnie się zgodzili, choć po ich minach widać było, że nie pokładają szczególnej wiary w powodzenie akcji.

⋏ ⋏ ⋏

Argrow połączył się z białym vanem zaparkowanym dwa i pół kilometra od Trumble, na szutrowej drodze utrzymywanej z doskoku przez lokalne służby drogowe. Przebiegała obok pola uprawianego przez farmera, którego agenci jeszcze nie poznali. Granica terenu należącego do rządu federalnego przebiegała kilkaset metrów dalej, lecz z miejsca, w którym stał van, więzienie nie było widoczne.

W samochodzie było tylko dwóch techników – jeden spał na przednim siedzeniu, drugi przysypiał z tyłu, w słuchawkach na uszach. Z chwilą, gdy Argrow wcisnął w małym telefonie guzik z zieloną słuchawką, w furgonetce uruchomił się odbiornik i obaj mężczyźni ożyli.

– Halo, mówi Argrow.

– Hej, tu Chevy Jeden – zgłosił się technik dyżurujący na słuchawce. – Nawijaj, Argrow.

– Jestem z tymi trzema błaznami. Siedzę w zamkniętym pokoju i udaję, że dzwonię do znajomego, żeby sprawdzić stan ich konta. Jak na razie wszystko idzie szybciej, niż się spodziewałem.

– Na to wygląda.

– No dobra, to kończę. Odezwę się później.

Argrow rozłączył się, nie odsunął jednak telefonu od ucha, tylko udawał, że rozmawia dalej. Przysiadł na brzegu stołu, potem zaczął krążyć, od czasu do czasu zerkając w stronę biblioteki i czekających tam Braci.

Spicer nie mógł się powstrzymać i zajrzał przez szybkę w drzwiach.

– Dzwoni – szepnął z podekscytowaniem. – Naprawdę dzwoni.

– A co innego miałby robić? – prychnął Yarber, który zajął się czytaniem najświeższych orzeczeń sądowych.

– Wyluzuj, Joe Roy – powiedział Beech. – Naszych pieniędzy i tak nie ma, zniknęły razem z Trevorem.

Minęło dwadzieścia minut, a Argrow nadal rozmawiał i sędziom powoli zaczynało się nudzić. Na początku czekali, potem jednak stwierdzili, że szkoda marnować czas, i zajęli się pilniejszymi sprawami. Od ucieczki Bustera upłynęło sześć dni. Jak dotąd się nie odezwał, a to oznaczało, że prawdopodobnie nie dał się złapać i jest już gdzieś daleko. Zapewne wysłał też ich list do Konyersa, który do Chevy Chase musiał dojść w ciągu jakichś trzech dni, więc teraz pewnie Aaron Lake siedzi i kombinuje, co ma z nimi zrobić.

Nie panikowali, w więzieniu nauczyli się cierpliwości. Martwiło ich tylko jedno: Lake otrzymał nominację, a to oznaczało, że będzie podatny na ich szantaż tylko do listopada. Gdyby wygrał, mieliby cztery lata na to, żeby go dręczyć. Ale jeśli przegra, jego gwiazda zgaśnie tak szybko, jak wszystkich innych przegranych. „Kto dziś pamięta Dukakisa?", rzucił Beech.

Dlatego nie zamierzali czekać do listopada. Cierpliwość to jedno, a wyjście na wolność to drugie. Lake był ich jedyną ulotną szansą na opuszczenie więzienia z taką ilością kasy, że mogliby się byczyć już do końca życia.

Ustalili, że dadzą mu tydzień, a potem znów napiszą do Ala Konyersa. Jeszcze nie wiedzieli, jak przeszmuglują list na zewnątrz, lecz byli pewni, że coś wymyślą. Link, strażnik, ten, którego Trevor przekupywał miesiącami, był ich pierwszym potencjalnym kandydatem.

No i jakąś opcję stanowił telefon Argrowa.

– Gdyby nam go pożyczył – powiedział Spicer – zadzwonilibyśmy z niego do Lake'a, do jego sztabu wyborczego, biura w Kongresie. Zadzwonilibyśmy pod każdy cholerny numer, jaki tylko dałoby się znaleźć w książce telefonicznej. Zostawilibyśmy wiadomość, że Ricky z odwyku potrzebuje jego pomocy. To by go wystraszyło jak jasna cholera.

– Ale Argrow miałby wgląd w wykaz połączeń, a w każdym razie jego brat by miał – zauważył Yarber.

– No i co z tego? Za połączenia mu zapłacimy, a że wiedziałby, że próbowaliśmy dodzwonić się do Lake'a... Co w tym złego? W tej chwili wydzwania do niego pół kraju. Argrow nie miałby pojęcia, po co to robiliśmy.

Uznali, że pomysł jest genialny i że do Lake'a mógłby zadzwonić nie tylko Ricky, ale również Spicer, przedstawiając się jako osadzony z Trumble. Osaczyliby biedaka ze wszystkich stron.

Biedaka, a to dobre... Kasa spływała do faceta szybciej, niż był w stanie ją policzyć.

Po godzinie Argrow wyłonił się z małej sali i oświadczył, że wszystko jest na dobrej drodze.

– Muszę odczekać godzinę, a potem wykonać jeszcze kilka telefonów – wyjaśnił. – Może byśmy w tym czasie coś przekąsili?

Pragnąc poznać jak najwięcej szczegółów, sędziowie poszli z Argrowem do stołówki, by kontynuować rozmowę przy hamburgerach i surówce z kapusty.

Rozdział 33

Zgodnie z dokładnymi instrukcjami Lake'a, Jayne pojechała do Chevy Chase, znalazła centrum handlowe przy Western Avenue i zaparkowała przed Mailbox America. Kluczykiem, który dał jej Lake, otworzyła skrytkę, wyjęła z niej osiem ulotek reklamowych i umieściła je w teczce na dokumenty. Listów prywatnych w skrytce nie było. Podeszła do kontuaru i poinformowała urzędnika, że w imieniu pracodawcy, pana Ala Konyersa, chce zlikwidować skrytkę.

Urzędnik postukał w klawiaturę i z zapisanych w komputerze danych wyczytał, że skrytkę na nazwisko Ala Konyersa wynajął przed około siedmioma miesiącami niejaki Aaron Lake. Była opłacona za rok z góry, więc nie ciążyły na niej żadne zaległości.

– To ten facet, który startuje w wyborach prezydenckich? – spytał urzędnik, kiedy podsuwał jej formularz.

– Tak – potwierdziła Jayne, składając podpis we wskazanym miejscu.

– Bez adresu przekierowania?

– Bez.

Wyszła z teczką pod pachą i wróciła do centrum Waszyngtonu. Nad tym, że Lake wynajął skrytkę, rzekomo w ramach tajnych działań mających na celu ujawnienie oszustw w Pentagonie, nigdy się nie zastanawiała. Po pierwsze, mało ją to interesowało, po drugie, brakowało jej czasu na zadawanie pytań. Tyrała dla Lake'a po osiemnaście godzin na dobę i miała na głowie o wiele ważniejsze sprawy.

Lake czekał na nią w swoim gabinecie w lokalu sztabu wyborczego i co się rzadko zdarzało, był sam. Wszystkie sąsiednie pokoje i korytarze pękały w szwach od asystentów najróżniejszej maści, biegających po całym budynku, jakby zaraz miała wybuchnąć wojna. Lake jednak właśnie zafundował sobie chwilę wytchnienia. Jayne wręczyła mu odebraną pocztę i wyszła.

W teczce doliczył się ośmiu ulotek, z baru taco, od firmy kurierskiej, z myjni samochodowej, z kuponami promocyjnymi... I nic od Ricky'ego. Skrytka została zlikwidowana, adresu zwrotnego nie było. Biedny chłopak będzie musiał znaleźć sobie kogoś innego, kto pomoże mu w nowym życiu. Ulotkami i formularzem z rezygnacją ze skrytki Lake nakarmił stojącą pod biurkiem małą niszczarkę dokumentów, po czym przez chwilę myślał z wdzięcznością, jak bardzo los mu sprzyja. Nie dźwigał na barkach zbyt dużego bagażu z przeszłości i popełnił niewiele błędów. Korespondowanie z Rickym było głupotą, ale udało mu się wyjść z tego bez szwanku. Prawdziwy z niego szczęściarz!

Uśmiechnął się i niemal zachichotał pod nosem, po czym zerwał się z fotela, chwycił marynarkę i przywołał swoich ludzi. Miał w planach kilka spotkań, potem lunch z przedsiębiorcami z branży zbrojeniowej.

Nie ma co, był szczęściarzem.

⅄ ⅄ ⅄

Kiedy po lunchu Argrow i jego nowi przyjaciele wrócili do biblioteki, ci stanęli na warcie przy drzwiach niczym śpiący strażnicy, a on zamknął się w małej sali konferencyjnej i udawał, że wykonuje telefon za telefonem, co miało ich przekonać, że pociąga za wszelkie sznurki w mrocznym świecie zagranicznych banków. Po dwóch godzinach krążenia, mamrotania i przyciskania telefonu do ucha, jakby był rozgorączkowanym maklerem giełdowym, w końcu wyłonił się z sali.

– Dobre wieści, panowie – oznajmił ze zmęczonym uśmiechem.

Stłoczyli się wokół niego, pragnąc poznać wynik rozmów.

– Pieniądze nadal są na koncie.

Wówczas padło doniosłe pytanie, które mieli zadać, żeby sprawdzić, czy Argrow jest oszustem, czy też doświadczonym graczem.

– Ile? – spytał Spicer.

– Sto dziewięćdziesiąt tysięcy z górką.

Wszyscy trzej odetchnęli. Spicer się uśmiechnął. Beech odwrócił wzrok. Yarber spojrzał na Argrowa spod zmarszczonych brwi, ale raczej przyjaźnie.

Według ich obliczeń na koncie powinno być sto osiemdziesiąt dziewięć tysięcy plus jakieś marne odsetki naliczane przez bank.

– A więc ich nie ukradł – wymamrotał Beech i podobnie jak koledzy ciepło pomyślał o zmarłym adwokacie, którego mieli za diabła wcielonego, a okazało się, że wcale nie był aż takim potworem.

– Ciekawe dlaczego – mruknął Spicer pod nosem, jakby do siebie.

– W każdym razie pieniądze nadal leżą na koncie – zauważył Argrow. – Sporo tych porad prawnych musieliście udzielić.

Na to wyglądało, a ponieważ żaden z sędziów nie potrafił na gorąco wymyślić sensownej bajeczki, pominęli tę uwagę milczeniem.

– Jeśli mógłbym coś zasugerować – dodał Argrow – to doradzałbym przenieść pieniądze do innego banku. Ten jest znany z przecieków.

– Przenieść? Ale dokąd? – zapytał Beech.

– Gdyby to była moja forsa, od ręki przelałbym ją do Panamy.

To było coś nowego. Obsesyjnie zajęci Trevorem i jego domniemaną kradzieżą, w ogóle o tym nie myśleli. Przybrali jednak zadumane miny, jakby od dawna rozważali tę opcję.

– Można by, tylko po co? – rzucił Beech. – Przecież są bezpieczne, prawda?

– Zapewne tak – potwierdził Argrow bez chwili wahania. W przeciwieństwie do sędziów wiedział, dokąd zmierza. – Lecz sami panowie widzicie, jak tam wygląda kwestia poufności. Ja osobiście nie korzystałbym w tych czasach z banków na Bahamach, a zwłaszcza nie z tego.

– Tym bardziej że Trevor mógł komuś o tym koncie wygadać – wtrącił Spicer, zawsze chętny, by rzucić złe światło na ich adwokata.

– Jeśli chcecie, żeby pieniądze były bezpieczne, lepiej je przenieście – powiedział Argrow. – Zajmie to niecały dzień, a wy nie będziecie musieli się o nie więcej martwić. Poza tym dobrze by było, żeby ta kasa zaczęła dla was pracować. Obecne konto jest tylko przechowalnią, z prawie zerowym oprocentowaniem. Ulokujcie pieniądze w jakimś funduszu, a odsetki podskoczą do piętnastu, może nawet do dwudziestu procent. W najbliższym czasie i tak nie będziecie z tej forsy korzystali.

Tak ci się tylko wydaje, kolego, pomyśleli sędziowie. Musieli jednak przyznać, że to, co mówił Argrow, miało sens.

– I jak rozumiem, pan mógłby je przelać? – odezwał się Yarber.

– Oczywiście. Teraz nie macie już chyba żadnych wątpliwości?

Pokręcili głowami. Nie, skądże, nawet cienia.

– Znam w Panamie kilku obrotnych bankierów, więc zastanówcie się nad tym.

Argrow zerknął na zegarek, jakby stracił zainteresowanie ich kontem i jakby miał sto innych pilnych spraw, którymi powinien się zająć. Zbliżała się decydująca chwila, a on nie chciał na nich naciskać.

– Już się zastanowiliśmy – oświadczył Spicer. – Przelejmy te pieniądze.

Argrow spojrzał na trzy pary intensywnie wpatrujących się w niego oczu.

– Wiąże się z tym pewna opłata – oznajmił tonem eksperta od prania brudnej forsy.

– Jaka? – spytał Spicer.

– Dziesięć procent od transakcji.

– Dla kogo ta opłata?

– Dla mnie.

– Sporo – mruknął Beech.

– To prowizja zmienna. Za wszystko poniżej miliona wynosi dziesięć procent. Za wszystko powyżej stu milionów pobieram tylko jeden procent. Wszyscy tak robią. Właśnie dlatego zamiast w garniturze za tysiąc dolarów paraduję w tym zielonym wdzianku.

– Skandaliczna niegodziwość – mruknął Spicer, człowiek, który obrobił klub bingo z zysków przeznaczonych na cele charytatywne.

– No i po co te oceny? Mówimy o małym odsetku kasy, która i tak jest skażona. Wchodzicie w to albo nie, wasza decyzja. – Argrow mówił beznamiętnym tonem twardego weterana przekrętów, który w swoim czasie robił dużo większe interesy.

Chodziło tylko o dziewiętnaście tysięcy dolarów, małą część z pieniędzy, które i tak uważali za stracone. Po odjęciu dziesięciu procent nadal zostawało im sto siedemdziesiąt tysięcy, mniej więcej po sześćdziesiąt dla każdego, choć byłoby tego jeszcze więcej, gdyby ten podstępny Trevor nie zgarniał tyle z góry. Poza tym byli pewni, że tuż za rogiem czekają na nich dużo zieleńsze pastwiska. Forsa na Bahamach była jedynie drobnicą.

– Wchodzimy – rzucił Spicer, spoglądając na dwóch kolegów, żeby sprawdzić, czy podzielają jego zdanie.

Obaj powoli skinęli głowami. Wszyscy trzej myśleli teraz o tym samym. Jeśli akcja z Aaronem Lakiem przebiegnie tak, jak tego chcieli, wkrótce w ich stronę popłyną naprawdę duże pieniądze. Będą musieli je ukryć i będą potrzebowali kogoś, kto im w tym pomoże. Chcieli zaufać temu nowemu. Chcieli dać mu szansę.

– I zajmiecie się moją apelacją, tak? – spytał Argrow.

– Tak.

Argrow uśmiechnął się.

– Świetnie. W takim razie idę wykonać jeszcze kilka telefonów.

– Chwila, jest coś, o czym powinien pan wiedzieć – odezwał się Beech.

– Słucham.

– Ten nasz adwokat... Nazywał się Trevor Carson. To on założył nam konto i dokonywał wszystkich wpłat. Wczoraj wieczorem zamordowano go w Kingston na Jamajce.

Argrow popatrzył na nich, czekając na dalsze wyjaśnienia. Yarber podał mu gazetę. Argrow wziął ją i z uwagą przeczytał notatkę o śmierci Trevora.

– Dlaczego zginął? – zapytał po dłuższej chwili milczenia.

– Nie wiemy – odparł Beech. – Wyjechał z miasta, a my dostaliśmy z FBI wiadomość, że zaginął. To wtedy zaczęliśmy podejrzewać, że mógł nas okraść.

Argrow zwrócił gazetę Yarberowi. Skrzyżował ręce na piersi, przechylił głowę na bok, zmrużył oczy i przybrał podejrzliwą minę. Niech ci skorumpowani sędziowie trochę się spocą.

– Jak bardzo te pieniądze są brudne? – spytał w końcu takim tonem, jak gdyby miał wątpliwości, czy warto się w ten układ wdawać.

– Na pewno nie pochodzą z handlu narkotykami – pospieszył z zapewnieniem Spicer, zupełnie jakby każda inna nielegalnie zdobyta kasa była czysta.

– I tylko tyle możemy panu o nich powiedzieć – dodał Beech.

– Więc albo dobija pan z nami targu, albo nie, pańska decyzja – dokończył Yarber.

Sprytne, staruszku, sprytne, pomyślał Argrow.

– A co z FBI? Jak bardzo jest w to wmieszane?

– Interesowało ich tylko zniknięcie adwokata – wyjaśnił Beech. – O koncie nic nie wiedzą.

– Zaraz, zaraz, czyli sytuacja wygląda tak, że macie tu zamordowanego adwokata, FBI, zagraniczne konto i brudne pieniądze, tak? Co wy tu, chłopaki, tak naprawdę odwalacie?

– Lepiej, żeby pan nie wiedział – burknął Beech.

– Chyba rzeczywiście.

– Nikt pana do niczego nie zmusza – dorzucił Yarber.

Argrow milczał. Musiał się zastanowić. Pole minowe zostało oznakowane i gdyby postanowił dać kolejny krok, zrobiłby to ze świadomością, że jego nowi przyjaciele mogą być niebezpieczni. Tym się naturalnie nie przejmował, niemniej fakt, że Beech, Spicer i Yarber pokazywali mu, gdzie może stąpać, a gdzie nie, oznaczał, że w jakiejś mierze dopuszczali go do swojego wąskiego kręgu konspiratorów. Oczywiście nie liczył na to, że opowiedzą mu o przekręcie, a tym bardziej o Aaronie Lake'u. Na pewno też nie zamierzali dzielić się z nim pieniędzmi, chyba że tymi, które zarobi na transferach. Tak czy owak, wiedział już więcej, niż powinien. Wiedział, że sędziowie nie mają wyboru.

Ich decyzja była w niemałym stopniu podyktowana desperacją. Trevor umożliwiał im dostęp do świata zewnętrznego, co do tej pory uważali za coś oczywistego. Gdy go zabrakło, ich pole manewru znacząco się skurczyło.

Rozumieli już, że zwalniając adwokata, popełnili błąd. Powinni byli go ostrzec, opowiedzieć mu o Lake'u i o tym, że ktoś majstruje przy listach. Trevor Carson nie był ideałem, ale potrzebowali jego pomocy.

Bardzo prawdopodobne, że dzień czy dwa później przyjęliby go z powrotem, ale to było już niemożliwe. Trevor dał drapaka, a teraz zniknął z tego świata na zawsze.

Został im Argrow – on, jego telefon i kontakty. Wiedzieli, że nie jest tchórzem i że zna się na rzeczy. Być może będzie im potrzebny, ale na razie woleli działać ostrożnie.

Marszcząc czoło, jakby miał początki migreny, Argrow podrapał się po głowie.

– Więcej nic mi nie mówcie – mruknął. – Nic więcej nie chcę wiedzieć.

Wrócił do sali konferencyjnej, zamknął za sobą drzwi, przysiadł na brzegu stołu i ponownie zaczął udawać, że obdzwania całe Karaiby.

Bracia słyszeli, jak dwa razy wybuchnął śmiechem, pewnie żartując ze starym kumplem, którego zaskoczyło, że Argrow się do niego odezwał. Słyszeli, jak zaklął, choć nie mieli pojęcia, z jakiego powodu. Mówił raz głośniej, raz ciszej, a sędziowie, choć starali się skupić uwagę na czytaniu orzeczeń sądowych, odkurzaniu książek, zgłębianiu stawek zakładów w Las Vegas, nie potrafili ignorować dochodzących z sali odgłosów.

Argrow odegrał naprawdę niezłe przedstawienie i po godzinie bezsensownej paplaniny wrócił wreszcie do biblioteki.

– Myślę, że do jutra sprawa będzie załatwiona – oznajmił, stając przed sędziami. – Ale potrzebne będzie pisemne oświadczenie, że jesteście jedynymi właścicielami Boomer Realty.

– Dla kogo to oświadczenie? – spytał podejrzliwie Beech.

– Tylko dla banku na Bahamach. Powiedziałem im o Carsonie i domagają się weryfikacji własności konta.

Myśl o podpisaniu jakiegokolwiek dokumentu, w którym przyznawaliby, że mają coś wspólnego z brudnymi pieniędzmi, przeraziła sędziów. Prośba jednak wydawała się sensowna.

– Macie tu gdzieś faks? – zapytał Argrow.

– Nie. W każdym razie nie dla więźniów – odparł Beech.

– Ale jest u naczelnika – mruknął Spicer. – Niech pan do niego pójdzie i powie, że musi przesłać ważny dokument do zagranicznego banku.

Zbędny sarkazm. Argrow zgromił Spicera wzrokiem, lecz uwagę przemilczał.

– No dobrze, w takim razie powiedzcie mi, jak to oświadczenie stąd wysłać. Co robicie z pocztą?

– Naszą obsługiwał adwokat, więc nikt jej nie sprawdzał – odparł Yarber. – A normalnie to cała korespondencja jest kontrolowana.

– Na ile dokładnie sprawdzają korespondencję prawną?

– Pobieżnie – rzucił Spicer. – Oglądają ją, ale niczego nie mogą otwierać.

Udając, że się zastanawia, Argrow zaczął krążyć po bibliotece. Potem, na użytek swojej widowni, wszedł między dwa regały, niby po to, żeby się schować, i tam wprawnym ruchem otworzył telefon, wstukał numer i przytknął aparat do ucha.

– Mówi Wilson Argrow. Zastałem Jacka? Tak, proszę powiedzieć, że to ważne... – Czekał.

– Kim, do cholery, jest Jack? – spytał Spicer z drugiego końca biblioteki.

Beech i Yarber, pilnujący drzwi, nadstawili uszu.

– To mój brat – odpowiedział Argrow. – Ten z Boca. Jest prawnikiem od nieruchomości. Ma mnie jutro odwiedzić. – I do telefonu: – Cześć, Jack, to ja. Przyjeżdżasz jutro? Dobrze. A mógłbyś z rana? O… to świetnie. Około dziesiątej. Będę miał dla ciebie list. Super. A jak mama? Aaa… to dobrze. No to na razie. Cześć.

Perspektywa wznowienia korespondencji pocztowej bardzo Braci zaintrygowała. Ich nowy znajomy miał brata, który był prawnikiem. I miał też telefon, odwagę i głowę na karku.

Argrow schował komórkę do kieszeni i wyszedł spomiędzy regałów.

– Rano przekażę oświadczenie bratu – oznajmił. – Przefaksuje je do banku. Pojutrze do południa pieniądze będą w Panamie. Na bezpiecznym koncie zapewniającym piętnastoprocentowy zysk. Bułka z masłem.

– Rozumiem, że możemy mu ufać – mruknął Yarber.

– Oczywiście – zapewnił Argrow, niemal z urazą w głosie. – W końcu to mój brat. – Ruszył do drzwi. – Widzimy się później. Teraz muszę iść się przewietrzyć.

Rozdział 34

Ze Scranton przyjechała matka Trevora, a razem z nią jej siostra Helen. Obie były po siedemdziesiątce i obu raczej dopisywało zdrowie. Jadąc wypożyczonym samochodem z lotniska do Neptune Beach, cztery razy pomyliły drogę, a potem błądziły jeszcze godzinę, zanim znalazły dom Trevora. Matka nie była w nim od sześciu lat, a syna nie widziała od dwóch. Ciotka Helen nie widziała siostrzeńca co najmniej od dziesięciu, lecz chyba szczególnie za nim nie tęskniła.

Matka zaparkowała za małym garbusem i zanim wysiadła, chwilę sobie popłakała.

Co za nora, stwierdziła w duchu ciotka Helen.

Okazało się, że frontowe drzwi nie są zamknięte na klucz. W środku nie było żywego ducha, ale w zlewie pokrywały się pleśnią brudne naczynia, kosz na śmieci był pełen, a odkurzacza chyba nigdy tu nie używano.

Smród wygonił w końcu kobiety na dwór, najpierw ciotkę, wkrótce potem matkę. Nie wiedziały, co robić. Ciało Trevora nadal leżało w zatłoczonej kostnicy na Jamajce, a w Departamencie Stanu nieuprzejmy młody człowiek, z którym rozmawiała matka, oznajmił, że przewiezienie zwłok to koszt aż sześciuset dolarów.

Linie lotnicze wyraziły zgodę na transport trumny, lecz wymagane dokumenty ugrzęzły w Kingston.

Kobiety wróciły do samochodu i po półgodzinnym krążeniu po mieście znalazły kancelarię. Tam już wiedziano o ich przyjeździe. Asystent prawny Chap czekał w recepcji, usiłując sprawiać wrażenie smutnego i zajętego zarazem. Kierownik Wes zaszył się w gabinecie. Miał tylko słuchać i obserwować. W dniu podania wiadomości o śmierci Trevora telefon w sekretariacie dzwonił niemal bez przerwy, jednak po serii kondolencji od kolegów prawników i od kilku klientów ponownie zamilkł.

Na frontowych drzwiach wisiał tani wieniec, ufundowany przez CIA.

– Czyż to nie miłe? – powiedziała matka do siostry, kiedy przydreptały pod ganek.

Kolejna nora, pomyślała ciotka Helen.

Chap powitał je, przedstawiając się jako asystent Trevora. Wyjaśnił, że jest właśnie w trakcie likwidowania kancelarii i że to jedno z najtrudniejszych zadań, z jakim przyszło mu się w życiu zmierzyć.

– A gdzie dziewczyna? – spytała matka, której oczy wciąż były zaczerwienione od płaczu.

– Odeszła jakiś czas temu. Trevor przyłapał ją na kradzieży.

– O mój Boże...

– Napiją się panie kawy?

– Byłoby miło, chętnie.

Usiadły na przykurzonej zapadniętej sofie, a Chap przyniósł trzy kubki kawy – akurat mieli świeżo zaparzoną – po czym usiadł naprzeciwko kobiet w rozchwianym wiklinowym fotelu. Matka wydawała się zdezorientowana, ciotka zaciekawiona. Jej spojrzenie błądziło po sekretariacie, jakby wypatrywała tam jakichkolwiek oznak dostatku. Kobiety nie należały do najbiedniejszych, ale w ich wieku nie mogły oczekiwać, że jeszcze zostaną bogaczkami.

– Bardzo mi przykro z powodu Trevora – powiedział Chap.

– Tak, to okropne, co się stało – wymamrotała pani Carson.

Drżała jej dolna warga, a także ręka, w której trzymała kubek. Wylała z niego na sukienkę trochę kawy, lecz nawet tego nie zauważyła.

– Czy Trevor miał dużo klientów? – spytała ciotka Helen.

– Tak, bardzo dużo. Był dobrym adwokatem. Jednym z najlepszych, z jakimi pracowałem.

– Jest pan jego sekretarzem? – odezwała się matka.

– Nie, jestem praktykantem. Studiuję prawo wieczorowo.

– Ale to pan zajmuje się sprawami Trevora, tak? – drążyła ciotka.

– Cóż, właściwie nie. Sądziłem, że panie się nimi zajmą, że po to właśnie panie przyjechały.

– Och, my jesteśmy na to za stare – rzuciła matka.

– Ile pieniędzy zostawił? – zapytała bezpardonowo ciotka.

Chap pojął, że ma do czynienia z twardą zawodniczką. Stara wiedźma była niczym pies gończy.

– Nie mam pojęcia – odparł. – Nie zajmowałem się jego finansami.

– A kto się zajmował?

– Przypuszczam, że księgowy.

– Czyli kto konkretnie?

– Nie wiem. Trevor był bardzo skryty.

– O tak, to prawda – przyznała ze smutkiem matka. – Już nawet jako mały chłopiec. – Znowu rozlała kawę, tym razem na sofę.

– Ale to pan płaci tutejsze rachunki, zgadza się? – Ciotka nie zamierzała odpuścić.

– Nie, Trevor to robił.

– Proszę posłuchać, młodzieńcze. Chcą od nas aż sześćset dolarów za przewiezienie go z Jamajki, a…

– Co on robił na Jamajce? – weszła jej w słowo matka.

– Pojechał tam na krótki odpoczynek – odparł Chap.

– …a ona tyle nie ma – dokończyła Helen.

– Ależ przecież mam.

– Trevor zostawił tu trochę pieniędzy – oznajmił Chap, na co ciotka Helen natychmiast wypogodniała.

– Ile?

– Trochę ponad dziewięćset dolarów. Trevor lubił mieć zapas drobnej gotówki.

– Proszę mi ją dać – zażądała Helen.

– Myślisz, że powinnyśmy? – wtrąciła matka.

– Lepiej te pieniądze wziąć – poradził z powagą Chap. – Inaczej wejdą w skład masy spadkowej i zajmie je urząd skarbowy.

– Co jeszcze wejdzie w skład masy spadkowej? – dalej sondowała ciotka.

– To wszystko. – Chap powiódł ręką dokoła.

Podszedł do biurka i wyjął z szuflady pomiętą kopertę wypchaną banknotami o różnych nominałach, którą dopiero co przyniósł z domku naprzeciwko. Wręczył ją Helen, a ona natychmiast zaczęła przeliczać pieniądze.

– Dziewięćset dwadzieścia dolarów i trochę drobnych – powiedział Chap.

– Wie pan, z jakiego banku korzystał Trevor? – zapytała Helen.

– Nie, nie wiem. Jak już mówiłem, był bardzo skryty w kwestiach finansowych.

W tej jednej sprawie Chap mówił prawdę. Trevor przelał dziewięćset tysięcy dolarów z Bahamów na Bermudy i tam ślad się urywał. Kasa leżała teraz w jakimś banku, na koncie, do którego dostęp miał tylko on, Trevor Carson. Wiedzieli, że wybierał się na Kajmany, lecz tamtejsi bankierzy słynęli z dyskrecji. Dwa dni intensywnego drążenia tematu nic nie dały. Człowiek, który zastrzelił Trevora, zabrał mu portfel i klucze i kiedy policja badała miejsce zbrodni, strzelec przeszukiwał pokój hotelowy. Ale znalazł tam jedynie ukryte w szufladzie osiemset dolarów, nic więcej. Żadnej wskazówki co do tego, gdzie Trevor mógł ulokować pieniądze.

W Langley wiedziano, że adwokat z sobie tylko znanych powodów podejrzewał, że jest śledzony. Większa część gotówki, którą dostał od Wesa i Chapa, zniknęła bez śladu, choć było możliwe, że zdeponował te pieniądze w którymś z banków na Bermudach. Pokój wynajął bez wcześniejszej rezerwacji – po prostu wszedł do hotelu z ulicy i zapłacił za jedną dobę.

Ktoś, kto ucieka i zarazem podąża tropem pieniędzy z wyspy na wyspę, powinien jednak mieć przy sobie lub gdzieś w swoich rzeczach jakiś dowód przeprowadzanych operacji bankowych. Przy Trevorze niczego takiego nie znaleźli.

Podczas gdy ciotka Helen przeliczała pieniądze – z pewnością jedyne, jakie mogły z siostrą odziedziczyć – Chap myślał o fortunie zagubionej gdzieś na Karaibach.

– I co my teraz mamy zrobić? – jęknęła matka.

Chap wzruszył ramionami.

– Chyba trzeba go pochować.

– Pomoże nam pan?

– Przykro mi, ale to nie należy do…

– A może powinnyśmy go zabrać do Scranton? – przerwała mu ciotka.

– To już decyzja, którą muszą panie podjąć same.

– Ile by to mogło kosztować?

– Naprawdę nie wiem. Nigdy nie musiałem się czymś takim…

– Ale tu są wszyscy jego przyjaciele... – weszła mu w słowo matka, przykładając chusteczkę do oczu.

– Scranton opuścił dawno temu – dodała ciotka, strzelając wzrokiem na wszystkie strony, jakby za wyjazdem Trevora z rodzinnego miasta kryła się jakaś podejrzana historia.

Chap przypuszczał, że tak właśnie było.

– Jestem pewna, że jego przyjaciele chcieliby go jakoś pożegnać – wymamrotała pani Carson.

– Właściwie to już coś w związku z tym zaplanowali – oznajmił Chap.

– Naprawdę?! – wykrzyknęła z przejęciem matka.

– Tak. Mają się spotkać jutro o czwartej.

– Gdzie?

– W miejscu zwanym U Pete'a, kilka ulic stąd.

– U Pete'a? – powtórzyła ciotka.

– Tak, to coś w rodzaju... restauracji.

– Restauracji? A co z kościołem?

– Trevor chyba nie chodził do kościoła.

– W dzieciństwie chodził – rzuciła obronnym tonem matka.

Cóż, pub to faktycznie nie kościół, niemniej, by uczcić pamięć Trevora, happy hour w barze U Pete'a miała się rozpocząć o czwartej po południu i trwać do północy. Piwo, jego ulubiony trunek, będzie tylko po pół dolara.

– Powinnyśmy tam iść? – zwróciła się do Chapa ciotka Helen, wyczuwając kłopoty.

– Raczej bym odradzał.

– Dlaczego? – spytała pani Carson.

– Może być tam tłoczno. Zejdzie się cała chmara prawników, sędziów, a wiadomo, jak to z nimi jest... – Posłał jej ostre spojrzenie i kobieta dała spokój.

Potem obie zaczęły wypytywać go o zakłady pogrzebowe i cmentarze, a on czuł, że coraz bardziej daje się wciągać w ich problemy. CIA zabiła Trevora. Czy to oznaczało, że Agencja powinna go też pogrzebać?

Klockner uważał, że nie.

Po wyjściu kobiet Wes i Chap dokończyli usuwanie kamer, mikrofonów i pluskiew. Posprzątali i gdy po raz ostatni zamknęli za sobą drzwi kancelarii, panował w niej porządek, jakiego nigdy dotąd tam nie było.

W domu po drugiej stronie ulicy również zaszły zmiany. Połowa ludzi Klocknera już wyjechała, a ci, którzy zostali, monitorowali działania Wilsona Argrowa w Trumble. I czekali.

⅄ ⅄ ⅄

Kiedy fałszerze z Langley skończyli prokurować akta sądowe Argrowa, dokumenty zapakowano do kartonowego pudła i razem z trzema agentami wysłano małym odrzutowcem do Jacksonville. W pudle, wśród wielu innych rzeczy, znajdowały się takie materiały jak pięćdziesięciojednostronicowy akt oskarżenia sporządzony przez wielką ławę przysięgłych hrabstwa Dade, teczka z listami od obrońcy i prokuratora, gruby plik wniosków i innych pism przedprocesowych, notatki śledczych, lista świadków wraz ze streszczeniami ich zeznań, protokół z procesu, analiza ławy przysięgłych, wyciąg procesowy, raporty przedprocesowe i wyrok. Wszystkie dokumenty były dość logicznie poukładane, chociaż niezbyt starannie, żeby nie wzbudzało to podejrzeń. Kopie były niewyraźne, niektórych stron brakowało, gdzieś zwisała źle wbita zszywka – drobne akcenty autentyczności, pieczołowicie dodane przez techników z działu dokumentów. Dziewięćdziesiąt procent tych materiałów było zupełnie nieprzydatne, ale wrażenie robiła sama ich objętość. Nawet pudło zostało postarzone.

Do Trumble dostarczył je Jack Argrow, półemerytowany prawnik z Boca Raton na Florydzie, brat osadzonego. Certyfikat zaświadczający o jego przynależności do palestry stanowej został przefaksowany do odpowiedniego działu w Trumble. Nazwisko widniało na liście oficjalnie zatwierdzonych adwokatów.

W rolę Jacka Argrowa wcielił się Roger Lyter, agent z trzynastoletnim stażem i z dyplomem prawniczym jednej z teksańskich uczelni. Nigdy dotąd nie spotkał Kenny'ego Sandsa, odgrywającego Wilsona Argrowa. Przywitali się uściskiem dłoni, a towarzyszący im Link zerkał podejrzliwie na kartonowe pudło, które stało na stole.

– Co tam jest? – spytał.

– Akta sądowe – odparł Wilson.

– Zwykłe dokumenty – dorzucił jego „brat".

Link włożył rękę do pudła, przesunął kilka teczek, parę sekund później zakończył przeszukanie i wyszedł z sali.

Wilson pchnął przez stół arkusz papieru.

– Tu masz oświadczenie. Przelej pieniądze do banku w Panamie i dostarcz mi potem pisemne pokwitowanie, żebym miał im co pokazać.

– Minus dziesięć procent?

– Tak. Na tyle się umówiliśmy.

Z Geneva Trust w Nassau się nie kontaktowali. Byłoby to nie tylko daremne, ale też ryzykowne. Żaden bank nie zgodziłby się przelać pieniędzy na warunkach, jakie stawiał Argrow. Gdyby spróbowali, posypałyby się pytania.

Dlatego do Panamy przelano nowe pieniądze.

– Langley trochę się już niecierpliwi – powiedział Jack.

– Uspokój ich. Wszystko idzie zgodnie z planem, a nawet lepiej.

↟ ↟ ↟

Zawartość kartonowego pudła wylądowała na stole w bibliotece prawniczej. Beech i Yarber zabrali się do przeglądania dokumentów, a Argrow, ich nowy klient, przypatrywał się temu z udawanym zainteresowaniem. Spicera nie było, miał lepsze zajęcie – rozgrywał cotygodniową partię pokera.

– Gdzie jest uzasadnienie wyroku? – mruknął Beech, przekopując się przez papiery.

– I akt oskarżenia? – zawtórował mu Yarber.

W końcu znaleźli to, czego szukali, i szykując się na długą lekturę, usadowili się w fotelach. Uzasadnienie nie zawierało nic ciekawego, w przeciwieństwie do aktu oskarżenia, który zaczął zgłębiać Yarber.

Czytało się go jak kryminał. Argrow, wraz z siedmioma innymi bankierami, pięcioma księgowymi, pięcioma maklerami, dwoma prawnikami, jedenastką ludzi opisanych jedynie jako handlarze narkotyków oraz sześcioma dżentelmenami z Kolumbii, zorganizował i prowadził rozbudowaną działalność mającą na celu przejęcie wpływów z handlu narkotykami w formie gotówki i przekształcenie jej w legalne depozyty. Zanim gang został zinfiltrowany, zdążył wyprać co najmniej czterysta milionów dolarów. I wyglądało na to, że w samym centrum wydarzeń tkwił nie kto inny, jak ich nowy kolega Argrow. Yarber był pełen podziwu. Nawet jeśli tylko część zarzutów odpowiadała prawdzie, Argrow jawił się jako niezwykle inteligentny i utalentowany finansista.

Tymczasem on, znudzony zaległą ciszą, wyszedł przespacerować się po więzieniu. Yarber skończył czytać akt oskarżenia i podsunął go Beechowi. Na nim też jego treść zrobiła duże wrażenie.

– Koleś musi mieć gdzieś ukrytą całą górę szmalu – powiedział.

– Jasne – zgodził się z nim Yarber. – Czterysta milionów... a to tylko to, co znaleźli. Co z jego apelacją?

– Nie wygląda to dobrze. Sędzia trzymał się przepisów. Nie widzę żadnego błędu.

– Biedny facet.

– Biedny? Wyjdzie stąd cztery lata wcześniej niż ja.

– Och, nie sądzę, panie Beech. Następne Boże Narodzenie spędzimy już na wolności.

– Naprawdę w to wierzysz?

– Oczywiście.

Beech odłożył akt oskarżenia na stół, wstał, przeciągnął się i przeszedł po sali.

– Powinien się już odezwać – rzucił ściszonym głosem, chociaż byli sami.

– Cierpliwości.

– Ale jest już niemal po prawyborach. Wrócił do Waszyngtonu, ma ten list od tygodnia.

– Spokojnie, Hatlee. Nie może go zignorować. Myśli teraz, co ma z tym fantem zrobić, to wszystko.

⋏ ⋏ ⋏

Najnowszy okólnik z Głównego Zarządu Więziennictwa wprawił naczelnika w osłupienie. Kto tam, u licha, nie miał nic lepszego do roboty, niż wpatrywać się w mapę więzień federalnych i decydować, w którym z nich namieszać akurat tego dnia? Brat naczelnika był handlarzem używanych samochodów i zarabiał sto pięćdziesiąt tysięcy rocznie, o połowę więcej od niego, a nie musiał tak jak on zarządzać więzieniem i czytać idiotycznych rozporządzeń, wymyślanych przez durnych i bezproduktywnych urzędasów. I to w dodatku zgarniających rocznie co najmniej po sto tysięcy. Rzygać się od tego chciało.

DOTYCZY: Wizyty adwokackie, Federalny Zakład Karny Trumble.

Uchyla się wcześniejsze rozporządzenie ograniczające wizyty adwokackie do wtorków, czwartków i sobót w godzinach od 15.00 do 18.00.

Od teraz wizyty mogą się odbywać codziennie w godzinach od 9.00 do 19.00.

– No proszę, wystarczy jeden martwy adwokacina, a już zmieniają przepisy – mruknął pod nosem naczelnik.

Rozdział 35

W podziemnym garażu wtoczono do vana wózek z Teddym Maynardem i zatrzaśnięto drzwi. Deville i York siedzieli razem z nim, a miejsce z przodu obok kierowcy zajął ochroniarz. W vanie były telewizor, stereo i mały barek z butelkami wody i napojów gazowanych, ale Maynard wszystko to ignorował. Był zdenerwowany i obawiał się najbliższej godziny. Czuł znużenie – pracą, walką, ciągłym zmuszaniem się, żeby przetrwać kolejny dzień. Wytrzymaj jeszcze pół roku, powtarzał sobie, a potem rzuć to, niech ktoś inny martwi się o ratowanie świata. Marzył o przeniesieniu się na swoją małą farmę w Wirginii Zachodniej, gdzie mógłby siedzieć nad stawem, przyglądać się spadającym do wody liściom i czekać na koniec. Był już tak straszliwie zmęczony tym bólem.

Ruszyli. Mały konwój, składający się z czarnego samochodu z przodu, vana w środku i szarego auta z tyłu, pokonał obwodnicę i kierując się na wschód, przejechał przez most Roosevelta i dotarł na Constitution Avenue.

Teddy milczał, więc York i Deville również się nie odzywali. Wiedzieli, jak bardzo szef nie znosi tego, co miał za chwilę zrobić.

Z prezydentem rozmawiał raz na tydzień, zwykle w środy rano, i jeśli tylko było to możliwe, przez telefon. Ostatni raz widzieli się dziewięć miesięcy temu. Teddy był wtedy w szpitalu i musiał zdać prezydentowi ważny raport.

Obaj wyświadczali sobie najróżniejsze przysługi i zwykle rachunek między nimi bywał wyrównany, lecz Teddy nie znosił takich sytuacji, nieważne, o którego akurat prezydenta chodziło. Jego prośby były najczęściej spełniane, czuł się jednak upokorzony tym, że w ogóle musi prosić.

W ciągu trzydziestu lat przeżył sześciu prezydentów, a jego tajną bronią były właśnie przysługi. Zbierał informacje, przechowywał je i od czasu do czasu dostarczał, niczym prezent, do Białego Domu.

Obecny prezydent nadal się na niego boczył, bo Teddy storpedował promowaną przez niego inicjatywę podpisania traktatu o zakazie prób z bronią jądrową. Dzień przed tym, jak Senat ją odrzucił, z CIA wyciekł tajny raport zawierający uzasadnione wątpliwości co do zapisów traktatu i senatorzy zmiażdżyli prezydenta. A on kończył już urzędowanie i bardziej niż palącymi sprawami kraju przejmował się swoją spuścizną.

Teddy miał już wcześniej do czynienia z odchodzącymi prezydentami i świetnie wiedział, że są nieznośni. Ponieważ nie musieli już zabiegać o głosy wyborców, skupiali się na wielkich sprawach. W gronie licznych przyjaciół podróżowali po obcych krajach, gdzie razem z innymi odchodzącymi z wysokich urzędów politykami przewodniczyli najróżniejszym szczytom. Martwili się o prezydenckie biblioteki, o swoje portrety i biografie, więc mnóstwo czasu spędzali z historykami. Słysząc nieubłagane tykanie zegara, stawali się nagle mędrcami z filozoficznym zacięciem, a ich przemówienia brzmiały coraz bardziej wzniośle. Rozprawiali o przyszłości, o wyzwaniach i potrzebach, o sposobach ich zaspokajania, wygodnie ignorując fakt, że mieli całe osiem lat, by zrobić to, co było do zrobienia.

Teddy uważał, że nie ma nic gorszego niż odchodzący prezydent, i przypuszczał, że Lake, jeśli tylko otrzyma taką szansę, będzie równie okropny.

No właśnie, Lake. Powód, dla którego udawał się do Białego Domu, żeby się tam płaszczyć.

Wpuszczono ich do Zachodniego Skrzydła, gdzie musiał znieść upokarzającą kontrolę wózka przeprowadzoną przez jednego z agentów Secret Service. Potem wtoczyli go do małego pokoju tuż obok sali posiedzeń i tam zabiegana sekretarka poinformowała go bez słowa przeprosin, że prezydent się spóźni. Teddy uśmiechnął się i odprawił kobietę machnięciem ręki, mamrocząc pod nosem, że ten prezydent zawsze się ze wszystkim spóźnia. Przeżył już w swojej karierze wiele takich sekretarek; po odejściu z urzędu ich szefa nie pozostawał po nich w Białym Domu nawet kurz. Kobieta wyszła, zabierając ze sobą Yorka i Deville'a, którzy mieli zejść piętro niżej do jadalni i tam przy posiłku czekać na koniec spotkania.

Teddy czekał w sali, czego się zresztą spodziewał. Zaczął przeglądać grube sprawozdanie, zupełnie jakby czas nic nie znaczył. Minęło dziesięć minut. Przyniesiono mu kawę. Przed dwoma laty prezydent odwiedził Langley i Teddy kazał mu czekać dwadzieścia jeden minut. Wtedy to prezydent potrzebował przysługi – przyjechał prosić o wyciszenie pewnej drobnej sprawy.

W końcu się zjawił, a Teddy pomyślał, że to jedyna korzyść z jego kalectwa – przynajmniej nie musi witać prezydenta, podrywając się na równe nogi. Prezydent wszedł do pokoju szybkim krokiem, a zaraz za nim, jakby to miało zrobić wrażenie na gościu, cała chmara asystentów. Panowie uścisnęli sobie dłonie i wymienili standardowe uprzejmości, po czym asystenci wyszli, a pojawił się kelner z dwiema małymi porcjami sałaty.

– Miło pana widzieć – rzucił prezydent z ociekającym słodyczą uśmiechem.

Zachowaj sobie ten słodki uśmieszek dla telewizji, pomyślał Teddy. Nie był w stanie zmusić się do odwzajemnienia tego kłamstwa.

– Dobrze pan wygląda – odpowiedział, i to tylko dlatego, że po części była to prawda.

Prezydent miał ufarbowane włosy i wyglądał młodziej.

Nie chcąc przeciągać lunchu, zabrali się do sałaty. Gdy skończyli, ciszę przerwał Teddy.

– Francuzi znowu sprzedają zabawki Korei Północnej – powiedział jakby mimochodem.

– Jakie? – spytał prezydent, choć dobrze wiedział o przemycie, a Teddy dobrze wiedział, że prezydent o nim wie.

– Własną wersję niewykrywalnego radaru, co jest trochę niemądre, bo nie do końca go dopracowali. Ale Koreańczycy są jeszcze głupsi, ponieważ za to płacą. Kupią od Francuzów wszystko, zwłaszcza jeśli to coś, co Francuzi próbują utajnić. Francuzi oczywiście o tym wiedzą, więc podpuszczają Koreańczyków, twierdząc, że wszystko jest tajne. A ci płacą maksymalną cenę.

Prezydent nacisnął guzik i pojawił się kelner, żeby zabrać talerze. Inny przyniósł kurczaka z makaronem.

– A jak tam pańskie zdrowie? – zapytał uprzejmie prezydent.

– Mniej więcej tak samo – odrzekł Teddy. – Prawdopodobnie odejdę, kiedy i pan będzie odchodził.

Każdego z nich cieszyła perspektywa odejścia tego drugiego. Z niewiadomej przyczyny prezydent podjął następnie temat wiceprezydenta i tego, jak świetnie jego zdaniem sprawdziły się w Gabinecie Owalnym. Zapominając o jedzeniu, z zapałem wychwalał jego przymioty: dobroć, błyskotliwość, zdolności przywódcze. Teddy słuchał, prawie nie tykając kurczaka.

– A jak panu podoba się obecny wyścig? – spytał go na koniec prezydent.

– Szczerze mówiąc, zupełnie mnie nie obchodzi – skłamał Teddy. – Jak już mówiłem, zamierzam opuścić Waszyngton w tym samym czasie co pan. Przechodzę na emeryturę. Wyjadę na moją małą farmę, gdzie nie ma ani telewizji, ani gazet. Będę łowił ryby i odpoczywał. Jestem zmęczony, panie prezydencie.

– Rozumiem. Ja ze swojej strony powiem panu, że ten cały Lake mnie przeraża.

Gdybyś wiedział tyle co ja, pomyślał Teddy.

– Dlaczego? – zapytał, wkładając do ust kęs kurczaka. Jedz i pozwól mu gadać.

– Mówi wyłącznie o jednym. Nic, tylko zbrojenia. Przyznamy Pentagonowi nieograniczone środki, a oni roztrwonią tyle, ile kosztowałoby wykarmienie całego Trzeciego Świata. Właśnie to mnie przeraża. Skala wydatków.

Jakoś nigdy wcześniej cię to nie martwiło, prychnął w duchu Teddy, lecz nie pociągnął tematu. Długa i bezużyteczna dyskusja o polityce była ostatnią rzeczą, jakiej chciał. Im szybciej załatwi sprawę, z którą przyszedł, tym szybciej wróci do swojego bezpiecznego bunkra w Langley.

– Przyjechałem prosić pana o przysługę – powiedział.

– Tak, wiem. Co mogę dla pana zrobić? – Prezydent jadł i uśmiechał się, delektując się zarówno kurczakiem, jak i rzadką chwilą posiadania przewagi.

– To sprawa dość nietypowa. Chodzi o ułaskawienie trzech więźniów.

Przeżuwanie ustało, uśmiech zniknął. Nie z szoku, lecz z konsternacji. Ułaskawienia zwykle należały do prostych spraw, chyba że dotyczyły szpiegów, terrorystów czy skompromitowanych polityków.

– Szpiedzy? – spytał prezydent.

– Nie, to sędziowie. Jeden z Kalifornii, drugi z Teksasu, trzeci z Missisipi. Odsiadują wyrok w więzieniu federalnym na Florydzie.

– Sędziowie?

– Tak, panie prezydencie.

– Czy ja ich znam?

– Wątpię. Ten z Kalifornii był kiedyś prezesem tamtejszego Sądu Najwyższego. Został odwołany, a potem miał kłopoty z urzędem skarbowym.

– Chyba to pamiętam.

– Dostał wyrok za uchylanie się od płacenia podatków. Skazano go na siedem lat, z czego odsiedział już dwa. Ten z Teksasu był sędzią procesowym, nominowanym przez Reagana. Upił się i w Yellowstone potrącił samochodem parę turystów. Zginęli na miejscu.

– To też pamiętam, chociaż jak przez mgłę.

– Bo to było dobrych kilka lat temu. Ten z Missisipi był sędzią pokoju. Złapali go na defraudowaniu zysków salonu bingo.

– To akurat musiałem przeoczyć.

Obaj zamilkli, zastanawiając się, co dalej. Prezydent, skonsternowany, nie wiedział, od czego zacząć. Teddy nie był pewien, co usłyszy, dokończyli więc kurczaka w milczeniu. Żaden nie miał ochoty na deser.

Prośba była łatwa do spełnienia, przynajmniej dla prezydenta. Skazanych praktycznie nikt nie znał, podobnie jak ich ofiar. Wszelkie przykre konsekwencje trwałyby krótko i byłyby bezbolesne, zwłaszcza dla polityka, który kończył urzędowanie za niespełna siedem miesięcy. W przeszłości na prezydenta wywierano naciski w znacznie trudniejszych przypadkach. Rosjanie chcieli odzyskiwać szpiegów. Meksyk, uzależniając od tego podpisanie umów państwowych, domagał się uwolnienia dwóch biznesmenów siedzących w Idaho za przemyt narkotyków. Izraelczycy koniecznie pragnęli wydostać zza kratek pewnego kanadyjskiego Żyda, który za szpiegostwo odsiadywał wyrok dożywocia.

Trzech nikomu nieznanych sędziów? Wystarczyłyby trzy podpisy i byłoby po sprawie. A Maynard zostałby jego dłużnikiem.

Nic w tym skomplikowanego, ale dlaczego szef CIA nie miałby się trochę nie napocić?

– Rozumiem, że ma pan dobre powody, by występować z taką prośbą.

– Oczywiście.

– Czy w tej sprawie chodzi o bezpieczeństwo narodowe?

– Nie do końca... Bardziej o wyświadczenie przysługi starym przyjaciołom.

– Przyjaciołom? To pan zna tych ludzi?

– Nie, ale znam ich przyjaciół.

Kłamstwo było tak oczywiste, że prezydent ledwie się powstrzymał, by nie naskoczyć na Teddy'ego. Jak mógł znać przyjaciół trzech sędziów, którzy akurat odsiadywali wyrok razem? Przecież to brednia.

Wiedział jednak, że nic nie osiągnie, maglując Teddy'ego. Nic poza własną frustracją. Poza tym nie chciał aż tak się zniżać. Nie zamierzał błagać o informacje, których nigdy nie uzyska. Teddy nawet za cenę życia nie ujawniłby motywów, które zmusiły go do przyjścia tutaj.

– Trochę to pogmatwane – mruknął prezydent, wzruszając ramionami.

– Wiem, dlatego dajmy już temu spokój.

– Jak wielkiej burzy mogę się spodziewać?

– Niewielkiej. Mogą się trochę zdenerwować rodziny tej dwójki, która zginęła w Yellowstone. I wcale bym się im nie dziwił...

– Kiedy ten wypadek miał miejsce?

– Trzy i pół roku temu.

– Na pewno pan chce, żebym go ułaskawił? Republikańskiego sędziego?

– On już nie jest republikaninem, panie prezydencie. Sędziowie po zaprzysiężeniu muszą odciąć się od polityki. A jako skazani nie mogą nawet głosować. Jestem przekonany, że jeśli go pan ułaskawi, zostanie pańskim wielkim zwolennikiem.

– Nie wątpię.

– Dla ułatwienia sprawy panowie zgodzą się opuścić kraj co najmniej na dwa lata.

– A po co mieliby to robić?

– Nie byłoby dobrze, gdyby wrócili do siebie. Ludzie dowiedzieliby się, że jakimś sposobem zostali wcześniej zwolnieni. Rozgłos nikomu by się nie przysłużył.

– Czy ten sędzia z Kalifornii zapłacił podatki, od których próbował się uchylić?

– Tak.

– A ten z Missisipi zwrócił to, co ukradł?

– Tak.

Pytania służyły tylko zachowaniu pozorów – prezydent musiał o coś zapytać. Ostatnia przysługa, jaką Teddy mu wyświadczył, dotyczyła szpiegostwa. CIA miała raport wykazujący, że chińscy szpiedzy zinfiltrowali praktycznie wszystkie szczeble amerykańskiego programu zbrojeń nuklearnych. Prezydent dowiedział się o tym raporcie kilka dni przed planowaną wizytą w Chinach, gdzie miało się odbyć szumnie zapowiadane spotkanie na szczycie. Zaprosił Teddy'ego na lunch i przy takim samym kurczaku z makaronem poprosił o wstrzymanie publikacji raportu na kilka tygodni. Teddy się zgodził. Później prezydent poprosił jeszcze o jego zmodyfikowanie, tak by większa wina spadła na poprzednie administracje. Teddy sam zmodyfikował raport i gdy w końcu został on przedstawiony opinii publicznej, w jego świetle prezydent wychodził na prawie niewinnego.

Chińskie szpiegostwo i bezpieczeństwo narodowe kontra trzech nieznanych byłych sędziów. Teddy wiedział, że zdobędzie te ułaskawienia.

– Dokąd wyjadą, jeżeli opuszczą kraj? – spytał prezydent.

– Jeszcze nie wiemy.

Kelner przyniósł kawę. Kiedy wyszedł, prezydent zapytał:

– Czy to w jakikolwiek sposób może zaszkodzić wiceprezydentowi?

Nie zmieniając wyrazu twarzy, Teddy zaprzeczył.

– Nie. W jaki sposób miałoby mu zaszkodzić?

– Pan niech mi to powie. Ja nie wiem. Nie mam pojęcia, co pan robi.

– Zapewniam, że o nic nie musi się pan martwić, panie prezydencie. To tylko mała przysługa i przy odrobinie szczęścia nikt się o niczym nie dowie.

Pili kawę i każdy marzył o tym, by to spotkanie już się zakończyło. Na prezydenta czekało całe popołudnie przyjemniejszych zajęć. Teddy musiał się zdrzemnąć. Prezydent odczuwał ulgę, że prośba była tak mało znacząca. Teddy myślał: gdybyś tylko wiedział...

– Proszę dać mi kilka dni na przygotowanie wszystkiego – odezwał się w końcu prezydent. – Jak się pan pewnie domyśla, jestem teraz zasypywany podobnymi prośbami. Moje dni są policzone i każdy zdaje się czegoś ode mnie chcieć.

– Ostatni miesiąc tutaj będzie dla pana najszczęśliwszy – odparł Teddy z rzadkim u niego uśmiechem. – Wiem, co mówię. Widziałem wystarczająco wielu odchodzących prezydentów.

Po czterdziestu minutach spotkania uścisnęli sobie dłonie i umówili się na rozmowę za kilka dni.

⋏ ⋏ ⋏

W Trumble kary odsiadywało pięciu byłych prawników i ten, który przybył tu w ostatnim czasie, akurat korzystał z biblioteki, gdy Argrow do niej wszedł. Biedak był po uszy zakopany w aktach i pismach procesowych – prawdopodobnie przygotowywał materiały do swojej kolejnej apelacji.

Spicer układał książki i udawał zajętego. Beech pisał coś w sali konferencyjnej, a Yarbera nie było.

Argrow wyjął z kieszeni złożoną kartkę i podał ją Spicerowi.

– Właśnie miałem widzenie ze swoim adwokatem – rzucił cicho.

– Co to jest? – zapytał Spicer.

– Potwierdzenie przelewu. Wasze pieniądze są już w Panamie.

Sędzia zerknął na siedzącego w drugim końcu pokoju prawnika, ten jednak był całkowicie pochłonięty swoimi papierami.

– Dzięki – szepnął Spicer.

Argrow wyszedł, a Spicer zaniósł potwierdzenie Beechowi. Ten dokładnie je obejrzał.

Kwitek dowodził, że ich lewa kasa znajdowała się teraz pod bezpiecznym nadzorem panamskiego First Coast Bank.

Rozdział 36

Joe Roy Spicer zrzucił kolejne cztery kilogramy, ograniczył palenie do dziesięciu papierosów dziennie i tygodniowo pokonywał średnio około czterdziestu kilometrów na bieżni. Argrow znalazł go właśnie tam, maszerującego w popołudniowym słońcu.

– Panie sędzio, musimy porozmawiać! – zawołał.

– Jeszcze tylko dwa okrążenia! – odkrzyknął Spicer, nie zwalniając kroku.

Argrow obserwował go przez kilka sekund, potem przebiegł pięćdziesiąt metrów i go dogonił.

– Mogę się przyłączyć?

– Proszę bardzo.

Maszerując obok siebie, weszli w pierwszy zakręt.

– Przed chwilą znowu widziałem się z prawnikiem – powiedział Argrow.

– Z bratem, tak? – upewnił się Spicer, ciężko łapiąc oddech.

W przeciwieństwie do młodszego o dwadzieścia lat Argrowa, trudno mu było utrzymać tempo, jakie sobie narzucił.

– Zgadza się. Rozmawiał z Aaronem Lakiem.

Spicer zatrzymał się tak gwałtownie, jakby wpadł na ścianę. Spojrzał szybko na Argrowa, potem odwrócił wzrok i popatrzył w dal.

– Jak powiedziałem, musimy pogadać.
– Na to wygląda.
– Spotkajmy się w bibliotece za pół godziny – powiedział Argrow i odszedł.

Spicer patrzył za nim, dopóki ten nie zniknął mu z pola widzenia.

⋏ ⋏ ⋏

W książce telefonicznej Boca Raton nie było żadnego Jacka Argrowa, adwokata, i to początkowo wzbudziło ich niepokój. Finn Yarber dorwał się do więziennego telefonu i gorączkowo wydzwaniał do informacji na terenie całej południowej Florydy. Kiedy zapytał o miejscowość Pompano Beach, telefonistka rzuciła „chwileczkę", a Yarber aż się uśmiechnął. Zanotował numer i od razu pod niego zadzwonił. Nagrany głos poinformował: „Dodzwonili się państwo do kancelarii mecenasa Jacka Argrowa. Mecenas przyjmuje tylko po wcześniejszym umówieniu się na spotkanie, prosimy więc zostawić nazwisko, numer telefonu oraz krótki opis nieruchomości, którą są państwo zainteresowani, a oddzwonimy". Yarber rozłączył się i pospieszył do biblioteki, gdzie czekali na niego koledzy. Argrow spóźniał się już dziesięć minut.

Chwilę przed tym, jak wreszcie się pojawił, do biblioteki wszedł ten sam adwokat, który był tu wcześniej. Taszczył grube tomiszcze akt, najwyraźniej gotowy spędzić kolejne długie godziny na próbach znalezienia sposobu, jak ratować swoją skórę. Wyproszenie go mogłoby doprowadzić do kłótni i wydać się podejrzane, a w dodatku facet nie wyglądał na takiego, co darzy sędziów szacunkiem. Jeden po drugim Bracia wycofali się więc do ciasnej sali konferencyjnej i to tam dołączył do nich Argrow. Sala była mała i brakowało w niej miejsca nawet wtedy, gdy pisząc listy, przebywali w niej tylko Beech i Yarber. Z Argrowem, którego przybycie łączyło się ze znacznym wzrostem napięcia, w pokoju zrobiło się tłoczno jak nigdy. Niemal obijając się o siebie, usiedli przy okrągłym stoliku.

– Wiem tylko tyle, ile mi powiedziano – zaczął Argrow. – Mój brat jest prawnikiem w Boca Raton, jak już wiecie. Ma trochę pieniędzy i od lat udziela się politycznie po stronie republikanów z południowej Florydy. Wczoraj odwiedzili go ludzie pracujący dla Aarona Lake'a. Musieli robić rozeznanie, bo wiedzieli, że jestem jego bratem i że siedzę w Trumble z panem Spicerem. Dużo obiecywali, składali różne propozycje i zobowiązali brata do zachowania tajemnicy, a on zobowiązał do tego mnie. Wszystko ma być ściśle tajne, więc chyba już jasne, co tu jest grane, prawda?

Spicer nie wziął prysznica po marszu. Twarz i koszulę wciąż miał mokre od potu, chociaż oddychał już spokojniej. Beech i Yarber nie wydali z siebie najmniejszego dźwięku. Wszyscy trzej wyglądali, jakby byli w zbiorowym transie. No dalej, mów dalej, nie przerywaj, domagały się ich spojrzenia.

Argrow przesunął wzrokiem po ich twarzach, wyjął z kieszeni kartkę i rozłożył ją na stole. Była to kopia ich ostatniego listu do Ala Konyersa, tego, w którym ujawniali, że wiedzą, kim jest, z żądaniem okupu i z podpisem Joego Roya Spicera. Znali ten list na pamięć, nie musieli go czytać. Natychmiast rozpoznali charakter pisma biednego małego Ricky'ego i dotarło do nich, że list zatoczył pełne koło. Od nich do Lake'a, od Lake'a do brata Argrowa, od brata Argrowa z powrotem do Trumble – wszystko w ciągu zaledwie trzynastu dni.

W końcu Spicer sięgnął po list i szybko przebiegł go wzrokiem.

– Czyli wszystko już pan wie, tak? – mruknął.

– Nie wiem, czy wszystko.

– Proszę powiedzieć, co pan usłyszał.

– Że kręcicie tu jakiś lewy interes. Że ogłaszacie się w gejowskich czasopismach, nawiązujecie korespondencyjną znajomość ze starszymi facetami, że w jakiś sposób dowiadujecie się, kim są i gdzie mieszkają, a potem szantażem wyłudzacie od nich pieniądze.

– Całkiem rzetelne podsumowanie – przyznał Beech.

– I że pan Aaron Lake popełnił błąd, odpowiadając na jedno z waszych ogłoszeń. Nie wiem, kiedy to zrobił, i nie wiem, jak odkryliście, kim jest. Sporo luk w tej historii... Jak dla mnie przynajmniej.

– I najlepiej, żeby tak zostało – skwitował Yarber.

– W porządku. Nie zgłaszałem się do tej roboty na ochotnika.

– Ale chyba coś panu za to obiecali – powiedział Spicer. – Co będzie pan z tego miał?

– Wcześniejsze zwolnienie. Posiedzę tu jeszcze kilka tygodni, potem znowu mnie przeniosą. Wyjdę pod koniec roku, a jeśli Lake zostanie prezydentem, otrzymam pełne ułaskawienie. Całkiem niezły układ. Ja odzyskam wolność, Lake będzie miał wielki dług wdzięczności wobec mojego brata.

– A więc wyznaczyli pana na negocjatora – stwierdził Beech.

– Nie, jestem tylko posłańcem.

– W takim razie co... zaczynamy?

– Pierwszy ruch należy do was.

– Widział pan list. Chcemy pieniędzy i chcemy się stąd wynieść.

– Ile pieniędzy?

– Po dwa miliony dla każdego – odparł szybko Spicer i było oczywiste, że wielokrotnie to omawiali.

Wszyscy trzej obserwowali Argrowa. Wypatrywali oznak zaszokowania: nerwowego drgnienia powieki, zmarszczenia czoła.

Nic takiego nie nastąpiło. Argrow spokojnie wytrzymał ich spojrzenia.

– Wiadomo, że ja tu o niczym nie decyduję – odparł w końcu. – Nie mogę zgodzić się lub nie. Jedyne, co mogę, to przekazać wasze żądania bratu.

– Codziennie dostajemy tu świeżą prasę – przypomniał mu Beech. – Lake ma teraz tyle pieniędzy, że nie nadąża z ich wydawaniem. Sześć milionów to dla niego kropla w morzu.

– Ma dokładnie siedemdziesiąt osiem milionów i zero długów – doprecyzował Yarber.

– Tak czy owak, jestem tylko kurierem, listonoszem – przypomniał im Argrow. – Kimś takim jak Trevor.

Na wzmiankę o nieżyjącym adwokacie Bracia ponownie zamarli. Zerkali na Argrowa, który nagle zaczął oglądać swoje paznokcie, i zastanawiali się, czy imię Trevora nie zostało wyłożone na stół w ramach swoistego ostrzeżenia. Jak bardzo niebezpieczna stała się ich gra? Zachłysnęli się perspektywą uzyskania pieniędzy i wolności, ale czy nic im nie grozi? Czy nic nie zagrozi im w przyszłości?

Przecież nie zapomną o tajemnicy Lake'a. Zostanie z nimi do końca życia.

– A przekazanie pieniędzy? – spytał Argrow. – Jak to ma wyglądać?

– Prosto – odparł Spicer. – Cała kwota z góry, przelana na konto w jakimś małym, zacisznym banku, najlepiej w Panamie.

– Dobrze... A zwolnienia?

– To znaczy?

– Macie jakieś sugestie?

– W zasadzie nie. Myśleliśmy, że pan Lake się tym zajmie. Ma teraz wielu wpływowych przyjaciół.

– Tak, ale nie jest jeszcze prezydentem. Nie może naciskać na właściwych ludzi.

– Nie zamierzamy czekać do stycznia, do jego inauguracji – oznajmił z lekkim wzburzeniem Yarber. – Nie chcemy czekać nawet do listopada.

– Czyli chcielibyście zostać wypuszczeni już teraz, tak?

– Tak – potwierdził Spicer. – Możliwie jak najszybciej.

– Ma znaczenie, jaką formę by to przyjęło?

Zastanawiali się przez chwilę.

– Musi się to odbyć legalnie – oświadczył wreszcie Beech. – Nie chcemy do końca życia uciekać lub oglądać się przez ramię.

– Chcecie wyjść razem?

– Tak – powiedział Yarber. – I nawet mamy już co do tego pewne plany. Ale najpierw musimy uzgodnić to, co najważniejsze: pieniądze i termin zwolnienia.

– Jasne. Z tamtej strony zażądają od was całości dokumentacji. Wszystkich listów, notatek, wszelkich zapisków. I oczywiście zapewnienia, że nigdy nie puścicie pary z ust.

– Jeśli dostaniemy to, czego chcemy, Aaron Lake nie będzie musiał się o nic martwić – obiecał Beech. – Chętnie zapomnimy, że kiedykolwiek o nim słyszeliśmy. Ale musimy pana ostrzec, żeby mógł pan ostrzec Lake'a: jeżeli spotka nas coś złego, jego tajemnica wyjdzie na jaw.

– Mamy na zewnątrz swojego człowieka – dopowiedział Yarber.

– Takie małe zabezpieczenie, bombę z opóźnionym zapłonem – dodał Spicer. – Coś się nam przydarzy, na przykład to, co przydarzyło się Trevorowi, i kilka dni później bomba wybucha. Pan Lake zostaje zdemaskowany.

– O czymś takim nie ma mowy – zapewnił Argrow.

– Jest pan tylko posłańcem – przypomniał mu Beech. – Nie może pan wiedzieć, co się stanie lub nie. To są ci sami ludzie, którzy zabili Trevora.

– Nie wiecie tego na pewno.

– Nie, ale tak podejrzewamy.

– Dobrze, panowie, nie kłóćmy się o coś, czego nie możemy udowodnić – zaproponował Argrow. – Jutro o dziewiątej rano widzę się z bratem. Spotkajmy się tutaj o dziesiątej.

Wyszedł, zostawiając ich siedzących nieruchomo niczym w transie. Głęboko zamyśleni, liczyli swoje pieniądze, nie mając jednak śmiałości zacząć ich wydawać. Argrow udał się na bieżnię, lecz gdy zobaczył biegających po niej więźniów, zawrócił. Krążył po terenie, aż znalazł ustronne miejsce za stołówką. Wtedy zadzwonił do Klocknera.

Godzinę później Teddy Maynard otrzymał pełny raport.

Rozdział 37

Poranny dzwonek rozbrzmiał w Trumble o szóstej. Słychać go było na korytarzach, na trawnikach, wokół budynków, a nawet w pobliskim lesie. Większość osadzonych wiedziała, że dzwonek trwa dokładnie trzydzieści pięć sekund, i kiedy cichł, nikt już nie spał. Podrywał wszystkich do życia, jakby na ten dzień zaplanowano ważne wydarzenia i trzeba się było spieszyć i przygotowywać. Ale jedynym pilnym wydarzeniem, na jakie musieli się szykować, było śniadanie.

Dzwonek dotarł też do cel Beecha, Spicera i Yarbera, jednak żadnego z nich nie obudził. Mieli kłopoty ze snem, a powody były oczywiste. Mieszkali w różnych budynkach, niemniej już dziesięć minut po dzwonku spotkali się w kolejce po kawę. Z wysokimi kubkami w milczeniu wyszli na boisko do koszykówki, usiedli na stojącej tyłem do bieżni ławce i pijąc kawę, w blasku świtu patrzyli na rozciągający się przed nimi teren.

I wszyscy dumali o tym samym. Jak długo jeszcze będą musieli nosić oliwkowe koszule, jak długo jeszcze pisane im jest wygrzewać się w gorącym słońcu Florydy, zarabiać marne centy za nicnierobienie, czekać, marzyć i pić nieskończone ilości kawy? Miesiąc? Dwa? A może teraz były to już tylko dni? To właśnie przez te niewiadome nie mogli spać w nocy.

– Są tylko dwie możliwości – odezwał się w końcu Beech. Był sędzią federalnym, dlatego słuchali go uważnie, chociaż ten obszar prawa nie był im zupełnie nieznany. – Pierwsza to zwrócić się do sądu, który wydał wyrok, z wnioskiem o jego skrócenie. W pewnych ściśle określonych okolicznościach sędziom przysługuje nawet prawo zwolnienia osadzonego. Choć rzadko po to sięgają.

– A ty kiedyś sięgnąłeś? – zapytał Spicer. – Zwolniłeś kogoś?

– Nie.

– Dupek.

– O jakich okolicznościach mówimy? – przerwał im Yarber.

– O takich, kiedy osadzony dostarczy nowych informacji na temat starych przestępstw. Jeśli okażą się pomocne, osadzony może liczyć na zmniejszenie wyroku.

– Nie brzmi to zachęcająco – mruknął Yarber.

– A ta druga możliwość? – drążył Spicer.

– Mogliby nas wysłać do domu readaptacji społecznej, tak zwanej przejściówki, gdzie nie obowiązują praktycznie żadne ograniczenia regulaminowe. Wyłączne prawo do umieszczania tam więźniów ma tylko Główny Zarząd Więziennictwa. Pod odpowiednim naciskiem ze strony naszych nowych przyjaciół z Waszyngtonu Zarząd mógłby nas tam przenieść, a potem po prostu o nas zapomnieć.

– Ale w takim domu trzeba chyba mieszkać? – rzucił Spicer.

– W większości z nich, ale nie we wszystkich. Niektóre, te z surowszymi zasadami, są zamykane na noc. W innych jest o wiele luźniej. Wystarczy, że zadzwonisz tam raz na dzień albo nawet raz na tydzień i dasz znać, że żyjesz. To, do jakiego byśmy trafili, zależałoby wyłącznie od Zarządu.

– Ale nadal bylibyśmy skazanymi przestępcami, tak? – spytał Spicer.

– Mnie by to nie przeszkadzało – prychnął Yarber. – I tak już nigdy nie będę głosować.

– Mam pomysł – odezwał się Beech. – Przyszło mi to do głowy wczoraj wieczorem. Do naszej umowy trzeba dodać warunek, że jeśli Lake zostanie prezydentem, będzie nas musiał ułaskawić.

– Też o tym myślałem – przyznał Spicer.

– I ja również – powiedział Yarber. – Tylko kogo obchodzi nasza kartoteka? Ważne jest jedynie to, żebyśmy się stąd wydostali.

– Spróbować nigdy nie zaszkodzi – mruknął Beech.

Przez dłuższą chwilę w milczeniu popijali kawę.

– Trochę niepokoi mnie ten Argrow – odezwał się w końcu Finn.

– Dlaczego?

– No wiecie... zjawia się znikąd i prawie natychmiast staje się naszym najlepszym przyjacielem. Niczym czarodziej przenosi nasze pieniądze do bezpieczniejszego banku, a teraz nagle reprezentuje Lake'a. Nie zapominajcie, że ktoś czytał nasze listy. I nie był to Lake.

– Mnie on nie martwi – rzucił Spicer. – Lake musiał znaleźć kogoś, kto mógłby z nami rozmawiać. Pociągnął za kilka sznurków, zrobił rozeznanie i dowiedział się, że Argrow siedzi razem z nami i że ma brata, do którego mogli zdobyć dostęp.

– No właśnie. Dziwne z tym Argrowem i jego bratem – burknął Beech.

– Co? Ty też masz jakieś obiekcje?

– Może. A Finn ma rację w jednym. Wiemy na pewno, że w sprawę wmieszany jest ktoś jeszcze.

– Kto?

– To właśnie pytanie za sto punktów – odparł Yarber. – Dlatego od tygodnia nie śpię. Z powodu kogoś, kto wie o nas dużo, a my o nim nie wiemy nic.

– A czy to w ogóle ważne? – prychnął Spicer. – Jeśli wydostanie nas stąd Lake, to świetnie. Jeśli ktoś inny, co w tym złego?

– Nie zapominaj o Trevorze – wtrącił Beech. – I o dwóch kulkach w tył głowy.

– To więzienie może być bezpieczniejsze, niż myślimy.

Spicer nie był przekonany. Dokończył kawę i powiedział:

– Naprawdę uważacie, że Aaron Lake, człowiek, który za chwilę może zostać prezydentem Stanów Zjednoczonych, zleciłby zabicie jakiegoś tam nic nieznaczącego adwokaciny?

– Nie – odparł Yarber. – Nie zleciłby. To byłoby zbyt ryzykowne. I nas też nie zabije. Ale mógłby to zrobić ten tajemniczy gość. Człowiek, który kropnął Trevora, to ten sam, który czytał nasze listy.

– No nie wiem. Jakoś mi się nie wydaje.

⋏ ⋏ ⋏

Byli wszyscy tam, gdzie Argrow spodziewał się ich zastać – w bibliotece prawniczej – i wyglądało na to, że na niego czekają. Wszedł żwawo do środka i gdy upewnił się, że są sami, oznajmił:

– Właśnie widziałem się z bratem. Pogadajmy.

Przeszli pospiesznie do małej sali konferencyjnej, zamknęli za sobą drzwi i stłoczyli się wokół stołu.

– Teraz sprawy potoczą się już naprawdę szybko – zaczął nerwowo Argrow. – Lake da wam pieniądze. Przeleje je, dokąd zechcecie. Mogę wam w tym pomóc albo możecie załatwić to sami w dowolny sposób.

Spicer odchrząknął.

– Po dwa miliony na głowę?

– Tak, tyle, ile chcieliście. Nie znam Lake'a, ale wygląda na to, że facet nie lubi marnować czasu. – Argrow zerknął na zegarek, potem obejrzał się przez ramię na drzwi. – Są tu ludzie z Waszyngtonu, chyba grubsze ryby. Chcą się z wami spotkać. – Wyciągnął z kieszeni jakieś papiery, rozwinął je i przed każdym z sędziów położył po jednej kartce. – To kopie aktów ułaskawienia, podpisanych wczoraj.

Z rezerwą sięgnęli po kartki, podnieśli je i zaczęli czytać. Kopie wyglądały wiarygodnie. Wpatrywali się w wytłuszczony nagłówek u góry, w akapity oficjalnie brzmiącego tekstu, w niewielki podpis prezydenta Stanów Zjednoczonych, i nie potrafili wykrztusić ani słowa. Byli po prostu oszołomieni.

– Zostaliśmy... ułaskawieni? – zdołał wreszcie wychrypieć Yarber.

– Tak. Przez prezydenta Stanów Zjednoczonych.

Powrócili do czytania. Wiercili się, zagryzali wargi, zaciskali zęby, robili wszystko, żeby tylko ukryć, jak bardzo są wstrząśnięci.

– Zaraz przyjdą tu strażnicy i zabiorą was do gabinetu naczelnika – zapowiedział Argrow. – U niego ci z Waszyngtonu przekażą wam dobre nowiny. Udawajcie zaskoczonych, dobra?

– Jasne.

– Oczywiście, żaden problem.

– Jak pan te kopie zdobył? – zapytał Yarber.

– Dostał je mój brat. Nie mam pojęcia, jaką drogą. Lake ma potężnych przyjaciół. Tak czy inaczej, umowa jest taka: wyjdziecie najpóźniej za godzinę. Furgonetka zawiezie was do Jacksonville, do hotelu, i tam spotkacie się z moim bratem. Zaczekacie, aż przyjdzie potwierdzenie przelewu, i wtedy przekażecie mu listy. Tylko wszystkie, co do jednego, rozumiecie?

Zgodnie kiwnęli głowami. Za dwa miliony dolarów oddaliby dużo więcej.

– Zobowiążecie się, że natychmiast opuścicie kraj i że nie wrócicie tu wcześniej niż za dwa lata.

– Ale jak to „opuścicie"? – spytał niespokojnie Beech. – Przecież nie mamy ani paszportów, ani żadnych innych dokumentów.

– Brat będzie miał wszystko przygotowane. Na nowe nazwiska. Cały zestaw dokumentów, łącznie z kartami kredytowymi.

– Aż na dwa lata? – mruknął Spicer, a Yarber spojrzał na niego jak na szaleńca.

– Tak – potwierdził Argrow. – Na dwa. To część umowy. Zgadzacie się?

– No nie wiem... – wybąkał Spicer drżącym głosem; dotąd nigdy nie opuszczał kraju.

– Nie bądź głupi – warknął na niego Yarber. – Pełne ułaskawienie i milion dolców rocznie za dwa lata pobytu za granicą? Do diabła, jasne, że się zgadzamy.

Nagłe pukanie do drzwi przeraziło ich. Do sali zajrzało dwóch strażników. Argrow porwał ze stołu kopie ułaskawień i szybko schował do kieszeni.

– No to jak, panowie? – rzucił. – Jesteśmy dogadani, tak?

Skinęli głowami i kolejno uścisnęli mu rękę.

– No dobra, tylko pamiętajcie: udawajcie zaskoczonych.

Poszli za strażnikami do gabinetu naczelnika, gdzie zostali przedstawieni dwóm srogo wyglądającym mężczyznom z Waszyngtonu. Jeden był z Departamentu Sprawiedliwości, drugi z Głównego Zarządu Więziennictwa. Naczelnik dokonał prezentacji – udało mu się nie pomylić nazwisk – po czym wręczył każdemu z sędziów kartkę formatu A4. Były to oryginały aktów ułaskawień, których kopie dopiero co pokazywał im Argrow.

– Panowie – zaczął naczelnik z teatralnym dramatyzmem – zostaliście właśnie ułaskawieni przez prezydenta Stanów Zjednoczonych. – Uśmiechnął się ciepło, jakby dobra wiadomość była jego zasługą.

Sędziowie wpatrywali się w kartki, wciąż zszokowani, wciąż z tysiącem pytań krążących im po głowach, a najważniejsze brzmiało: jakim cudem Argrow zdołał obejść naczelnika i wcześniej zdobyć kopie tych dokumentów?

– Naprawdę nie wiem, co powiedzieć – wymamrotał Spicer, a po nim Beech i Yarber powiedzieli coś podobnego.

Odezwał się człowiek z Departamentu Stanu:

– Prezydent przejrzał akta waszych spraw i uznał, że odsiedzieli panowie wystarczająco dużo. Uważa, że o wiele więcej będziecie mieli do zaoferowania krajowi i społeczeństwu, ponownie stając się produktywnymi obywatelami.

Patrzyli na niego pustym wzrokiem. Czy ten głupiec nie wiedział, że mają przybrać nowe nazwiska i opuścić kraj i społeczeństwo co najmniej na dwa lata? Kto tu był po czyjej stronie?

I dlaczego prezydent ich ułaskawia, skoro mogli wyciągnąć brudy i zniszczyć Aarona Lake'a, człowieka, który był w stanie pokonać wiceprezydenta? Przecież to Lake chciał ich uciszyć, a nie prezydent, prawda?

I w jaki sposób Lake zdołał namówić obecnego prezydenta, żeby ich ułaskawił?

W jaki sposób zdołał namówić go do czegokolwiek na tym etapie kampanii?

Ściskali kurczowo akty ułaskawienia i siedzieli ze ściągniętymi twarzami, a w głowach kłębiły im się setki pytań.

– Powinni się panowie czuć zaszczyceni – odezwał się człowiek z Zarządu Więziennictwa. – Ułaskawienia są udzielane niezmiernie rzadko.

Yarber zdołał okazać wdzięczność skinieniem głowy, lecz nawet przy tym myślał tylko o jednym: kto czeka na nich na zewnątrz?

– Jesteśmy tak zszokowani – dorzucił pospiesznie Beech – że wręcz brak nam słów.

W Trumble nie było jeszcze więźniów tak ważnych, żeby prezydent uznał za stosowne ich ułaskawić. Naczelnik był dumny z podopiecznych, choć nie bardzo wiedział, jak tę chwilę powinien upamiętnić.

– Kiedy chcecie panowie wyjść? – spytał, jakby przypuszczał, że może chcieliby zostać trochę dłużej i wziąć udział w uroczystym przyjęciu na ich cześć.

– Jak najszybciej – odparł Spicer.

– Świetnie. Zawieziemy was do Jacksonville.

– Nie, dziękujemy. Ktoś ma po nas przyjechać.

– Skoro tak... W takim razie wypełnię tylko jeszcze kilka papierków i będziecie wolni.

– Czekamy z niecierpliwością – mruknął Spicer.

Każdy z nich dostał płócienną torbę na rzeczy. Kiedy szli szybko do swoich budynków, z podążającym za nimi strażnikiem, Beech zapytał szeptem:

– To w końcu kto nam załatwił to cholerne ułaskawienie?

– Nie Lake – odpowiedział równie cicho Yarber.

– Oczywiście, że nie on – rzucił Beech. – Prezydent nie spełniłby żadnej jego prośby.

Przyspieszyli kroku.

– A co za różnica? – mruknął Spicer.

– Żadna, ale to nie ma sensu – odparł Yarber.

– I co z tego? Co z tym zrobisz, Finn? – spytał Spicer. – Zostaniesz i będziesz dochodził prawdy? A jak już odkryjesz, kto cię ułaskawił, to może nie przyjmiesz ułaskawienia? Daj spokój, naprawdę.

— To pewne jak słońce, że stoi za tym ktoś inny — powiedział Beech.

— Jeśli nawet, to bardzo tego kogoś innego kocham — oświadczył Spicer. — I na tym koniec. Nie zamierzam tu tkwić i gubić się w domysłach.

Opróżnili swoje cele w szaleńczym pośpiechu. Z nikim się nie pożegnali, zresztą większość zaprzyjaźnionych z nimi osadzonych była na zewnątrz.

Musieli się spieszyć i opuścić Trumble, zanim ich sen się skończy, zanim prezydent zmieni zdanie.

⋏ ⋏ ⋏

Kwadrans po jedenastej wyszli na wolność frontowymi drzwiami budynku administracyjnego — tymi samymi, którymi przed laty wprowadzono ich do Trumble — i przystanęli na rozgrzanym chodniku, czekając na przyjazd samochodu. Żaden z nich nie obejrzał się za siebie.

W vanie, który podjechał, siedzieli Wes i Chap, choć teraz występowali pod innymi imionami. Posługiwali się tak wieloma.

Joe Roy Spicer położył się na tylnym siedzeniu i zasłonił oczy przedramieniem, zdecydowany nie patrzeć, dopóki nie znajdą się daleko od więzienia. Chciało mu się płakać, miał ochotę krzyczeć, ale był oniemiały z euforii — czystej, bezbrzeżnej, niepohamowanej euforii. Zakrywał oczy i uśmiechał się głupkowato. Chciał się napić piwa i chciał kobiety, najlepiej żony. Niebawem do niej zadzwoni, bo van już odjeżdżał.

Raptowność tego zwolnienia wstrząsnęła sędziami. Zwykle osadzeni wiedzą, kiedy wyjdą na wolność, i odliczają dni do tego momentu. Wiedzą, dokąd wtedy pójdą, co zrobią, kto będzie na nich czekał.

Bracia nie wiedzieli prawie nic. A w te kilka rzeczy, które wiedzieli, nie mogli uwierzyć. Ułaskawienie było podstępem. Pieniądze przynętą. Byli wiezieni na rzeź, czekało ich to samo, co spotkało biednego Trevora. Van lada chwila się zatrzyma, tych dwóch zbirów z przodu przeszuka ich torby, znajdzie listy i zamorduje ich w przydrożnym rowie.

Wszystko było możliwe. Mimo to żaden z nich nie cofnąłby się do zapewniającego bezpieczeństwo zakładu karnego.

Finn Yarber siedział za kierowcą i obserwował drogę. W ręce ściskał akt ułaskawienia, gotów pokazać go każdemu, kto by ich zatrzymał i powiedział, że sen się skończył. Siedzący obok niego Hatlee Beech płakał – cicho, oczy miał mocno zaciśnięte, broda mu drżała.

Miał powody do płaczu. Do końca odsiadki zostało mu osiem i pół roku, więc ułaskawienie znaczyło dla niego o wiele więcej niż dla Yarbera i Spicera razem wziętych.

Między Trumble a Jacksonville nie padło między nimi ani jedno słowo. W miarę jak zbliżali się do miasta, a drogi stawały się szersze i ruch się nasilał, z coraz większą ciekawością wyglądali przez okna. Ludzie jeździli samochodami. W górze przelatywały samoloty. Po rzece płynęły łodzie. Wszystko znów było normalne.

Van wjechał na zatłoczony Atlantic Boulevard. Wolno torował sobie drogę, a oni rozkoszowali się każdą sekundą spędzoną w korku. Było gorąco. Wszędzie mnóstwo turystów, kobiet o długich opalonych nogach. Migały im szyldy restauracji z owocami morza, barów serwujących zimne piwo i tanie ostrygi. Bulwar się skończył i dalej rozciągała się plaża. Van zaparkował przed wejściem do hotelu Sea Turtle i za jednym z eskortujących ich ludzi weszli do holu. Wciąż byli ubrani jednakowo, więc kilka osób obrzuciło ich zaciekawionym spojrzeniem. Wjechali windą na czwarte piętro.

– Wasze pokoje są tutaj – powiedział Chap, wskazując korytarz. – Te trzy. Ale pan Argrow chciałby się z wami zobaczyć od razu.

– Gdzie? – spytał Spicer.

Chap ponownie wskazał korytarz.

– Tam, w narożnym apartamencie. Czeka już na was.

– No to chodźmy – mruknął Spicer i wszyscy trzej, potrącając się torbami, ruszyli za Chapem w stronę apartamentu.

Jack Argrow zupełnie nie przypominał brata. Był znacznie od niego niższy i miał jasne kręcone włosy, a nie jak brat ciemne i przerzedzone. Nic wielkiego, ot, pobieżne spostrzeżenie, niemniej Bracia podzielili się nim później. Argrow każdemu uścisnął rękę, chociaż zrobił to chyba tylko z grzeczności. Wydawał się zdenerwowany i mówił bardzo szybko.

– Jak tam mój brat? – spytał.

– Dobrze – odparł Beech. – Wszystko u niego w porządku.

– Widzieliśmy się z nim rano – dodał Yarber.

– Chcę go wyciągnąć z więzienia – powiedział Jack Argrow, jakby to oni byli winni temu, że brat się w nim znalazł. – To ma być moja zapłata za to, co tu robię. Wolność dla brata.

Nie wiedząc, co na to odpowiedzieć, bracia tylko wymienili spojrzenia.

– Siadajcie – rzucił Argrow, po czym kontynuował: – Posłuchajcie, panowie, nie mam pojęcia, w jaki sposób i dlaczego znalazłem się w środku tego zamieszania. To sprawia, że jestem taki zdenerwowany. Występuję w imieniu pana Aarona Lake'a, człowieka, który, jak wierzę, wygra wybory i będzie wspaniałym prezydentem. Przypuszczam, że wtedy uda mi się wyciągnąć brata. Tak czy inaczej, nie znam pana Lake'a, nigdy go nie spotkałem. Tydzień temu zgłosili się do mnie jego ludzie i poprosili o pomoc w bardzo tajnej i delikatnej sprawie. Dlatego tu jestem. To przysługa, rozumiecie? Nie wiem wszystkiego. – Mówił krótkimi, urywanymi zdaniami, dużo przy tym gestykulując i wiercąc się na krześle.

Bracia nic na tę przemowę nie odpowiedzieli, zresztą chyba nie oczekiwano tego od nich.

Spotkanie rejestrowały dwie ukryte kamery, a obraz był przesyłany do bunkra w Langley, gdzie na dużym ekranie śledzili to Teddy, York i Deville. Byli sędziowie, a obecnie byli osadzeni, wyglądali jak świeżo uwolnieni jeńcy wojenni. Oszołomieni i przygaszeni, wciąż w więziennych koszulach, wciąż niedowierzający, że to się naprawdę dzieje, siedzieli blisko siebie i patrzyli, jak agent Lyter daje przed nimi wspaniały występ.

Po trzech miesiącach prób przechytrzenia i wymanewrowania sędziów fascynujące było móc ich wreszcie zobaczyć. Teddy bacznie przyglądał się ich twarzom i choć niechętnie, musiał przyznać, że odrobinę ich jednak podziwia. Za sprawą szczęśliwego przypadku i dzięki przebiegłości ci faceci zdołali schwytać w sieci właściwą ofiarę, a teraz wychodzili na wolność i za chwilę mieli zostać sowicie wynagrodzeni za swoją pomysłowość.

– No dobra – rzucił Argrow. – Pierwsza rzecz to pieniądze. Po dwa miliony dla każdego. Gdzie mają trafić?

Sędziowie nie mieli dużego doświadczenia w odpowiadaniu na tego rodzaju pytania.

– A jakie mamy opcje? – spytał Spicer.

– Musicie je gdzieś przelać – wyjaśnił krótko Argrow.

– To może do Londynu? – podsunął Yarber.

– Do Londynu?

– Tak – potwierdził Yarber. – Chcielibyśmy, żeby wszystko, całe sześć milionów, zostało przelane na jedno konto do banku w Londynie.

– W porządku. Przelew może pójść dokądkolwiek. O który bank konkretnie chodzi?

– Jeszcze się nie zdecydowaliśmy – odparł Yarber. – Może pan mógłby nam w tym pomóc?

– Jasne. Powiedziano mi, że mam zrobić wszystko, czego zażądacie. Ale będę musiał wykonać kilka telefonów. Wy w tym czasie idźcie może do swoich pokoi, weźcie prysznic i się przebierzcie. Spotkajmy się tu za kwadrans.

– Nie mamy innych ubrań – zauważył Beech.

– Czekają na was w pokojach.

Chap wyprowadził ich na korytarz i rozdał im klucze.

Po wejściu do swojego pokoju Spicer rzucił się na szerokie łóżko i wbił wzrok w sufit. Beech w swoim stanął przy oknie i spojrzał na północ, na kilometry plaży i błękitne wody, łagodnie omywające biały piasek. Dzieci bawiły się blisko matek. Brzegiem spacerowały zakochane pary. Na horyzoncie majaczył kuter rybacki. Wolny, pomyślał Beech. Nareszcie wolny.

Yarber wziął długi gorący prysznic – pełna prywatność, żadnych ograniczeń czasowych, mnóstwo mydła i grube ręczniki. Na toaletce czekał zestaw kosmetyków: dezodorant, krem i maszynka do golenia, szczoteczka i pasta do zębów, nić dentystyczna. Nie spieszył się, a na koniec włożył na siebie długie szorty i biały podkoszulek. Stopy wsunął w sandały. Miał wyjechać jako pierwszy i musiał znaleźć jakiś sklep z odpowiednimi ciuchami.

Dwadzieścia minut później zebrali się ponownie w apartamencie Argrowa. Przynieśli ze sobą listy, które wepchnęli do powłoczki na poduszkę. Argrow był tak samo spięty jak wcześniej.

– Znalazłem duży bank – oznajmił bez wstępów. – Metropolitan Trust. Możemy przelać tam pieniądze, a potem zrobicie z nimi, co tylko będziecie chcieli.

– Zgoda – rzucił Yarber. – Ale konto ma być tylko na moje nazwisko.

Argrow spojrzał na Beecha i Spicera. Obaj skinęli głowami.

– Jak chcecie. Rozumiem, że macie jakiś plan.

– Mamy – potwierdził Spicer. – Pan Yarber poleci dziś do Londynu, uda się do banku i sprawdzi stan konta. Jeśli wszystko będzie w porządku, to my również wyjedziemy.

– Zapewniam, że wszystko będzie tak, jak się umówiliśmy.

– A my panu oczywiście wierzymy, ale po prostu wolimy być ostrożni.

Argrow podał Yarberowi dwie kartki.

– Musi pan to podpisać, żebym mógł otworzyć konto i uruchomić przelew.

Yarber złożył podpis.

– Jedliście już lunch? – spytał Argrow.

Pokręcili głowami. Oczywiście myśleli o lunchu, nie wiedzieli tylko, jak mieliby to załatwić.

– Jesteście teraz wolnymi ludźmi. Niedaleko stąd jest kilka dobrych restauracji. Przejdźcie się tam i spędźcie miło czas. Przelanie pieniędzy zajmie mi godzinę. Spotkajmy się tutaj o wpół do trzeciej.

– Dobrze. A tu są listy. – Spicer potrząsnął poszewką.

– W porządku. Niech pan to rzuci na sofę.

Rozdział 38

Wyszli z hotelu bez problemów, przez nikogo niepilnowani, ale na wszelki wypadek z aktami ułaskawienia w kieszeniach. I chociaż w pobliżu plaży słońce grzało mocniej i było duszniej, im oddychało się jakby trochę lżej. Niebo było przejrzyste, świat znów wydawał się piękny, w powietrzu unosiła się nadzieja. Cieszyło ich niemal wszystko, do wszystkiego się uśmiechali. Z radością wkroczyli na Atlantic Boulevard i wmieszali się w tłum turystów.

Lunch, składający się ze steków i piwa, zjedli pod parasolem w restauracyjnym ogródku, skąd mogli obserwować przechodniów. Jedli i pili, prawie nie rozmawiając, pochłonięci widokami, zwłaszcza widokiem młodych kobiet w szortach i skąpych topach. Więzienie zamieniło ich w starców. Teraz znowu czuli, że mają ochotę się zabawić.

Zwłaszcza Hatlee Beech. Kiedyś miał majątek, szanowane stanowisko i ambicje, a jako sędzia federalny coś, czego nikt nie mógł mu odebrać – dożywotnią nominację. Jego upadek był bolesny. Stracił wszystko i pierwsze dwa lata w Trumble przeżył pogrążony w depresji. Pogodził się z myślą, że umrze w więzieniu, i poważnie rozważał pomysł odebrania sobie życia. Teraz, w wieku pięćdziesięciu sześciu lat, wychodził z ciemności, i to będąc w całkiem niezłej formie. Ważył prawie siedem kilogramów mniej, był ładnie opalony i zdrowy, no i przede wszystkim rozwiedziony z żoną, która mogła mu zaoferować jedynie majątek, nic więcej. I już wkrótce miał wejść w posiadanie milionów. Niezła jazda jak na faceta w średnim wieku. Tęsknił wprawdzie za dziećmi, lecz one podążyły za pieniędzmi i zupełnie o nim zapomniały.

Tak, Hatlee Beech był gotowy na trochę zabawy.

Spicer również się na nią szykował, najlepiej w kasynie. Jego żona nie miała paszportu, więc zanim będą mogli być razem – w Londynie czy gdziekolwiek indziej – minie kilka tygodni. Czy w Europie są kasyna? Beech twierdził, że tak. Yarber nie wiedział i nic go to nie obchodziło.

On z całej trójki zachowywał się najbardziej powściągliwie. Zamiast piwa pił wodę i nie zwracał uwagi na kuso odziane kobiety. Myślami był już w Europie. Postanowił, że tam zostanie, że nie wróci już nigdy do kraju. Jak na sześćdziesięciolatka był całkiem sprawny i teraz, gdy miał dużo pieniędzy, przez najbliższe dziesięć lat zamierzał podróżować po Włoszech i Grecji.

Naprzeciwko restauracji znajdowała się mała księgarnia. Udali się tam po lunchu i kupili kilka przewodników turystycznych. W sklepie ze strojami plażowymi znaleźli odpowiednie okulary przeciwsłoneczne, a potem nadszedł już czas, by ponownie spotkać się z Jackiem Argrowem i sfinalizować transakcję.

⋏ ⋏ ⋏

Klockner i spółka śledzili ich powrót. Klockner i spółka mieli już dość Neptune Beach, baru U Pete'a, hotelu Sea Turtle i zatłoczonego wynajętego domu. Sześciu agentów, w tym Chap i Wes, wciąż tam stacjonowało, wszyscy jednak marzyli o nowym zadaniu. Wykryli szwindel Braci z Trumble, wyciągnęli tych ludzi z więzienia, sprowadzili na plażę, a teraz chcieli już tylko, żeby sędziowie opuścili kraj.

Jack Argrow nie tknął listów, a przynajmniej wyglądały na nietknięte. Wciąż leżały w powłoczce, dokładnie w tym samym miejscu na sofie, w którym zostawił je Spicer.

– Przelew jest w drodze – oznajmił Argrow, kiedy usiedli.

Teddy Maynard nadal obserwował ich z Langley. Trójka sędziów była teraz ubrana w turystyczne stroje. Yarber miał na głowie czapkę wędkarską z wydłużonym daszkiem, Spicer słomkowy kapelusz i do tego żółty podkoszulek. Republikanin Beech był w szortach koloru khaki, sweterku i czapce golfowej.

Na stole leżały trzy duże koperty. Argrow wręczył po jednej każdemu z Braci.

– W środku znajdziecie nowe dokumenty – oznajmił. – Akty urodzenia, karty kredytowe, karty ubezpieczenia społecznego.

– A paszporty? – zapytał Yarber.

– Obok w pokoju mamy rozstawiony sprzęt fotograficzny. Do paszportów i praw jazdy będą potrzebne zdjęcia. Zajmie nam to pół godziny. W tych mniejszych kopertach macie po pięć tysięcy dolarów w gotówce.

– Nazywam się Harvey Moss? – Spicer spojrzał na wyciąg ze swojego aktu urodzenia.

– Tak, a co... Harvey się panu nie podoba?

– Nie, chyba już podoba.

– I dobrze, bo to imię do ciebie pasuje – wtrącił wesoło Beech.

– A ty jak się teraz nazywasz?

– James Nunley.

– Miło mi cię poznać, James.

Argrow nawet się nie uśmiechnął, nadal był spięty.

– Muszę wiedzieć, jakie są wasze plany podróży – oznajmił po chwili. – Ludzie z Waszyngtonu bardzo chcą, żebyście już opuścili kraj.

– Nie sprawdzaliśmy jeszcze rozkładu lotów do Londynu – odpowiedział Yarber.

– My już to zrobiliśmy. Samolot do Atlanty odlatuje z Jacksonville za dwie godziny. O siódmej dziesięć z Atlanty jest lot do Londynu, więc na Heathrow wylądowałby pan jutro z samego rana.

– Może mi pan zarezerwować na ten lot miejsce?

– Już to zrobiłem. Leci pan pierwszą klasą.

Yarber zamknął oczy i uśmiechnął się.

– A co z panami? – Argrow przeniósł spojrzenie na pozostałą dwójkę.

– Mnie tam podoba się tutaj – mruknął Spicer.

– Przykro mi, ale mamy umowę.

– Odlecimy jutro, tym samym lotem – powiedział Beech. – Oczywiście pod warunkiem że wszystko pójdzie gładko w Londynie.

– Mamy zarezerwować panom bilety?

– Jeśli można prosić.

Do pokoju bezszelestnie wśliznął się Chap, zabrał z sofy powłoczkę z listami i wyszedł.

– A zatem chodźmy zrobić te zdjęcia – rzucił Argrow.

⋏ ⋏ ⋏

Finn Yarber, który podróżował teraz jako William McCoy z San Jose w Kalifornii, doleciał do Atlanty bez żadnych incydentów. Tam przez godzinę spacerował po halach lotniska, jeździł podziemną kolejką i napawał się otaczającym go chaosem i rozgorączkowaniem miliona spieszących się ludzi.

Skórzany fotel w pierwszej klasie był bardzo wygodny. Po dwóch kieliszkach szampana Yarber rozluźnił się i zaczął marzyć. Bał się zasnąć, bo bał się obudzić. Był pewien, że gdy się ocknie, będzie znowu leżał na górnej więziennej pryczy, wpatrzony w sufit, odliczając kolejny dzień spędzony w Trumble.

↓ ↓ ↓

Z budki telefonicznej obok hotelu Joe Roy Spicer po raz kolejny zadzwonił do żony i wreszcie ją złapał. Początkowo myślała, że to jakiś żart, i nie chciała przyjąć rozmowy na koszt abonenta.
– Kto mówi? – spytała.
– To ja, kochanie. Nie jestem już w więzieniu.
– Joe Roy?
– Tak, a teraz posłuchaj. Wyszedłem z więzienia, rozumiesz? Słyszysz mnie?
– Tak, słyszę. Gdzie jesteś?
– Mieszkam w hotelu pod Jacksonville na Florydzie. Zwolnili mnie dziś rano.
– Zwolnili? Ale...
– O nic teraz nie pytaj, dobrze? Wyjaśnię ci wszystko później. Jutro lecę do Londynu. Chcę, żebyś z samego rana poszła na pocztę i wzięła wniosek paszportowy.
– Do Londynu? Powiedziałeś: do Londynu?
– Tak.
– Do Anglii?
– Tak, do Anglii. Muszę tam pojechać na jakiś czas. To część umowy.
– To znaczy na ile?
– Na kilka lat. Posłuchaj, wiem, że trudno w to uwierzyć, ale jestem wolny i przez kilka lat będziemy mieszkali za granicą.
– Co to za umowa, Joe Roy? Czy ty przypadkiem nie uciekłeś? Mówiłeś, że to nic trudnego.

– Nie, nie uciekłem. Zwolnili mnie.

– Ale przecież zostały ci jeszcze ponad dwa lata.

– Już nie. Słuchaj, weź wniosek na paszport i wypełnij go zgodnie z instrukcjami.

– Ale po co mi paszport?

– Żebyś mogła przylecieć do Europy.

– Na dwa lata?

– Tak, na dwa lata.

– Ale matka jest chora. Nie mogę tak po prostu wyjechać i jej zostawić.

Do głowy przyszły mu setki rzeczy, które chciałby powiedzieć żonie o jej matce, lecz dał spokój. Wziął głęboki oddech, spojrzał na ulicę.

– Ja wyjeżdżam – rzucił do słuchawki. – Nie mam wyboru.

– A nie możesz po prostu wrócić do domu?

– Nie, nie mogę. Później ci wszystko wyjaśnię.

– No... wypadałoby.

– Zadzwonię jutro.

Spicer odwiesił słuchawkę i wrócił do Beecha. Poszli razem na owoce morza do restauracji pełnej ludzi znacznie od nich młodszych, następnie powłóczyli się trochę po ulicach i ostatecznie wylądowali w barze U Pete'a, gdzie rozkoszując się panującym wokół zgiełkiem, obejrzeli w telewizji mecz Bravesów.

Finn Yarber był w tym czasie gdzieś nad Atlantykiem. Podążał śladem pieniędzy.

⋏ ⋏ ⋏

Celnik na Heathrow ledwie rzucił okiem na paszport, który był istnym majstersztykiem sztuki fałszerskiej. Mocno podniszczony, zawierał stemple świadczące o tym, że jego właściciel, William McCoy, zjeździł prawie cały świat. Aaron Lake naprawdę miał bardzo potężnych przyjaciół.

Finn pojechał taksówką do hotelu Basil Street w Knightsbridge i zapłacił gotówką za najmniejszy z dostępnych pokoi. On i Beech wybrali ten hotel na chybił trafił z przewodnika. Był staromodny, bez windy, pełen antyków i mrocznych zakamarków. W małej restauracyjce na piętrze Yarber zjadł śniadanie – jajka z kiełbaskami i kawę – następnie poszedł na spacer, a o dziesiątej podjechał taksówką pod Metropolitan Trust. Recepcjonistce nie spodobał się jego strój – dżinsy i sweter – ale kiedy zorientowała się, że jest Amerykaninem, tylko wzruszyła ramionami.

Kazali mu czekać godzinę, przyjął to jednak ze stoickim spokojem. Na takie pieniądze mógłby czekać cały dzień, tydzień, a nawet miesiąc. Potrafił być cierpliwy, nauczył się tego w więzieniu. W końcu wyszedł do niego urzędnik odpowiedzialny za przelewy. Pieniądze właśnie wpłynęły, przepraszamy za zwłokę. Sześć milionów dolarów bezpiecznie pokonało Atlantyk i znajdowało się teraz na angielskiej ziemi.

Ale nie na długo.

– Chciałbym je przelać do Szwajcarii – oznajmił Finn z odpowiednią dozą pewności siebie i doświadczenia.

✶ ✶ ✶

Jeszcze tego samego popołudnia Beech i Spicer polecieli do Atlanty. Tam, podobnie jak Yarber, zachłyśnięci poczuciem nieograniczonej wolności, umilili sobie czas oczekiwania na lot do Londynu spacerowaniem po lotnisku. Na pokładzie zajęli miejsca w pierwszej klasie i gdy samolot leciał nad oceanem, jedli, pili, oglądali filmy i próbowali spać.

Ku ich zaskoczeniu w hali przylotów czekał na nich Yarber. Przekazał im cudowną wiadomość, że pieniądze doszły i zostały już przesłane dalej, do bezpiecznego szwajcarskiego banku. A potem znów ich zaskoczył pomysłem natychmiastowego wyjazdu.

– Oni wiedzą, że tu jesteśmy – tłumaczył im przy kawie w lotniskowym barze. – Spróbujmy się ich pozbyć.

– Myślisz, że mogą nas śledzić? – spytał Beech.

– Załóżmy, że tak.

– Ale po co mieliby to robić?

Omawiali to przez pół godziny, po czym zaczęli szukać odpowiednich połączeń. W oko wpadł im lot Alitalią do Rzymu. Pierwszą klasą oczywiście.

– Czy w Rzymie mówią po angielsku? – zapytał Spicer, kiedy wchodzili na pokład.

– Nie, po włosku – odparł ze śmiechem Yarber.

– A papież? Myślisz, że nas przyjmie?

– Raczej wątpię. Pewnie będzie zajęty.

Rozdział 39

Buster jechał zygzakiem na zachód przez wiele dni, aż do końcowego przystanku autobusu w San Diego. Ocean, pierwsza większa woda, jaką widział od miesięcy, przyciągał go jak magnes. Szukając dorywczej pracy, kręcił się przy dokach i rozmawiał z miejscowymi. Wreszcie zatrudnił go jako gońca kapitan łodzi czarterowej. Buster popłynął nią do Los Cabos w Meksyku, na południowym krańcu Półwyspu Kalifornijskiego, i tam zszedł na ląd. W porcie stało mnóstwo drogich kutrów, znacznie ładniejszych niż te, którymi handlowali kiedyś z ojcem. Pogadał z paroma kapitanami i już po dwóch dniach znalazł robotę jako pomocnik pokładowy. Klientami jego pracodawcy byli zamożni Amerykanie z Teksasu i Kalifornii, którzy więcej czasu spędzali na piciu niż na łowieniu ryb. Nie dostawał pensji, pracował za napiwki, tym większe, im więcej alkoholu wlewali w siebie klienci. Dziennie zwykle wyciągał dwieście dolarów, a w lepsze dni pięćset. Wszystko w czystej gotówce. Mieszkał w tanim motelu i po kilku dniach przestał oglądać się przez ramię. Los Cabos szybko stało się jego nowym domem.

⋏ ⋏ ⋏

Wilson Argrow został niespodziewanie przeniesiony do domu przejściowego w Milwaukee, gdzie spędził tylko jedną noc, po czym zniknął. Ponieważ nie istniał, nie można go było wytropić. Jack Argrow czekał na niego na lotnisku z biletami i razem polecieli do Waszyngtonu. Dwa dni po opuszczeniu Florydy bracia Argrow, a w rzeczywistości Kenny Sands i Roger Lyter, zameldowali się w Langley, żeby przyjąć kolejne zlecenie.

⋏ ⋏ ⋏

Trzy dni przed planowanym wyjazdem na konwencję w Denver Aaron Lake przybył do Langley na lunch z dyrektorem. Miało to być radosne spotkanie, okazja ku temu, by zwycięski kandydat mógł po raz kolejny podziękować geniuszowi, który namówił go do startu w wyborach. Ponadto Teddy miał kilka sugestii co do przemówienia, które Lake zamierzał wygłosić z okazji przyjęcia nominacji, a które pisał już od miesiąca.

Został wprowadzony do gabinetu Teddy'ego Maynarda i gdy go zobaczył, jak zawsze od pasa w dół okrytego ciepłym kocem, pomyślał, że szef CIA wygląda blado i wydaje się zmęczony. Asystenci wyszli, zamykając za sobą drzwi. Lake zauważył, że nie przygotowano stołu. Usiedli w pewnym oddaleniu od biurka, twarzą w twarz, blisko siebie.

Rozmowę zaczęli od omówienia przemowy. Dyrektor oznajmił, że ogólnie jest dobra, ma do niej jednak kilka drobnych uwag.

– Przede wszystkim pańskie mowy stają się coraz dłuższe – powiedział.

– Tę wciąż jeszcze redagujemy – odparł Lake.

Zdawał sobie sprawę, że jego przemowy są przydługie, lecz teraz miał przecież tyle do przekazania.

– Proszę pamiętać, że nie musi się pan już martwić o wygraną – uprzytomnił mu Maynard.

– Wiem i nie panikuję, ale to będzie ostra bitwa.

– Wygra pan piętnastoma punktami.

Lake przestał się uśmiechać i skupił się na słowach Teddy'ego Maynarda.

– To... hm... całkiem spora przewaga.

– Obecnie to pan przoduje w sondażach, choć w przyszłym miesiącu górą będzie pewnie wiceprezydent. Będziecie się tak wymieniać aż do połowy października, kiedy to dojdzie do sytuacji jądrowej, która przerazi cały świat, a pan, panie Lake, zostanie uznany za mesjasza.

Ta perspektywa przeraziła nawet mesjasza.

– Wojna? – spytał cicho.

– Nie. Będą ofiary, ale nie Amerykanie. Cała wina spadnie na Czenkowa, a nasi poczciwi wyborcy tłumnie ruszą do urn. Może wygra pan dwudziestoma punktami, kto wie?

Lake wziął głęboki oddech. Chciał dopytać o szczegóły, może nawet zgłosić sprzeciw wobec rozlewu krwi. Wiedział jednak, że byłoby to daremne. Jakąkolwiek masakrę szykował dyrektor CIA na październik, przygotowania do niej już trwały. Nie było nic, co Lake mógłby powiedzieć lub zrobić, żeby to zatrzymać.

– Proszę nadal bić w ten sam bęben, panie Lake – ciągnął Teddy. – Niech pan głosi to samo co dotąd. Świat już niebawem zamieni się w dom wariatów, a my musimy być silni, żeby bronić naszego stylu życia.

– Tak, ten przekaz rzeczywiście wydaje się docierać do ludzi.

– Pański przeciwnik jest coraz bardziej zdesperowany. Jeszcze mocniej będzie zarzucał panu, że skupia się pan tylko na jednej sprawie i bez umiaru trwoni pieniądze. Zdobędzie nad panem kilka punktów przewagi, to pewne. Nie ma jednak powodów do paniki. W październiku świat zostanie wywrócony do góry nogami, proszę mi wierzyć.

– Wierzę panu.

— Ma pan wygraną w kieszeni, panie Lake. Niech pan tylko nie zmienia przesłania i głosi to samo co dotąd.

— Oczywiście, niczego nie zamierzam zmieniać.

— To dobrze — mruknął Teddy i zamknął oczy, jakby musiał chwilę się zdrzemnąć. Potem nagle je otworzył i powiedział: — A teraz zupełnie inna sprawa. Ciekawią mnie pańskie plany na czas pobytu w Białym Domu.

Lake'a wyraźnie to zaskoczyło.

Teddy Maynard kontynuował wciąganie go w pułapkę.

— Będzie pan potrzebował partnerki — rzucił. — Pierwszej damy. Kobiety, która uświetni Biały Dom swoją obecnością. Kogoś do zabawiania gości, kogoś, kto zadba o wystrój. Kobiety ładnej i na tyle młodej, żeby mogła urodzić panu dzieci. W Białym Domu od dawna nie mieliśmy dzieci.

Lake spojrzał na niego z osłupieniem.

— Pan chyba żartuje — wyjąkał.

Podoba mi się ta Jayne Cordell z pańskiego sztabu. Ma trzydzieści osiem lat, jest inteligentna, elokwentna i całkiem ładna, chociaż powinna chyba zrzucić parę kilo. Wprawdzie to rozwódka, ale rozwód był dwanaście lat temu, więc nikt już o tym nie pamięta. Myślę, że byłaby z niej świetna pierwsza dama.

Czując, jak wzbiera w nim gniew, Lake przechylił głowę. Chciał naskoczyć na Teddy'ego, lecz był zbyt oszołomiony, głos uwiązł mu w gardle.

— Czy pan oszalał? — wykrztusił w końcu.

— Wiemy o Rickym — powiedział zimno Teddy, przeszywając go wzrokiem.

Lake poczuł się, jakby z płuc wypompowano mu całe powietrze.

— O Boże... — szepnął, po czym wbił wzrok w czubki swoich butów i znieruchomiał.

Maynard nie miał dla niego litości. Podał mu kartkę. Lake wziął ją i natychmiast rozpoznał kopię swojego ostatniego listu do Ricky'ego.

Drogi Ricky!
Myślę, że najlepiej będzie, jeśli zakończymy naszą korespondencyjną znajomość. Życzę Ci powodzenia w powrocie do trzeźwości.

Pozdrawiam, Al

Miał się już zacząć tłumaczyć, zapewnić, że to nie to, na co wygląda, po chwili jednak postanowił nie mówić nic, przynajmniej w tym momencie. Po głowie tłukły mu się setki pytań. Ile oni wiedzą? W jaki sposób, do diabła, przechwycili jego listy? Kto jeszcze o nich wie?

Teddy milczał, pozwalał mu cierpieć. Nie spieszyło mu się.

Kiedy Lake zdołał nieco uporządkować myśli, odezwał się w nim polityk. Maynard proponował mu wyjście. Mówił: współpracuj ze mną, synu, a wszystko będzie dobrze. Zróbmy to po mojemu.

Lake głośno przełknął ślinę i powiedział:

– Właściwie to nawet ją lubię.

– Ależ oczywiście. Jest idealna do tej roli.

– Tak. Jest bardzo lojalna.

– Sypia pan z nią?

– Nie. Jeszcze nie.

– To niech pan nie zwleka. Podczas konwencji trzymajcie się za ręce. Niech ludzie zaczną plotkować, niech sprawy potoczą się naturalnym torem. Na tydzień przed wyborami ogłosi pan, że w Boże Narodzenie bierzecie ślub.

– Z pompą czy kameralny?

– Z wielką pompą. To będzie wydarzenie towarzyskie roku.

– Rozumiem.

– Proszę szybko zadbać o to, żeby Jayne zaszła w ciążę. Tuż przed inauguracją ogłosi pan, że pierwsza dama spodziewa się dziecka. To będzie piękna historia. I tak miło będzie znów zobaczyć małe dzieci w Białym Domu.

Lake uśmiechnął się i skinął głową, jakby ta wizja mu się podobała. Nagle jednak zmarszczył czoło.

– A co z Rickym? – spytał. – Czy ktoś się o nim kiedykolwiek dowie?

– Nie. Ricky został zneutralizowany.

– Zneutralizowany?

– Tak. Już nigdy więcej nie napisze żadnego listu. A pan będzie tak zajęty zabawą ze swoim nowo narodzonym potomstwem, że nie będzie miał pan czasu myśleć o takich ludziach jak Ricky.

– A kto to jest Ricky?

– O właśnie! Kto to jest Ricky? Brawo, synu, brawo.

– Ogromnie mi przykro z powodu tego wszystkiego, panie dyrektorze. Bardzo pana przepraszam. To się już nie powtórzy.

– Oczywiście, że nie. Mam akta, panie Lake. Proszę o tym nie zapominać. – Teddy skierował wózek do drzwi na znak, że spotkanie dobiegło końca.

– To była jedna mała chwila słabości – dodał jeszcze Lake.

– Tak, rozumiem. A teraz proszę zająć się Jayne. Należy jej sprawić nową garderobę. I niech jej pan trochę odpuści. Dziewczyna za ciężko pracuje, widać po niej, że jest zmęczona. Tak czy inaczej, będzie z niej wspaniała pierwsza dama.

– Oczywiście.

Teddy był już przy drzwiach.

– Tylko żadnych więcej niespodzianek, Lake – rzucił twardo i opuścił pokój.

⋏ ⋏ ⋏

Pod koniec listopada osiedli w Monte Carlo, przede wszystkim ze względu na piękno miasta i na ciepłą pogodę, ale również dlatego, że tak wielu ludzi mówiło tam po angielsku. No i były kasyna, dla Spicera wymóg konieczny. Ani Beech, ani Yarber nie wiedzieli, czy Spicer wygrywa, czy przegrywa, lecz było pewne, że bawi się świetnie. Jego żona nadal opiekowała się matką, która wciąż jeszcze nie umarła. Stosunki między małżonkami były napięte, bo Joe Roy nie chciał wracać do Stanów, a żona nie chciała wyjeżdżać z Missisipi.

Mieszkali w małym, ale eleganckim hotelu na obrzeżach miasta i zwykle dwa razy w tygodniu jedli razem śniadanie, po czym każdy szedł w swoją stronę. Wraz z upływem miesięcy coraz bardziej wsiąkali w nowe życie i coraz rzadziej się widywali. Mieli całkiem inne zainteresowania. Spicer chciał grać, popijać i spędzać czas z paniami. Beech wolał morze, lubił łowić ryby. Yarber dużo podróżował i studiował historię południowej Francji i północnych Włoch.

Ale zawsze każdy wiedział, gdzie są pozostali. Mówili sobie, jeśli któryś zamierzał wyjechać gdzieś na dłużej.

O ich ułaskawieniu nikt nigdzie nie pisał. Zaraz po przylocie do Rzymu Beech i Yarber spędzili wiele godzin w bibliotece, przeglądając amerykańskie gazety. Nie znaleźli tam nawet jednej wzmianki na swój temat, nic. Z nikim z kraju nie utrzymywali kontaktu. Żona Spicera twierdziła, że nikomu nie powiedziała o jego wyjściu z więzienia. Nadal była przekonana, że z niego uciekł.

W Święto Dziękczynienia Finn Yarber raczył się espresso w kawiarnianym ogródku w centrum miasta. Było ciepło i słonecznie, a on tylko mgliście kojarzył, że ten dzień to ważne święto w jego ojczyźnie. Nie przejmował się tym, nie zamierzał tam nigdy wracać. Beech spał jeszcze w hotelu. Spicer grał w kasynie trzy ulice dalej.

Znajoma twarz pojawiła się znikąd. Mężczyzna usiadł naprzeciwko Yarbera.

– Witaj, Finn – odezwał się. – Pamięta mnie pan?

Yarber spokojnie upił łyk kawy i przyjrzał się tej twarzy. Ostatni raz widział ją w Trumble.

– Wilson Argrow, z więzienia – rzucił mężczyzna, a Yarber szybko odstawił filiżankę, żeby jej nie upuścić.

– Dzień dobry, panie Argrow – przywitał go powoli i spokojnie, choć miał ochotę powiedzieć dużo więcej.

– Jak się domyślam, jest pan zaskoczony, że mnie widzi.

– Owszem, nie zaprzeczę.

– Na pewno dotarły już do pana wiadomości o spektakularnym zwycięstwie Aarona Lake'a? Ekscytujące, prawda?

– Tak, dotarły. Czym mogę panu służyć?

– Niczym. Chciałem tylko przekazać panu, że zawsze jesteśmy w pobliżu, tak na wszelki wypadek, gdybyście nas potrzebowali.

Finn aż zachichotał.

– To raczej mało prawdopodobne.

Od ich uwolnienia minęło pięć miesięcy. Przez cały ten czas jeździli z kraju do kraju – z Grecji do Szwecji, z Polski do Portugalii – powoli kierując się na południe w poszukiwaniu cieplejszych klimatów. Jakim cudem Argrow zdołał ich wytropić?

To było niemożliwe.

Tymczasem Argrow wyciągnął z kieszeni jakieś czasopismo.

– Natknąłem się na to w zeszłym tygodniu. – Podsunął je Yarberowi.

Było otwarte na końcowej stronie. Jedno z widniejących tam ogłoszeń zostało zakreślone czerwonym markerem.

Biały dwudziestolatek chętnie nawiąże znajomość korespondencyjną z miłym, dyskretnym panem w wieku czterdziestu, pięćdziesięciu lat.

Yarber oczywiście widział je wcześniej, lecz wzruszył ramionami, jakby o niczym nie miał pojęcia.
– Wygląda znajomo, prawda? – rzucił Argrow.
– Dla mnie one wszystkie wyglądają tak samo.

Odłożył czasopismo na stolik. Było to europejskie wydanie „Out and About".

– Sprawdziliśmy adres i doprowadził nas tutaj, do Monte Carlo – wyjaśnił Argrow. – Zupełnie nowy adres, świeżo wynajęta skrytka pocztowa, fałszywe nazwisko. Cóż za zbieg okoliczności.

– Proszę posłuchać – mruknął Yarber. – Nie wiem, dla kogo pan pracuje, ale mam silne przeczucie, że nie znajdujemy się w miejscu podlegającym waszej jurysdykcji. Nie złamaliśmy żadnego prawa, więc może się od nas odczepcie, co?

– Jasne, Finn, ale czy dwa miliony dolarów na głowę to naprawdę dla was za mało?

Yarber uśmiechnął się, potoczył wzrokiem po uroczej kafejce i spokojnie upił łyk kawy.

– Człowiek musi mieć jakieś zajęcie – rzucił.

– No to w takim razie do zobaczenia – powiedział Argrow, po czym zerwał się z miejsca i zniknął.

Yarber dokończył kawę, jak gdyby nic się nie wydarzyło. Jeszcze przez chwilę przyglądał się ulicznemu ruchowi, a potem wyszedł, żeby znaleźć kolegów.

Polecamy

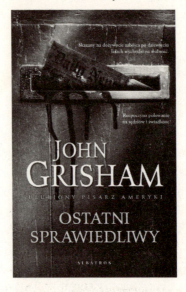

**Mistrz thrillera prawniczego.
Od wielu lat jeden z najbardziej znanych pisarzy na świecie.**

Kiedy sędziom przysięgłym grozi się śmiercią, nie może być mowy o sprawiedliwym werdykcie.

Missisipi, początek lat 70. XX wieku. Danny Padgitt, należący do bogatej rodziny, znanej z działalności przestępczej, staje przed sądem w Clanton, oskarżony o brutalny gwałt i zabójstwo kobiety na oczach jej dzieci. Dzięki głośnemu procesowi staje na nogi „The Ford Times", lokalna gazeta, której groziło bankructwo.

Padgitt publicznie grozi śmiercią członkom ławy przysięgłych uczestniczącym w procesie i zamiast komory gazowej otrzymuje wyrok dożywocia. Ale w skorumpowanym Missisipi wystarczy większa łapówka, by po dziesięciu latach skorzystać ze zwolnienia warunkowego i wyjść na wolność… jeśli jest się białym mężczyzną. Po odsiadce morderca wraca do Clanton i rozpoczyna polowanie na sędziów i świadków. Willie Traynor, właściciel coraz lepiej prosperującej gazety, który relacjonował proces Padgitta, jest kolejny na jego liście.